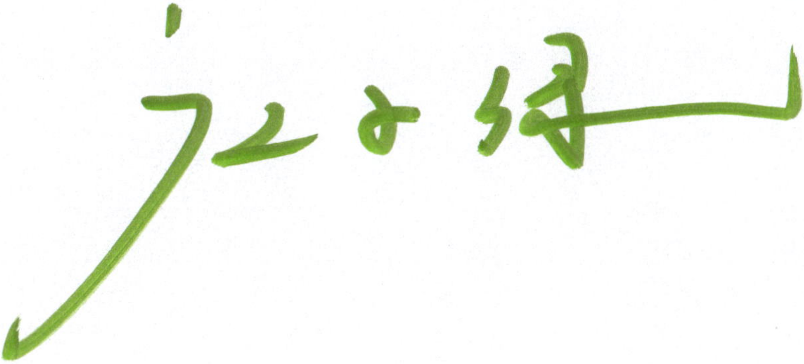

私藏

江小绿 著

江苏凤凰文艺出版社
JIANGSU PHOENIX LITERATURE AND ART PUBLISHING

夜风中传来咕噜咕噜冒气泡的声音，像是她的心跳。

心情低落的深夜，他突然出现，在她手边放下了一罐可乐，就像无边黑暗中乍现的一颗闪闪发光的宝石。

目录 contents

第一次见到你时，我的眼前骤然一亮，好像原本平平无奇的世界里突然闯入了一只漂亮的蝴蝶。

对我而言，和你在一起的每个瞬间都因过于珍贵而意义非凡。

从前，他们之间最近的距离也只是她借着等公交车的机会，在背后小心翼翼地踩着他的影子。
她当时以为，那就是他们的结局。

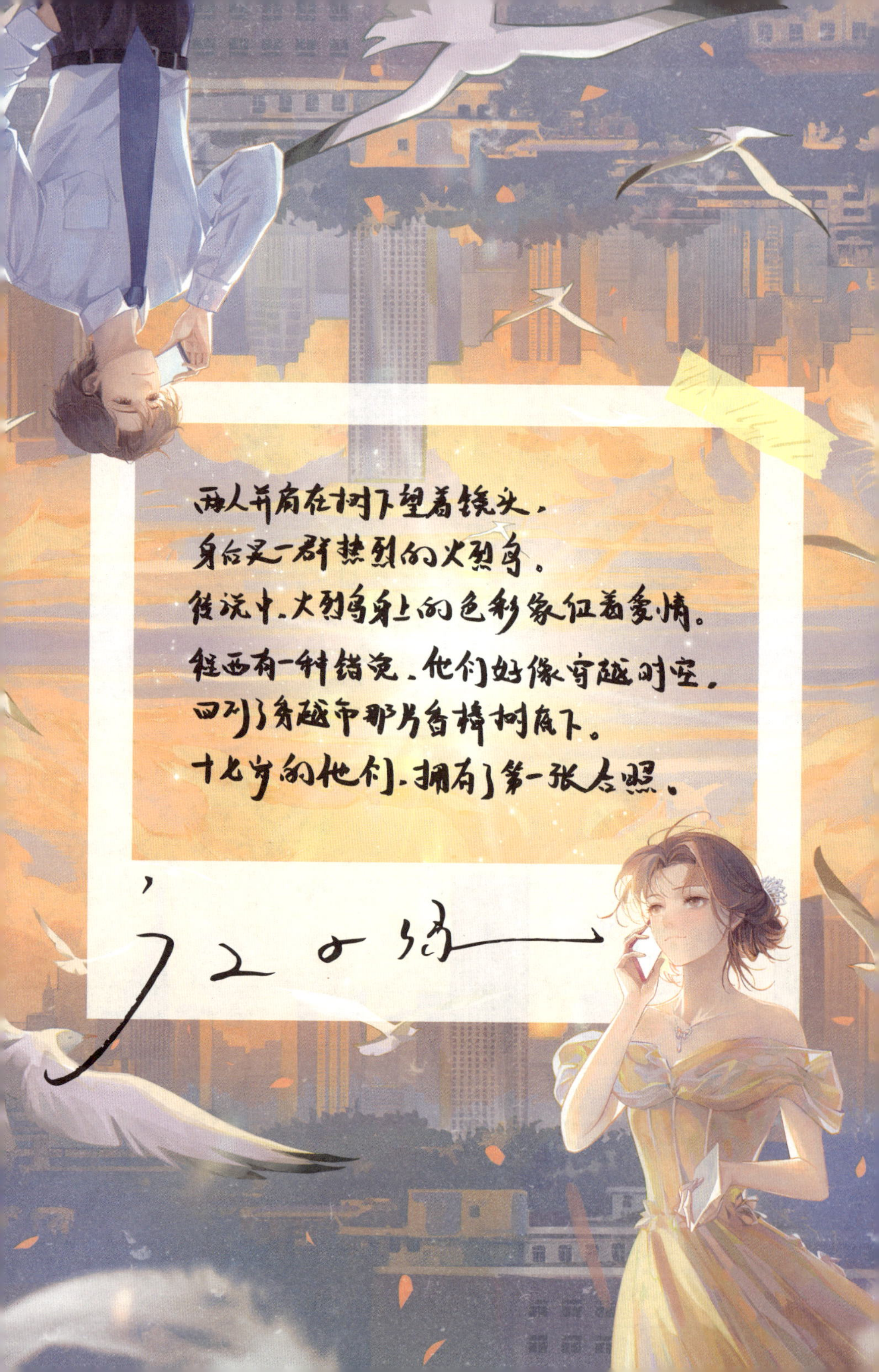
两人并肩在树下望着镜头，
身后是一群热烈的火烈鸟。
传说中，火烈鸟身上的色彩象征着爱情。
程西有一种错觉，他们好像穿越时空，
回到了秀越市那片香樟树底下。
十七岁的他们，拥有了第一张合照。
江小绿

第一章 很高兴认识你

第一次听到他的名字，是从别人口中。

——《C少年观察日记》

大四是最空闲的一年。上周刚定下实习公司，等这学期结束，程西将迎来一个真正空闲的寒假。

期末考试前一个月，某个深夜，正在复习的程西收到好友桃安发来的一条链接，粉色的标题充满了恋爱气息。

“《一起恋爱吧》最新一季的报名即将开始——与爱情不期而遇。感兴趣的话可点击链接，大家一起来寻找爱吧！”

程西不明所以地发去一个问号，桃安的消息便立刻回了过来。

桃桃小淘气：“陈慕也被这个节目邀请了。”

桃桃小淘气：“据前方传来的最新消息，他的简历过关得很顺利，事情基本敲定下来了，消息来源准确。”

“陈慕也。”程西盯着这个名字发起呆。

已经很久没有人在她面前提起过这个名字了。高中毕业三年，她以为自己已经渐渐淡忘了他。

大概是见到程西许久未回消息，桃安按捺不住，又自顾自发了一通。

桃桃小淘气：“你要不要也试试？”

桃桃小淘气：“万一简历过了呢？”

桃桃小淘气：“做人还是得有梦想！”

程西的思绪不自觉地散开来，想起了很多很久远的事情。

桃桃小淘气：“橙子，既然他给了自己接触别人的机会，那那个人为什么不可以是你呢？这么多年了，或许勇敢一次可以不留遗憾。”

晨曦：“可是……”

程西在对话框里敲字，迟迟难以下定决心。屏幕亮度一点点暗下来，映出她踌躇的脸。

桃桃小淘气：“再说了，只是报个名而已，说不定你还选不上呢！之前的女嘉宾都是活泼开朗的类型，你这样的闷葫芦，我估计悬。”

还没来得及做出抉择，桃安的消息已经再度发了过来。

晨曦：“……”

程西再度点开链接，定定地看了许久，下一秒，她终于下定决心，点进了报名页面。填完所有内容，她长出一口气，目光落在“提交”选项上，最终点了下去。

一切尘埃落定。

她坐在原地，后背竟隐隐冒出一层热意，仿佛回到了初中那年，她鼓起勇气报名了三千米长跑项目，带着孤注一掷的决然和恐慌。

大抵是因为报了名，那个名字重新闯入到她的生活中，程西开始频频梦见与陈慕也有关的事情。梦里都是少年的背影，杂乱无章，带着夏天泛白的阳光和模糊的剪影。

“你们青春里最遗憾的事情是什么？”

下铺室友在上网，刚好看到这个话题，便念了出来。

临近毕业，离别的情绪浓郁，仿佛是预知到即将失去某种东西，每个人都心有戚戚。

旁边那位室友率先说话：“大概是高考没有发挥好，没考上清大，来了复大。”

“嘁。”这样的发言引起了嘘声一片。

另一位室友忍不住说话：“我最大的遗憾应该是没和喜欢的人表白。谁知道高中毕业以后，那么小的城市，我们竟然再也没碰见过。”

她的话语十分伤感。

轮到程西。

她一向安静，虽然大学期间担任校花称号，迄今为止却没谈过恋爱。无数青年才俊在她面前折腰，让人不免好奇，揣测她心底是否藏着一位“白月光”。

程西静了数秒才开口：“高中时，有一次，我们学校组织体检，老师忙不过来，就找高年级的学长帮忙登记。那位学长很优秀，在学校很受欢迎，所有女生都很激动，一个个到他面前排队，趁机开始自我介绍。”

“我那时候胆小又自卑，戴着厚厚的眼镜，害怕他看到我，所以排在队伍的最后。结果快轮到我的时候，他临时有事先走了，换了另一位学长负责登记。我很后悔当时没有走到他的面前，说出我的名字。”

她话音刚落，宿舍里陷入一阵沉默。

片刻后才有人小声发问：“那现在怎么不去试一试？你已经非常漂亮又优秀了。”

程西想了想，认真回答道：“我不确定他会喜欢漂亮和优秀的人，但是我会努力，让他记住我。”

节目组的面试邀请是月底发来的，这意外的好消息听起来很不真切，像在做梦。她提前准备了很久，直到线上面试视频开始的前一秒还在对着镜子整理仪容。

面试过程没有持续太久，在屏幕里坐着的人中，有一位抬起脸对她笑了笑，正式宣布：“程西，恭喜你通过我们节目组的面试，期待与你的见面。”

宿舍空无一人，没有任何声响。

程西呆坐在椅子上，直到室友们都回来了才缓缓回过神来。

直到这一刻，她都不相信这种小概率事件真的会发生在她身上。

节目组的筛选向来严格，报名后，她把往期节目都找出来看了一遍，里面的嘉宾无一例外都是各行各业的精英，各有特色，相对而言，她并没有太多的个人特色。

节目组收到的简历成千上万，程西早已做好淹没于人海的准备，却没料到这束光会幸运地照在她头上。

她没忍住，把这件事情分享给了桃安。

晨曦：“我可能……通过了节目组的面试。”

桃桃小淘气：“真的假的？！”

桃桃小淘气：“今天不是愚人节吧？！”

晨曦："我也很难相信。"

程西握着手机，连呼吸都不敢大声，生怕梦境破碎。

桃安很快接受了这个事实，文字里都是掩饰不住的兴奋。

桃桃小淘气："自信点，朋友！你的美貌足以击败全国百分之九十九的对手，节目组不选你才是眼瞎！"

晨曦："……谢谢你，有被安慰到。"

桃桃小淘气："那就好！"

程西添加了编导的微信，节目录制时间刚好是期末考试结束后。

沪市已经进入寒冬，天气预报说几天后会有一场小雪。程西拉着箱子出来时，天空压着一层厚重的乌云，阴沉沉的，冷风中仿佛裹挟着细小的冰碴。

她裹紧围巾，在路边拦了一辆出租车前往机场。

经过三个小时的飞行，一路上，温度似乎上升了十几度，空气中多了几分暖意。她脱掉大衣搭在臂上，在机场外找到了节目组接人的车辆。

她和在手机上联系了将近一个月的编导终于正式碰面。

对方是个短发女孩子，开朗大方。

"程西你好，我是你的跟拍导演秦晴，之后有任何事情都可以找我。未来三十天里，希望我们相处愉快。"她朝程西伸出手，露出两颗小虎牙，自我介绍道。

每位嘉宾到达的时间都不一样，当晚需要在酒店入住，第二天一早正式前往小屋。

但从严格意义上来说，节目的录制是从今晚八点开始的。

导演组设置了一个环节，在见面之前，几位嘉宾先通过查看对方的社交资料和最近一条朋友圈选择一位想了解的对象，然后提前通过网络交谈三分钟，其间不准透露任何个人信息。

抵达酒店房间后，程西简单地收拾了行李，洗了个澡，便准备上床补觉。入睡之前，她设定了一个七点的闹钟。

昨晚几乎彻夜未眠，近一个月来的紧张感突然一同涌来，连呼吸都有些不畅。

这一睡从下午睡到了天黑。

程西是被手机铃声吵醒的，她艰难地掀开被子起床，到洗手间用冷水扑了把脸。

时间一点一滴地过去，程西坐在房间唯一的一张桌子前，握着手机，严阵以待。

离节目开始录制差不多还有十分钟时，秦晴的消息弹了出来。

她发送了三份微信名片，是这次的三位男嘉宾。

“每个人的朋友圈都有一张照片，你看一看，选一位最想了解的，八点整添加对方为好友。”

“男女嘉宾分别有三分钟交谈时间。”

程西瞬间屏住呼吸，克制住心口不自然的跳动，率先点开第一张微信名片。

对方的微信名叫Free，头像是冲浪的背影图，海水蔚蓝。程西几乎第一时间就排除了这个人。点进他的朋友圈一看，果不其然，配图也是一张户外照。

第二个人的微信昵称叫小野，头像是白色圆脸小猫图，小猫在扒拉着地上的毛线团，朋友圈的照片是乐队演唱现场，光线昏暗，霓虹灯和舞台正中的立麦传递出重金属的气息。

气质很复杂，这让程西一时难以判断，不自觉地皱紧了眉头，随即点开第三张微信名片。

对方的微信名叫Beam，头像是日出之景，一轮红日分割地平线两端，光从云层中透出来。他朋友圈透露出的信息最少，只有一张建筑物角落的图片，分辨不出是什么地方。她细细地看了几眼，夕阳折射在黑白墙面上，有种莫名的美感。

全部看完后，程西陷入了纠结，她咬着唇，盯着屏幕沉思起来。

目前可以直接排除第一个人，在小野和Beam之间二选一。

小野，陈慕也——名字的最后一个字刚好是微信名的谐音，能联系起来，可……程西总有一种直觉，觉得不太像他。

Beam——梁。电光石火之间，程西想起陈慕也读的是清大建筑系。她猛地睁大眼，手比脑子快，率先添加了他的微信。

为了防止嘉宾违反规则，提前透露信息，嘉宾们联系时使用的都是导演组给的微信账号。

即便不是他的私人号，在等待通过好友的这短短几十秒里，程西也无法遏制地产生了紧张感。

或许是她猜错了，“梁”虽然是一种建筑构件，但也可能代表他姓梁。

她重新皱起眉头，陷入纠结，心如乱麻的情绪没持续多久，列表里便出现了一个新的对话框——Beam 通过了她的好友申请。

程西深吸一口气，刚准备措辞，对方率先发来了消息。

Beam：“你好。”

程西握紧手指，定了定神，回了消息。

晨曦：“你好。”

她停顿了几秒，又发过去一条消息。

晨曦：“你的微信名是建筑里的梁的意思吗？”

Beam：“为什么不是光线的意思？”

程西这才发现自己的猜想中漏掉了一种可能性。她怔住数秒，眉心轻锁，在手机上敲字。

晨曦：“你朋友圈里有一张建筑图。”

Beam：“上面也有夕阳。”

虽然这么说，程西的心却定了下来，她打字道：“直觉，你很严谨。”

晨曦：“我再猜一下，你是不是学设计的？”

那头的陈慕也不自觉地眉梢一抬。

Beam：“假如我说不是呢？”

晨曦：“那我会有点尴尬。”

Beam：“是建筑设计，你的直觉很准。”

晨曦：“其实也不准。”

Beam：“？”

程西看着他发过来的那个问号，脑中闪过无数回答，最终挑选出了最不会冷场的答案。

晨曦：“我们第一次聊天，想着找个话题，避免尴尬。”

Beam：“确实很成功。”

程西发过去一个笑脸。那边安静了几秒钟，随后第一次主动提起话题：“那你是学什么专业的？”

礼尚往来。

晨曦：“节目组有规定，不能提前透露。”

Beam：“嗯？”

晨曦：“你可能忘了。”

Beam："……疏忽了。"

两人你来我往几句，时间很快便过去了。程西将手指放在对话框内，欲再度回复消息时，秦晴的消息弹了出来。

"三分钟到了。"

程西的胸口涌起一股巨大的失落感，像极了十几岁的时候，她什么也没做就彻底失去了他的消息。

她慢慢松开手机，垂下眼睛，还没来得及平复情绪，又听到"叮咚"一声。她诧异地抬起头，看到原先的对话页面里出现了一条新的消息。

Beam："差点忘了有时间限制。"

晨曦："啊？"

她后知后觉地反应过来，男嘉宾也有一次选择女嘉宾聊天的机会。

所以，他们是互选了？

程西还没从这个认知带来的冲击中走出来，对方已经回复了消息。

Beam："我找节目组续费了。"

Beam："聊天总要告个别，不然太没礼貌。"

她还没来得及欢欣雀跃，心情便再度跌入谷底，而后逐渐恢复平静。

晨曦："没关系，反正明天也会见面。"

Beam："也是。"

无人再说话，气氛安静下来。

程西删删改改，最后还是发送了一条消息。

晨曦："那，明天见？"

Beam："明天见。"

那是一个很普通的清晨，雾气微凉，他从校门口走进来，晨风灌入他的校服，少年瘦高挺拔。一片薄薄的金光中，连他的头发丝都散发着光。

那是她第一次迟到，也是她和C的第一次碰面。

——《C少年观察日记》

翌日，风和日丽，万里无云。

"今天将开启你们的第一次约会。"

"共有三个约会地点，由男女嘉宾自由选择，选择同一地点的两人将会开始你们的浪漫之旅。请注意，昨晚互选成功的男嘉宾有权限得知女方的目的地，并可以更改选择。”

镜头前，刚得知这个规则的程西呆住了。

虽然知道节目组一向擅长制造看点，但她没想到第一天就这么“风起云涌”，初次见面变成了约会之旅……还有，真的有人会改变选择吗?

一想到这里，她就紧张得直喝水。

“小心点，口红要花了。”秦晴在身旁小声提醒着她。

首次正式在镜头前亮相，节目组贴心地为每位嘉宾准备了妆造服务，程西提前两个小时就被叫醒，坐在化妆镜前来回折腾。

最后被告知“好了”时，程西睁开眼，有点认不出自己。

实在是精致得不太像她。

眼前的人皮肤雪白，黑眉淡描，嘴唇红润饱满，妆容清透自然，好像哪里都没变，又好像哪里都变了。程西只看了一眼就匆匆收回了视线，镜子里的人漂亮得让她有点陌生。

滨城是一座南方沿海城市，即便是冬天也只需要穿一件薄外套御寒。

为了表现嘉宾的日常状态，造型师给程西搭配的是白色吊带长裙配毛衣开衫，柔顺的黑发自然垂落。

正式开机后，程西出现在镜头里的那一刻，不知是哪个工作人员忍不住感慨了一句：“真好看，像青春片拍摄现场。”

录制开始后，程西一人坐在桌前，面前摆着三张透露出约会地点的明信片。

第一张明信片上的图案是游乐场，底下有一排手写体文字：“做个快乐的小孩。”

第二张明信片上的图案看起来是一家海边的书店，从窗外望去是无边无际的蓝，文艺而浪漫。

“一起去海边吧。”

第三张明信片上的图案最单调，只有一棵茂盛的大树，配字更简单：“风和日丽。”

倒是很符合今天的天气。

程西本能地走了一下神，而后很快回过神来，不抱任何希望地看向镜头：“我这边可以知道男嘉宾的选择吗？”

“不可以。”导演组无情地回复。

程西眼里的失望一闪而过，她压住心头的忐忑情绪，放在桌上的手握紧——她完全没有信心陈慕也会选择她。

见面唯一的机会就是两人选中同一个约会地点。

她努力稳住呼吸，仔细分辨着面前的三张明信片。许久，她下定决心，拿起了第三张明信片。

“我选风和日丽。”

等待的这段时间格外漫长，节目组好像是故意搞这种折磨人的把戏，以此锻炼嘉宾的心态。

程西觉得自己身上的温度在一点点下降，指尖冰凉时，她终于听到导演组天籁般的声音：“六位嘉宾都已经做出选择，接下来将各自前往约会地点。”

车子缓缓启动，沿着城市街道一路行驶。空气中渐渐出现海水的味道，湿润、微咸，像刚从冰箱里拿出来的海盐汽水。

视线的尽头冒出了一簇绿色。

那真是一棵很大的树，高耸挺立，在风中肆意舒展着自己的枝叶，带着岁月特有的温和宽厚。

车子停稳后，程西在导演组的示意下下车，身边跟着几位工作人员。

此时此刻，她紧张得几乎颤抖，害怕前面等待的人是他，又怕不是他。

矛盾和紧张的情绪混杂在一起，让她的大脑无法保持正常思考，乱得像无数小人在里头跳跃，只剩下身体的本能驱使着她往前走。

这是一个很大的城市公园，草地广阔，安静得仿佛能听见风声。

她面前是个小山坡，坡顶便是那棵高高的大树，枝繁叶茂，随风摇曳。

程西提起裙摆，稳步向前。

头顶的无人机在空中发出高频的声音。

远远望去，一片绿色中，只有白色的裙摆飘摇，偶尔扫过白皙的脚踝。少女的身影摇曳，像极了去秘密奔赴一场盛大的约会。

程西觉得自己的耳边愈发安静，脚步轻缓无声。

她几乎要忘记自己在录制节目了。

面前的树影越发清晰，枝干纹理一一展露，她慢慢走上坡，终于看清了眼前的画面。

原来那棵树下有一张白色长椅。

此时，上面正坐着一个人。

他静靠着椅背，往后微仰着头，一本翻开的书搭在他的脸上，严严实实地盖住了整张脸，似乎在假寐。他穿着一件灰蓝色外套和白色卫衣，隐约勾勒出锁骨的线条。

只一眼，程西就认出了他。

她心心念念了一整个青春，难以忘怀的身影。

此刻太不真实，比梦境更像梦境。他离她这么近，坐在她身前半米处。她屏住呼吸，不敢轻举妄动，生怕惊扰到这一幕。

镜头里，程西就这样一动不动地站在原地，仿佛在发呆。

随着时间的流逝，导演组有些着急，正准备出声提醒她时，镜头中的程西动了。

她默默深呼吸了一下，声音无法控制地带着颤抖。

“你好。”轻浅的声音如同微凉的雨水落在空气里，静止的湖面终于荡起一圈涟漪。

长椅上的人微微一动，坐起身，脸上的书随之掉落。

“不好意思。”他的话语还带着睡意，不自觉地拖着尾音。他慢慢坐直，伸出手指揉了揉额头，“等着等着就睡着了。”

他抬起脸朝她看来，眸子深邃清澈，长眉俊秀，令人见之难忘。午夜梦回时，这样的场景依然会清晰地浮现在脑海里。

程西的脑子突然一片空白，忘记自己身处何处，直到一阵微暖的风夹杂着青草香味拂面而来。

“没事。”她无意识地攥了下垂在身侧的手，话语轻缓而平静，“让你等太久了。”

“不是，昨晚睡得太晚了。”他依旧感到抱歉，揉了揉脸，打起精神，站起身朝她笑了笑，“晨曦？”

这两个字的发音几乎和她的名字一样，乍一听还以为他在叫她，程西的心脏重重一跳，又很快反应过来，他是在确认她的微信名。

他选了她？程西刚定下来的心又再度慌乱起来，她不敢看他的眼睛，微微垂下眼帘。

“是我，你是 Beam？”她重新抬起眼眸，如同初次见面般表达自己的询问。

“我是那个‘梁’。”他脸上含着浅笑，多了几分平易近人，比起学生时代更加从容温和，像是被岁月打磨出了玉质的润泽。

程西面对他依旧无措，仿佛变成了当初的那个女孩，总是沉默寡言。

她一时间不知道说什么，空气骤然沉默了几秒，对面的人顿了一下，率先打破平静。

“导演组说公园里面有一个艺术展馆，要一起去看吗？”

“好啊。”程西松了一口气，连忙应允。

两人沿着道路往外走去，不知不觉间便并肩而行。她抬起头，刚好和他的肩膀差不多高。

此时的场景就像当年她走在他的身后，总需要仰头望着那道高高的身影。

“你是刚好也选了这个地点吗？”走了几步，程西还是忍不住鼓起勇气，微扬着脸问他。

“嗯。”面前的人陷入思索，稍顿了几秒，缓慢地答道，“其实……也不算是。”

“啊？”程西的心口骤然漏了一拍。

“我当时选了两个地点，纠结了一阵。”他笑了一下，不紧不慢地解释，“海边的书店看起来也不错，可是这棵树太神奇了，让我想要探索。在抉择之下，我还是选择了书店。”

“啊……”她微微失落，说不清自己是什么心情。

“但是，导演组说你选了这里。”他的话语转折得太快，程西抬起头，只看到他脸上淡淡的笑意，“我想，那就干脆选这里吧。”

不久前的录制现场，陈慕也面前放着同样的三张明信片。

做完决定后，导演组公布了程西给出的答案。

桌前的人稍作思索，嘴角上扬，低垂着脸，随意地指向那张绿色明信片，语气轻松地做出了选择：“那就这个吧。”

是她的话，似乎也不错。

总比重新接触一个人来得舒服——实际上，当时的陈慕也只是这样想。

程西被这突如其来的消息砸蒙了，心底像炸开了一朵烟花，细密的火花渐渐荡漾开来。

她克制不住笑意，喜悦溢于言表。

陈慕也盯着她看了一会儿，莫名感受到了相似的快乐。

察觉到他的打量，程西飞快地收起了外露的情绪。

“我很开心——”片刻，她轻声说，“你能选我。”

“是我的荣幸。”他想了想，很有绅士风度地接过了这句话。

程西不再开口，只有嘴角浅浅的弧度表达着自己的好心情。

两人走出那棵大树的荫蔽，阳光随即肆无忌惮地洒落在他们身上。

陈慕也停住步伐，回过头来，脸上映着细碎的阳光："这棵树真的很大。第一眼看到那张明信片的时候，我就想来看看。"

"那你最后为什么还是选择了海边？"程西问道。

"嗯……大概是想突破一下自己的舒适区，去看看不同的风景。"

不同的风景。

程西默念着这句话，终于想起他们是在录制节目，而且是恋爱综艺节目。她努力不去钻牛角尖，却控制不住思绪。

"那关于人的选择也会这样吗？"话一出口，她就后悔了，她知道，凭两人此时的身份，她已经越界了。

果然，陈慕也沉默片刻，才斟酌着答道："我不确定面对人和面对风景是否一样，但是我参加这个节目的本意，就是想尝试一下自己是否有与人建立亲密关系的可能。"

"与人建立亲密关系的可能？"程西被这种另类的描述弄蒙了，无意识地重复着他的话。

陈慕也笑了笑，没有再解释。

两人径直顺着小路往前走，程西再无心情欣赏沿途风景，中途也没有再和陈慕也聊天。

这种气氛一直持续到两人走到展馆，展馆里陈列着不少艺术作品，陈慕也开始读一旁的介绍。

"这些都是大学生和个人艺术家的创作。"

"纯公益性质，定期更换。"程西跟着念出后面的话，不禁补充道，"这个展馆的创办者很有想法。"

"藏在公园里的小世界。"陈慕也弯腰端详道。

他们往里走了几步，搭着话，气氛又变得和谐起来，只是程西明显感觉到，这种和谐的气氛和刚才的已经不一样了。此刻，两人之间更像是在维持着礼貌的交谈，只有这样才不至于让两人觉得尴尬。

程西不由自主地感到气馁。

这个展馆不大，不到半个小时就可以逛完。

两人从门口出来，陈慕也环顾周围一圈，询问起她的意见："好像逛得差不多了，准备回去了？"

“好。”程西点点头，努力忍住失望的表情。

他们走出公园便看到了节目组准备好的车。临上车时，陈慕也先给程西拉开了门，程西道了句谢，然后越过他坐进去。

车里安装了小型摄像头，除此之外只有一名司机。

陈慕也上车之后很安静，程西也没有刻意开启话题，两人并排坐着，车内静悄悄的。

车后排是两个单独座椅，互不干扰，空间明明不大，两人此时却仿佛相隔千里。

程西的视线落在窗外，胡乱地走神。

“我先睡一下。”不知过了多久，车内响起陈慕也的声音，他躺靠在右手边，偏头轻声说。

程西点了点头，应声道：“好。”

车子在柏油马路上飞速行驶，轮胎碾过地面，压碎了路上零星散落的粉色花瓣。

车子从闹市区穿过，来到幽静的地段。茂盛的植物掩映着独栋别墅，隐约能看到不远处一抹蓝色的海。

“快到了。”程西提醒陈慕也。

窝在座椅里的人动了动，揉了揉眼睛，衣领已经有些凌乱。

“到了吗？”他看起来还不太清醒，抬手拧开瓶盖，仰头喝水。

程西从他脖颈凸起的喉结上移开目光，回道：“就要到了。”

“不知道其他人到了没有。”她自顾自地说了一句。

陈慕也望了望窗外：“景色好像还不错。”

“嗯。”

“应该会有人比我们先到。”他猜测道。

车子拐进小道，向别墅门口驶去。快抵达时，陈慕也突然想起什么，转过头来问她：“对了，我们好像还没做自我介绍。我叫陈慕也，”他没有像正常人那样礼貌地伸出手，而是单手拿着水瓶，坐在椅子上，语调轻松，“陈，慕名而来，空空如也。”

程西怔了怔，报出两个字：“程西。”

“晨曦？”他疑惑地反问。

“禾呈程，‘东南西北’的‘西’。”她反应过来，解释道，“程西。”

“程西。”他在齿间重复了一遍她的名字。

陈慕也看向她，清亮的眸子里有淡淡的笑意："很高兴认识你。"

日记本的每一页，都是不敢送出的告白信。

——《C少年观察日记》

恋爱小屋入住规则：

第一条：不得缺席约会。

第二条：不准迟到早退。

第三条：每晚睡前需要选择一位对象投递告白信。

花园入口处立着一块小黑板，上面用可爱的粉笔字写出的是并不可爱的内容。

陈慕也的目光已经落在上面许久，可以看出他脸上有一丝仿佛上错了船的懊恼。

"走吧。"片刻，他叹了口气，偏头望向她。

两人面前是一栋三层小别墅，鹅卵石从围栏处铺到小屋前。透过客厅的落地窗，隐约可以看到窗帘后的人影。

陈慕也极其自然地接过了她手中的行李。他身形挺拔高瘦，有种少年感，手臂却力气不小，轻而易举地拎起他们两人的大箱子往里走。

程西的脑子发热，有些混乱，只得努力找话说："待会儿就要见到其他人了，突然有点紧张。"

"不用紧张。"陈慕也随口安慰她，"大家都是第一次见面。"

"也是，希望我们不是最后到的。"她念叨道。

然而，怕什么来什么。

走到台阶前，两人推门进去，只见地上摆着两双拖鞋，里面隐约有说话声和脚步声传来。

程西换好鞋子后抬起头，面前便多出了四个人，其中两位女生的目光都落在陈慕也身上，克制不住眼神里的惊喜。

客厅里，互不相识的几个人坐在一起，气氛瞬间尴尬起来。

更早到的四人显然已经聊过天，互动起来轻松不少。此时，几人重新做了一遍自我介绍。

坐在沙发最边上、穿蓝色夹克外套的男生叫庄星，气质温和，端正的脸上长了一双桃花眼。

他身边的女生叫方妍，长鬈发，大衣搭配丝质衬衫和半裙，五官精致，气质明媚，笑起来眉眼弯弯。

他们是今天一起约会的同伴，相处起来更加热络。

方妍身旁的女孩子叫苏惟英，中短发，瓜子脸，秀气白皙，看起来既文艺又知性，有种清冷感，说话却落落大方，让人觉得舒适。

她另一侧的男生叫季禾野，黑衣长裤，面孔俊秀，乍一看似乎有点高冷，说话的声音很好听，为人礼貌。

几人介绍完后便轮到程西和陈慕也。

“程西，禾呈程，‘东南西北’的‘西’。”和之前相差无几的介绍，只是最后又补充了一句，“你们可以叫我‘橙子’。”

“为什么不是西瓜？”斜对面的庄星嘴快，一副十分好奇的样子。

程西有些尴尬，解释道：“可能因为我比较喜欢吃橙子。”

“难道你不喜欢吃西瓜吗？”庄星又问。

程西艰难地组织着措辞：“也……喜欢，但人总有最喜欢的东西。”

“也是。”庄星点点头，终于罢休，一脸正色地称呼她，“橙子。”

陈慕也的介绍比起车上更加言简意赅。

“陈慕也，‘慕容’的‘慕’，‘也许’的‘也’。”

“你的微信名是Beam吗？”方妍问。

自我介绍环节，每个人的微信名早已暴露得七七八八。季禾野就是小野，这几乎不用他说。庄星早早便透露过自己喜欢冲浪，Free则是他无疑，陈慕也的身份自然不言而喻。

陈慕也点了点头，方妍紧接着又问：“光线？”

这次他没有回答，目光无意识地穿过众人看向程西，嘴角带着笑意，摇了摇头：“暂时保密。”

程西几乎不用解释哪个微信名是自己，“程西”和“晨曦”，连读音都一样。

方妍和苏惟英却反差感十足。

方妍的微信名叫舟舟，头像是张海边风景照，朋友圈发的是下午茶照片，桌角上还放着一本书，看上去岁月静好，气质如兰，完全不像一个明艳开朗的大美人。

苏惟英的微信名叫阿狸，用着卡通头像，朋友圈是张在漫展上角色扮演的双马尾背影照。

两人在网上的形象和现实中简直调转过来，庄星直呼被骗。

“我以为会看到一个安静文艺的小美女，谁知道，她走过来时差点亮瞎我的眼。”

“我也是。”季禾野说，“差点没敢认。”

众人今天的约会对象都是前一晚的聊天对象，没有人改变选择。

简单聊完天后，几人起身开始参观房子，分配房间。

别墅总共有三层，一楼是客厅和厨房，外面还有个花园。二楼是卧室，三楼配备了影音室和健身房，同时有个大露台，可以看到远处的树林、沙滩和另一边的礁石。

节目录制是在一座海岛上，这房子的配置超出了他们的想象。

逛得差不多后，几人开始分配房间。方妍有早起的习惯，众人便把单间留给了她，剩下的程西和苏惟英自动组成室友。男生里只有季禾野早起，陈慕也便和庄星同住一间房，成了室友。

分配结束后，节目组告知了他们一个噩耗：从现在起，一日三餐都需要他们自行解决。当然，几公里外就有大型超市，节目组给他们配备了车辆。

“大家都有驾照吗？”方妍率先提问。

几人齐聚在厨房，见冰箱里空空如也，便商量起买菜的问题。

众人都有驾照，只是各人开车的熟练度不同。

程西主动报告：“我没怎么开过车。”

“我也是。”苏惟英随之举手。

“那我去买菜吧，谁跟我一起？”方妍笑着说，目光扫视了一圈，最后看向陈慕也。

“要挑一个壮丁。”她的视线落在他身上，笑着说，“就你吧。”

陈慕也无声地摸了摸鼻子，点头答应下来：“好吧，那我就当一回免费劳力。”

两人拿上车钥匙便出门了。

少了两个人，屋子里的人安静了不少。

苏惟英和庄星一同去参观房子周边，程西和季禾野则待在客厅，一人看着平板电脑，一人翻着书，互不打扰。

不知何时，外面下起了雨。

季禾野抬头看向落地窗外，似乎在自言自语：“不知道他们什么时候回来。”

“应该快了吧。”程西迟疑着说，心里却难以安宁。

这是一档恋爱综艺节目，每个人都有机会和自己喜欢的人培养感情。

她低下头，眼睛落在书上，告诫着自己。

时间好像很长，又好像很短。

雨快停时，玄关处传来了动静。

陈慕也手里拎着最大的两个购物袋，和他们打过招呼后便去了厨房。

方妍把一个小纸袋放到桌上，笑着招呼他们：“我们路过一家蛋糕店，买了好多甜点，你们先垫垫肚子。”

袋子里有好几种造型可爱的糕点，苏惟英忍不住“哇”了一声，说：“刚好饿了。”

“大家先分一分。”方妍说。

今晚做饭的任务落在庄星和程西身上，原因是他们两个都下过厨。程西放假在家时喜欢帮家人做饭，这是她的兴趣所在。而庄星也说自己会做几个高级菜式，神神秘秘的，看起来底气十足。

秀越市地处南方，菜式偏甜，程西担心他们吃不惯，特意做了改良版。她做了红烧肉和虾仁豆腐，快结束时，一转头，她看到庄星正在给菜品摆盘。

芦笋和小番茄用来点缀，中间是红酒烩牛肉，色香味俱全，卖相诱人。

程西睁大了眼睛，不禁赞叹道：“原来你真的会做饭！”

“开玩笑，哥从不吹牛。”他扬了扬下巴，有种孔雀开屏的架势。

两人都是厨房老手，动作有条不紊，搭配合理，不一会儿，菜就被一样样地端了出来。

程西解开围裙，把最后一道菜端出去时，余光瞥过客厅，看到陈慕也和苏惟英坐在沙发上，两人离得很近，不知道在讨论什么。

她在心里轻轻叹了口气。

早晨的激动和兴奋早已归于平静，在现实的打击下，翻涌的心潮渐渐被镇压，荡不起一丝风浪。

桌上五盘菜荤素搭配，收获了众人的夸赞。

程西坐下时，陈慕也恰好夹了一筷子虾仁，他尝了一口，抬起眼便与她的视线对上。

“这是你做的？”他主动问。

程西点点头，心底突然涌上一丝紧张：“味道怎么样？”

“很好吃，像我家乡的做法。”

“你家……”她有些迟疑。

陈慕也笑了笑，没有再说话。

程西发现，他一旦遇到不想回答的问题便会习惯性地笑一笑，礼貌而疏离，拒绝溢于言表。

她一直都知道，他远没有表面上那么好相处，甚至在整个学生时代，身边的人都对他热络至极，而他真正相交的好友也仅有那么一两位。

就像今天，他对她，对她们，并没有任何区别。

大概是因为今天是入住第一天，节目组没有安排任何其他活动。

十点整，客厅的钟声准时响起。

几人坐在客厅沙发上，互相看了一眼，沉默无声地蔓延。

“那我先上楼写信。”季禾野左看右看，拿开腿上的抱枕起身，毫不掩饰。

有他带头，大家都默契地各自回房写信了。

上楼梯时，程西落在后面，身后的人正好是陈慕也。

她的目光不经意地对上他的，她飞快地挪开视线，不敢看他的眼睛。

房间里，苏惟英盘腿坐在地毯上，拿着纸笔正发愁，程西背对着她坐在书桌前。

“你写给谁？”苏惟英主动问。

程西转过头，想了想，回答道：“应该是我今天的约会对象。”

“陈慕也啊？”

程西好奇地问：“你呢？”

苏惟英今天和三个男嘉宾的接触都差不多，单独约会过的只有季禾野，但下午，她和庄星逛了小屋，两人还发现了一座温室花房。

程西又想起苏惟英晚上和陈慕也坐在沙发上的场景，一时觉得她捉摸不透。

“嗯……”苏惟英思索着，迟疑了会儿抬眸看向他，“我可能也会写给陈慕也。”

“啊？”程西有些蒙，好半天才眨了一下眼，慢吞吞地问她，“为什么？”

“因为我们挺有共同话题的。”她深思过后给出了答案，满脸慎重。

程西缓缓点头，表示理解，又见她笑了起来。

“当然，更重要的是因为他帅啦！”她坐直身子，神情有些激动，“我难得在现实生活中遇到这种级别的帅哥！今天看见他和你从外面进来的时候，我都呆住了，幸好想起来是在录节目，不然就要丢人丢到全国观众面前了。现在不抓紧机会冲一冲，还要等什么时候？！”

不知为什么，明明她们算是竞争关系，程西却深有同感地点了点头。

“对，机会难得。”

两人突然打开话匣子，大有在女生宿舍夜谈的架势。程西恍惚间觉得自己回到了高中，夜里，女生宿舍的同学们讨论着学校的风云人物。

那时候，话题的中心也是陈慕也。谁能料到，时隔多年，他依旧耀眼夺目，熠熠生辉，仿佛明月永远高悬。

“我实在搞不明白他这样的帅哥怎么会来参加恋爱综艺节目，他还需要上节目找女朋友？要不是气质不太像，我都要怀疑他是哪个公司送来通过这档节目走进娱乐圈的。”苏惟英还在喋喋不休。

她的性格和外表反差极大，程西彻底信了她朋友圈的风格。

“可能……有些个人原因。”程西大概听说过，但不方便在这里和苏惟英细说。

陈慕也一直没有谈过恋爱。

凭他的长相和条件根本不缺追求者，有些追他的人甚至优秀得令她自卑，但陈慕也永远礼貌地拒绝对方。

她也曾猜过，可能是他还没有遇见真正喜欢的人。

可是像他这样的人会喜欢上什么样的人呢？

那个人该有多优秀。

程西想到这里，突然难过起来。

或许她会在这次特殊的旅程中作为一个见证者，看着他开始一段真正的恋爱。

房间里没有人再说话。

程西坐在桌前，握着笔，许久没有写出一个字。

她有太多话想说，但真的到了这一刻，反而什么都说不出来了。

不知不觉，时间似乎过去了很久，苏惟英推门出去又进来时，程西终于低下头，光明正大地在纸上写出了他的名字。

“陈慕也，很高兴见到你。”

她把信纸仔细折好，装进信封里，带着它下楼。

信件投递处设在花园边，每个人都有属于自己的信箱，男女生的信箱设在不同的地方。

她找到带有陈慕也名字的信箱，果不其然，里面已经有两封信了。

很快，她把自己手里的这封信放了进去。

月色皎洁，花园幽静，时间仿佛在这一刻穿越整个青春，承载着一直藏匿在阴影处的少女站到月光下。

互送信件环节结束。

十分钟后，众人将去查看自己的信箱。

程西突然心跳如鼓，却又不敢奢望。

她最后一个下楼，仿佛刹那间出现幻觉，在自己的信箱里看到了月光下的信封，上面有着熟悉又陌生的笔迹。

信上只写了两个字："晚安。"

夜晚很黑，风很凉。

她没有想到会在最难过的时候遇到C，他路过她的身边，给了她一罐可乐。

——《C少年观察日记》

《一起恋爱吧》节目录制地点定在滨城，一座沿海旅游城市，景点小众而唯美。嘉宾集体入住岛上的别墅，共同度过二十天的浪漫之旅。

节目以真实为亮点，除了第一天亮相时特意为嘉宾准备了造型之外，正式入住小屋后，嘉宾们都恢复了生活状态。

只是初到陌生环境，角落里还架着摄像机，大家都还有些拘谨。早上下楼时，程西看到两位男嘉宾和两位女嘉宾都已经坐在客厅里了。

因为昨晚那封信，程西失眠到凌晨两点，又担心着第二天要录节目，睡得并不踏实，干脆早早起床来冲咖啡。

她素面朝天，只简单遮盖了一下黑眼圈，穿着宽松的家居服。

八点整，除了陈慕也以外，人都已经聚齐了。程西随手准备了煎蛋和烤面包，还顺便热了牛奶，收获了一众道谢声。

她看着那份没动的早餐，忍不住看了一眼墙上的挂钟，还没说出自己的担忧，已经有人提前替她问了出来。

“陈慕也还没起床吗？”方妍对着庄星询问，语气带着明显的笑意。

作为室友的庄星罕见地语塞了几秒，说：“呃……我下楼的时候，他好像还在睡觉。可能是昨天太累了吧，刚好今天早上节目组没有安排活动，就多睡了一会儿。”他贴心地解释了几句。

“确实。”程西假装看表，“才八点，是我们今天起得太早了。”

“……”

吃过早餐，季禾野找了台跑步机开始运动，方妍和苏惟英在玩飞行棋，程西和庄星坐在沙发上各自看书。

墙上挂钟的指针指向数字九时，众人翘首以盼的身影终于自阶梯慢吞吞地出现。他一边下楼一边揉着头发，看起来懒洋洋的，似乎没有睡好。

陈慕也穿着简单的家居服，视线扫过他们，面上闪过一丝诧异。

“大家怎么都起得这么早？”他打了个哈欠，有几分困惑，随后走到厨房打开冰箱，拿出一瓶水，“今天不是没有活动吗？”

“少爷，你抬头看看现在几点了。”方妍率先笑着出声调侃他。

陈慕也还真抬头看了一眼钟表：“九点。”他笑着致歉，“不好意思，让大家见笑了。”

“没关系，大家原谅你了。”庄星抖了抖手里的报纸。

“你吃早餐了吗？”程西指了指桌上未动的那份早餐，“给你留的。”

“给我留的？”他受宠若惊地看着她，连忙道谢，“谢谢。”

快到午饭时间，节目组突然临时安排了外出活动——探索滨城。

作为老牌沿海的城市，可打卡的景点很多，近几年也渐渐在网上有了名气。

一群人慢悠悠地从家里出发。节目组分配了两辆车，季禾野和庄星两人分别充当司机。车子停在门口后，大家都没有动，方妍率先看向陈慕也，问道：“你坐哪边？”

“我都可以。”

方妍指了指庄星那辆车，向他发出邀请：“那我们一起坐那辆车？”

他顿了一下，点头道：“好。”

程西和苏惟英因此自动分配到坐季禾野的车。

“小野，你对滨城的当地特色了解吗？”苏惟英和他有过一次约会，聊起天来显然较为热络。

“不太了解。”季禾野老实回答，注意着前面的路况。

他今天戴了一顶黑色帽子，穿着牛仔外套，卷着袖口，露出白皙瘦削的手腕，手腕上戴着一条银色手链，看起来像个精致酷男孩，性格却莫名有些温顺。

“听说这里的海鲜面不错，我们待会儿去的第一站日月湾就有很多吃的。”苏惟英满脑子记挂着美食。

“正好去吃午饭。”季禾野应道。

车子一路疾驰，穿过跨海大桥，驶入主城区。

日月湾早年是个靠海的渔村，后来飞速发展，很多建筑完整地保留了下来，既有渔村风貌，又有现代化气息，临街的另一边就是海，半海半镇的独特景致很是漂亮。

将近半个小时的车程后，几人在街口会合。冬季是旅游淡季，加上景点小众，游客并不多。

街道老旧而空旷，左手边是砖红色的古建筑商铺，右手边是一望无际的蓝色海洋，分割线如同月牙，偶尔能看到浪花拍打着礁石，溅起层层水珠。

“我们先去这家‘不行就辞职’奶茶店？”方妍拿着节目组准备好的打卡攻略表，提议道。

其他人没有异议。

一行人融入人群，后面远远地跟着几台摄像机。

奶茶店坐落在海边，拥有绝佳的观景阳台，饮品的名字也颇具创意，比如“自由出桃”“芝士万岁”“青你快乐”，五花八门，让人目不暇接。

几人各自点了一杯奶茶，坐在靠海的窗边拍照，随后到心愿墙前留下自己的祝福语。

每座城市的旅游景点几乎都会有这些花样。

众人拿起便利贴，写下的祝福语五花八门。

庄星仅用三秒便将便利贴写好贴上，程西看了一眼，他写的是“希望我越来越帅”。

“……”

她不禁看向陈慕也。

他正站在心愿墙前，将一张便利贴认真地贴在角落里。

程西低下头，想了想，在纸上写下了一行字：“年年有今日。”

打卡结束后，几人一起去餐厅吃午餐。餐厅是必吃榜上排名第一的店，海鲜丰富，特色菜也多，程西却有点食不知味，因为她根本找不到机会和陈慕也说话。

方妍几乎全程和他在一起，从坐车到奶茶店再到餐厅，程西和陈慕也之间始终隔着几道身影，如同远山，可望而不可即。

餐厅里，大家在聊天，陈慕也并不怎么参与，同样安静的还有程西。

吃完饭，天色阴沉下来。

下午要去的几个地方都在市区，需要步行过去。程西其实已经有点累了，但她不想影响大家的积极性，依然强打着精神。

陈慕也的疲惫感倒是明显了许多，一路上他都垂着头打着哈欠，神情倦怠。方妍见状关切地问了几句，他只摇了摇头，没说话，一副兴致不高的样子，像是机器电量耗尽，自动关机。

不知不觉间，陈慕也落在了队伍的最后面。

穿过一条街后，人突然多了起来，由于身边人潮拥挤，程西不小心撞到了旁边的人，差点摔倒，一抬头，她便看到了陈慕也。

他低垂着眼，双眼皮耷拉着，睫毛很长，此刻视线落在她身上，抬手拉了她一把。

“小心。”轻飘飘的口吻，在热闹的市集中仿佛幻听。

程西尽量忽视他抓住自己胳膊的触感，平常语气：“你怎么到队伍末尾来了？”

“累了。”他只回了两个字。

程西察觉不到他的其他想法，只觉得这一刻难得珍贵，不经意便放慢了脚步，与他并肩慢行，偶尔还会擦到他的衣袖。

她知道他此刻不想说话，索性并不费心找话题。

这样的距离，这样的平常时刻，已经足够。

等走出这条街道时，两人才发现自己掉队了，同伴的身影早已消失。

程西正要给其他人打电话，身边的人却开口了。

“刚好，我们找个地方休息一下吧。”

程西握着手机愣愣地看着他。

“今天不营业了，想下班。”

他们身后跟着一台仅剩的摄像机。

程西转头看了一眼，问道：“可以吗？”

这句话是对着陈慕也说的，但很快，她的手机收到了一条信息，来自她的跟拍导演秦晴："可以。"

作为一档恋爱综艺节目，男女之间的互动偶然性才更吸引人。

程西给庄星他们发了一条消息，告知她和陈慕也的行踪，随即收起手机准备和陈慕也"私奔"。

"接下来我们去哪里？"她仰头问，白净的脸上带着微笑，让人不由自主地觉得放松。

陈慕也微微挪开眼，不经意地说道："去个没人的地方。"

两人沿着人迹最少的路往前走，渐渐远离了闹市区。走到尽头时，眼前出现了一片海。海水冲刷着沙滩上的礁石，海面上有海鸥低低地盘旋，往前走一步，沙子就灌进了裤脚。

这片海空旷而安静，能看见远处有几抹游人的身影。

陈慕也也不讲究，在海边找了块干净的礁石坐下，不禁叹了口气。

"好累。"

程西迟疑地看着他，问道："你的体力……这么差？"

陈慕也罕见地沉默了。

"要不要喝点什么？"他转开话题，目光打量着四周，随后在不远处看到了一个老旧的小卖部，"我去买。"

"要不……还是我去？"程西再次开口。

陈慕也没说话，看了她一阵后，言简意赅地说："你坐。"

他指了指礁石，随即起身。

程西见他的身影渐渐走远，才犹豫着在礁石上坐了下来。

风很凉，浪潮忽远忽近，周遭突然变得静谧。不再需要社交，也不用在陌生人流中挤动，程西不自觉放松下来，闭上眼，感受着风中的海水气息。

一罐可乐突然贴上她的额头，冰凉的触感伴随着头顶上传来的声音一同到来。

"其他饮料都没了，就买了这个。"

她睁开眼，便看到陈慕也拿着两罐可乐站在她的面前。

他把其中一罐递给她，自己随意地坐下，单手拉开拉环，眺望着远方，仰头喝了一口。

两人并肩坐在海边，无人说话，周围只有海浪声阵阵传来，时不时还有海鸥的叫声。

程西垂眸盯着手中的可乐，久久没有打开。

“不喜欢吗？”陈慕也察觉到她的动作，问了一句，“还是太冰了？”

“不是。”程西摇摇头，看着身侧的他，仿佛回到了那个漆黑的夏夜。

那时，她正处于人生中最低谷、最灰暗的时期，又和家里吵了架，第一次叛逆地从家里跑出来，在便利店外一直坐到深夜。

周边商铺的灯一盏盏熄灭了，黑暗中只剩下便利店的灯光还亮着。她坐在塑料长椅上，双手环绕着膝盖，把脸埋在臂弯里。

很久很久之后，突然有人经过她身旁，在椅子上放下了一罐可乐。

“小姑娘，天黑了就早点回家吧，外面不安全。”

随意懒散的嗓音让她觉得有几分熟悉，她一抬头，却只看到他高瘦的背影，眼前的人穿着黑色卫衣，侧脸轮廓十分完美。

他同样拿着一罐可乐。

夜风中传来咕噜咕噜冒气泡的声音，像是她的心跳。

此刻，他给了她一罐同样的可乐，坐在她的身边。

时间兜了个圈，在这一瞬间重叠，宛如美梦不醒。

两人在海边漫无目的地吹着风，陈慕也闭目小憩，程西则在心里默默数着分秒，祈祷时间慢慢走，直到庄星发消息催促他们与众人会合。

没多久，两人跟着定位找到了大部队。

晚饭结束后，夜幕降临，一行人打道回府。

今晚节目组并没有那么容易就放过他们，通知大家洗漱后到屋外草坪集合。

程西和苏惟英结伴过去时，看到那里已经有两个人了，方妍和季禾野坐在露营椅上，低头说着话，两人靠得很近，季禾野脸上的笑容是从未有过的明亮灿烂。

程西本能地朝苏惟英看了一眼。

这两天相处下来，苏惟英明显和季禾野的关系最好，比起其他人要亲密许多。

对于眼前这一幕，苏惟英似乎没有太大反应，如常地和他们打了招呼。没多久，庄星和陈慕也一起过来了。

程西的目光不由自主地落在陈慕也身上。他刚洗漱过，头发微湿，露出的皮肤白皙光洁，走近时飘来一股淡淡的香气。

他照例在最边上坐下，与程西中间隔着一个庄星。

节目组发下任务卡，由庄星字正腔圆地念起来。

“卡牌游戏：由两位嘉宾同时抽卡，完成卡牌上的挑战，包括但不限于真心话和大冒险，挑战只许成功，不许失败。”

公交车来的那一瞬间，她刚好踩在了他的影子上，看起来像在拥抱。

——《C少年观察日记》

卡牌游戏其实就是另一种真心话大冒险，只不过为了促进嘉宾之间的互动，将游戏改成了双人模式。

宣布完规则后，众人沉默了几秒，直到方妍缓缓开口：“那……惩罚不会太离谱吧？”

“你怕什么。”庄星调侃道，“最强嘉宾就是你。”

方妍作势要拿桌上的水杯打他，他假装害怕地躲了躲，随即听到摄像机后的导演说：“我们会注意节目尺度的。”

整副卡牌被摊开在桌上，抽取顺序按照嘉宾座位决定，从右边开始，因此，方妍和季禾野自动成了一组。

两人伸出手，很快翻转牌面，露出谜底。

方妍抽到的是提问卡：“目前场上有你感兴趣的男（女）嘉宾吗？”

她大大方方地展示出牌面，回答：“有。”

她说这句话的时候看向的人是陈慕也，心思昭然若揭。

大家笑了笑，没有说话。

季禾野抽到的卡牌内容有难度，要求他和搭档完成一项你画我猜的挑战。节目组拿上道具后，季禾野在前面比画，方妍站在不远处根据他的提示猜答案。两人的默契度可谓为零，中途笑料百出，其他人被逗得不行，游戏最终在一片笑声中结束。

季禾野摸了摸头上的虚汗，看向方妍的眼神却格外明亮。

之后轮到苏惟英和程西抽卡。两人抽到的都是提问卡，简单过关，很快便轮到下一组。

笑闹间，夜晚变得格外漫长。

最后一对抽卡的组合是程西和陈慕也。卡牌上的提问和挑战已经出现得差不多了，大家都有点懒散，靠在椅子上，没了先前的严阵以待。

程西伸手去摸牌，不敢多想。

她抽到的是一张提问卡："说出一个你最喜欢的异性身上的特征。"

问题很简单，她不由自主地看向一旁的人——陈慕也刚抽到卡，还没展示。

两人的目光不经意间对上。

陈慕也的眼睛很漂亮，被他注视时莫名有种勾魂的感觉。

程西轻轻屏息，说了两个字："眼睛。"

扇形开合的双眼皮，轮廓微深，眼尾弧度轻轻上扬，配合着那张俊美的脸，让人一看便不自觉心跳漏拍。

她从未见过世界上比他更好看的眼睛。

程西的回答没有引起大家的起哄，大概是众人顾及她的性格，而她的心意早已难以遮掩。

很难有女嘉宾不喜欢上陈慕也。

陈慕也坐在椅子上，正翻看着手里的那张牌。

卡牌正面露出三个字：牵手卡。

有吸气声从四周传来，难掩惊讶。这张牌是第一次出现，众人这才知道竟然还有这样的内容。一时间无人说话，众人的目光都集中在陈慕也身上，等待着他的下一步动作。

从录制节目开始，陈慕也一直表现出随意懒散的态度，不像是要认真参加恋爱综艺节目的，更像是来度假的。

在场的人都没有把握他是否会配合节目组的要求，就连制作组也不确定。

空气陷入沉默，只剩一旁闪烁的灯光，像夜空中不知疲倦的星星。

程西静坐着，周遭仿佛被虚空包围，什么也不剩。

灯影晕开，她看到陈慕也起身朝她走来，身影越来越近。他的手指漫不经心地握上她的，触感有些不真切。

一秒、两秒、三秒……时间似乎过去了很久，又仿佛在一瞬间。

她手中残留的是属于他的温度。

起哄声嘈杂混乱，在这沸腾的时刻，程西脑中出现的却是十七岁那年的夏天。

无数个橙红绚烂的傍晚，她站在无人的角落，远远地望着少年高瘦的身影。他们之间最近的距离也只是她借着等公交车的机会，在背后小心翼翼地踩着他的影子。

她当时以为，那就是他们的结局。

灯光温暖的草坪上，一切还未完全平复。

陈慕也回到了自己的座位上。

程西记得，他握住她的手时，低低地在她耳边说了声："冒犯了。"

程西当时来不及给出任何反应，直到现在才收起怔怔的神情，不自觉地蜷缩起放在膝上的手指。

肌肤相触的感觉柔软又陌生，如同烙印在那儿。

节目组宣布游戏结束，刚才牵手引发的热度终于过去，大家各自散开，起身进屋。

回到房间，程西依然心神恍惚，还未从今晚的事情中回过神来。

室友苏惟英竟然也一反常态，坐在梳妆台前不说话。

空气沉默着，直到手机响起，新消息涌入。

节目组给出了新任务："第二次约会即将开始，由女方主动发起邀请，开启你们明天轻松快乐的一日游。"

房间里的两人同时收到短信，犹豫片刻，程西还是问道："你准备邀请谁？"

她昨天的心动对象是陈慕也，但经过今天一天的相处，程西有点捉摸不定她的想法。

果然，苏惟英露出几分迷茫的神情，情绪低落。

"我不知道……"她语气含糊，喃喃道，"我觉得我的心乱得很。"

"你是不是有点在意小野？"旁观者清，程西一语道破了她的矛盾所在。

苏惟英咬咬唇，说："但是……他今天和方妍相处得很好。"

程西想了想，说："现在才第二天。"

"也是，我在这里想东想西也没用。"苏惟英好像突然想通了，从圆凳上站起身，充满斗志，"我去邀请他了。"

说完，她整理好外套，捏着手机风风火火地往外走。

程西被她的行动力震撼到，自己却没有这样的勇气和胆量，独自在房间坐了片刻，才做好心理准备走出门。

陈慕也的房间在走廊最里面，此时外面空无一人，苏惟英大概已经进了季禾野的房间。

头顶灯光明亮，程西轻轻吸了一口气，默默地打着腹稿。

“咚咚。”轻微的敲门声在寂静的夜里格外清晰。

陈慕也打开房门，看见程西的一瞬间，他的脸上闪过一丝诧异。

“你明天有空吗？明天的约会，我想邀请你一起。”程西还是鼓起勇气说出了这句话。整个过程中，她努力望着他的眼睛，与他对视，呼吸却在颤抖。

她静静地等待着他的回复。无人的走廊被夜色包裹，顶灯昏黄的光洒落下来，尽数铺在他的脸上。

程西能清晰地看见他的每一种神情变化。

陈慕也先是惊喜，然后无措，最后眉眼间带着一丝歉意。

“抱歉，有人提前约过了，我已经答应了她。”

程西失魂落魄地回到房间，与她反应截然相反的，是正对着镜子哼歌的苏惟英。

她一边卸妆一边解开头绳，从镜子的反光中，她看到了身后推门而入的程西。

大概是程西的无精打采过于明显，苏惟英立刻停下手上的动作，转头看向她。

“怎么了？”苏惟英的表情不由自主地严肃起来，询问道，“事情不顺利吗？”

她没有问程西的邀请对象是谁，程西的心事隐秘，却从未遮掩。

程西反手关上门，几缕发丝散落下来，贴在颊边，眼中满是失意。

“有人提前邀请他了。”

苏惟英的邀约很顺利，季禾野答应了她明天的约会。

今晚，人类的悲欢并不相通。

程西和苏惟英在这两天的相处中产生了特殊的情谊，苏惟英安慰了程西许久，“女生宿舍”的夜谈一直持续到天边的星子隐没，程西终于卷起被子，闷头睡去。

这一晚，程西和陈慕也依然互投了信件。

程西：“祝你明天玩得开心。”

陈慕也这次的信件内容只剩下一个字：“安。”

敷衍至极。

程西觉得，如果不是节目组强制要求，他可能根本就不会写信。

第二天迎来约会日，苏惟英早早起床准备，同季禾野一同出了门。

程西不想撞上陈慕也和方妍，干脆在房间待到九点多才慢吞吞地出门。楼下果然空无一人，只有明亮的阳光透过落地窗洒进来。今天是个难得的好天气，程西的心里却乌云密布。

她无精打采地走向厨房，准备给自己简单做点早餐，楼上便传来了脚步声。

“早啊。”庄星神采奕奕地出现在楼梯口，和她打了个招呼。

两个落单的人留在了小屋。

“早。”程西和他打招呼，“吃了吗？”

“没呢。”他自然地接话，“让我蹭一份？”

“没问题。”

程西熟练地做出了两份简易早餐，煎蛋加火腿，主食是烤吐司，还榨了两杯橙汁。

庄星不由得对她竖起了大拇指：“多才多艺。”

空了大半的别墅今早格外安静。

程西咬了一口吐司，找着话题：“你今天不出门吗？”

“没人约我啊。”男生语气懒散，神情间看不出半分失落，反而怡然自得。

“那我们今天就待在家里？”程西不太懂节目流程，想着在家休息一天也不错，顺便还能去超市买点菜，用来补充冰箱。

她胡思乱想着，却忽然看到对面的庄星望着她挑了挑眉，语出惊人。

“大家都去约会了，要不然，我们也约会一下？”

不吃胡萝卜，不吃土豆，连姜末都不吃。

真的有人这么挑食吗？

——《C少年观察日记》

客厅一时间安静下来。

听到这句话，程西陷入了久久的沉默。

“你要考虑这么久？”庄星捂住胸口，假装难过，“有点伤人了吧。”

“不是……”程西连忙解释，“我只是不太清楚流程，不知道这会不会违反节目的规则。”

“有什么违反规则的，他们本来就提前定好了三个约会场地，不去也是浪费。”庄星深谙其中套路，直接戳穿，坦然至极。

程西思索了三秒，竟然觉得有理，这么好的天气，与其待在家里，不如出去走走。

这样一想，她朝他点点头，应道：“那等我去换件衣服。”

“不要打扮得太好看啊，我不习惯和美女一起出门。”庄星埋头喝着橙汁，头也不回地朝她招手嘱咐道。

程西：“……”

再下楼时，只过去了十分钟。她没化妆，穿着蓝色毛衣和牛仔裤，背了一个斜挎小包。

庄星收拾完厨房，抬头看到她，愣了几秒。

“你还真是一点都不打扮啊。”他很快又补了一句，“也就是仗着自己长得漂亮。”

程西：“……”

他们去的是附近的一个卡丁车场地，S 形室外跑道弯弯绕绕，像环形公路，唯一不同的是道路两边都有安全气囊，用来缓解冲击。

程西被带进去换衣服，出来时戴上了头盔。这是她第一次玩这种刺激的户外活动，眼里满是跃跃欲试的兴奋。

对面的庄星和她一样换上了一身白色赛车服，两人装备整齐，各自挑了一台卡丁车进场。

安全员向他们讲解了一番操作。驾驶卡丁车很简单，车子只有油门和刹车两个踏板，主要是注意掌控方向。

起跑线上，庄星扬声说道：“我们比赛，看看谁先到终点。”

话音未落，他踩下油门，率先冲了出去。

程西赶紧开始追赶。

但她驾驶得并不熟练，只能保持匀速前行，拐过几个弯后才渐渐找到感觉，随后将油门踩到底。

跑道上的两辆车慢慢靠近，并肩行驶，庄星听见动静后扭头看了程西一眼，头盔后的表情有些扭曲。他提高了速度，程西依然与他不相上下，甚至在下一个转弯处以更高超的技术略胜一筹，车身超出他的车半截，然后一点点将他的车甩开。

程西在终点线停下没两秒，庄星的卡丁车就冲了过来。他摘下头盔，满头大汗。

“你搞什么啊，这么猛，吓死我了。”

“没办法。”程西假装云淡风轻地擦汗，努力平复如擂鼓的心跳，“天赋异禀。”

他哼笑道：“你就装吧。真没看出来，个子不高，好胜心还挺强。”

“我一米六五，谢谢。”

两人斗了几句嘴，又跑了几圈，才终于停下，换掉了衣服。

这附近还有个很大的电玩城，吃过午饭后，两人在里面玩了一下午。

不知道为什么，和庄星在一起，程西觉得格外放松。

程西在竞技游戏上展露出了天赋，就连抓娃娃机都没放过，两人最后回去时怀里抱着一堆娃娃，还用从老虎机赢来的硬币买了小吃和特产。

回到小屋时还早，橘色夕阳正染红天边，按照以往的经验，正式约会的人肯定没有这么早回来。

两人正在路上商量着晚上买菜做饭的事情。

“依我看，他们肯定都在外面吃过饭才回来，咱们就随便煮个面吧。”庄星似乎有点累，叹了口气。

程西反而劲头十足，反驳他道：“不行，正因为这样，我们更要好好吃顿饭犒劳自己。”

“你真励志。”他不由得竖起大拇指表示钦佩。

进屋后，其他人果然都还没回来。

程西把东西放好，打开冰箱，翻看着里面的存货，很快找出了白菜和胡萝卜，加上冷冻区的肉和地上的土豆，足够丰盛了。最后，程西还翻找出了一包火锅底料。

“我们今晚就吃火锅吧！”她眉开眼笑，转头朝庄星展示着自己的“战利品”。

两人份的小火锅配菜绰绰有余，程西把丸子和肉类拿出来解冻，又将白菜洗净，土豆切片，一一装盘。快上桌时，她又从橱柜角落翻出一包粉丝。

庄星在旁边忙活，把肉片和肥牛卷装好盘。

很快，空气中弥漫起火锅的鲜香味。

“真棒。”庄星拿着手机在一旁拍照，很快便发了一条朋友圈炫耀。

两人刚准备开吃时，门口传来了声响。

“我们回来了。”是苏惟英的声音，听不出情绪好坏。

程西连忙放下筷子，转头看过去，只见苏惟英和季禾野一前一后地走进来。

苏惟英今天穿了条黑色小裙子，搭配着牛仔外套和长靴，头发烫了卷，看起来又甜又酷，与一身黑的季禾野站在一起，莫名有几分般配。

只是两人的表情都不算太好，还带着玩累了的疲惫感。

“你们吃东西了吗？”程西赶紧问。

苏惟英摇摇头，朝他们走过来，探头看了一眼，问道：“你们在吃火锅吗？”

“对啊，要不一起吃，我给你们添两双筷子。”庄星热情邀请道。

听到这话，两人不客气地坐了下来。

庄星到厨房去拿了两副碗筷，顺便又端了盘肉出来。

肉很快便熟了，几人刚吃两口，门口又有了动静。众人停下筷子，不约而同地抬头望去。

陈慕也和方妍一起走了进来，两人的情况看起来也好不到哪里去，方妍走在前面，手里提着小包，看到客厅里的人，脸上勉强挂着笑意。

“我先上去收拾一下。”说完她便上楼了，没有看陈慕也一眼。

直到她的身影消失，陈慕也才不紧不慢地走过来，神色看似平常，眼里却有掩不住的疲惫。

“要一起吃点吗？”程西打量着他，小心翼翼地发问。

他没有拒绝，点了点头，在庄星旁边坐下。

程西去厨房给他拿了副碗筷，顺便给他调好蘸料，加葱、姜、蒜的时候，她特意把姜末挑了出来。

火锅吃到一半，方妍从楼上下来了，她换上了舒适的家居服，妆容也素净了许多。

程西回忆起她先前穿的吊带长裙和高跟鞋，猜想她今天肯定和陈慕也发生了不愉快。

果然，“话题王”庄星很快抛出了话题。

“你们今天都去哪里玩了？”

苏惟英率先说话：“我们去了一个非物质文化遗产的古镇，景色挺好的，还体验了好几个手工项目。”她一一举例，“像扎染、手工造纸……还挺有趣的，是吧，小野？”

季禾野点点头，补充道：“就是走得太久，有点累。”

“你们呢？”庄星看向陈慕也。

“挺好的。”他的声音很低，语气有点含糊，“也是走得太久，有点累。”

“你们去了哪里？”庄星兴冲冲地转头问方妍。

此时方妍也在吃火锅，她抬手夹着菜，答道：“一个海边的栈道，先让我们骑行，然后去爬山。”

众人沉默了。

经过这几天的相处，大家差不多了解了陈慕也的性格——连走路都嫌累的人，却让他骑车和爬山……这场约会的结果似乎可以预见了。

程西埋头咬着肉丸，艰难地咽下一口，才抬起脸勉强问道：“那你们还好吧？”

“我还好。”方妍指了指一旁的人，笑道，“他不太好。”

她显然已经整理好了心情，没了刚进门时的低气压。

陈慕也没说话，摇头笑了笑。

热气腾腾中，有人问起程西和庄星两人的情况，他们便复述了这充实的一天。

吃完饭，程西给他们看了看今天的“战利品”，之后决定送每人一个娃娃。

程西送给苏惟英的是只小狐狸，送给方妍的是一只小猫，庄星分到的是兔警官，季禾野的是猫头鹰，轮到陈慕也的时候，她塞了一只树懒到他怀里。

他拿着娃娃，好一会儿没作声。

程西已经在和庄星分特产和小吃了。庄星这人十分活跃，常常逗得众人发笑，连程西也不例外，此时，她脸上的笑容十分明媚。

几人气氛融洽，很是热闹。

陈慕也揉了揉发痛的太阳穴，起身与众人告别。

客厅里的几人还在说话，灯火通明之中，程西不禁望向陈慕也离开的背影。

刚才吃饭时，他好像没有夹什么菜。

程西回忆了一下，除了肉类，锅里的大多是土豆和胡萝卜。

陈慕也很挑食，这是程西偶然发现的。

高一那年，有一次老师拖堂，晚了十分钟才宣布下课。

程西去食堂打饭，恰好看到陈慕也排在队伍中，她克制住紧张，隔着一个人站在他身后。

他打完饭在不远处坐下，程西低着头，假装不经意地坐在了他的斜后方的座位上。

从这个角度，刚好可以看到他的侧脸。

她看到他不紧不慢地拿起筷子，不紧不慢地夹菜，不紧不慢地把胡萝卜和土豆整整齐齐地夹到一边，堆在盘子的角落里。

那是她第一次知道有人竟然这么挑食，甚至连可乐鸡翅上的一点姜末都不放过，通通挑了出来，扔在一旁。当时程西心里只有一个想法——难怪他那么瘦，不知道他能不能吃饱。

没多久，又到了每天晚上的信件投递时间。

程西迟迟落不了笔。

白天，她和庄星闲聊时不小心提到了晚上写信的事情，他随口说了句他从进小屋到现在都没有收到过信。

程西很感谢他今天带自己出去玩。相比之下，对陈慕也来说，她的信或许可有可无。

程西坐在桌前许久，终于下定决心，写下了一行字。

“庄星，你好，今天和你一起玩得很开心。你是一个很值得结交的朋友，希望你在小屋的这段时间过得开心。”

写完后，她把信纸仔细折好，投递进了庄星的信箱。

这晚，意料之中的，她也没有收到来自陈慕也的信。

下楼取信时，程西恰好撞到了方妍上楼，手里拿着一封刚收到的信。

今晚，男生们都很有绅士风度，投给今天约会的女伴以温柔的目光。

这是很正常的事情，但这下子，程西彻底找不到联系陈慕也的借口了，她的心底莫名像空了个缺口，由内而外地灌着冷风。

她抱膝坐在屋外阳台的椅子上，难以静下心，呆呆地看了半天夜空。

没过多久，她起身准备下楼接水。

此时是夜里十一点，楼下空无一人，客厅静悄悄的，只有灯还亮着。

她穿过餐厅，刚要到厨房时，突然在料理台前看到一道熟悉的身影。他穿着灰色针织衫，眉眼间依然有着淡淡的疲倦感。

程西端着杯子站定半晌才迟疑着出声："陈慕也？"

深夜的厨房十分安静，程西面前的锅里冒着热气，她拿着筷子，时不时地搅拌着面条。

陈慕也静静地站在她身旁等候，手放在胃上，面色不太自然。

面条配上青菜、鸡蛋，出锅后盛进碗中。

陈慕也低头尝了一口，夸赞道："很好吃。"

"那就好。"

程西默默地看着陈慕也吃面，他不紧不慢的动作似乎和当年没有任何区别。

一碗面逐渐见底，他的脸色被热气烘托出几分红润。

程西犹豫着问道："你今天……玩得不开心吗？"

"有点累。"陈慕也放下手里的碗，抬眸看着她，忽然问道，"你们今天玩得很开心？"

第二章 我的秘密

他喜欢的水果竟然是橙子。

——《C少年观察日记》

今晚，节目组安排了职业大揭秘环节。

节目录制时间总共二十天，按照以往的经验，来这里的嘉宾有些会是自由职业者，有些则是向公司请了年假，还有些是辞职后来散心的。

厨房里，方妍和苏惟英削着水果，庄星在一旁转悠，时不时拿起一块放进嘴里，季禾野躺在沙发上听歌，陈慕也还没下楼，程西在榨果汁。

“这个榨汁机好像还挺好用的。”方妍听到榨汁机的声音后探头看了一眼，“待会儿给我也用一下，我要榨一杯樱桃汁。”

“好，我给你洗干净。”程西点头道。

方妍把去了核的樱桃倒进榨汁机，很快，鲜红的樱桃汁就榨好了。

“你们要喝什么？我们榨了樱桃汁和橙汁。”程西和方妍分别端着果汁出来了。

这时，陈慕也恰好从楼上下来，走进厨房时迎面撞上了她们。

“你要喝什么？”方妍笑眯眯地冲他展示着手里的鲜榨果汁，意味深长，“樱桃汁还是橙汁？”

程西站在一旁抿抿唇，没有说话，手里拿着橙汁，心里莫名紧张。

陈慕也稍作思索后便朝程西伸出手，笑道：“橙汁吧。”

“橙子？”庄星一时听错，惊讶道，“你要对我们橙子做什么？！”

“……你听错了，他是说要喝橙汁。”程西委婉地说。

陈慕也笑着摇了摇头，从她手里拿过那杯橙汁。

方妍的脸色不太好看，但很快又恢复如常。

没多久便开始了今晚的嘉宾互动环节。

陈慕也坐在最边上，旁边是庄星，季禾野两边分别坐着方妍和苏惟英，程西坐在沙发的另一头，刚好和陈慕也面对面，两人中间隔着一张茶几。她不可避免地撞上了他的目光，本能地想起了昨晚的事。

他问完那个问题之后，程西觉得气氛有一瞬间的尴尬，她含糊地答道：“还好，那个卡丁车比较刺激罢了。不过，你应该不喜欢这种刺激的项目。”她很快补充道。

陈慕也没有再追问，点点头，神情如常，仿佛刚才的问题只是他的随口一问。

这次的活动依然是庄星担任临时主持人的角色，他流利地读着任务卡上的字：“职业大揭秘。盒子里有每个人留下的关于职业的线索，请大家看完后自行猜测吧。”

道具盒早已被放在桌上。陈慕也是第一个抽取线索的。他随手从盒子里抽出一张纸条展开：“格子衫。”

“啊，这个很好猜！程序员！”苏惟英率先叫道。

“是谁？”庄星目光如炬地在两个男生之间扫视起来。

“我看你最像。”方妍笑道，“很会演啊，阿星。”

“……我这么时髦，哪里像程序员了？”庄星一脸冤枉的样子。

方妍倒是认真地打量了旁边的两个人，转过头认真地对他说：“可是他们两个更不像，你就委屈一下，当一当程序员吧。”

庄星无语凝噎。

其他几人都没有替他解围的意思，毕竟方妍那句话说得很中肯。

过了一会儿，似乎有人终于看不过去，轻咳了一声。

季禾野在人群中缓缓举起手：“其实，我才是那个程序员。”

众人十分震惊，不可思议地看向他。

季禾野摸了摸鼻子，笑着说：“虽然我没怎么穿过格子衫，但我真的是一个程序员。”

一开头就爆出个王炸，后面的职业便不由自主地让人期待起来。

轮到庄星时，他抽中的纸条上写的是“笑容”。

听到这个词，大家本能地看向方妍。

“模特？”

“自媒体博主？”

“……杂志编辑？”

见方妍笑着摇头，有人大胆猜测：“……演员？”

“有点接近？”

程西盯着她思索几秒，不确定地问道：“主持人？”

“猜对了。”

“哇，厉害！”周围夸赞声一片，众人纷纷开始鼓掌。

方妍解释说，自己只是一个地方频道的娱乐主持人，算不上太厉害，但由于工作需要，脸上随时保持着微笑。

接下来轮到季禾野，他抽到的关键词是“味蕾”，一堆人猜了半天，“厨师”“探店博主”“美食测评专家”……通通无果。

最后，庄星主动站了出来。

没人想到他竟然是做餐饮投资的，名下还有好几家五星级餐厅，在全国各地都有分店。难怪他会做出看起来十分高级的菜式，性格也八面玲珑。

方妍立刻改口：“庄老板，下次请我们去你的店里吃饭。”

“必须的。”庄星眯着眼笑，摆摆手，一脸“不在话下”的样子。

众人一边说笑一边公布职业。

轮到苏惟英时，她抽中的是“Beam”，毫无疑问，线索指向陈慕也。

关键词是他的微信名。

仿佛又回到了初见那天。

方妍琢磨着：“不是光线……那还有什么？电波、横梁、微笑……”她“啊”了一声，直起身子，“难道你和我一样是主持人？不至于吧。”她又上下打量他几眼，开玩笑道，“你这长相放在业内，不可能一点风声都没有啊。”

“不是。”陈慕也笑着说。

“物理学家？”苏惟英的思绪开始跳跃。

陈慕也摇了摇头。

庄星不抱希望地冒出一句：“建房子的？”

“差不多。”陈慕也颔首笑起来，给出准确答案，“目前是在建筑设计行业。”

“原来是建筑师。”

“厉害厉害。”

陈慕也：“其实你们中间早就有人猜到了。”

话音刚落，大家便顺着他的目光看到了程西。下一秒，众人恍然大悟。

“是你们第一次见面的时候聊到的吗？”方妍问。

陈慕也笑着摇摇头：“是第一天晚上，她看到我的微信名时猜到的。”

“厉害。”方妍由衷地感到钦佩，朝程西竖起大拇指。

之后，众人又问出了苏惟英的职业，她的关键词是“数字”。见她是和数字打交道，大家便往金融会计的方向猜了猜，结果公布的是审计师。苏惟英平时的工作很忙，这次是请年假出来的。

季禾野是辞职后来休整，方妍则是主持栏目调整，正处于空档期，庄星是自由职业，陈慕也换了工作，有半个多月的空窗期。

最后只剩下程西了。她的关键词是“花朵”，大家便都往“花艺师”“花店老板”“婚礼策划”方向猜了半天。

程西尴尬地挠了挠头：“……如果我说是祖国的花朵，你们会不会想打我？”

“……会。”庄星握紧拳头。

“我还在读书。”程西坦诚道，“不过目前已经确定实习单位了，等过完年就正式入职，和大家一样开始工作。”

“原来还是个小妹妹。”庄星格外夸张地叫出了声。

程西想打他。

“橙子签了什么实习单位？”方妍感兴趣地问。

其他人也好奇地向她望来。

程西轻吸了一口气，有点紧张地回答：“在一家新闻社当实习记者。”

“哇！”苏惟英满眼崇拜地望向她，“橙子，你原来是记者啊！”

“……只是实习，何况还不是呢。”程西尴尬道。

“我记得你上次说你在沪市读书？”庄星想起什么，问道，“复大的新传专业好像很有名。”

“我们学校这个专业确实还可以。”程西委婉地说。

“哟，学霸啊。”庄星打趣道。

众人的履历都极其漂亮，甚至不乏国外留学的背景，但正经从国内顶尖名校毕业的就只有陈慕也和程西。

虽然如此，在更厉害的学霸面前被人这样称呼，程西的脸颊不自觉开始发烫：“……比起大家，我差远了。”

“谦虚了。”

“你可是祖国未来的栋梁。”

程西赶紧催促流程，开始下一环节。

职业揭晓后，下个话题是：“聊聊你是个什么样的人。”

同样是那个道具盒，里面有每个人写下的内心最深处的秘密。

这次的抽取顺序反了过来，由程西开始抽。

她略带忐忑地伸出手，摸出一张纸条。

“我从来没有喜欢过任何人。”

她的心轻轻一沉，本能地看向对面的陈慕也。他正和其他人一样，将目光聚焦在她身上。

四目相对时，程西收起外露的情绪，展示出自己手中的纸条。

她念出内容后，场上陷入了寂静。

苏惟英最先迟疑地提出怀疑对象：“小野？”

“不是我。”季禾野很快否认了。

“难道是庄老板？”方妍看向庄星，托腮道，“不可能吧。”

“确实不可能。”庄星诚恳地说，“我是万花丛中过。”

“橙子吧，嫌疑最大。”庄星干脆地把帽子扣到她头上。

程西：“……”

她又望了望陈慕也。

“是我。”果不其然，他开口认领下来，“纸条是我的。”

所有人都十分惊讶。毕竟他相貌出众，情史必不可少。

陈慕也及时澄清：“我没有谈过恋爱。”

第一个坦白的秘密就足以让众人震惊。

接下来的秘密五花八门，什么样的都有。

庄星其实很讨厌做饭，因此立志把好吃的餐厅开遍全国各地。

方妍很宅，平时下班就喜欢一个人待着。

季禾野白天在格子间当白领，晚上去酒吧唱歌，还组过自己的乐队。

程西的秘密是——

“我有一个喜欢了很多年的人。”

内容公布时，这张纸条正被陈慕也捏在手里。他垂着眼，慢慢地念出了上面那句话。

C真是一个奇怪又特别的人。

他逃掉了体育课的八百米测试，偷跑到教学楼后睡觉，却又在放学后的傍晚在篮球场上汗如雨下。

——《C少年观察日记》

第三次约会即将拉开帷幕。这次约会采取的是男生邀约的方式，但和之前不同的是，他们会准备一份礼物，礼物由女生挑选，拿到礼物的人将和准备这份礼物的男嘉宾约会。

这次约会存在一定的默契考验，但又充满随机性。

节目组特意给出半天时间让男嘉宾们外出挑选礼物。

下午，几个女生下楼时撞见了外出回来的陈慕也。

“这么快就回来了？”方妍率先打招呼。

他点了点头，视线掠过几人，神色如常地打开咖啡机。

“买了什么东西，要不要先透露一下？”方妍开玩笑地问。

对面吧台前，陈慕也低头，似乎笑了笑：“不行，要保密。”

“那可惜了。”她装作惋惜，实际话里有话。

经过上次的约会事件，她对陈慕也的热情不减，仍旧大方主动。

但陈慕也对所有人都是同样的态度，礼貌却不热情，神色淡淡。

昨天晚上的活动以程西的“秘密”收尾。

“我有一个喜欢了很多年的人。”

在陈慕也念出这句话后，众人都很好奇。

庄星很快追问：“什么情况？喜欢了很多年的人？”

所有人的目光都投向程西，包括陈慕也——她漫长暗恋中独一无二的男主角。

程西轻轻吸了一口气，展露出一抹微笑：“是学生时代的暗恋，已经过去很久了。”久到他们再次相遇时，他的记忆里没有半分她的影子。

学生时代的暗恋无果本身就是苦涩的话题，客厅安静了片刻，没有人再追问下去。这件事情最终被轻描淡写地带了过去。

温暖明亮的客厅里，程西最后看了一眼陈慕也，他的眼神恰好落在她身上。隔着数年时光，他的眼睛终于看向了她。

夜幕降临时，每个男嘉宾的礼物都被放在小小的茶几上。

正中间是个暗红色礼盒，正方形，上面系着缎带。旁边的盒子稍小，颜色是低调的深蓝。最上面是一个长方形的小盒子，看着像个饰品盒。

女生们站在一起，看着面前的礼物，没有人先动手。

方妍双手环胸，看了一眼两人："要不先看看里面是什么东西？"

"可以。"两人都没有提出异议。

三人先打开了最大的盒子，里面装的竟然是一条酒红色的吊带长裙。长裙很漂亮，气质独特，明眼人一眼就能看出这是为方妍量身定做的。

方妍的脸上先是闪过一丝惊喜，然后立刻想到了什么，又露出了一丝难以察觉的失落。

"太有心了。"心不在焉的不止方妍一个人。苏惟英不自然地笑着，毫不掩饰话里的羡慕。

庄星从头到尾都没有对哪位女嘉宾表露出直白的好感，陈慕也更不会如此"纡尊降贵"。

唯一可能的人选，就是这些天一直想要主动接近方妍，却没有找到合适机会的季禾野。

这次，他算是直接表明了心意。

方妍笑了笑，没说话，把盒子合上后放到一边，然后和另外两人一起打开了下一个盒子。

第二个盒子里的礼物中规中矩，是个八角形音乐盒，材质是发亮的黑胡桃木，拧开音乐盒的旋钮，《卡农》的音乐便轻缓地流淌出来。

第三个小盒子里放着一条铂金手链，和她们猜测的差不多，无论哪个女嘉宾戴上都很合适。

每份礼物背后的主人似乎已经彰显。

苏惟英率先笑着说："你们都不选的话，我就先选了？"

方妍微微一动，仿佛是某种信号。

程西的心口快速跳动了两下，一鼓作气地看向那个八角形音乐盒。

"我想要选这个。"勇气先占据了她的大脑，指尖随即不受控制地触碰到了音乐盒的边缘。

这是程西在节目里第一次表露出直白的强势。

方妍神情一顿，没说话。

气氛凝滞了片刻。

苏惟英笑着拿过那个放着手链的盒子，轻轻晃了晃："那我选这个。"

面前桌上只剩下了两个礼盒，其中一个是为某人购买的长裙。

方妍的目光从八音盒上掠过，脸上浮起一层浅浅的笑意，而后拿起另一个盒子："那我就选这个吧。"

程西悬着的心瞬间落了下去，无意识地松了口气。

"谢谢。"她望向方妍，郑重道谢。

方妍挑眉道："客气了。"她拨了拨头发，脸上依旧挂着笑容，意味深长地说，"好可惜，我本来也想选那个八音盒的。"

程西接不上话，一时陷入了沉默。

方妍抱着盒子施施然转过身，"哎呀"一声："时间不早了，早点休息吧，宝贝们，明天还要打扮得美美的出门约会呢。"

一场没有硝烟的战争就这样结束了。

八音盒被程西摆在床头一角，正对着她的视线。临睡前，她的目光怔怔地落在上面，怀揣着美妙而又忐忑的心情进入了梦乡。

翌日，天朗气清，连日来的阴云散去，拱门旁的花枝在清晨的露水中舒展着腰肢。

今天的约会地点在主题乐园，见面的地点定在城堡前的天鹅湖。

程西到达时被告知，陈慕也早已在那里等候。

两人之间被绿色植物遮挡，需要走到道路尽头才能真正碰面。程西似乎远远地隔着湖面看到了一道高大的身影，紧张感如同潮水般从四肢涌向胸口，心脏跳动的频率也有些异常。

他并不知道今天来的人会是她。如果不是男嘉宾的礼物太明显，程西也没办法提前猜到对面的人是他。

即便出门前已经对着镜子打理了许久，走过去的那一刻，程西还是不自觉地低下头，打量起自己今天的穿着。

滨城冬日气候微凉，节目组给她挑了一件毛线衫，外面搭了一件她自己的浅蓝色长大衣，下面是一条白色半身纱裙。

今天节目组还特意给她化了一个全妆。

湖面上映出一抹模糊的倒影，天鹅在湖水中游动，穿着裙子的程西宛如一位出逃的公主。

不远处，秦晴在摄像机后握拳，无声地对她说："太漂亮了。"

她的心底莫名多了些勇气。

程西想，她已经不是十七岁的小女孩了。她摘掉了眼镜，留长了头发，花了时间去研究护肤和穿搭，她已经习惯以漂亮的模样出现在人前。她该勇敢，不必自卑。

摄像机在后方远远地跟随着。道路两侧越来越窄，湖边的人影渐渐清晰，陈慕也的轮廓也明朗起来。

他今天也穿了一件浅蓝色毛衣，两人的穿搭莫名地像情侣装。他低垂着眼，听到声响后抬头看过去，漆黑的眼底瞬间映出了她的影子。

“你好。”程西抬手和他打招呼，像他们第一次见面那样，只是更加从容自然。四目相对时，嘴角本能地泛起笑容，透出欣喜。

“你好。”陈慕也颔首，声音温柔，“原来是你。”

“应该不会让你失望吧。”程西没能克制住。

陈慕也淡笑着摇头：“不会。”

明明是意料之中的标准答案，程西却像得了定心丸，心中的忐忑也消散了许多。

“那我们先逛逛吧。”陈慕也提出邀请。

两人随即并排往里走去。

这是人工打造的旅游区，以欧式建筑为主，几栋城堡在绿叶中探出尖顶，空中的火车轨道弯曲盘旋。园区很大，大到一天根本逛不完。两人在门口拿上攻略，挑选了几个想去的景点。

“玻璃云海、城堡映画、动物世界、森林小火车……啊，竟然还可以坐热气球？”程西明显有些跃跃欲试。

她不禁抬起头，只见一旁的陈慕也正迎着她的目光扶额。

“你想去吗？”最终，他妥协地问。

程西想了想说：“算了吧。”她看着他笑道，“热气球什么时候坐都可以。”——和你的约会却只有一次。

两人最后决定先去动物世界看火烈鸟。地图上显示动物世界在最右边，需要穿过整个园区。

往里走的时候恰好遇上花车巡游，各种各样的童话人物出现在两人眼前，与周围游客互动着，人群顿时拥挤起来。

程西被裹挟着向陈慕也身边靠。

“慢一点。”他伸手扶了程西一把，她很快借力站稳。

人群中，两人的距离骤然拉近，她甚至时不时碰到他的手臂。

程西和陈慕也站定在路边，和游客们一起看热闹。

车上的“白雪公主”朝众人招手，后面的卡通动物挎着花篮，正在往两边的空中撒花瓣。

当花车经过程西和陈慕也身前时，那只粉色耳朵的“小兔”突然停住脚步，站在陈慕也面前，从花篮里拿出一枝玫瑰花递给他。

“送给这对可爱的小情侣。”

四周游客顿时笑闹着起哄，甚至鼓起掌。

人群中不知是谁还叫了声：“亲一个！”

程西尴尬不已，又觉得十分不真实。

陈慕也将手里的那枝玫瑰花递给她，音色如常：“借花献佛。”

她接过那枝玫瑰花，两人之间的气氛便突然变了，先前的轻松和舒适不再，反而多了点说不清道不明的尴尬。

火烈鸟生活在林中湖泊附近，走动时偶尔舒展羽毛。

陈慕也拿着相机认真地拍了好几张照片。

离开前，有对小情侣叫住他，想让他帮忙给两人拍张合影。陈慕也蹲下身子取景，程西耐心地等候在一旁。情侣看完照片后很满意，准备离开时，女生看了眼他们，主动提议道：“要不要给你们也拍一张？”

程西没有说话，看向陈慕也。空气安静了几秒，陈慕也没有拒绝，随即站到她的身旁。

两人并肩在树下望着镜头，身后是一群热烈的火烈鸟。

传说中，火烈鸟身上的色彩象征着爱情。

“咔嚓”一声，拍立得照片印了出来，深色滤镜给画面增添了一丝复古感，两张漂亮的脸庞却显得越发白皙和生动。

茂盛的树下，他们并肩站在一起，像一张老照片。程西有一种错觉，他们好像穿越时空，回到了秀越市那片香樟树底下。

十七岁的他们，拥有了第一张合照。

我们也曾看过同一场烟花。

——《C少年观察日记》

这张照片被程西放进了衣服贴身的口袋里。

他们没有制定接下来的行程，只是顺着道路漫无目的地闲逛，看到感兴趣的景点就进去看看。一路下来，程西坐了小火车，玩了丛林寻宝，看了老虎和狮子……

隔着透明玻璃，她指着毛茸茸的草原霸主，学着网上的口音说："大狮几（大狮子）。"

陈慕也被她逗得发笑，眼角眉梢彻底舒展开，露出灿烂的笑意。

程西好奇地看了看他。

陈慕也好奇地问："为什么看我？"

"你的笑点居然这么低。"她轻舒一口气，"我还以为你很高冷。"

"我看起来很高冷？"陈慕也垂着头问。

"……也不是。"程西思索着比画了一下，"你看上去很和善，但总感觉你的周身围绕着一层真空地带，谁也没办法接近。"

程西说完，空气骤然静了下来。

陈慕也久久没说话，视线停留在她身上。

大概是经过了大半天的相处，程西放下拘谨，主动追问："怎么了？"

陈慕也笑了一下，移开视线："没事。"

他往前走去，程西连忙追上去，略显忐忑地问："你不开心了吗？"

"我说错话了。"她为自己随意评判他人的举动道歉。

"没有，你说得很对。"明明是肯定她，陈慕也的神情却并无先前的轻松。

程西不由得沉默下去，有些懊恼。

两人走到游乐场地，人渐渐多起来，周围都是小孩，粉蓝色的城堡就矗立在身后。

前面有个老人在卖气球，几个小孩围着他打转，伸手扯他的裤脚。

"你要吗？"陈慕也突然停下脚步，偏头询问她，"给你也买一个。"

"……啊？"程西有些茫然，扬起脸，目光停留在粉色兔子气球上，开始怀疑自己是否出现了幻听。

须臾，她一只手握着玫瑰花，一只手抓着气球线，跟在陈慕也身旁往前走。

路过的都是游乐设施，空中小飞艇、碰碰车、旋转木马……程西流连忘返，回不过神来。

如此经过了几个地方，陈慕也无奈地停住脚步，问道："要去玩吗？"

程西小心翼翼地询问：“……可以吗？”

今天刚好是周末，游乐区是园内人气最旺的区域，每个设施前排队的人都不少，程西直觉他并不喜欢这种闹哄哄的场合。

陈慕也不知道程西为什么总是一副愧疚的模样，事实上，她并未做什么过分的事情，甚至过于体贴。他看了一眼前方，从人头攒动的队伍中扫过，轻点了点头，说：“可以。”

偶像剧里，男女主角约会总是会去游乐园。

程西去过不少游乐场所，有时候是和朋友，有时候是和家人，也曾经幻想过和男朋友去游乐园是种什么体验，不过这个幻想太不切实际。毕竟，她连想起陈慕也的脸都觉得冒犯。

只是她没料到有一天，他真的站在她身旁，陪她玩这些幼稚的项目。

空中小飞艇前排队的人尤其多，尤其是孩子们，他们扯着家长的手，兴奋得直跺脚：“小飞艇！我要玩小飞艇！”

正前方的半空中，大转盘旁挂着一圈小飞艇，随着转盘的旋转航线飞行，驾驶舱还可以发射激光和水球，展开一番激战。

大多数家长带着孩子坐在飞艇上，射击着旁边的人，也有像程西和陈慕也这样童心未泯的年轻人，把小飞艇玩成了战斗机。

经历了漫长的排队时间，终于轮到他们了。程西已经跃跃欲试，此刻入场后，她和陈慕也挑选了一架小飞艇，随即迫不及待地坐进驾驶舱。

“系好安全带。”她不忘嘱咐旁边的人。

待大家都坐稳后，工作人员按下按钮，小飞艇缓缓升空。

“你恐高吗？”程西体贴地问。

陈慕也看了她一眼，开口道：“我不恐高，你好好玩。”

程西放下心来，嘴角不由自主地上扬。

“坐稳了，程西牌小飞艇即将出发，此次的任务是，扮作小孩。”

陈慕也第一次接到这种奇怪的任务。他从小到大接受的教育都是要懂事，要听话，不要给别人添麻烦。

头一回有人让他冒充小孩。

事实上，程西的射击技术堪称一流，周围小飞艇上的人毫无还手之力，小驾驶员和旁边的家长手忙脚乱地反击着，却逃不过命运。

程西一边攻击对手，一边操纵着小飞艇进行躲避，看样子颇为专业。陈慕也开始怀疑，她和别墅里那个文静温柔的女生不是同一个人。

项目时间结束后，两人终于落地。程西的衣服已经湿透，旁边的陈慕也难以幸免，湿发黏在额头上。

两人都颇为狼狈，状态却比起先前放松了不少。

程西从包里拿出纸巾递给他，忍不住笑道："不好意思，擦一擦吧。"

他仔细擦拭着身上的水渍，但脸上有几处没有擦干净。程西不禁想要伸手指出来："这里。"

她的动作还未完全成型，陈慕也就本能地偏开了头。

两人都顿住了。

"不好意思。"程西尴尬地收回手，脸上带着歉意，"我只是想提醒你一下，并没有要碰你的意思。"

"是我的问题。"他很快擦完脸，结束了这个话题。

"我们现在去哪里？"

后来，两人又去玩了很多项目。

程西不知道陈慕也上次约会时是什么样的情况，但今天的状态出乎意料地平和，没有看出任何不耐烦，只是玩到后来似乎有些累了。

天色已经接近傍晚，云中透出一抹橘色。

晚风徐徐，一天转眼便到了尾声。

程西不清楚具体的时间。到目前为止，节目组还没有任何提示。他们站在城堡前的空地上，四周的人流不仅没有减少，反而增多了。

"听说待会儿有烟火晚会。"

"真的假的？"

"好像每个周末都有。"

说话声传来，此刻热闹的真相浮出水面。

程西不自觉地看向一旁的陈慕也。

"要看烟花吗？"他问道。

程西抿唇不语，眼里却明晃晃地透出期待的神色。

陈慕也环顾一圈，找到了远处花坛边空着的一张长椅。

"那我们坐着等一下吧。"

冬日天黑得早，晚霞还未留恋太久，夜幕已经降临。人群越发嘈杂之时，城堡塔尖处炸开了一小簇烟花。

这一抹烟花仿佛是种开关，开启了接下来的烟火盛宴。接二连三的烟花在空中绽放，盛大的烟花映亮夜空，城堡也被映射出五颜六色的光。

一瞬间，人们仿佛来到了真正的童话世界。

人群中的欢呼声越来越大。

陈慕也带着程西来到广场正中央——这里是观看烟花的最佳位置。

程西不禁侧头看向身边的人。他微仰着脸庞，正专注地看着烟花，眉眼被光映亮，像星星点缀在眼底。

很久以前，学校也曾在高三学子压力最大的时候放过这样一场烟花，像突如其来的惊喜，没有任何征兆。正在上课的学生们都跑出去观看，学校里到处都是欢呼声。

当时，她站在教学楼上，定定地仰着头，注视着满夜空的璀璨，心想，他们也算是看了同一场烟花。

城堡上空的烟花绽放到极致，四面八方的游客都被吸引而来，不知何时，周围变得越发拥挤起来。

头顶烟花的爆炸声不绝于耳，身旁人流涌动，宛如潮水。

混乱中，程西不知被谁踩了一脚，有些站立不稳。更糟糕的是，身旁的人不仅没有察觉到她的异状，反而更加用力地挤了过来。程西被一股不知名的力道猛地一撞，便朝旁边的陈慕也身上跌去。

她撞进他的怀里，鼻梁狠狠地磕在他的肩上，酸涩难忍。突然，一双有力的手臂扶住了她，熟悉的关切声几乎贴在耳边："没事吧？"

鼻息间都是他身上的香味。程西自觉冒犯，立刻慌张地抬起头，想与他拉开距离。

没想到此时，他恰好低头看她，程西的额头猝不及防地撞上他高挺的鼻梁。她心中一凛，刚敏锐地觉察到不对，嘴唇就擦过一片温热。

两人顷刻间都僵住了。

唇上的触感还在。刚才如果没有感觉错的话，她好像不小心碰到了他的嘴角，但凡再偏上一点，那就是一个阴差阳错的吻。

程西从未想过这种荒唐的事会发生在她身上。

她完全蒙了，惊恐大于慌张，瞬间袭来，还没等她做出反应，身体已经被陈慕也推开。

他的表情克制如常，语气镇定。

"好点了吗？人太多了，我们先回去吧。"

往回走时，程西不停地向他道歉，他的脸上看不出任何生气的迹象，甚至在她觉得愧疚之时还安慰她，那只是个意外。

但上车之后，他们没有再说过一句话。

此时此刻，车内的灯光很暗，身旁的人望着窗外的夜色，表情模糊不清。程西清晰地感知到了从陈慕也身上透出的疏离感，像是某种防御机制在被外来者侵入之后本能地启动。

她心头酸涩。

程西觉得……他可能真的不会再和自己接触了。

每次经过公告栏，都会慢下脚步，回头偷看他一眼。

——《C少年观察日记》

程西和陈慕也是一群人里最后回到小屋的。

别墅里灯火通明，其他人原本都在客厅休息，听到两人进门的声音后便纷纷转过头来。两人一前一后，程西手里还拿着玫瑰花和粉色气球，看起来今天的约会似乎很不错。

众人好奇地看着他们。

程西现在很难进行表情管理，脸上有着遮不住的疲惫。

“我们回来了。”她轻声打了个招呼。

方妍和苏惟英站在吧台前，切水果的动作顿住了。

庄星侧着身子，手搭在沙发靠背上，笑着问：“今天玩得怎么样？”

“还可以。”陈慕也接过话，看了一眼手里提着的纪念玩偶，问程西，“这个放在哪里？”

“给我就好。”她连忙上前接过他手中的袋子。

一切看似如常，陈慕也把东西交给她后便先上楼了。

他一走，气氛顿时活跃起来。

庄星收回腿，半躺在沙发上，笑容可掬：“橙子妹妹，跟哥说说，今天的约会怎么样？”

程西一脸疲惫，完全打不起精神来应付他，只提起袋子，步伐沉重地往楼上走。

“我先回房间休息了，你们玩吧。”

见两人各自回房，气氛显然有些古怪，剩下的几人面面相觑，不知道到底发生了什么事。

程西把自己关在房里一晚上没出门，直到投信环节才迫不得已地从床上爬起来。在桌前咬着笔头思考了许久，她还是不知道给陈慕也写什么。苏惟英倒是唰唰几下就写好了，而后关切地问起她。

“你们今天约会时吵架了吗？”她显然有些困惑，歪着头问，“陈慕也一晚上都没下楼。”

程西心情复杂，轻声回道：“没吵架。”

只是发生了一些意料之外的事情罢了。

她深思熟虑过后，还是决定在信里解释一番。

“今天的事情很抱歉，希望你不要在意，这只是一个意外，如果影响到了我们之间的正常相处，我会很愧疚。”

写完后，她又仔细审阅了一番，确定没有任何问题才下楼去投递。

到了取信环节，她的心再度慌乱起来。

按照陈慕也以往的习惯，他的信应该会寄给这次约会的女嘉宾。

程西已经很久没收到过他的来信了。

程西读着秒，怀揣着难以言喻的心情打开了自己的信箱。

月色明亮，信箱里空空如也。她的心突然失重，一下子从高空坠落，如同玻璃碎裂一地后扎进肉里，冰冷刺痛。

他今晚并没有写信给她。

节目进展本就千变万化，没有任何规律可言。

回去的路上，程西一直这样告诉自己，眼圈却还是不受控制地泛红。

她终于明白，得到过月亮偶尔洒下的一丝光辉，比起长久无望的凝视更为残忍。

她心里一有事情就容易失眠。第二天，无精打采地起床后，程西在厨房里冲起了咖啡。

奇怪的是，今天这个时间点，客厅竟然没人。

程西看了看群里的消息，才知道大部分人都出门了。方妍去见朋友，季禾野去乐队排练，陈慕也去项目采风，苏惟英晨跑还没回来。一时间，别墅空了下来。

冲好咖啡后，程西捧着杯子坐在沙发上出神。

不久后，庄星悠然自得地从楼上下来，照常和她打了一声招呼。

程西双眼无神地回道：“早，厨房还有多余的咖啡。”

“正合我意。”庄星走了过去。

不一会儿，他端着一杯咖啡回来了。

“我给你分享一个秘密。”他倚靠在沙发上，神秘兮兮地挑眉。

程西不怎么感兴趣，随口搭话：“什么……”

“你知道陈慕也昨天把信投给谁了吗？”他压低了声音问。

程西蓦地坐直身子，转过头盯着他：“你知道？”

“嗯哼。”他讳莫如深地点了点头，眼里泛着光，“他投给我了。”

“啊？”程西被这句话砸晕了，蒙了会儿才反问，“这个节目……可以把信投给同性吗？”

“没有明确规定。”庄星一挑眉，猜测道，“但是今晚会不会有规定就不知道了。”

“他为什么……我们女嘉宾有这么可怕吗？”她困惑地皱眉，真心实意地问庄星，“他为什么宁愿投给你也不投给我们？”

“谁知道。”庄星无所谓地耸了耸肩，拿腔作调，“师父说，山下的女人是老虎，遇见了千万要躲开。”

“你——”程西被他气得一哽，郁闷半天后将目光落在他的咖啡杯上，然后生气地将咖啡杯抢过来，“别喝了，这是我泡的。”

“哎，妹妹，不至于吧。”庄星连忙躲避，只可惜在混乱的抢夺之间，杯里的咖啡泼出来不少，全溅在了他的衣服上。

他不得不放下杯子，低头擦拭起自己的上衣，嘴里还不停念叨着：“果然是老虎……”

程西心满意足地冷哼一声，坐回座位。

被他这么一折腾，程西阴郁的心情莫名其妙地缓解了几分，尤其是得知陈慕也的信是投给庄星之后。

至少，他没有把信投给别人。

想开之后，睡意不知不觉涌了上来，程西去厨房洗完杯子，不久后上楼补觉了。睡前，她习惯性地检查了一遍消息，然后关掉屏幕，把手机放在床头柜上。

再次醒来时，手机的提示音不停地响着，迷迷糊糊间，程西意识到好像已经是下午了。

她从被子里伸出手，拿过手机，看到消息时整个人一愣。

沉寂许久的高中班级群突然热闹起来，程西把聊天记录从头到尾看了一遍，发现群里讨论的核心人物是她熟悉的人陈慕也。

他突然上了热搜，被不少熟人看见，于是，时隔多年，关于他的话题又席卷而来。

程西打开微博，果不其然，她看到了热搜第三的词条：曾经惊艳你青春的少年。

点进这个词条，看到的第一条微博就有陈慕也的照片，看得出来是偷拍的学校公告栏上的一寸照，少年穿着红白相间的校服，眉眼端正，五官标致。此时，他仿佛穿过镜头望了过来。

评论里有不少校友发言。

兔兔：“我证明，陈慕也当时是我们学校所有女生的校园男神！”

云小朵：“没有人可以拒绝陈慕也的魅力！”

干饭第一名：“我们班的乖乖女学霸，原本是两耳不闻窗外事的，但是陈慕也打篮球的时候，她也会偷偷跑到操场去看他！”

啾啾：“而且人家不仅长得帅，成绩还好，现在人在清大！”

……

程西又看了那张一寸照片许久。

这样的照片，她相册里也有一张，不曾给他人展示。

退出微博之际，她看到了一条来自桃安的两个小时前的微信消息。

桃桃小淘气：“我差点以为发微博的人是你，可是后来想想，你每天和他本人朝夕相处，倒也没必要在网上舍近求远。”

桃安曾经不小心看到过她手机里的那张照片。

程西的嘴角扬起一丝微不可察的弧度，又很快恢复了平静。

她当然不敢在网上发布他的照片。

她连提起他的名字都小心翼翼。

相比之下，她是个彻头彻尾的胆小鬼。

晚上，大部分人已经回来了。

今天，方妍和季禾野难得有兴致在厨房做饭，手忙脚乱地研究着菜谱。苏惟英和庄星坐在地毯上打游戏，对着屏幕时不时地大叫几声。

房子里唯独不见陈慕也的身影。

吃完晚饭后，陈慕也还没有回来。

节目组在群里发布了一条新规定：告白信必须投递给异性。

不知内情的几人满头雾水，庄星看起来不着调，口风却出乎意料地紧，陈慕也将信投给他这件事情，除了程西，他谁都没告诉。

大家在客厅聊到九点多，方妍和苏惟英便回房休息了。程西也不好再待下去，索性上楼。

直到十点，信件投递环节结束，屋子里忽然安静下来。

程西在房间里坐了会儿，难以静下心，端着杯子下楼倒水。

到楼梯口时，她特意往下望了一眼，客厅里静悄悄的，习惯性地亮着灯，但并没有人。掩不住的失落瞬间涌上心头，她垂头丧气地倒完水，端着杯子回了房。

走廊里也很安静，每扇门都紧闭着，男生宿舍与她们的房间隔着过道，在楼梯口的另一边。

程西刚准备开门，便听到身后传来一声响动，她心口突地一跳，回过头，在走廊的灯光下看到了陈慕也。

他穿着白色上衣，灰色长裤，面容白净，眼神里有着不加掩饰的疏离。

似乎是察觉到前方的视线，男生抬起头来，正对上程西的眼神，于是眸子里的冷意渐渐褪去，礼貌地招呼道：“还没睡？”

“没有。”程西慢吞吞地收回准备开门的手，看着陈慕也挪动步伐，看起来像是要下楼。

她很自然地朝他走过去：“你吃饭了吗？”

陈慕也顿了一下，回答道：“吃了。”

程西沉默地端着杯子，温热感透过陶瓷传到指腹，似乎给了她勇气。

“我们聊聊？”片刻，她说道。

三楼露台，夜空静谧。

“上次的事情，我很抱歉。”两人站在露台上，背后的门半开着。

“虽然只是意外，但好像对你造成了困扰。”程西看着他说道。

“是我的问题。”陈慕也的眼里没有太多波动，平静地陈述着，“是我界限感太强，并不是针对你。”

“我知道。”程西艰难地应下这句话，心间轻颤。

她不着痕迹地别开脸，掩去情绪。

“我明白你的意思。我进入节目后第一个见到的人就是你，录制期间，我们的相处也最久，所以比起其他人，你对我来说是不一样的。”她尽力鼓起勇气，直视着他的眼睛。

“但是——也就仅此而已。”

“未来有机会的话，希望我们能成为朋友。”

陈慕也沉默地站在原地，没有说话。

“我很抱歉——”许久，他艰难地出声，眉眼笼罩在阴影下，平添了几分晦涩。

“不用说抱歉，感情这种事情哪有对错。”程西极力调和气氛，想要转移话题。

“对了——你看到节目组今晚的新规定了吗？”

“看到了。”陈慕也抬起眼，视线从她嘴角的笑容上移开。

程西毫无察觉，语气越发轻松，坦然自若地说：“如果你不介意的话，可以把信投给我，你放心，我不会有任何误会的。”

听到这个提议，陈慕也微愣，还没来得及回答，她已经补充完了下一句：“当然，我可不一定会投给你，你得做好心理准备。”

他很擅长拒绝别人。

——《C少年观察日记》

程西不止一次撞见过女生向陈慕也表白，在不同的地点，内容却如出一辙——我喜欢你。

喜欢的程度有深浅之分，含义却都一样：我对你有超出朋友之外的感情。

但在陈慕也这里，得到的永远只有泾渭分明的结局——要么做恋人，要么做陌生人。没有任何模糊界限的余地，挑明好感之后的朋友只是揣着明白装糊涂，复杂的关系便会越发复杂化。

陈慕也从来不会放任这种事情发生，他的身边只存在两种人：朋友和陌生人。

程西记忆中最深刻的是某次运动会结束的傍晚，空无一人的主席台上，她躲在台阶背面的阴影中背英文单词，不远处却突然传来说话声。

“陈慕也，我喜欢你。”一道清澈悦耳的女声，隐约带着熟悉感。

程西伸手摘下耳机，悄悄探头去看，便瞥见了主席台前的两个人。

操场上，男女学生对立而站，陈慕也的对面是一张瓷白的脸。

程西认出来了，那是他们班最漂亮的人。

“我们可以为了共同的理想去奋斗，我的意思是——如果你现在不想谈恋爱，那我能不能先在你这里排个队，给我优先考虑权。”

女生笑了笑，眉眼间充满自信。

“毕竟，比起其他人，我了解并尊重你，只要你点头，星星月亮我都能摘给你。”

多么真诚动人的告白，连背后偷听的程西都不禁动容，生出无尽的自卑感，想要融入脚下的泥土。

直到少年的声音响起。

“周同学，首先很感谢你的喜欢，但是很抱歉，我对你并没有相同的情感。我也想遇到一位能让我怦然心动的人，但我清楚，感动和相处并不能孕育出真正的爱情。很遗憾，我们只能限于同学情谊。我无法回应你的感情，为了避免以后产生误会，我会保持与你之间的距离，也请你尊重我，谢谢。”

陈慕也说完，朝对面的人轻轻颔首，毫不留情地越过她离开了。女生留在原地，原先意气风发的身影已经僵硬，眼圈渐渐泛红，最终低下头，带着哭腔低声骂了一句：“真讨厌。”

“拒绝人都这么有道理，一点机会都不给人家，早知道就不表白了。”

带着浓重鼻音的嘟囔声钻进程西的耳朵。

明明表白的人不是她，她却同样升起了一股失落感。

大概是因为知道，这也是她将会面对的结局，胆小鬼变得更加胆怯，喜欢被深埋在心底发酵多年，直到斗转星移，时光变迁，他们以不同的身份再次相遇。

结局似乎一如既往，不曾改变。

当天晚上，节目组又宣布了新规则：从今天起，告白信箱将被封闭，任何人在节目结束前都无法知道自己的收信情况，包括内容。

彼此之间的喜欢和好感像被罩上了一层壳，模糊不清，程西也无法得知那晚陈慕也是否真的把信投给了她。

两人聊完后的气氛比起先前自然了许多。

程西不知该失落还是庆幸，唯一可以安慰自己的是，他们恢复了正常的相处。

平静不过一天，节目组便发布通知，夜里将举办一次海边烧烤晚会，每位嘉宾需要寻找一位异性同伴排练演出。

这个消息一出，客厅里的嘉宾齐齐沉默了。

庄星率先仰面叹道：“这是什么社死现场——”他左顾右盼，悲痛地呼唤，“导演，这个节目流程还有更改的余地吗？大学生做起文艺汇演还刚刚好，放在我们成年人身上会不会有点幼稚了？！”

“不行。”他的跟拍导演——一个二十出头的短发女生，面无表情地拒绝了他，“整个导演组都觉得你们的相处太平淡了，需要激情，所以不要再挣扎了，赶紧想想今晚表演什么。”

“……”

没想到，哪怕只是一个恋爱综艺节目也要被迫励志！

众人认命后开始互相打量。方妍最先举手发言：“我会跳舞，编排也行，谁想和我一组？”

苏惟英紧随其后：“我可以来段相声，谁和我组队，我可以免费给他写稿。”

突如其来的沉默让程西不得不面对现实，大家似乎都在等着她的发言。

空气凝固了数秒，程西毫无底气地说道：“我会诗歌朗诵，算吗？”

“不算。”未等其他人说话，她的跟拍导演秦晴已经毫不留情地斩断了她的希望，“咱们这是成人节目，不准搞文艺汇演那一套！”

程西一脸悲愤，却无可奈何，重重地叹了一口气。

“那我和小妍一组吧，正好我也有舞蹈基础。”季禾野直接提出了组队意向。

没想到当初看起来最腼腆的竟然是小屋里最会打直球的男嘉宾。

方妍不着痕迹地沉默了两秒，脸上的笑意恢复如常。

“可以啊，那我们一组吧。”

没组队的只剩下庄星和陈慕也，气氛莫名变得奇怪。陈慕也抿唇不语，隐约看得出一丝无奈。

庄星左右看了两眼，眼神在他和程西的脸上打转，最后冲苏惟英笑了一下，主动抛出橄榄枝：“我来段相声吧，很符合我的搞笑人设，你可得给我写个好稿子。”

“行。”苏惟英应得极为自然。

经过几次单独相处，她与庄星之间也有了不少默契。

最后，程西和陈慕也自动组成一队。

搭档分配完后，三组人各自选了安静的角落开始排练节目。

二楼阳台一角，程西与陈慕也面对面地站着，气氛有些尴尬。

“你有什么想法吗？比如想表演什么类型的节目？”为表示自己的诚意，她不忘强调，“我都可以配合。”

“没有。”陈慕也言简意赅地斩断了她的示好。

她短暂沉默几秒，提议道：“要不我们随便选一首简单的歌，唱个两三分钟就结束了。”

当众登台唱歌这种事，学生时代的陈慕也就格外抗拒，更何况已经离开学校这么久了。

十分钟后，别墅三楼的唱歌房里，屏幕上的歌曲一首首切换，两人拿着麦克风正在试歌，大多时候是程西在唱，陈慕也那头久久无声，直到某个视频里出现了一抹灰色的影子，低缓的前奏渐渐响起，陈慕也突然出声：“就这首吧。”

程西抬眸，看到了屏幕上方歌曲的名字——《广岛之恋》。

夜晚逐渐降临，浪声缓缓，海水和远处的天际连成一片。工作人员忙着搭建舞台，别致的装饰配上远处的露营椅和烧烤架，夜晚的浪漫气氛油然而生。

几人在旁边候场，节目组特意为他们准备了服装和妆造，隆重的架势让人莫名生出几分紧张感，不由得重视起来。

苏惟英正在和庄星对稿，方妍和季禾野练习着舞蹈动作，唯有程西和陈慕也安静地站在一旁。

下午，两人排练了几遍歌曲，曲目和表演形式原本就不复杂，程西以前听过这首歌，跟着唱几遍也就学会了。

这是程西第一次听陈慕也唱歌。

干净的嗓音从话筒里流出，带着一丝他独有的韵味，伴随着旋律沾染上七情六欲，像是把不染尘埃的月亮拉入凡间。

程西突然失神，男声部分结束，整个房间回荡着空灵的旋律。

等回过神来，程西才发现陈慕也莫名其妙地看着她，她的脸突然红了。

幸好房里光线昏暗，所有的心潮澎湃都被遮掩住了。

“不好意思，突然忘词了。”程西解释道。

陈慕也没有起疑，点点头继续开始排练。

晚上的节目在烧烤之前，上台顺序由嘉宾自行安排。

方妍和季禾野的舞蹈风格热烈，适合开场；苏惟英和庄星的相声则排在第二位，程西和陈慕也的歌曲风格舒缓，压轴上台。

方妍的舞蹈让人眼前一亮，顿时点燃了气氛，热情奔放的爵士搭配酷炫的街舞，由季禾野表演出来，帅气又吸睛。虽然只经过短短一下午的排练，两人却默契十足，身体动作之间的张力无限，连苏惟英都不禁在一旁尖叫起来。

“太帅了！”

这段舞蹈将这场“文艺汇演”提升了一个档次，演出变得像模像样，有几分录制综艺节目的真实感。

苏惟英和庄星的相声节目笑料不断，搞笑又不失高雅，逗得所有人哈哈大笑，连一旁的工作人员也忍不住，笑得前仰后合。

不知不觉间，所有人都已全身心投入其中，感受到久违的快乐。

程西突然有些感激节目组策划了这场演出。

最后表演的是程西和陈慕也。

今天天气格外好，满天繁星，光束交错地打在舞台上，夜空也被照亮了。前奏缓缓响起，两人握着话筒，并肩站在舞台上。

很快，程西听见了陈慕也的声音。

随后，她接上下一句，准确无误地进入合唱部分。

“为我证明，我曾真心爱过你……”

到结尾处这句歌词，程西不由自主地转头望去，恰逢陈慕也正看向她。他唱到的歌词是：“爱过你。”

这夜星光很亮，灯光浪漫，身旁人的眼中盛满了她的影子。

她多希望这一刻就是故事的结局。

第一次发现学校这么大，怎么也看不见他。

——《C少年观察日记》

沙滩烧烤结束后，第四次约会也悄悄来临。

六位嘉宾之间的关系看似明朗，又有些扑朔迷离——方妍对陈慕也有好感，却抵不过季禾野的猛烈攻势；苏惟英因为对季禾野受挫，失落了两天后顺其自然地与庄星搭伙，看不出感情走向；程西的感情线很淡，单箭头只指向过陈慕也，而本次节目里最受欢迎的男嘉宾陈慕也却似乎谁也不爱。

节目组对几人毫无进展的感情线十分头疼，因此，第四次的约会配置堪称蜜月：温泉山庄两天一夜游、海上小岛露营、高空蹦极。

这是嘉宾们进入小屋以来第一次外出过夜旅行，即便嘴上不说，脸上也都隐隐露出期待。

这次约会的邀请形式也与以往不同。

客厅里放了一块小黑板，每项约会安排后面是一片空白。由女嘉宾先挑选自己想去的目的地，然后在旁边贴上自己的头像，男生随后开始选择自己想去的地方或者想要约会的女嘉宾。

客厅里，几人盯着面前这块小黑板，神情略显复杂，各怀心思。

“谁先选啊？”方妍没有动，反而看向另外两位女嘉宾，谦让着问。

“你们都不选？”苏惟英左右看了一眼，干脆地道，“那我先来了。”

说完，她径直上前撕下自己的头像贴纸，思考了一会儿后将其贴在温泉山庄后。

“最近确实需要放松一下，冬天泡温泉再适合不过了，我就先定了。”她转身面向众人，笑意盈盈，好像占了大便宜。

方妍转头看向程西，笑着问：“你先选还是我先选？”

听到她这么问，程西没有再犹豫，选择了小岛露营。

“我挺想去看星星的。”她对其他人解释道。

最后的约会项目只剩下蹦极，方妍把自己的头像贴在了后面，端详着点头：“刚好这段时间想尝试蹦极。”看样子是很满意。

女生都选择完之后就轮到了男生。男生们也互相谦让了一番，庄星向来不争抢，挑眉示意另外两人，本以为又是季禾野率先出击，谁料这次先站出来的是陈慕也。

他撕下自己的贴纸，几乎没有思考便将其贴在苏惟英的头像后面。

“其他两位女嘉宾，我好像都单独和她们出去过了。”他语气如常，笑着说明。

客厅突然陷入寂静，尤其是方妍，她的脸色显然不好，过了几秒，她才轻轻地笑了一下。

程西不敢表露异样，只是无声地收紧了手指。

陈慕也做完选择后轮到季禾野，他一如既往地选择了方妍，在她的头像后贴上了自己的头像。

庄星则自动与程西搭档。

分完组，气氛还是有些奇怪，不知是谁先说：“要不大家都先回去休息，明天还要早起。”

客厅的人散去，黑夜归于寂静，心头的余韵却未消，激起阵阵涟漪。

晚上十点，广播突然发布通知：“请注意，有人使用了特殊道具卡，明天的约会搭档将会改变，请大家注意手机信息。以上内容重复一遍，请注意……”

播报足足响了三遍，足以让所有嘉宾听清。

程西的表情由一开始的震惊转变为困惑，与房间里的苏惟英面面相觑，搞不懂发生了什么。

“是谁用的……”苏惟英喃喃道。

节目组给了每位嘉宾一次额外权利，凭借手中的特殊道具卡可以行使自己的一个要求。

进入小屋以来，这是第一次有人使用特殊道具卡。

两分钟后，程西的手机上收到了一条短信，短信告知她明天的约会对象将由庄星更换为季禾野，约会地点不变。

程西睁大眼睛，许久没回过神来。

“换成季禾野……什么？！”苏惟英凑过来看了看，也露出了一副被雷劈的表情。

“难道是方妍换的？”

“天哪……”苏惟英有些难以置信，随后想到什么，神情突然变得复杂起来，“小野……不知道他现在怎么样。”

“应该还好吧。”程西总算接受了这件事情，咽了一口口水，“毕竟方妍从来没有明确表示过对他的好感，作为成年人，这点挫折应该能接受，不过现在可能有点难受就是了。”

“也是。”苏惟英感慨道，“谁还没有在这个节目里受过一点伤，单相思太正常了。”

她很快整理好了心情。

被这次事件波及的程西心情却不太美妙，一想到自己的露营搭档从庄星换成了季禾野，还要和他度过两天一夜，程西就有点焦虑。

她不是很擅长活跃气氛的人，经过这段时间的观察，季禾野显然也不是。他们两个待在一起，程西很担心这两天的内容会因为过于无聊而被剪辑成两分钟的画面。

早上十点，起得早的几个人在餐厅一起吃早餐。

过了一会儿，陈慕也才从楼上下来，打扮得很随意，头发都没打理，碎发自然地搭在额头上。清俊的面容沐浴在晨光里，却依然耀眼。

苏惟英见他下楼，连忙吃完嘴里的东西对他说："我马上就好。"

"不着急。"陈慕也先去厨房冲了一杯咖啡。苏惟英吃完后，上楼拿了自己的行李。

昨晚收拾行李的时候，程西看到苏惟英往箱子里放了泳衣和漂亮的裙子。

不知为何，此刻，她嘴里的橙汁有些苦涩。

程西对季禾野说："我也上楼收拾一下东西，咱们待会儿就出发吧。"

再次下楼时，楼下已经不见苏惟英和陈慕也的身影，庄星和方妍也在各自准备着，客厅安静了许多。

季禾野穿着冲锋衣和工装裤在门口等着，低头玩着手机。

"好了。"程西背着帆布包走过去。

听到她的声音，季禾野收起手机，抬头道："好，那我们出发吧。"

露营地点在附近的一座小岛上，过去要三个小时的车程。途中驶过长长的跨海大桥，蔚蓝色的海面波澜壮阔，程西突然觉得心境也开阔起来。

节目组安排的约会地点都是精心挑选的，岛上的风景极佳。抵达露营地后，周围的树林与海水交错，地面平坦，沙滩边散落着礁石。隔海相望，可以远远看到对岸城市的建筑。

季禾野明显有露营经验，一到便查看了四周的地形，随即挑选了合适的空地开始打地基搭帐篷，程西则给他打下手。两人各自忙碌，场面并不显得尴尬。

临近傍晚，露营场地初具规模，两个帐篷搭在树旁，沙滩空地上则搭着一顶天幕，底下是露营椅。

此时，程西正在往桌上摆食物。知道今天要出来露营，她早上特意准备了不少适合外带的食物：三明治、切好的水果、烤鸡翅，还有鲜榨的橙汁。

海风徐徐，忙碌了一个下午的两人坐在帐篷下，面向大海，一边吃东西，一边欣赏着远处的风景。

"突然觉得出来玩也挺不错的。"程西啜饮了一口沁甜的橙汁，握着杯子感慨地说。

"是吧，这里的风景挺不错的。"一旁的季禾野在地上铺了块毯子，盘腿坐下，手随意地搭在膝盖上。

简单填饱肚子后，两人还需要完成节目组布置的任务：海岛寻宝。

听起来很不可思议，但节目组设置的奖励是岛上的物资，而他们现在急需那些东西。

程西拿着手绘地图，和季禾野一起沿着海边栈道向里走。

寻宝路线是环岛一圈，各个可能出现物资的地点恰好都是景点打卡地。此时正逢日落，岛上地势低矮，爬到山顶也不费力气。到了观景台，视野骤然开阔。落日映红海面，树林岛屿尽收眼底，远处城市矗立，海鸥的身影在海天一色处盘旋。

这一刻，程西忘了节目组，忘了社交的目的，唯独记住了这幅画面。

落霞与孤鹜齐飞，秋水共长天一色，像诗里描绘的场景。

想必此时此刻，身旁的人也有着同样的感触。

“真好看。”季禾野不禁低头自嘲一笑，“本来昨天的心情还很糟，现在想想，人生本来就是一场体验。”

“无愧于心就好。”程西转过头，认真说道。

夜里，海边的温度骤然下降。

沙滩上升起篝火，季禾野抱着吉他自弹自唱。

他的声音清澈却带有磁性，有种难言的韵味，弹唱起来完全不输给网上的自由音乐人。在这安静的夜里听他唱歌是种享受，如同不花钱听了一场演唱会。

程西毫不吝啬自己的赞美，把心声和盘托出。季禾野只是笑着问她：“你有没有很喜欢的歌？”

“我听的都是比较老的歌曲。”程西不好意思地笑了笑。她偏好听有年代感的歌曲，看电影也是，桃安总说她像个老太太。

“你说一下。”季禾野并没有嘲笑她，偏头耐心地问道。

程西仔细想了想：“《千千阙歌》。”

她没记错的话，季禾野是广东人，还曾经在客厅教过他们粤语，发音很标准。

果然，他听完后低头笑了一下，拨弄起吉他的弦。

他唱粤语歌有一种独特的魅力。

不知不觉中，气氛已经变得轻松，季禾野弹了一些程西会唱的歌让她参与进来。刚开始，程西还放不开，季禾野便认真地夸赞她：“上次你唱得很好听。”

两人在星光下的沙滩上围着篝火，坐在帐篷里，伴着旋律轻声唱歌，笑声时不时传出来。

海岛两天一夜之旅圆满结束，程西和季禾野回到别墅时被告知他们是第二组回来的。

而最先回来的竟然是陈慕也和苏惟英。

客厅里，四人坐在一起分享这两天的经历。

苏惟英说温泉山庄还不错，私密性也很强，男女是分开泡的，今天上午两人还去果园采摘了。

听到男女分开泡温泉时，程西有些疑惑，但没有出声，只提到了她和季禾野昨晚弹吉他的事情，其间还不忘夸赞一番季禾野的弹唱。

“小野真的很厉害。”程西最后总结了这么一句。她气质温和，脸颊白皙，夸起人来眼里有种天然的真挚感，很有说服力。

苏惟英按捺不住，起哄让季禾野当场表演一下。

季禾野的吉他还没有收回房间去，此时只能拿出来拨弄了一下弦。

“那我就随便弹一段吧。”他唱了一首耳熟能详的曲目，经典而不过时，旋律独特悦耳，一首歌结束，周围的掌声随即响起。

苏惟英显得尤为热情，兴奋地叫道：“太好听了，小野大明星。”

“他唱歌真的很好听。”欢声笑语中，程西由衷地感慨道。这声音夹杂在苏惟英的笑声里并不明显，坐在对面的陈慕也却听得清晰，不由得侧目看去。

犹记得上次两人在唱歌房时，光线昏暗，他握着话筒唱完歌，就看见身旁的人眼眸晶亮，激动地夸赞：“你唱歌真的很好听。”

没想到场景一换，同样的一句话竟然再度出现，只不过这次，她眼中的男主角不是他。

他是有点恶劣的，但我竟然也觉得可爱。

——《C少年观察日记》

客厅里的聊天声没有持续太久，很快，方妍和庄星就回来了。

两人进门时还有说有笑的，声音远远地传来，几人的聊天声便立刻停止了。

“咦，你们都回来了？”方妍吃惊地和大家打着招呼，巡视了一圈。

程西迅速地看了一眼季禾野，他低头拨弄着吉他，没答话。

“是啊，你们玩了什么好玩的？”苏惟英好奇地追问。

“我们昨天去蹦极了，景区还有不少高空项目，难得过去一趟，今天干脆都体验了一番。”两人放下行李走过来坐下，方妍神色如常地说道。

“听起来很好玩的样子。”苏惟英单手托腮，眼里掩不住羡慕。

“确实还不错，挺刺激的。”庄星在一旁补充，气色看起来十分红润，可见这两天玩得很开心。

“你们刚才在做什么，弹吉他吗？”方妍看到季禾野身旁放置的吉他，突然问道。

“对，因为我说小野唱歌很厉害，所以他们忍不住让他展示一下。”程西鼓励地看向季禾野，试图让他表现一下。

昨晚，两人在夜空下聊了很多，其中就包括方妍。当时，季禾野低落的神情难以掩饰。

“或许她真的不喜欢我，我不想再去强求。”

程西绞尽脑汁，只说了一句安慰的话。

“都来到这里了，不管选择如何，只要最后不留遗憾就好。”

但拼尽全力，才能无愧于心。作为一个旁观者，况且还夹杂在苏惟英和方妍之间，程西并不能干涉季禾野做出选择，但她希望他能够完全展露出自己的魅力。

在她看来，季禾野是个很优秀的男孩子。

“真的吗？我好像还从来没有听过你弹吉他。”方妍感兴趣地追问道。

客厅另一边，季禾野垂眸笑笑，问道：“那你想听什么？”

……

程西和苏惟英一同上楼收拾行李。

白色长绒地毯上，两人一边整理衣物一边聊天。

“我觉得陈慕也这个人真的有点问题，他大概不是来交友的，而是来度假的。”

“啊？”程西整理衣服的手停了一下。

“你知道我们上午有采摘活动吗？一开始，我们在草莓园采摘，后来工作人员说山上还有沃柑，我就很想去，结果你知道陈慕也说了什么吗？”苏惟英忍不住吐槽。

程西隐约猜到了，但没说话。

“他说，如果你感兴趣的话可以去看一下，我想先回酒店休息，有点累了。”苏惟英此刻提起来还是满脸愤然，不禁怒骂，“他一个大男人竟然还没有我这个女生的体力好，真为他未来的女朋友感到担忧！”

程西：“……消消气，往好的方面想，或许他是身体不舒服呢？”

“谢谢你——”苏惟英幽幽地看着她，“安慰我是他病了，而不是因为我在他面前没有任何魅力。”

“当然不是！”程西连忙纠正她，“肯定不是你的问题。”她顿了一下又说，“我想，大概没有一个女人对他来说有吸引力……他应该是喜欢男的。”新仇加旧恨，程西口不择言地造谣。

苏惟英果然由怒转笑，握着她的手真挚地说：“橙子，你真是我的好姐妹。”

背后说了别人一通坏话，程西口干舌燥，心虚地端着杯子出去倒水，谁知刚出客厅就遇到了被造谣的男主角。

两人在一楼露台狭路相逢。

将近两天未曾单独碰面，乍一看到陈慕也，恍如隔世。

“你怎么出来了？”程西先打招呼。

“庄星在房间里开会。”陈慕也解释道。

刚下过雨，远处的山峦蒙上了一层隐隐约约的雾气，空气中的湿气很重。

不知为何，这一刻，气氛突然变得舒缓起来。

程西微微放松，靠在栏杆上，双手握着杯子，喝了一口热水。

“这次出去玩得开心吗？”

“一般。”他的神情也像裹上了一层清冷的雾气，不复以往的温和，“没有太大区别。”

程西压住心头的失落感，垂下眉眼，不知是故意还是无意地说：“哦，我们玩得挺开心的。”

陈慕也安静了一会儿才说：“你好像和谁出去玩都挺开心。”

“倒是有一个例外。”她故意这么说。

“嗯？”面前的人低下头注视着她，莫名让人感觉到一丝压迫感。

“比如主题乐园那次，明明是我被人占了便宜，结果人家还要给我摆脸色，好像吃了多大的亏。这件事伤害性不大，侮辱性极强，我那天就挺不开心的。”程西故意颠倒黑白，添油加醋，以泄这些时日压抑在心头的愤懑。

出了这口恶气，她霎时神清气爽。

陈慕也顿时沉默了，方才的气焰消失殆尽。

“……对不起。”他的道歉看起来十分真诚。

“希望你大人不记小人过，”他顿了一下才接下一句，“原谅我吧。”

说句实话，有点爽——曾经不可一世的陈慕也此刻站在她面前道歉。

程西拼命压住心头的暗爽和上扬的嘴角，故作高冷地颔了颔首：“既然你如此诚心诚意，那么我就勉为其难——”

“倒也不必如此为难。”他突然接话。

程西：“嗯？”

“刚才我又想了想，既然双方都是受害者，这件事情就扯平了，以后我们就当什么都没发生过，可以吧？”

可以什么？

亲密接触过，怎么可能当作什么都没发生过？

程西面无表情地注视着面前这张英俊又可恶的脸，努力挤出一抹笑：“当然可以了，大家都是朋友。”

晚上，朋友之间的聚餐格外热闹。

小屋又煮起了火锅，明亮的灯火下一派暖意融融。

方妍和季禾野重归于好，程西和陈慕也看似已经冰释前嫌，主要表现为吃火锅时，程西主动给陈慕也调了一份蘸料，不加姜的。

苏惟英一如既往地活泼，庄星的幽默感永远令人舒适。

气氛空前和谐。

摆好碗筷后，正中间的红油火锅咕嘟咕嘟冒泡，香气四溢，下好的肉片刚要捞出，门铃声突然响起，几人面面相觑，一时谁也不愿挪动脚步。

“怎么办？”肉片在筷子上蓄势待发，庄星看了一圈，试探道，“石头剪刀布？”

“……我去吧。”陈慕也主动出声，收获了一众感激的视线。

脚步声消失又靠近，再回来时，他手里捏着一张邀请函，随后，他将其交给了庄星。

“给你的。”

“给我的？什么东西？”他骂骂咧咧地放下筷子，拆开邀请函后念出声，“各位嘉宾晚上好，请大家于饭后到草坪集合，节目组准备了一个有趣的小游戏，快来参与吧。”

“……什么东西！”庄星瞬间把任务卡扔到一边，骂道，“才回来多久，节目组又整出幺蛾子，真是见不得我们清闲。”他骂完才想起找陈慕也算账，瞪着他道，“什么叫给我的？这明明是节目组的任务卡！”

“这不就是给你的吗？”陈慕也咬着丸子，无辜地说，“除了你，还有谁念过这个？”

大家深以为然地点点头，庄星气得愤然埋头吃肉。

节目组的小游戏竟然真的是简单的小游戏。

绿意盎然的草坪上，大家随意而坐，回答着提问。

“第一个问题，目前小屋的所有成员中有没有你的心动对象？”

答题者从最边上的庄星开始。他先摇了摇头，又点了点头，导演罕见地顿了两秒，刚要说话，庄星自觉地举手解释：“可以有，也可以没有，有点心动，但不多。”

“……”

这个回答也不是不可以。

轮到陈慕也回答时，他沉默了一下，摇摇头：“没有。”

意料之中的答案，场面却骤然安静下来。

导演将镜头移向下一个人。

剩下的人都回答了“有”，轮到程西时，她沉默了数秒，最终还是点了点头。

她不敢看陈慕也的眼神，害怕他一眼看出她的心思，又怕他根本没看她。

接下来的问题五花八门，有的关于个人喜好，有的关于生活习惯。

节目组一共问了十个问题，随后就让他们回去了。

翌日，程西起床时发现小屋里少了两个人：陈慕也和方妍。

客厅里，庄星在冲咖啡，见程西下来，他慢悠悠地抬头宣布：“今天好像会有新的嘉宾来，陈慕也和方妍被新人叫去约会了。”

第三章 触手可及

突然很想和他做同学。

——《C少年观察日记》

无所事事的四个人正在别墅里发呆。

程西手里拿着本书，但许久没有翻动一页。

季禾野坐在对面，抱着吉他拨弄，然而仔细一听，曲不成曲，调不成调。

苏惟英和庄星坐在电视机前打游戏，屏幕上的小人戴着红色头盔奔跑，音效时不时响起，突然却戛然而止。

庄星扔掉手里的游戏手柄，重重地叹了一口气：“好无聊啊！凭什么他们开开心心出去约会，我们就要在家里发霉。不行！我们也要振奋起来！”他掸了掸衣服上不存在的灰尘，大手一挥，“走，出去玩。”

“去玩什么啊……又去逛市里的景点？节目组不允许我们走太远吧。”苏惟英双目无神地接话，没什么兴致。

季禾野放下手中的吉他，抬头说：“市里也没什么好逛的吧。”他偏头思考了一下，迟疑地蹙眉道，“出去吃顿饭？”

“顺便散散心。”程西合上书本总结。

“怎么都无精打采的，能不能有点年轻人的朝气？”庄星看不过去，摇了摇头，又突然想到什么，眼神一亮，打了个响指，“对了！我在这里好像有家分店，还是几年前开业时来过一次。走，哥哥带你们去吃大餐。”

“真的假的？！”苏惟英立即来了精神，坐直了身子，“那就这么愉快地决定了！”

几人迅速收拾一番后出了门，黑色商务车很快向市区驶去。

一路上播放着音乐，沿途风景宜人，沉闷感被微风一扫而空。

来到餐厅后，庄星亮出老板的身份，经理立刻毕恭毕敬地出来迎接，把他们带进了贵宾包间。

五星级海鲜餐厅里，落地窗正对着海景，视野一流。菜的味道更不用说，食材本身的鲜味被发挥到极致，加上厨师的创意，充分满足了味蕾。

“尽管放开了吃，今晚庄老板买单。”庄星豪迈地道，还不忘招呼程西，“小橙子，龙虾要不要再给你上一份？”

“不用不用，我还想吃点别的。”程西望着满桌摆盘精致的食物，忍痛拒绝了。

季禾野更是不时点头，肯定着他的品位：“不愧是老板，真好吃。”

“弟弟妹妹们吃得开心就好。”

四人脚步轻快地进门，最终扶着墙出了门。

为了消食，他们又走了一遍第一天来时的景点，还去了那家奇怪的奶茶店。

这次程西点了一杯“自由出桃”，几人坐在店内靠窗的位置，吹了许久海风。

直到天渐渐暗了，两旁的街道上亮起路灯，海上的灯塔也被点亮，他们才惊觉已经入夜，外出约会的人也应该回来了。于是，几人急急忙忙起身往回赶。

到家时，天已经彻底黑了，远远看去，别墅里灯火通明，客厅里隐约可见人影晃动。

他们好像都已经回来了。

一行人换鞋进屋，在玄关处和里面的人打了个照面。

方妍最先察觉到动静，出来迎接，陈慕也跟在她身旁，两人身后还有两张陌生的面孔，此时正好奇地打量着他们。

程西手里还拿着未喝完的奶茶，庄星提着打包盒，季禾野和苏惟英红光满面，几人一看就是从外面潇洒了一天才回来。

不知为何，程西觉得陈慕也的脸色似乎冷淡了几分。

“你们几个去干什么了？从实招来。”方妍双手环胸，佯装审问状。

未等几人说话，季禾野已经乖乖坦白：“去庄老板的餐厅吃饭，吃撑了，顺便逛了逛，消食，一转眼就到这时候了。”

庄星显然有点恨铁不成钢，随后举起手里的打包盒热络地打招呼。

“我打包了点海鲜，大家都吃了吗？没吃的话顺便吃点吧。”

几个打包盒里都装着海鲜，很快在桌上满满当当地铺开，一时间，谁也顾不上计较他们“吃独食”的事情，纷纷围了过来。

“来，让我尝尝庄老板餐厅的口味。”

在外面吃饱喝足的几人此刻在一旁陪坐，苏惟英又吃了一只小龙虾，陈慕也终于过来，坐在最边上，随手拿着打包盒里的食物。

两位新人初到陌生环境，聊起天来却十分从容，顺便做了个简单的自我介绍。

程西趁机偷偷打量起她们。

这次来的嘉宾是一男一女。

女生手里拿着根蟹腿，娃娃脸，鬈发，嘴角微微上翘，浑身上下都透着可爱。

“我叫慕容枝，大家可以叫我吱吱，未来请多多指教啦。”她一笑便露出了小虎牙。

没想到这次来的女嘉宾竟然是这种类型的，有点犯规。

程西的脑子里都是“好可爱”三个字。

对男生周岁放的印象就简单很多，运动型男、阳光、谈吐令人舒适。

吱吱是一位视频博主，内容涉及游戏，偶尔直播。

周岁放开了一家科技公司，待上市，严格意义上来说，是位霸道总裁。

两人身份公开后，言谈间随意了不少。庄星忍不住问道：“你们今天约会选人的标准是什么？不会是直接挑了我们这些人里颜值最高的两位吧？会不会过于简单粗暴了？”

“当然不是啦。”吱吱大笑，本能地捂着嘴，看了一眼陈慕也，解释道，“虽然我是有点颜控，但其实是因为你们昨晚的回答。”

“回答？”庄星反应过来，一拍大腿，“那些问题是你们提的？我说怎么怪怪的，好像在被人查户口。”

周岁放被他逗笑了：“不至于吧。因为我们晚来，那是节目组给的小福利。”

庄星："好吧。"

"所以，你们今天去了哪里？"季禾野接过话，目光看向周岁放。

"我们去了一个海边餐厅，还坐了摩天轮。"周岁放答道。

季禾野的表情顿时有些酸涩，他并不擅长掩饰情绪，周岁放很快看出了端倪，盯着他打量了几秒，又转向方妍。

"你们呢，今天去了哪里？"周岁放又问陈慕也和吱吱，把话题转向他们。

"我们去了游戏厅。"吱吱举起手回答，看起来十分可爱。

"那应该没人打得过你吧？"周岁放开玩笑道。

介绍职业时就说过，她玩游戏很厉害，在普通人里应该算是佼佼者。

"我之前也是这么认为的。"吱吱扭头看着陈慕也，一副埋怨的语气，脸上却带着笑意，"结果今天遇到对手了，这人根本没有怜香惜玉，把我杀得片甲不留！"说着，她重重地叹了一口气。

"这么厉害？"周岁放诧异地看向陈慕也，发出邀请，"下次有空的话，我们切磋切磋，我也很喜欢玩游戏。"

"加我一个。"吱吱立刻举手加入，"我要越战越勇，一雪前耻！"

几人聊得热闹，作为话题中心的陈慕也偶尔回应，庄星和方妍也不时加入其中，唯有程西在这种人多的场合下显得越发安静。

之前，只有一两个人健谈的情况下，程西的内向表现得并不明显。现在，能说会道的周岁放和吱吱一加入，程西习惯性避让，更显得她成为文静的倾听者。

她忍不住托腮发呆，自顾自走神，没注意到对面的陈慕也不着痕迹地看了她好几眼。

新嘉宾的加入让平静的湖面悄然泛起涟漪。

翌日，吱吱的攻势让人有些招架不住。

平时总是在厨房准备早餐的程西一下楼，便发现厨房里难得有人在——吱吱系着围裙，握着锅铲忙碌着，她面前的平底锅里正煎着蛋。

听到声响，她抬起头来，元气满满地打招呼："早上好！"

"早上好。"任谁看到这么一张笑脸，心情都不会太差。

程西走到冰箱前拿出牛奶，顺便探头看了一眼："你在做早餐啊？"

"对，我打算做帕尼尼。你吃吗？我顺便做一份。"她笑眼弯弯地问。

但程西不习惯麻烦别人。

“不要紧，待会儿我自己做就好。”怕她多心，程西又解释道，“我已经习惯了早上做早餐。”

“真的？你的作息真好。”吱吱感慨道，随即又问，“那其他人呢，也会一起做吗？”

“我会给正好下楼的朋友附赠一份。”程西正色道。

吱吱被逗笑了，毫不吝啬自己的夸赞：“橙子，你真可爱。”

被一个可爱的女孩夸赞可爱，这让程西感受到了从未有过的满足，大概是因为她的虚荣心。

因此，当吱吱把精心摆放好的早餐放在桌上，并写好便签表示这是给陈慕也的，拜托程西顺便转达时，程西一时没能说出什么话。

毕竟，她们才刚刚友好地交流过。

没过多久，陈慕也下楼时恰好看到厨房只有程西在忙碌，客厅也空无一人。他走过去，看见桌上摆放的那份早餐用玻璃盖特意罩着，十分显眼。

“你做的吗？”他习惯早上先喝一杯冰水，拉开冰箱门时随口问她。

“不是。”程西抿了抿唇才说，“是吱吱特意为你做的。”

陈慕也差点把刚喝到嘴里的水吐出来，他抬起手背擦了擦嘴，平静地问：“确定是给我的吗？”

“嗯，旁边还有她的留言。”程西点了点头。

陈慕也站定在椅子前，单手掀起一张便签，垂眸看去。

“新的一天从早餐开始，希望你元气满满。”后面画了一个可爱的笑脸，落款是“吱吱”。

他看了两眼便把便签重新贴了回去，转身回到厨房。

程西听到冰箱门重新被打开的动静，关掉火，忍不住出声：“你不吃吗？”

“嗯，我想吃点面包。”他从冰箱里拿出一袋吐司，随即准备上楼。

程西的早餐刚好出锅，今天做的是煎饺和南瓜饼，她盛出后放在盘里，犹豫了一下，还是客气地问：“我刚煎的饺子和南瓜饼，你要吃一点吗？”

陈慕也简单看了一眼，饺子和南瓜饼煎得金黄微焦，散发着香气。

他随意拿起一个南瓜饼放到嘴里尝了尝。

“好吃。”客气的夸赞一如既往地给人舒适感。

程西礼貌地弯唇，轻声回道：“好吃就好。”

新人加入，节目组肯定不会这么简单放过他们。

不久，节目组便宣布下午要为他们举办一次欢迎会。

这本来应该是一件开心的事情，但前提是，如果节目组没有特意安排任务的话。

“今天要做三件事情：第一，外出制作蛋糕；第二，现场布置并亲手准备鲜花；第三，一起采购食材。”

客厅的沙发上，庄星念完收到的任务短信，仰面长叹：“梦回初中的迎新班会。”

“恭喜你，获得了一次青春体验卡。”苏惟英转头打趣。

庄星扶额摇头。

“任务怎么分配呢？”旁边的吱吱眨巴着眼睛，目光若有似无地往陈慕也那里看去。

早上，吱吱得知陈慕也并没有吃她的那份早餐后只是微微失望，随即很快恢复如常。

吱吱问完话，一众人里，只有季禾野率先出声，主动认领任务：“我可以外出采购食材。”

“我也可以。”苏惟英紧接着举起手。

“那我就布置现场，准备鲜花吧。”方妍笑着拨了拨肩头的鬈发，“插花很有意思，平时我就很喜欢。”

“那我去当个劳动力，帮忙布置现场。”周岁放立刻接过了她的话，两人自然组成一队。

吱吱听他们说着话，左看右看，随后主动对陈慕也说：“我想去做蛋糕，你要不要和我一起？”

少女嗓音清甜，回荡在空气中。

“去嘛去嘛！”吱吱不知何时抓住了他的袖口，此时拉着袖口撒娇。

“就当作昨天打游戏被你虐的补偿。”见陈慕也似乎不为所动，她加重语气，恳切无比地说，“做蛋糕很好玩，真的。”

任谁都难以抵挡这样的邀约。

庄星不禁握紧了拳头，恨不得替陈慕也答应。

众人注视的中心，陈慕也的脸上却露出了一丝为难，他的目光不经意地扫过人群，突然和程西的视线撞上，程西毫无征兆地愣住了。

随后，陈慕也的黑眸中浮起一丝情绪，求助般望向她。

程西觉得自己的心口好像被轻轻撞了一下，一股不知名的勇气突然涌入身体，她面对众人，忽然开口：“外出采购好像还差一个人，要不你和我们一起去吧——”程西的目光从陈慕也的脸上艰难地移开，转向他旁边的女生，不太流畅地说出后两个字，“……吱吱。”

“啊？”吱吱显然搞不清楚状况，不知道她为什么在这种时候向她发出邀请。

她正想拒绝，只见一旁的陈慕也连忙举手，不假思索道：“我去。我刚好想去超市买点东西，算我一个。”说着，他极其自然地挣脱了吱吱握着他衣袖的手，朝那边走去。

“那我——”吱吱刚想加入，便想起名额已经满了，不由得有些懊恼地盯着陈慕也的背影。

“吱吱小朋友，我和你一起去做蛋糕吧。”老好人庄星站出来解围，温和地对她说。

吱吱勉强露出笑脸，说：“好。”

程西的手机振动了一下，她瞥见上面的信息，再一抬头，便看到不远处的苏惟英冲她笑着。

两人视线相接，程西面上沉稳地收起手机，身侧的手却握紧了。

队伍就这么迅速地分配了，接下来，三辆车分别出发。

周岁放和方妍前往策划工作室，程西等四人去超市，庄星和吱吱则去做蛋糕。

车子驶离后，程西明显感觉旁边的人松了一口气。

她转过脸，看到陈慕也敛眉垂目，用力揉着眉心。

她不禁出声：“有这么疲惫吗？”

陈慕也抬头看向她：“心累。”

程西默默地回头看向窗外，话语随着风传到陈慕也耳边：“没办法，你这张脸太招蜂引蝶了。”

陈慕也一时有些怀疑自己的耳朵。

“那我重新投个胎？”他蹙眉想了想，认真地反问。

“倒也不必如此。”坐在前排的苏惟英忍不住转过头来，憋笑着说。

陈慕也不说话了，静静地看着窗外。

季禾野专注地开着车，毫无察觉地问了一句：“所以也哥，你到底喜欢什么类型的女孩子？怎么感觉你对节目组安排的女嘉宾都不来电？”

一开口就得罪了两个人，程西和苏惟英对视一眼，忍不住在心里翻白眼。

好一会儿，陈慕也才出声：“没有……特别固定的类型。或许遇到的时候就知道了，但是，我可能比较在意舒适感。”

舒适感——直到下车，程西还在想着这三个字。

他的舒适感是指保持适当的距离，不越界，不深交，随着时间相处自然而然地在一起？

那等到绳锯木断，滴水石穿，会不会有这一天出现？

程西觉得，由于在节目上经历了陈慕也忽冷忽热的对待，她的叛逆期似乎姗姗来迟。

四人在超市里开始采购，从生活用品到零食。

超市很大，选购流程漫长，程西看到右手边的调味区，忍不住对他们说：“我先过去那边看看，小屋里很多调料都没有了。”

“那我们分两路吧，这样更有效率。”苏惟英很快提议。

程西有些迟疑，身旁的陈慕也已经点头：“可以，我们先去买调料。”

他推着车子，很快和程西穿梭进了一旁调料区的货架之间，过道狭窄，刚好只容得下一辆推车。

程西看到自己常用的调味料在最下层，于是蹲下身子去挑选对比，很快便找到了合适的，刚站起身，便撞到了头顶上的一只手臂。

陈慕也在上面两层挑选着货品，没想到她会这么快站起来，他飞快地收回手臂，手里的瓶装酱油却“吧嗒”一声掉落在地。

玻璃瓶四分五裂，浓黑的酱色洒在干净的地砖上，十分刺眼。

程西满脑子都是“闯祸了”三个字，很快有工作人员闻声而来，见状立刻去拿清洁工具。

两人赶紧帮忙收拾，用纸巾擦拭起地面，其间还不忘连连道歉。

帮着整理完现场的狼藉，为那瓶酱油买单后，两人终于被放行。

程西满脑子都是刚才的事情，无意识地顺着过道往前走。当身旁的人停下选购时，她才发现他们已经来到了蔬果区域。

陈慕也站在一堆圆滚滚的橙子前，拿起两个仔细对比挑选着。

他的心理素质比她强多了，先前的事情似乎并没有影响到他。程西抬起手，准备和他一同挑选，却突然看到了自己掌侧的褐色痕迹。

是刚才的酱油，大概是不小心沾到的。

她很快低下头，从包里翻出湿纸巾擦拭干净，然后突然想起什么，转头去看陈慕也。

果然，他的手指间也有几点棕褐色的痕迹。

“你要不要擦一擦？”程西刚说完，陈慕也就反应过来，低头看了一眼。他的两只手刚好拿着橙子，一时没有抽出空来接过她递来的湿巾。

程西的脑中闪过今天发生的种种事情，说不上是故意还是无意，她径直拉过他的手，将湿纸巾覆盖上去，一点点擦拭掉了上面的污渍。

褐色痕迹渐渐消失，只见一双极好看的手正被她握在手中。

程西没有看他的神情，直到这时才若无其事地松开他，抬起脸说：“好了。”

她看似冷静，不稳的呼吸声却隐隐暴露了心情，不知道身前的人能否察觉。

陈慕也垂眸凝视着她，瞳孔在灯光下显露出琥珀色。

片刻，他收回手，叫了她的名字。

“程西，你是故意的。”

他受欢迎的程度远比想象中要高。

原来宝藏是真的会发光。

——《C少年观察日记》

超市内。

质问声落地，程西的胆量瞬间化为泡沫，灰飞烟灭。

她的身子微不可察地僵了僵，呼吸不畅，心虚且理亏地低下头，闷闷地应了一声：“嗯。”

她没发现，面前的陈慕也挑了一下眉，目光在她的头顶停留了两秒。

见审判迟迟没有降临，程西不由得抬起头看去，发现面前只剩下一道背影。陈慕也早已挑选完橙子，推着购物车往前走去。

程西愕然，立刻加快脚步跟上去，偷偷打量起他的神色。

“不要看我。”她以为自己的眼神已经足够隐蔽，却不料旁边的人径直开口。

程西没有和他争辩，只是“哦”了一声，然后收回视线，乖乖跟在他身侧。

没过一会儿，陈慕也按捺不住，借着挑选商品的机会看了她一眼。女生神情如常，正在对比手里的两盒冲泡红茶，先前的尴尬早已消失得无影无踪。

几人分头购物差不多时，便在超市出口处碰头了。

两个男生自然地提起几个购物袋，毫不费力地往外走去。

程西看着陈慕也走在前头的背影，突然想起很久以前的一件事。

那是高中三年里最普通的一个瞬间，但时隔数年，依然像碎片一样藏在她的记忆里。

程西高一时是走读生，中午有时候会偷溜出去吃饭。有一次，不小心撞见陈慕也和他们班集体外出采购，五六个人穿着校服走在路上，程西一眼就认出了他。

他个子最高，走在边上，手里提着两个购物袋。身边的同学在和他说话，有男生，也有女生，几人说说笑笑，自然又融洽。

当时程西刚吃完午饭从店里出来，望见这一幕，定定地看了很久，心里不受控制地涌起不合时宜的念头：如果，她也是他同班同学就好了。

如同此刻。

陈慕也只是提着购物袋走在她身前，没有人懂她内心的喜悦蔓延开来，如同咕噜冒泡的可乐。

这是她的隐秘心事。

购买完食材不久，周岁放和方妍也回来了，两人手里捧着两束很大的鲜花，花瓣上还沾着露水，鲜艳欲滴。刚将花放进屋里，清香味就萦绕在空中，平常的时刻也变得浪漫起来。

大家默契地按照先前的分配各自找到搭档，只是不知怎么的，在厨房里，季禾野择着菜，眼神却不自觉地飘到了外面。

不过一转眼的工夫，程西就见他已经站在正往客厅墙上挂东西的方妍身旁，主动接过她手里的物品帮忙起来。

过了一会儿，苏惟英也从厨房消失了，和季禾野站在一起，客厅里的人热闹地商量着装饰。

好在食材已经准备得差不多，只差收尾工作了，程西正看着案板，身旁的陈慕也偏过头来，低声问：“这条鱼要怎么处理？”

程西后知后觉地反应过来，此时，这个不大的空间里只剩下他们两个人。

“简单腌一下就好。”她连忙说。

见陈慕也不明所以，她主动接过他手里洗净的鱼，扯下吸水纸仔细擦干了表层的水渍，再撒上盐抹匀。

她做这些事情的时候格外专注，一缕发丝却不小心从耳际滑落，贴在脸侧，挡住了视线。

程西随手用手腕蹭了一下，没成功，她两只手都沾着盐，动起来格外艰难，正欲加快速度处理完这条鱼时，旁边伸出了一只手。

陈慕也并没有碰到她的脸，小心地捏起她那缕头发，将其绕到耳后。拨弄时，他的指腹不可避免地擦过她的耳朵，如同触电。

程西的身子轻微僵硬，根本不敢动。

身边的气息也顿了几秒，空气中似乎有一根无形的细弦绷到极致，“啪”的一声断裂了。

她的呼吸错乱了两拍，低下头说了句：“谢谢。”

“没关系。”陈慕也低声回道。

方才被碰过的耳朵似乎在灼烧，面前的人明明什么都没做，程西却觉得自己所处的空间越发逼仄狭小，一股压迫感瞬间席卷而来。

她无法再待下去，匆匆抹好盐便把手里的鱼端到一旁，找借口逃离了厨房。

程西回房洗了把脸。不出意料的是，镜子里的人脸颊绯红，双眸水润。

她暗骂自己没出息，仅仅是被他碰了一下就溃不成军。

努力冷静下来后，程西无声地凝视着镜中的自己，心想，大概是因为这是他第一次主动靠近她、碰触她。

再下楼时，楼下已经热闹非凡。

吱吱和庄星回来了，桌上摆着显眼的三层蛋糕，翻糖造型十分梦幻。

他们两个人足以抵得上整个篮球队，场面喧嚣热闹。

“你们都不知道做这个蛋糕的过程有多艰辛，我第一次看到这么笨手笨脚的女孩子——”这是庄星真情实感的总结，此时，他正对着吱吱面色沉重地摇头。

小女生被他弄得满脸通红，忍不住过来捂嘴。

“你造谣，明明蛋糕上面的裱花都是我做的！”

“只能远观，不能细看……”

“啊！”吱吱想发疯，尤其是看到陈慕也站在一旁，她连打个地洞钻下去的心都有了。

今晚的晚餐由大家共同下厨，每人献出一道拿手菜，顺便展示各个地方的家乡特色。

方妍是四川人，准备的是水煮肉片，周岁放做的是一道粤菜，吱吱做的是糖醋排骨，季禾野和苏惟英浑水摸鱼，一个做番茄炒蛋，一个做蛋花汤……

此时的厨房比以往任何时候都要热闹。

程西帮他们注意着火候，时不时搭把手。在兵荒马乱中，菜一道道出锅了，看起来都很可口。

她刚要着手自己的料理，一转头便看到了不远处正对着一条鱼显得有些为难的陈慕也。

他要做的是红烧鱼，虽然想象很美好，但真正操作起来还是有难度。

程西猜测他平时应该不怎么下厨，那条鱼都是她下午帮忙处理的。

“遇到什么问题了吗？”程西主动问道。

陈慕也闻声抬起头，脸上闪过一丝迟疑：“我怕把它煎烂了。”

这对新手来说的确是个很大的考验。

程西想了想，说道：“没关系，你先放油，我帮你在旁边看着。”

陈慕也停顿了一下，没有拒绝，起锅烧油。

等到油快热时，程西让他加一点盐进去。

“要提前放盐吗？”他困惑地问道。

“放一点盐，油就不会溅出来了。”程西解释道。

“原来如此。”他点点头，加了一点盐。他在这个过程里十分专注，程西莫名地从中看出了专业架势。

不愧是理工男。

程西在心里默默忍笑，面上却没有露出一丝异样。

鱼下锅时，表面的水分已经被擦干，加上提前放了盐，锅里没有溅起太大的油花，鱼身也渐渐露出金色。

陈慕也明显松了一口气，程西见状低眸笑了笑，没想到被他察觉了。

“我煎鱼的样子很好笑吗？”陈慕也问道。

这些天，程西已经习惯了他的直接，她立刻收起笑容，摇摇头。

“没有，是我的笑点太低。”

"……哦。"他没有再纠结这个问题，视线从她故作严肃的脸上移开，望着锅里的鱼，"这一面大概要煎多久？"

"差不多了。"

陈慕也拿着锅铲，准备动手给鱼翻身，他早已卷起袖口，表情慎重，小心地铲起那条鱼。

两人不自觉紧张起来，屏住呼吸，鱼身即将被翻过来时，陈慕也的脸色突然一僵。

"粘住了。"

"我看看。"程西准备接过他手里的锅铲，不知道是因为慌乱还是其他，陈慕也没有第一时间放手，她便一把握住了他的手背。

火候不等人,来不及等他放手,程西已经握着他的手将鱼身翻了过来。

"可以了。"程西如释重负，朝他笑了笑，"很完美。"

"接下来直接放配料就可以了吧。"他不动声色地移开视线，握着锅铲的手不自然地动了一下。

"是的，可以晃一下锅，让它受热更均匀一点。"

程西指挥他煎好整条鱼，才腾出手来做她的菜。

陈慕也开始往锅里放配料时，吱吱和方妍进来了。她们已经收拾好外面的事情，闲得无聊，见他们还在厨房做菜，便来凑热闹。

"看起来还不错啊！"吱吱探头看了一眼，鱼被煎得两面金黄，加入酱料后，香味逐渐蔓延开来，卖相十足，远超新手水平。

"熟了吗？我帮你尝尝味道。"方妍掩不住眼里的期待，跃跃欲试。

陈慕也点了点头："应该熟了。"

方妍拿起筷子小心地夹了一小块鱼肉放到嘴里,眼睛顿时亮了起来,对他竖起大拇指："好吃！"

"真的吗？我也试试。"说话间，吱吱也尝了一口。

方妍已经夹起第二块鱼肉，用手托着夹到陈慕也嘴边，极其自然地说："你也尝一下。"

吱吱的动作顿住了，愣愣地看着两人。

厨房的气氛一时变得尴尬，陈慕也没有动，只是扯着嘴角笑了笑。

"我就不尝了，给今天做出这道菜的真正大功臣试一下味道吧。"他转向一旁的程西。

方妍明显一愣，但她很快调整好了神色，脸上浮起恰到好处的笑容，将筷子递给程西："橙子，你尝尝。"

程西觉得十分尴尬。

面对陈慕也和方妍的含笑注视，她不得不低下头吃掉鱼肉。

囫囵吞枣的过程中，明明没有尝出任何味道，她却露出惊喜之色，点了点头，郑重地夸赞："好吃！"

面前三个人都如释重负。

陈慕也不忘肯定道："是你教得好。"

"……"

程西走出厨房时，餐厅已经摆好碗筷，等待开宴。

外面布置得和以往不同，横幅挂在客厅正中间，上面写着"欢迎吱吱大美女和周岁放帅哥入住小屋"，一旁还飘着气球和彩带。

程西觉得大概是庄星的主意。

其他人已经落座，程西刚走过去，还没看清位置上的人，就见最边上的陈慕也朝她招了招手，主动示意道："这里。"

程西不明所以地走过去，陈慕也拉过旁边的椅子让她坐下。她刚坐稳，就对上了对面吱吱哀怨的眼睛，不由得缓缓转头看向一旁同庄星谈笑自如的人。

所以，她是被他当成挡箭牌了？

程西心里莫名涌起一阵恼意，还有一丝难言的委屈。

聚餐结束，由方妍代表众人给吱吱和周岁放送上捧花。

在一片掌声中，充实的一天即将走向尾声。

"我提议，我们今晚去唱歌吧！"精力充沛的元气少女吱吱意犹未尽地举起手说道。

程西一顿，身边的人也一顿，她一眼看到陈慕也想休息的表情。

"我附议，最好再喝几瓶小酒。"苏惟英最爱凑热闹，酒鬼属性暴露无遗。

"我们好像还没在小屋里喝过酒。"季禾野思忖着说。

庄星拿起车钥匙，说道："冰箱里应该没什么存货了，我现在开车去买。"

他环顾一圈，笑眯眯地问周岁放："周总，和我一起去搬东西吗？"

"可以。"周岁放立即起身。

两人走后，吱吱刚要说话，陈慕也已经提前一步起身，揉了揉额头，说道：“我有点头晕，先上去休息一下。”

他的借口太明显，一整天的回避姿态也昭然若揭。

待陈慕也走后，吱吱坐到程西身旁，抓过沙发上的抱枕压在膝盖上，失落地问：“他是不是很讨厌我啊？”

程西不知道怎么安慰她，想了想才说：“其实，你没来之前，他和这里的每一个女嘉宾都约会过。”

“然后呢？”吱吱偏过头，好奇地眨眼。

“没有一个人能跟他更进一步的。这可能不是你的问题。”程西委婉地说。

“他太高冷了，对不对？”吱吱难过地叹了口气。

程西点点头，深以为然：“距离感很强。”

“他不应该来参加恋爱综艺，应该去《最强大脑》。”她不忘吐槽一句。盯着程西几秒后，她又突然说道，“可是我觉得他对你就挺特别的。”

“啊——”程西彻底愣住，好一会儿才找回自己的声音，“其实……不是的，你来之前，我们的关系还很冷淡……”程西艰难地解释，“虽然现在看似特殊，但本质上，我和你们都一样，跟他并没有到特别熟悉的地步。”

她安慰着吱吱，也告诫着自己。

吱吱低落了一整晚后终于释怀，挽着她的手臂上楼。

庄星和周岁放买完酒回来后，大家齐聚在唱歌房内。

“陈慕也呢？我去叫他。”庄星环顾一圈，说道。

没过多久，陈慕也的身影出现在门口。他环视了一圈，在吱吱刚要叫他时迈开步子，径直朝庄星的座位旁走去。

“哎呀。”吱吱懊恼地叫了一声，又突然眼睛一亮，拉起程西说，“走，我们坐过去。”

“啊？”程西来不及拒绝，便被吱吱带着坐下了，她与陈慕也的座位中间隔着吱吱。

“你要点歌吗？”吱吱笑眯眯地问他。

“暂时不用。”陈慕也回答。

“那我来点吧，你想听什么？摇滚乐、流行乐、民族乐，我通通在行，你要是想听，让我来段说唱也可以。”吱吱一本正经地耍宝。

陈慕也配合地弯了弯嘴角，礼貌地说道：“谢谢你，不过你唱自己喜欢的就好了。”

“你是不是不相信我的实力？”她佯装生气。

陈慕也无奈地扶额：“没有。”

“好吧，那我暂且相信你。”吱吱斗志昂扬地起身，“那我去点歌了！”

她大步走向点歌台，与正在点歌的庄星交谈起来。

沙发一角突然只剩下程西和陈慕也两个人。

陈慕也突然抬起头，隔着昏暗的光朝她看来。

“程西。”

程西撞进他的黑眸里，耳边有女声在唱“你是我朝夕相伴触手可及的虚拟”。

悠远空灵的歌声中，陈慕也对她说：“你能不能坐过来？”

不想被拒绝的话，就把这个秘密永远埋藏在心底好了。

——《C少年观察日记》

话音刚落，歌曲已播到尾声。

未等程西回答，他轻轻抵了一下额头，又自行否决了：“算了。”

“你……”程西迟疑片刻，还是问道，“很讨厌别人对你主动示好吗？”

“大部分时候是这样。”陈慕也没怎么思索便回答。

“所以今天，你是把我当成了挡箭牌吗？”她想了一整晚，终于还是问出了这句话。

空气一时沉默。

陈慕也没说话，昏暗的光影笼罩着他的脸庞，脸上的表情隐晦不清。

许久，他解释道：“我本身没有这个意思，但事实好像是如此，很抱歉。我只是觉得，在所有女嘉宾里，和你相处起来最自然。”

——自然。

或许她可以把他的意思理解为——他们之间只有单纯的朋友之情，因此他自在坦然。

心头的郁闷宛如乌云笼罩而来，她垂头丧气，十分难过。

很快，吱吱点完歌回来了。

“我点了好多歌，橙子，你不点吗？待会儿有会唱的，我们可以一起唱。”她叽叽喳喳地，像枝头的小鸟。

程西点头露出笑脸，应道：“好。”

在旁边人的盛情邀请下，程西也唱了两首歌，水平一般，不至于拖其他人的后腿。

唯有陈慕也，除了在庄星的极力邀请下和他合唱了一首歌外便没再拿起话筒，自顾自坐在一旁，偶尔回应几句吱吱的话。

程西心情郁闷，低垂着头，错把杯子里的酒当成饮料一口喝了下去，酒精上头，她竟然觉得莫名有些解压，忍不住又倒了一杯。

周围的人都忙着唱歌，没人注意到她。

此时的她有种借酒消愁的感觉，再加上这种五颜六色的果酒看起来都不怎么醉人，因此，她大胆地把它当成了饮料，一杯接着一杯。

不知道喝了多少酒，程西后知后觉地感觉到醉意，提不起劲来。

她看了一眼时间，晚上十点，不算早了。

吱吱的歌已经唱完，她正在和陈慕也搭话，陈慕也的回应简短而礼貌，没有带太多情绪。

倒是庄星在一旁说个不停，和吱吱聊得很起劲。

这场聚会对陈慕也来说更像是应酬，待了一会儿后，陈慕也就说要先回去休息了。

他走之后，身旁的吱吱明显失去了激情，和庄星说话也变得心不在焉。

另一边，苏惟英、季禾野和方妍玩得很开心，他们高涨的情绪与这边截然不同。

程西困得不行，晃了晃脑袋，也起身告别，准备回去睡觉。

此时的小屋格外安静，与唱歌房里环绕的声音形成鲜明对比。

程西觉得有点渴，没有直接回房间，而是到厨房倒了一杯水。

喝完水后，觉得心闷的程西本能地想出去透气，推开了一楼花园阳台的玻璃门。

月色清冷如水，几颗星星点缀在天空中。

阳台边有一道熟悉的身影，那人双手撑在栏杆上，仰着头，像在望月。

程西径直叫出他的名字：“陈慕也？”

陈慕也闻声偏过头来，见来人是她，神情温和地打招呼：“你怎么也出来了？”

“有点困了。”程西回答道。

有些醉意的她没发现自己的回答声很小，像是自言自语。

陈慕也明显发现了她的怪异，面色一顿，问道：“那怎么不去休息？”

程西此刻没有太多思考能力，凭着直觉说道：“里面太闷了。”

陈慕也不知道该怎么和此刻的她交流，思索之际，她已经再度出声：“你为什么站在那里？”她望了望天空，神情单纯，“是在看月亮吗？”

他沉默了一下，委婉地说道：“和你一样，觉得里面太闷了，出来透透气。”

“哦——”她恍然大悟地点点头，“看来我们想到一块儿去了。”

程西似乎觉得两人隔着一段距离说话很奇怪，自然地朝他走去，站到他身侧，学起他一开始的样子仰头看了看夜空。

“原来今晚没有月亮啊……”她转过头，满眼困惑，“那你在看什么？”

陈慕也无奈地回答：“我什么也没看，我在发呆。”

她忍不住笑起来：“你好可爱哦，陈慕也。”

面对眼前喜欢了许多年的人，失去伪装的她毫不吝啬自己的夸奖。

陈慕也无法形容这种感觉，本应疏离、排斥，却有一丝难言的喜悦从心底涌出来。

这次，他沉默的时间有点长，程西也没追问，只是定定地看着他，仿佛在看世间难得的珍宝。

陈慕也开口打破这莫名的氛围，出口的话却更像是自问。

“那你在看什么？”

“看你啊。”下一秒，她回答道。

月色下，她的眼眸晶亮如宝石。

“陈慕也，你真好看。”

席卷而来的不适感让陈慕也的心里响起警报声。这次，他的理智占据了上风，及时切断了心头的异样。

“程西，你喝醉了。”

“啊？”她有些茫然，喃喃道，“我喝醉了吗？”

“是的。”他果断地说，“我送你回房吧。”

“哦……”程西应了一声，正要迈步，整个人踉跄了一下，大脑的迟钝让身体的反应也变得缓慢而僵硬。

“我可能真的喝醉了，有点站不稳。”她仰起脸，解释得颇为认真。

陈慕也叹了口气，伸手扶住她。

他托着她的手臂，不由自主地离她近了些，月光下，两人的影子拉长成一条线。

程西又闻到了熟悉的香气，似乎是洗衣液的味道。

她浑浑噩噩地抬起头，目之所及是他那张宛如风景画的侧脸。她记得，记忆中的自己总是隔着很远的距离看他，这还是第一次他主动靠近自己。

她没有动，呆愣地看着他。

陈慕也微微蹙眉，低声问："怎么了？"

"陈慕也。"她突然伸手点了点他的眉，又轻轻碰了碰他的睫毛。

"我好喜欢你啊。"如同梦呓的声音在耳边响起，似真似假，难以辨析。

一瞬间，陈慕也以为自己出现了幻听。

他抬起眼，可面前的人仍旧保持着之前的姿势，专注地看着他，双眸里宛如藏着月光。

温热的指腹还停留在他的睫毛上，陈慕也似乎感觉到那里传来的细微的痒意，但又好像不止那里。

他浑身紧绷，努力克制住不适感，冷静地拉下她的手，重复道："程西，你喝醉了。"

……

程西确实喝醉了，但她清清楚楚地记得昨晚发生的每一件事情和他们说过的每一句话，包括自己最后怎么回的房间。

即使在那种情况下，陈慕也依旧保持着绅士风度，送她到房间门口时，其他人恰好散场回屋，他把她交给苏惟英才转身离开。

程西还能记起她是怎么走到床边，脱下鞋子，甚至和苏惟英感慨了一句"好累啊"，然后倒头就睡。

此时，她已经在床上躺了半个小时，望着天花板思考着人生。

虽然她很少碰酒精，从没有过醉后的体验，但按理来说应该没有人会像她这样，明明已经困意十足，还要出去和人乱说话。

更要命的是，她说的全是真心话。

简直丢人至极。

不知道第几次拉高被子盖住头时，程西发出痛苦的呜咽声。

大概是他这段时间态度温和，让她一时鬼迷心窍，奢望摘下高不可攀的月亮。

哪怕只是靠近月亮身旁，沾染上几缕冷白光辉，也足以让她付出代价。

程西承认，她被蛊惑了。

或许是昨晚的月色太皎洁，身边的人离得太近，她一时没有控制住，把满腔的爱意溢出了一分，闯下了大祸。

程西鼓起勇气下楼时，其他人都已经起床很久了，此时已经过了早餐时间，只有苏惟英和庄星还在吃东西，其他人都在客厅做自己的事。

陈慕也坐在沙发上，正在办公，听到动静，他从屏幕后探出头看了她一眼，目光里没有任何波动，平静地和她打着招呼："早。"

程西愣了愣，慢半拍地回答："早。"

"睡得好吗？你昨晚好像喝得有点多。"

他的问候无比寻常，好像所有人在他眼里都一样，她对他来说也没有任何的不同。

程西的心逐渐凉了下来。

她缓缓点头，笑了笑："还好，谢谢你昨天送我回房间，我下次不会喝这么多了。第一次喝鸡尾酒，没有想到这么容易醉。"程西说得越发尴尬，声音也轻了许多。

"我先去吃早餐。"她逃跑般离开了客厅，不再看那双注视着她却毫无波动的眼睛。

有点难过。

——《C少年观察日记》

没多久，节目组宣布今天迎来了"小屋运动日"。

众嘉宾收拾了一番，准备前往市中心的运动馆。

很快，男嘉宾们换上宽松的长袖长裤，莫名多了几分少年感；女嘉宾们也换上运动裤和球鞋，扎起高马尾，青春气息十足。

程西穿了一套白色的运动装，在门口等待时恰巧看到陈慕也出门，他穿了一身黑色的装束，配上那张充满疏离感的脸，莫名多出几分高冷。

恍惚中，程西差点以为自己又回到了学生时代，那时的他，在篮球场上永远穿着黑色运动服，混在人群之中，让人难以分辨，却又在每次进球时令人毫不费力地看见他跳起的身影。

大巴车到后，程西本想和苏惟英一起坐，谁料苏惟英看到季禾野旁边的座位空着后不假思索地坐了过去。

“……”

很快，后上车的吱吱看到程西身边还有空位，眼前一亮。

“橙子，你昨晚喝醉了吗？对不起，我在你旁边都没发现。”她凑过来说。

吱吱今天看起来格外青春。程西看着她无忧无虑的脸，羡慕中带着一丝尴尬。

“我第一次喝酒，没掌握好量。”

她昨晚没怎么说话，谁也没注意到她面前竟然放了五六个空瓶，离开时，其他人都吓了一跳。

吱吱点点头，安慰道：“下次别喝这么多了。”顿了一下，她又忍不住追问，“昨晚是陈慕也送你回来的？”

程西沉默了好一会儿才点头：“是，我们刚好碰上。”

见她一副不想多说的样子，吱吱也没再追问。

大巴车抵达运动场馆后，车上的人陆续下车了。

场馆很大，网球场和篮球场相隔不远。

节目组让嘉宾们自行分配组队。

陈慕也不出意外地选择了篮球，庄星紧随其后，吱吱也加入了其中。

周岁放左右看了看，主动问方妍：“你想玩什么？”

“你呢？”方妍未答，狡黠地眨眨眼，把问题抛了回去。

“我嘛——”周岁放沉思片刻，很快笑着说，“男生肯定是偏爱篮球的。”

“那你去吧。”方妍拨了拨头发，嘴角的笑意动人，“我不希望你因为我委屈自己。”

周岁放一愣，随后低头笑了笑，理解了她的意思。

“行，那我先和他们打会儿球，待会儿再来找你们。”

网球场的四人决定进行双打比赛，苏惟英主动邀请了季禾野，他没有拒绝，程西则与方妍一组。

程西在学校时选修过网球课，上手不难。除了苏惟英，其他人也都有网球基础。

几个回合下来，方妍明显找到了对方组的弱点，不停地往苏惟英的方向发球。

“我不行了，我不行了……你们太欺负人了，仗着我技术不好欺负我。”不一会儿，苏惟英就累得气喘吁吁，放下球拍认输。

“先休息一会儿吧。”季禾野递给她一瓶水，两人在场边坐下休息。

方妍和程西也放下球拍走了过来。

“不好意思，赛场上没朋友，委屈你了。”方妍笑着拍了拍苏惟英的肩膀，朝她眨眨眼，“不过下一场你可以和我一组，我带你杀得对面片甲不留。”

“看不起谁呢。”季禾野率先接话，笑了一声，“刚才没认真，下一场，我一定要打败你们。”

玩笑似的对话竟然也激起了几分认真，赌注是输的人今晚做饭。

这是尊严的保卫战，双方的斗志瞬间被点燃，气势都与先前不同了。

季禾野私下给苏惟英开了小灶，教她发球和接球的技巧，两人似乎还密谋了一番战术。

方妍眯眼望着那边的动静，转过头对程西笑了笑：“有信心吗？”

“当然有。”两人相视一笑。

这场比赛比上一场激烈了不少，娱乐赛生生被打成了正式比赛的架势。即使方妍刻意朝苏惟英的方向发球，苏惟英也能勉强接住，一时间，两边竟然打成了平手。

直到许多个回合后，苏惟英体力不支，错失一个球，输掉了比赛。方妍和程西兴奋得当即击掌，还不忘给苏惟英一个象征着友谊的拥抱。

“很棒了。”

休息过后，几个人决定去篮球场看看热闹。

篮球场上的四人也正在两两对抗，陈慕也与庄星一组，周岁放和吱吱一组。

吱吱没有篮球基础，需要周岁放提醒动作，场上的比分差距很大，陈慕也与庄星几乎是在陪练，并没有认真。

季禾野在一旁看了会儿，忍不住过去说：“换我来玩玩。”

吱吱累得满头大汗，听到他的话后如释重负，赶紧下场。

四个男人的比赛一触即发。奔跑、运球、碰撞……几人的动作快如旋风，汗水湿透了鬓角。

某一刻，陈慕也拿到球，在篮网下高高跃起，抬手一投，篮球精准入网。

他回过头，随手擦了一把汗。

砰、砰、砰——是篮球掉落在地的声音。

一如程西此刻怦怦怦的心跳声。

眼前投篮的人和多年前的少年身影重叠，他穿着黑色球衣，意气风发，在排山倒海的呼喊声中擦汗，然后跑回队伍里，对周遭的声音充耳不闻。

那时候，程西就是这样躲在一边，在人群中注视着他的背影。

那是她学生时代为数不多的美好时光。

下午，运动结束后，八个人回到了小屋。

到家休息一阵后，大家便陆续下楼了。

按照约定，今晚由苏惟英和季禾野做饭，两人正在厨房备菜，程西过意不去，便进去帮忙准备了一会儿。

陈慕也最后一个下楼，此时，大家都已在客厅落座，程西坐在沙发上，旁边正好有个空位，他看清楚之后面色微顿，自然地改变了方向，走到庄星的身旁。

庄星往旁边挪了挪，但这沙发有点小，庄星终于反应过来，看到程西旁边的空位，忍不住叫道："怎么不坐那边，非要和我挤。"

"喜欢你，不行吗？"陈慕也说这话时没什么表情。

庄星咽下嘴边的话，微扬下巴："别搞这出啊，我的性取向是女。"

"放心，我对你没兴趣。"陈慕也认真地回答。

两人斗着嘴，其他人在旁边看得直笑，吱吱更是笑眯眯地说："你们两个也太有趣了。"

唯有程西笑不出来，她嘴角轻抿，甚至没有往那边多看一眼。

陈慕也的避嫌，或许其他人察觉到了，也或许没有。

晚上，节目组发布了新的约会通知，规则和之前有细微的差别。

这次约会有两轮邀请机制，第一轮由男生主动选择，互选成功即视为组队成功，落单的女生再进行第二轮反选。反选时，只要发出邀请即视为组队成功。

程西看到这条规则后，反应了会儿才明白，这是节目组给落单的人的约会机会。

——哪怕你没有被选择，也可以在第二轮主动选择自己想要约会的人。

她先是想笑，随后又觉得，即便如此又怎样？

她大概不会再主动邀请陈慕也了。

晚上九点，约会邀请正式开始。

外面十分安静，不知过了多久，隔壁房间有敲门声隐隐传来，说话声听不太清楚。

程西与苏惟英的房间内一片安静，她与苏惟英对视一眼，对面的人眼角泛红，垂下头叫她的名字，声音里带着哭腔："橙子……"

程西安静地走过去抱住了她。

过了好一会儿，苏惟英的情绪终于平复下来，她吸吸鼻子，拿起纸巾擦了擦眼睛。

"男人不值得。"她对自己说，也对程西说。

程西点点头，附和道："对，不值得。"

第一轮邀请结束后，结果将发送到每个人的手机上。

掌心传来轻微的振动，仿佛某种信号。

程西鼓足勇气打开，然后愣住了。

对面的苏惟英也是同样的表情。

"第一轮邀请已经结束，陈慕也、庄星未发出约会邀请。下一轮邀请由女嘉宾反选男嘉宾。"

"他们没有主动选择。"片刻后，苏惟英轻声说，"但是他选了。"

季禾野应该还是选择了方妍。

停顿片刻，程西问道："那你接下来要怎么办？打算选谁？"

苏惟英眸中含泪，踌躇许久，最后笑了笑："我还是想选他。"

苏惟英坚定地走向了季禾野的房间。

程西一人独坐在沙发上，双手抱膝，终于下了决心。

她向陈慕也房间的方向走去，过去时恰好看到吱吱从对面走来，脸上带着笑，转身回了房间。

程西说不清自己内心的感受，或许有波动，或许已经麻木。她走到房门前敲了敲门，很快，门被人从里面打开。

陈慕也站在对面，用熟悉的眼神望着她。

程西抬起头，对他说：“我找庄星。”

总是和他错过。

——《C少年观察日记》

程西没看清陈慕也的脸上有没有出现愣怔的表情，他很快侧身让开，去里面叫人了。

“庄星。”

里头有声音传来：“啊——”

陈慕也抿了抿唇，又看了程西一眼，说道：“有人找。”

“啊？！竟然有人找我？不会是找我约会的吧，我也有人约？”嘴碎的庄星一路念叨着，声音却在看到程西时戛然而止。

他愣了几秒，然后扬起嘴角笑道：“小橙子啊——”

陈慕也给两人留出空间，下楼去了。

程西和庄星站在门口，几句话的工夫就敲定了明天约会的事情。

最后，她看着他，轻轻地说了一句：“那我回去了啊。”

“好。”庄星依旧笑着，目光定格在她的身上。

程西没再说话，朝他点了点头，正要回房，突然又听到他说：“你约我，我很高兴。”

这一晚注定无眠。

房间里静悄悄的，程西忍不住问苏惟英：“小英，你就没有想过改变选择吗？”

苏惟英也没有睡，听到程西的声音，她犹豫了一下，回答道：“想过。可是，面对真心喜欢的人怎么可能这么容易就放手？总要试一试，撞得头破血流才能甘心。”

“也是。”程西在黑暗中睁着双眼，轻声感慨，“喜欢怎么能受人控制呢？”

节目组对这次的约会内容做了新的升级，大概是为了“每对情侣都要单独旅行一次”的准则，这次的行程将由男嘉宾全程安排，由节目组提供资金，甚至可以选择飞到其他城市。

庄星听说后连连惊呼，不可思议地叫出声来：“节目组大出血了！”

“飞哪里都可以吗？”他忍不住给导演组打了个电话。

另一边的人无情地反驳道：“只有两天一夜，机票价格要控制在人均一千以内。”

庄星：“那和周边游有什么区别？”

“至少选择权可以大一些。”

“呵呵，谢谢。”

庄星的视线落在书桌前的陈慕也身上。他静坐在那里，低头看着手机，脸上没什么表情。

“你们打算去哪儿啊？”

往常庄星找陈慕也说话，陈慕也会应付他两句，今天他却连头都没抬。

“不知道。”须臾，陈慕也才淡淡地说道。

“我也不知道，不然问问小橙子好了。”他动作迅速，等陈慕也反应过来时已经听到了程西的声音。

“喂？”她的声音软软的，带着尾音，像是已经睡着了。

“你睡了吗？”庄星不由得将嗓音压低，语气莫名有些温柔。

“还没有，怎么了？”那头传来一阵窸窣声，像是有人掀开被子坐了起来。

“没事，想问问你明天想去哪里，我在做计划。”

陈慕也突然发现自己正专注地倾听着两人的对话，他猛地反应过来，揉了揉眉心，正在犹豫要不要戴上耳机时，手机振动了一下，收到了一条新短信。

“你明天打算去哪里呀？我们要不要先商量一下？”是吱吱。

陈慕也垂眸不语，过了会儿，那头迫不及待地拨了个电话过来。

“我看到小妍姐在和周总商量明天的安排，所以想问你，我们要不要也提前讨论一下？”说到后面，她的声音越来越小，语气也变得小心翼翼起来。

陈慕也说：“可以，你想去哪里？”

“我都行啊，你有没有什么特别想去的地方？”吱吱期待地问他。

“先看一下你的意愿，我们再折中商量。”

陈慕也的声音不大，在同一个房间里却难以忽视。

听到他的说话声从庄星的手机里传来，程西不由得顿住了。

"怎么了？"见她突然沉默，庄星追问道。

"没事，你接着说。"

程西时不时能听见陈慕也说话，他和吱吱的交流似乎很简短，大部分时候是对方在说。

庄星也说了一堆安排，程西没什么意见，两人确定好了最终目的地，程西便说要休息了。

"好，早点睡。"庄星不忘叮嘱。

"晚安。"

"晚安。"

听到那边互道晚安，陈慕也的耐心终于消磨殆尽，电话那头的吱吱还在兴致勃勃地查看着景点，陈慕也不由得打断道："我们的目的地暂定春尧了，是吗？"他的声音温和，说出的话却很直接。

吱吱愣了愣点头："是啊……"

"那其他的明天再商量可以吗？"明明是商量的语气，吱吱却找不到任何转圜的余地。

"好……"

"那早点休息，明天见。"

"明天见。"

说完这句话，吱吱的心情立刻好了起来。她挂断电话，将手机捂在胸前，脸上挂着微笑。

方妍也刚结束了和周岁放的对话，余光瞥见她的表情后不由得提醒道："和陈慕也出去，最好不要抱太多期待。"

"为什么，小妍姐，你们都和他约会过吗？"吱吱来了兴趣，坐在椅子上追问。

"差不多。"方妍想了想，"好像没有一次约会是成功的，大家都很疲惫。"

"啊？"吱吱思索片刻，"是行程太满了吗？"

"或许吧。"方妍最后总结道，"陈慕也不是喜欢出去玩的人，而且，他并不太会迁就身边女生的情绪，也许这就是帅哥的脾气吧。"

吱吱听完哭丧着脸，顿时觉得压力重重："好难搞。"但她是典型的乐天派，又很快想开了，为自己加油打气，"算了，那就让我来迁就他吧。"

方妍正色道：“加油。”

约会日当天，四对嘉宾分别选择了四个目的地。

程西和庄星定的地点是一个江南度假村，位于山间，可观云海日出，山脚下有古村落、茶园、非物质文化遗产……两天的行程安排得满满当当，观景一个不落。

庄星很满意，程西也很满意，两人最大限度地薅了节目组的羊毛，飞机票算下来刚好人均一千块。

路途短，景点项目却很多。据程西所知，嘉宾行程设计得这么合理的也只有他们了。

方妍和周岁放定的地点是北方的一座城市，有天然的滑雪场，缺点是路途遥远，路上就要花费一天的时间。下午落地，晚上看冰雕，第二天滑雪结束便要乘坐夜里的飞机回来。

虽然很特别，但行程很赶，只适合他们这种精力充沛的人。

苏惟英和季禾野准备去潜水，地点是某座南方城市，优点是距离近，缺点是依旧在海边。

至于陈慕也和吱吱……

程西昨天隐约听到两人决定去邻省的省会城市——一座千年古城，感受人文景观和美食盛宴。从这里出发，乘坐高铁两个小时即可抵达，行程听起来也轻松。

倒是很适合他。

吱吱早上兴高采烈地出了门，打扮得犹如夏日甜心。

庄星在一旁摇头：“可惜了……”

程西疑惑地看着他。

下一秒，他转过头解释道：“遇上不解风情的某人。”

她深以为然，表示赞同。

吃过早餐后，庄星和程西也从小屋出发了，航班是上午十点的，时间还很充裕。庄星是个很好的旅伴，一路上帮她提行李箱、检票，十分贴心。

一个多小时的飞行后，两人抵达目的地，预订好的车辆早早地等候在外，上车后，车辆驶离市区，没多久，窗外的绿色愈加浓重了。

酒店位于山顶，房间内有阳台，推开阳台门，山峦间的雾气扑面而来，绿海望不到尽头，心境顿时开阔。

刚整理好行李，门便被人敲响了。庄星打扮得十分休闲，靠在门边邀请她下山逛古村落。

村落坐落于山脚下，建筑古朴，依水而建，这里盛产青瓷。从拱桥过去，两旁都是民居，有些改成了店铺，外头摆满了待售的瓷器，造型多样，工艺精湛，价格低廉。

程西蹲下看了许久，爱不释手，待回过神来时，手里已经抱了一大堆。

“正好当作礼物给他们带回去。”

“你每次出门好像都不会忘记给小屋里的人带礼物。”

程西反应了一会儿才说：“……好像都是和你一起的时候。主要是恰好逛到一些有趣的地方，上次和小野去的那座岛上就什么都没有。”

“这么说来，我们好像有点缘分。”他突然笑着说道，桃花眼微微眯起，透出几分风流的味道。

程西怔了怔，努力地回想着他在小屋的所作所为，直愣愣地说：“你好像和谁都挺有缘分的，万花丛中过，片叶不沾身。”

“……”

庄星忍无可忍地说：“西瓜，你真是不解风情。”

“……”这个梗是过不去了。

晚上，酒店给他们送来新鲜水果和自酿的梅子酒。果盘里放着新鲜的西瓜切片，阳台边，庄星坐在白色藤椅里，指着那盘西瓜切片笑。

“看，小西瓜。”

程西睁圆了眼，反击道：“大猩猩。”

庄星不敢相信地指了指自己：“我长得这么好看，哪里像大猩猩？！”

程西：“礼尚往来。”

庄星举手投降：“行行行，我认输。”

程西仰头笑了笑。

山里的水果十分甜美，果酒爽口宜人。她这次没有喝醉，只浅尝了几杯，第二天早起还赶上了山中的云海日出。

在云海之间，庄星用带来的相机拍照留念。

临近中午时，两人慢悠悠地前往机场。

回程的飞机上，程西睡了一觉，醒来一看，飞机下方是一片蔚蓝色的大海。

傍晚，除了还在路上的方妍和周岁放，其他人已经齐聚在小屋内。

大家玩得都很开心，各自分享着礼物和照片。

庄星拿出相机时引发了惊呼声，照片里的云海日出如梦如幻，似人间仙境，翻到最后几张照片时，苏惟英甚至叫出了声。

“天哪，橙子，你也太美了吧，简直是仙女！”

庄星拍风景照时顺便给她拍了几张照片，程西看过，确实很有意境，她还将照片传到了手机里。

照片里的她穿着白色裙子与套头毛衣，听到有人叫她后回过身来，纯净的侧脸在一瞬间定格。

少女的脸庞沐浴在金色光芒中，黑发微扬，眉宇间柔和，仿佛要随风而去。

“橙子虽然木讷，但确实漂亮。”庄星点评道，“还得是我——金牌摄影师庄星。”

程西受不了他的夸张，合起手掌拜托道：“闭嘴吧，求求你。”

旁边的人忍不住大笑起来，甚至打趣起二人。

吱吱的眼神里露出一丝羡慕：“真好，我也想去看云海。”

说着，她的目光不由自主地往一旁的陈慕也身上飘去。后者低着头看着手机，似乎在处理什么事。

或许是这次的行程短暂，游玩时间充足，回来时，吱吱和陈慕也之间的气氛轻松如常，吱吱的脸上甚至流露出一丝愉悦感。

程西本以为自己已经麻木，内心却又似乎被针扎了一下，痛感蔓延开来。

看完照片，程西开始分发礼物，到陈慕也面前时，她递给他一个简单却雅致的茶杯。

她没有说话，只是把东西轻轻放在他面前，然后去找下一个人。

“小野，我特意给你选了一个碗。”

女声隔着不远的距离传来，陈慕也看着桌上的茶杯，好一会儿都没有说话。他想极力忽视心间的异样，不舒服的感觉却密密麻麻地涌上来，堵在胸口，让他难以呼吸。

许久，他才轻轻吐出一口气，闭上眼睛。

这是他第一次体会到恋爱综艺的杀伤力。

这次约会结束后，嘉宾们的关系更加扑朔迷离起来。

方妍和周岁放看似亲密，却始终没有更进一步；季禾野和苏惟英一直保持着友情以上，恋人未满的状态；吱吱依旧单方面地追着陈慕也；庄星八面玲珑，和谁都聊得来；而除了陈慕也，程西再没和别人发展过关系，上次之后，两人之间的好感似乎也已经画上了句号。

节目组害怕到节目结束为止都没有促成一对，便将原本放置在最后的环节提了上来。

“藏在宇宙中的小星球：请推开那扇门，了解不为人知的他（她）。”

有关线索被装在一个星球状的盒子里，每个人可以选择自己想要了解的对象，更深入地了解对方的过去与未来。

程西进房间时很平静，在悬挂的几个星球盒子中，她毫无疑问地选择了写着陈慕也名字的那个。里面装着一个U盘。

“他的内心，和过去有关。”

投影屏幕上缓缓出现一行字幕，紧接着，画面一闪，陈慕也便出现在屏幕上。

画面里是节目最初的备采场景，他坐在沙发上，面对着镜头。

程西记得，当时，节目组让他们从过去、现在和未来中选择一个时间段，描述自己生命中觉得最重要的人或事。

程西一眨不眨地盯着屏幕里的人。

微微停顿后，陈慕也开口了。

“我生命中最重要的人是我的外婆。”

“小时候，我的父母工作很忙，几个月难得和他们见一次面。刚开始，我还会期盼着他们回来，时间一长，就连和他们待在一起都觉得不自在。”

“我和外婆一起生活的那几年是我童年里为数不多的美好时光，我很感谢她，至少她让我知道了什么是亲情。”

“后来，我用了很长时间学习怎样做一个情感正常的人，可惜的是，直到现在，我依旧没有学会。”

……

视频播放结束后，程西没有立即离开，对着墙壁站了很久。她想起那个步履蹒跚的老人，每一次和她说话时，陈慕也总是弯下身子认真倾听。

那时候她总在心里想，他和他外婆的感情真好。学校里瞩目的人，在家也孝顺体贴，她似乎挑不出陈慕也的任何缺点。

原来，任何事都不是表面看上去那么完美，就连月亮都会有阴晴圆缺，人又怎么可能毫无缺憾?

程西没有看到，在她之后进入房间的人是陈慕也。

陈慕也环顾一圈，似乎在思索。没过多久，他抬手摘下了写着程西名字的盒子。下一刻，女生的身影出现在屏幕上。

“那是一个对我很重要的人。”

“学生时代，我经历过一段很黑暗的时光，他的出现拯救了我，我很感谢他。”

“我最遗憾的事，是因为自卑而没有鼓起勇气告诉他我的名字。”

“在这档节目上，希望我能勇敢一点。”

……

每个人的选择都会被当作秘密封存，谁也不会知道。

下楼时，客厅里的人神情各异。

陈慕也随意挑了一个座位坐下，周围的人都在闲聊，却无人提及今晚的事情，看似平静的夜晚暗流涌动。

陈慕也听到庄星亲昵地叫程西：“小西瓜，你去偷看谁的了？”

程西没说话，朝他的方向瞪了一眼，恰逢陈慕也抬眼，两人的目光恰好隔着人群对上。

静默两秒后，她移开视线，看向庄星：“不告诉你。”

第四章 明天选我吧

她看到了一朵最漂亮的花。

——《C少年观察日记》

这晚，花园广播声突然响起：“节目录制结束倒计时，八天。明天将迎来自由约会日，请大家遵循自己内心最真实的想法做出选择。”

别墅里的人都愣住了。

“时间过得好快。我感觉自己昨天才来，一转眼，居然已经过去十几天了。”苏惟英喃喃感慨道。

吱吱马上哭丧着脸说：“我才是，还没待两天就要走了。”

“嘿，还有八天呢，怎么搞得马上就要分别似的。”庄星不着调地说，“我看肯定是节目组为了刺激我们才特意强调倒计时的，你们想想以前的恋爱综艺节目，哪次不是提前两天才通知倒计时的，轮到我们就提前一星期通知了，他们是何居心？”

监控室里的导演：“……”

“话是没错，但是突然强调倒计时，总觉得很快就要结束了。”

“我们来自天南地北，相聚在一起本来就很难得，所以才要更加珍惜每一天的相处。”周岁放站出来总结。

“关于明天的约会，大家有什么安排吗？”他话音刚落，四周顿时安静了下来。

周岁放看了一圈，最终说道："要不我们先回房间好好想想，看看明天怎么安排？"

今夜的小屋互动时间结束后，大家各自上楼。

程西坐在桌前，开始写今天的信。

虽然信箱已经封存，但按照惯例，每天都要投递信件。

苏惟英在一旁查找滨城适合的约会地点，见她握笔构思，不由得抬起头："橙子，你开始写了吗？你每次都写得好认真，可惜现在看不了，不然他肯定会被感动。"

"就是因为现在看不了，我才能写得这么认真。"程西落下第一笔，头也不抬地解释道，"如果他马上就可以查看，我就不敢这么仔细写了。"

苏惟英先是一愣，随后感慨地说："也是，不然第二天见面也会尴尬。现在看不了的话，就可以把自己内心的真实情感表露出来了。"

程西笑了笑，没有再说话。

苏惟英查好攻略时，程西刚好收笔，把信折好放进信封里，准备拿去投递。

"橙子，你明天打算约谁，有什么计划吗？"苏惟英巴巴地看着她。

"我不打算约人。"程西回应道，"你是不是想约小野，但又在害怕？"

"我……"苏惟英犹豫了一下，"我感觉他还是不喜欢我，我都不知道要不要继续了。"

程西一时不知道该说什么，过了一会儿，她终于开口："放轻松，你就当作是和朋友一起出去玩，没几天了，能多见一次是一次。"

"你说得太对了！"苏惟英瞬间被鼓舞起来，浑身又充满斗志，然后很快反应过来，"那橙子，你为什么……不再多试一次呢？虽然陈慕也这个人……确实难搞，不过反正也不亏。"

好像全世界都知道，在这个小屋里，她只喜欢他。

程西笑着摇了摇头，说："算了，我和他……情况不太一样。"

那个夜晚之后，陈慕也的态度已经非常明朗，她再纠缠下去只会惹人生厌。不如像从前一样，保持着远远的距离看着他就好。

下楼投递完信件后，程西早早就开始休息了。

熄灯后，走廊外还隐隐传来一阵响动。

她没有在意，逐渐入梦。

第二天，程西本以为小屋里还会留下几个人。

今天的约会不是强制性的，并不是所有人都必须出门。按照上次的约会情况来看，她以为至少庄星是肯定会留下来的，毕竟他没有想约的人，也没有人主动约他。结果一觉醒来，客厅空无一人，窗帘孤零零地晃动着，四周安静得过分。

程西对着空荡荡的屋子叹了口气，随后去给自己做早餐。

群里的消息不少，程西一边吃东西一边随手翻看着记录。

庄星在群里呼唤了苏惟英，她回了个甜品店的定位，然后季禾野提到了方妍，说给她多带了一件外套……

什么意思？程西快被他们绕晕了。

苏惟英昨晚不是打算约季禾野吗？庄星又和谁出去了？吱吱和周岁放为什么一直没说话？

程西觉得自己像是一只瓜田里的猹，有点晕头转向。

吃完早餐，正准备和桃安聊天时，程西突然听到楼上传来一阵脚步声——竟然还有人没有出去？

程西有些疑惑，随即望向前方，猜测或许是周岁放。这时，楼梯口出现了陈慕也的身影。

她一惊，好几秒后才恢复如常，和他打了个招呼："你没有出门吗？"

"嗯。"

程西走也不是，留也不是，只能低下头，看着自己的手机界面。

她思绪空白，一个个软件打开又关闭，漫无目的地操作着。

厨房有细碎的声音传来，随后是弥漫在空气中的焦香。

陈慕也问："要喝咖啡吗？"

程西愣了愣，回道："好。"

男生随手将咖啡杯递给她，程西道了句谢，接着看到他在沙发上随意找了个位置坐下，啜了口咖啡。

程西的杯子在手中打转，她低眸沉思着，不知道该不该先开口说话。

程西的脑中闪过无数开场白，最后，她挑了一句最不会出错的。

"你知道他们都和谁约会吗？"闲聊似的话语，不掺杂其他意味，距离保持得很恰当。

陈慕也抬眼看来，回道："庄星好像是和吱吱一起。"

"啊？"程西消化了好一会儿才再问，"他们……怎么会一起？"

吱吱不是应该和陈慕也一起吗？

程西神情复杂，脸上不见喜悦。

陈慕也用指腹摩挲着杯壁，随口道："不清楚。"

他们住在一个房间，按理说，任何动静都应该知道得一清二楚。

程西本不想多说，心思百转千回，最后只化成一句："算了。"

客厅里十分安静，现在离开显得太刻意，于是程西看向角落的书架，起身去拿了本感兴趣的书，回来的路上还顺便拿了一条毯子。

她重新窝进方才的沙发里，打开书，把自己的注意力从陈慕也身上收回来。

没多久，陈慕也起身上楼。

程西听到动静，抬起头便看见了他的背影。此刻，酸涩和失落齐齐涌来。她飞快地低下头，眼眶有一瞬的酸意，又很快被压下去。

程西在客厅独自坐了一会儿，然后合上书页，准备离开。

脚步声重新传来，她抬起头，看到陈慕也再次下楼，手里拿着笔记本电脑，在原先的位置坐下了。

明明都坐在客厅，却没有人说话，各做各的事情。程西不知道自己坚持了多久，眼前书页上的内容终于模糊不清。

她无法忍受这种酷刑，出声打破了这无边的沉默。

"我先上去睡午觉了。"

程西与他静静对视了两秒，陈慕也的神情没有波动，微微颔首："好。"

程西强迫自己睡了一觉，半梦半醒中全是混乱的梦。

醒来时太阳穴钝钝地痛，她步履沉重地下楼，竟然看到陈慕也还在客厅，维持着先前的姿势，只是耳朵上多了副耳机。

程西走到楼梯口时，他有所察觉，从电脑前抬起头来，摘下耳机。

"睡醒了？"

她只好问他吃不吃午饭。

其实下午两点吃午饭已经太晚，可比起无声地坐在那儿，程西更愿意找点事情做。她煮了两份番茄意面，两人坐在餐桌前，度过了一段还算平和的时光。

饭后，陈慕也主动去洗碗，程西则站在一边。

"你刚才在工作吗？"

之前她听他们聊天时说起过，虽然陈慕也处于离职期，但手上还有新公司的项目需要处理。

谁知他神情如常地回答：“没有，在看动漫。”

“……什么动漫？”程西沉默了片刻，顺着这个话题问道。

“《哈尔的移动城堡》。”

“这好像是很久以前的电影了吧？”她不确定地问道。

“重温一下。”说话间，他已经洗完了碗盘。

程西看了眼外面的天色，距离傍晚还有很长一段时间。

她犹豫了片刻，出声提议道：“要不要一起出去走走？”

今天实在不是一个好天气，阴云厚重，风大，像是要下雨了。

程西说出口时没想到他会同意，但不知是出于礼貌还是其他原因，他并没有直接拒绝，而是看了看天色，顿了一下，问道：“要不要带把雨伞？”

他们只在玄关处找到一把雨伞，不大，勉强够两个人共用。

别墅附近有一个湿地公园，靠海，里面有一片很大的芦苇地，上面修有栈道，步行过去需要二十分钟。入住前两天他们去过一次，之后便再也没有去过。

那里相对较为偏僻，并没有太多娱乐设施。

程西和陈慕也出门之后就后悔了。待在屋里的两个人已经尴尬得难以自处，更别提还要去那么无聊的地方。

她的担忧并非多余。

出门后，冷意顿时袭来，风阵阵吹起，让人提不起说话的兴致。

通往海边的只有一条道路，刚开始路况良好，能看见房屋。之后，越靠近芦苇荡，周边越是杂草丛生，一切都显得糟糕极了。

还没走到海边，陈慕也就停下脚步，提议道：“要不我们先回去吧？”

他看了眼天空，冷静地说：“风有点大，待会儿可能真的会下雨。”

风把程西的头发吹得凌乱，几缕发丝拂进眼里，刺得眼眶发痒。

她低下头，应道：“好。”

她觉得自己快要哭了。

两人在冷风的侵袭下往回走，路途无比漫长。终于，在快支撑不住时，程西看到了那熟悉的红色屋檐。

刚跨进栅栏门，雨就扑簌地落了下来，声势迅猛，噼里啪啦地打在花草上。两人不约而同地奔跑起来，穿过花园，来到屋檐下。

匆忙中，伞来不及撑开。

两人的衣服均被打湿，程西的额发湿漉漉地贴在脸上，显得狼狈不堪。她忍着泪意，低头道歉：“对不起，我不该叫你出来。”

无人说话。

短暂的安静后，头顶传来一句：“你先进去整理一下。”

程西几乎是逃似的上了楼，不敢看陈慕也一眼。

她分辨不出他那时的情绪，大概是在心里觉得糟糕透了，所以不想再同她多待一秒。

程西混乱地想着，浑浑噩噩地便进了洗手间，正欲换下身上的湿衣物时，一抬眼，她在镜子里看到了自己此刻的模样。

她穿了一件白色针织衫，不知何时，胸前已经清晰地映出了内衣的轮廓，一览无余。

满腔的失落顿时化为尴尬席卷而来，脸烧得发热之余，心中更是崩溃。

她好像每次都会在他面前展露出最狼狈的一面。

程西以为自己已经不再是青春期时永远抬不起头的小女孩，没想到命运是一个圈，兜兜转转，又把她带回到他们初见的时刻。

她不由自主地想起第一次见到陈慕也的场景。

他像太阳，也像月亮，偶尔又像是一阵风，轻轻地就吹过去了。

——《C少年观察日记》

其他人是傍晚后陆续回来的。

这时，程西已经换好衣服，坐在客厅里，看起来和陈慕也相安无事。

今天的约会谜团也已经揭晓。

庄星确实约了吱吱，季禾野则是约了方妍，而苏惟英不知怎么和周岁放搭在了一起，她早上在餐桌上说起要去吃一家口碑很好的甜品店，庄星出门后则在群里找她要了位置。

——不管对方是不是自己心仪的对象，出去玩嘛，开心就好。

这是苏惟英的原话。

“你们今天一天都没出门吗？”苏惟英放下打包回来的奶茶，惊讶地出声。

程西表情尴尬，看了看陈慕也，说：“出去转了一下……下雨了，还没走到公园就回来了。”

“今天天气确实不太好，我们也差点淋雨。”

方妍也把打包回来的东西放在餐桌上，招呼道：“我们买了一些好吃的，大家过来尝尝。”

外面乌云压城，屋里灯光明亮，暖意融融。

程西掀开膝上的毯子起身，轻声问：“买了什么好吃的？让我来尝尝。”

“可多了，我和你说，今天我们出门光记得吃东西了。”方妍拆开包装盒热情地介绍起来。

苏惟英也把奶茶分发给了众人，一群人围着餐桌聊着天。

比起白天的压抑，此刻的程西宛如进入了另一个世界。

她松了一口气，尽量忽视身边的陈慕也，和其他人聊起天来。

节目组处心积虑准备的这次约会并没有达到预期的效果，现在的情况不仅不明朗，甚至更加扑朔迷离。

程西开始为剪辑组担忧。

昨天下了一夜的雨，花园里的花朵被摧残了不少。早上，程西从房间阳台看到了外面的景象，忍不住下楼捡起那些掉在地上的花枝，整理了一番。

她今天醒得格外早，没有做乱七八糟的梦。

别墅还沉浸在清晨的雾气中，四周静悄悄的。

突然，程西听到了一阵脚步声，接着围栏门被打开，程西一抬头就看到了周岁放。

男人穿着一身运动服，头上有汗渍，看起来是刚结束晨跑。

程西本能地往他身后看了一眼，见他身后空荡荡的，她不由得露出疑惑。

自从周岁放入住小屋以来，他就和方妍约好了每天一起晨跑，今天却只有他一个人。

“怎么只有你一个人？”

周岁放抬手抹了把汗，笑道：“小妍昨天玩累了，所以今天不跑了。”

“这样啊。”程西点头表示理解。

周岁放看到她此刻的动作，问道：“你在打理这些花吗？”

“昨天的雨太大了，折了不少，我看看能不能挽救一下。”

花园里有不少盆栽，程西看到昨日的惨状，加上最近阴晴不定的天气，考虑着要不要把那些花草盆栽都搬到屋檐下。

听完她的想法，周岁放爽朗地笑了，朝她走过来。

“我帮你。”

太阳出来时，花园里的盆栽都被移到了屋檐下。

两个人都出了不少汗，好在心中满足，也不觉得太累。

程西顺手冲了两杯咖啡。

周岁放站在阳台上欣赏日出和两人的劳动成果，程西把手里的杯子递给他，他接过后转头笑道：“谢谢。”

他的笑容格外有感染力，身上带着成熟男性特有的沉稳感。

程西在学校里很少跟这种类型的男生打交道，因此在小屋里，两人基本没怎么接触，这应该算是他们第一次单独待在一起。

“以前怎么没发现，这个角度的日出还挺漂亮的。”周岁放眺望着远处。

别墅前面没有建筑遮挡，一片金色跃出云层中，椰树挺立，远处的海水露出蔚蓝一角。

程西点头附和道：“别墅阳台的视野确实很好。”

周岁放笑着说：“好像是第一次在这个时间看到你。”他想了想，“也是我们第一次这样单独相处？”

程西有些尴尬，不好意思地解释：“我平时都不会这么早起来。”

“发现了。”

两人相视一笑。

陈慕也下楼时正好撞见他们相谈甚欢的这一幕，他定定地看了几眼，随后收回视线，进了厨房。

打开冰箱门的动静不大不小，恰好从里头传来，程西听见后转头看见了陈慕也。

“对了。”她反应过来，“要不要吃早餐？时间好像不早了。”

周岁放从善如流地点头。

两人进门时，陈慕也刚好喝完水，程西如常地问他：“要一起吃早餐吗？”

陈慕也点了点头。

程西环顾了一圈食材，特意从冰箱里拿出两个橙子，准备做个水果拼盘。

周岁放极其自然地进来帮忙，偶尔与程西低声交谈。

陈慕也握着水杯站在一旁，许久才迈步出去。

节目组在早餐时间过后宣布，今天的主题是“我和朋友有一个约会”。

主题中的“朋友”指的是现实生活中真正的“朋友”，节目组还花了大价钱把人从各地接来，就是为了这期节目的录制。

桃安没有提前和程西打招呼。

在节目组的引导下进入那家咖啡厅时，程西看到桃安笑意盈盈地坐在不远处向她招手。

程西又惊又喜，原以为节目组在故弄玄虚，没想到桃安真的来了。

“你怎么不和我打个招呼就来了？”她克制着激动，低声问道。

桃安比她更兴奋：“他们说要给你们一个惊喜，特意让我们保密！”

“太不可思议了。”程西喃喃地说。

在小屋里独自待了这么久，突然看见熟悉的朋友，顿时有一腔的心思想要倾诉。

果不其然，桃安马上进入正题：“你这段时间在小屋里待得怎么样？”她压低身子，眼珠子在两边的隐藏摄像机上打转。

“有没有什么发展？”桃安隐晦地问。

程西苦涩地笑了笑，想摇头，又轻轻点了点头：“有……吧，朋友之间的发展。有一个特别受欢迎的男嘉宾，但是他好像谁都不喜欢，而且有点抗拒别人对他的主动。我和他接触了两次之后就保持了距离，现在大家都是像朋友一样相处。”

桃安听完好半天才神情复杂地问：“那……没有其他男嘉宾吗？合适的，可以接触一下的？”

程西摇了摇头：“基本上都接触过了，不过没什么大的进展。”

桃安干脆转开话题：“那你这些日子在小屋里过得开心吗？大家都好相处吗？”

“很开心，大家都很好相处，气氛很融洽。尤其是每天晚上一起吃饭的时候，特别治愈。”

桃安后来又问了好几个问题，很不像她的风格，看起来是节目组准备好的剧本，只是通过桃安来采访，显得更加真实而随意，让嘉宾对着镜头吐露心声。

两人聊了大概二十分钟，桃安的任务差不多结束了，真正想聊的却没办法开口，于是坐在那儿朝程西挤眉弄眼，暗示的意味十分明显。

“好了，这个主题的录制结束了，节目组给你们留了自由时间，可以去逛逛。”终于，导演开口了。

桃安如蒙大赦，拉着程西起身，对着外面的工作人员问：“去哪里都可以吗？是不是没有摄像机拍了？”

“可以，但是你们的时间不多，嘉宾晚上六点前要回小屋。”

“好，我们走。”桃安拖着程西飞快地跑了。

摄像机果然没有跟来。

桃安是第一次来滨城，程西本来准备带她逛逛，谁料桃安拖着她穿过几条巷子，最后到了一家甜品店。

“服务员，两杯柠檬水。”她一挥手便打发了店员，而后立刻问，“橙子，陈慕也真这么难搞吗？”

“是。”程西无可奈何地承认，“我已经放弃了。”

“别啊。”桃安想说什么，又面露难色，“来都来了，好不容易才见到他……”

“我知道。”程西眼里的难过一时藏不住，“可是我真的没有办法了，桃安，他甚至……已经知道我的心意了。”

“那……”她犹豫着不敢问。

“他没有任何反应，甚至第二天对待我时和之前没有任何区别。”

桃安还不死心：“那说不定有其他办法，如果有更多相处的机会的话，万一、万一……”

“我感觉不出他对我有任何不同。”程西平静地阐述这个事实，她已经认命了，“可能他真的不喜欢我。对大部分人来说，爱而不得才是人生常态，我也不过是一个普通人罢了，凭什么奢望得到他的喜欢？陈慕也本来就没有喜欢过人，我又凭什么痴心妄想月亮突然落下，那束光刚好照到我身上？”

程西一鼓作气地说完，眼眶不知何时泛红，自嘲地笑道：“他已经表达得很明确了，再靠近就不太礼貌了。”

桃安被她说得快要哭了。

这一路走来，她都默默地看着程西暗恋陈慕也，那份感情被埋藏数年，总算有机会见天日，却竟是这样的结局。

“橙子，你后悔来这个节目吗？”桃安最后问道。

程西摇摇头，笑容坦然。

“当然不后悔，怎么会后悔？他终于记住了我，而且，这次我很勇敢。”

下午五点，程西送桃安上了飞机。

两人在不同的城市读大学，见一面不容易，临走前，桃安给了程西一个拥抱。

“别想这么多，过得开心就好。”

“谢谢你，桃安。”

飞机穿过云层，呼啸而过。

回去的路上，程西才看到桃安发来的很长的一段话：“之前怕影响你，所以没和你说，秦素眉好像准备考研到你们学校了。前段时间，她找我要了你的联系方式，我没给。她也太不要脸了，竟然可以当作什么都没发生过，我可做不到她那样。如果她来找你，你别理她，你和她本来就没什么同学情谊，也不怕得罪人。”

秦素眉……

是一个久远的名字。

然而这一刻，程西还是不受控制地想起了那些阴云密布的过往。

她合上手机，心沉沉地下坠。

小屋里的大多数人都和朋友见了面，只有两个人的朋友无法到场，只能视频通话。

陈慕也就是其中之一。

他报备给节目组的好友是他即将入职的新公司的老板兼他的合伙人，同时也是他同专业的学长，由于公司事务繁杂，只能线上与陈慕也联系。

其他人回到小屋后都在客厅分享今天的经历，程西情绪不太好，聊了几句便上楼了。

她打开自己很久没用过的微博，果不其然，有了新的好友关注，同时还有一条未读私信。

“程西，我是秦素眉，有事想找你了解，方便告知一下联系方式吗？你的 QQ 好像无法添加好友，方便的话能不能留一下其他的联系方式？我加你。”

看到这条消息，程西的情绪有些不受控制。

作恶者总是可以轻描淡写地抹去一切，受害方却被留下无法抹去的烙印，跟随一生。

她没有回复就删除了消息，接着移除了对方的粉丝关注，同时拉黑了她的账号。

做完这一切，她心头的不适感才勉强松缓几分。

程西睡了一觉，再醒来时房间里的灯亮着，却空无一人。

苏惟英还没有上楼。

程西摸出手机看了一眼时间，发现已经快十二点了，别墅里十分安静。她想了想，还是穿鞋下床了。一直走到楼梯口，还没有任何人影。

她一阵茫然，正在猜测他们的去向，厨房便突然传来一丝响动。

很快，她看到陈慕也端着杯子走出来，察觉到她的视线后抬头说："他们都去三楼看电影了。"

程西原本是不打算上楼的，但不知为何，看见陈慕也上楼之后，她便不由自主地跟在了他的身后。

谁料他一路穿过影音室，直奔阳台。

程西走到门边才察觉，尴尬的情绪迟钝地涌上心头。

"你怎么不去看电影？"她只能走过去，假装随意地在他身旁的软椅上坐下，试图找话题。

"不太想看。"陈慕也把杯子随手放在桌上，从旁边拿了条毯子自然地递给她。

程西接过来才发现自己还穿着睡裤，风一吹，阵阵凉意便透了进来。

她赶紧低头，用毯子将自己整个包裹起来。

夜晚静谧，头顶有几颗星星，像极了她喝醉的那天。

不同的是，夜里好像下过雨，空气中带着淡淡的湿意。

程西坐在他身边，不太想说话，脑子放空，内心却有一种淡淡的满足感。

"今天见朋友时发生了什么事情吗？"陈慕也主动开口问道。

程西的思绪空白了两秒，才回答道："没……就是聊了些这段时间发生的事情。"

"哦。"他点点头，没再出声。

程西想了想，问道："你呢？和朋友聊天开心吗？"

“没什么特别开心的。”他淡淡地说。

两人的对话又走到了尾声，空气归于沉寂。程西无法分辨他的态度，为了避免像上次那样多说多错，她干脆沉默了。

他们静静地坐了许久，温度似乎又降了几分。

程西看了眼天色，本能地问：“今晚应该不会再下雨了吧？”

她其实是在自言自语，但话音一落便想起了之前和陈慕也的经历，尴尬的情绪顿时浮上心头。

陈慕也却回答道：“应该不会。”

他的目光在她身上短暂停留，仿佛看出了她的不自在，不经意地出声：“上次是个意外，这次即便下雨，我们也来得及赶回去，所以不要紧。”

程西微微一愣，心脏突然陷下去一块，为他轻描淡写的温柔所动。

温柔这个词用在现在的陈慕也身上有些违和，用来形容当初那个风华正茂的少年却很贴切。

程西为自己不经意瞥见的温柔沦陷了整个青春。

往事汹涌袭来，把程西拖回到了狼狈不堪的十六岁。

她和陈慕也的初见，在一个看似普通又不普通的清晨。

她背着书包湿漉漉地站在花坛前，看着少年穿着校服从校门口走来，意气风发，浑身落满金光。

没有见到他最后一面。

观察至此结束。

——《C少年观察日记》

程西曾经度过了一段晦暗压抑的青春期。

那年她刚升入高中，母亲恰好是学校老师，作为教师子女，程西一进校就被任命为纪律委员。

同学们不像初中那样畏惧老师和班干部，成绩对他们来说不算什么，性格和家庭背景才是划分朋友圈的标准。

偏偏程西性格内向寡言，敏感而安静，总是沉浸在自己的世界。一个人学习看书，往返于教室与办公室之间，走路时还不忘戴上耳机。

渐渐地，她与身边的人拉开了距离。等到周围的女生已经开始成群结队时，她才发现自己好像被孤立了。

平时只要有明显的违纪情况，她总是一五一十地记下来告诉老师，丝毫不懂人情世故。如此几次之后，从教师办公室回来的路上，她被人堵在了走廊。

“听说你妈妈是老师？”为首的那名女生校服下摆很短，双手环胸俯视着她，上挑的眼角带着压迫。她背后还有三四个女生面带不善地看着她，来势汹汹的样子。

程西不明所以，不自觉地后退了一步，捏紧手里的纪律本，冷静地问：“有什么事吗？”

“你好像很喜欢私下告状。”

有人眼尖，看到她手里紧握的本子，便伸手一把抢了过来。

“素眉，看看她这次又打了什么小报告。”女生献宝似的把本子递给了那个叫秦素眉的领头者。

程西很快想起了她的名字。

上周她才在本子上记过，这人在自习课扰乱纪律。

一群女生拿着程西的本子径直翻开，旁若无人地点评。

“早自习的时候，你们都被记下名字了。”

“素眉，你的名字最多。”

“今天刚出炉的名单，我们三个都在里面，她刚从老师办公室回来，待会儿又要挨批评了。”

“告状精，讨厌死了。”

七嘴八舌的议论中，程西才后知后觉地意识到自己在做一份得罪人的工作。她沉默不语，任由她们翻完后把本子扔在她的脚边。

“这是我们第一次警告你，下次再打小报告就没这么简单了。”秦素眉恶狠狠地说。

那群人离开时与程西擦肩而过，还有人趁机推搡了程西一把。

待她们离开后，程西低头捡起地上被踩了好几个脚印的本子。

晚上回家后，程西在饭桌上和母亲周芳容说自己想辞去纪律委员的职务，母亲立即放下筷子问她原因。

她总是如此，习惯用教育学生的方式来教育她。

程西也早已习惯，很少反抗，只是低垂着眼睛。

“我想把心思都放在学习上。”她补充道，“我不喜欢这份工作。”

“你现在刚进入高一，学习压力还没有那么大。当班干部除了可以锻炼人之外，还可以加平时分。”母亲想了想，随即说，“这样吧，你先干完这个学期，之后我再去和你们班主任商量。”

程西最后还是妥协了。

周一早上，程西背着书包去学校，身后传来车轮碾压地面的声响。秦素眉和几个人骑着自行车嘻嘻哈哈地从程西身边经过，程西来不及避让，一瓶矿泉水便猝不及防地泼了过来。

十月的清晨，空气中已经有了凉意，那瓶水从程西的头顶浇到脚，衣服瞬间湿了大半。她无措地站在原地，凉风一吹便不可控制地打了个寒战。

程西大脑一片空白，呆立许久才用身上仅剩的几张纸巾擦拭掉水渍，脑中最先涌上的念头是：快迟到了。

她麻木地往前走，直到穿过校门，察觉到保安异样的目光才慢慢冷静下来，停下脚步。

已经打过上课铃了，此时的校门口空无一人，周围前所未有地安静。程西走到花坛边，看着前方的教学楼，痛感迟钝地涌上心头，不知为何，她的内心涌起极强的抵触情绪：不想去教室，不想让他们看到她这副狼狈的模样。

很快，她心里浮现出前所未有的念头：逃课。

程西转过身，面朝大门，攥紧书包带，只觉得这个世界糟糕透了。

此时，原本空荡荡的校门处出现了一道身影，挺拔的男生穿着校服，背着书包，不紧不慢地朝这边走来。

日出恰好在他的身后缓缓升起，金色的阳光明亮而温柔，他背对着光，面容在光芒中逐渐变得清晰，眉眼与轮廓渐渐显现，最后露出整张面孔。

程西的目光定格了。

她从未见过如此好看的一张脸，宛如一束光突然照进黑暗之中，美好得像是幻觉。

直到他离开，程西才慢慢回过神来。

心情不好的时候突然看到一件美好的事物，她觉得生活似乎并没有那么糟糕，又重新获得了勇气。她那天最终没有逃课，而是返回教室，顶着众人异样的目光上完了课。

程西后来知道了他的名字。

陈慕也，高二的学长，永远占据年级荣誉榜前三名，是学校里有名的风云人物。

她早就听过他的名字，却是第一次见到真人。果然，如她们所说，皎洁如月，光彩夺目。

她没想到，第二次见到陈慕也竟是在那样的情境之下。

程西的沉默让那群人变本加厉，某次放学后，程西被她们堵在了无人的篮球馆。

“上次说过的话你都忘了吧，我说过别有下次，是不是那瓶水不够多，泼不醒你？”秦素眉话音刚落，旁边的几个人就笑了。

程西本能地后退，企图与她们拉开距离，这群人却不打算放过她，甚至在她的沉默中失去耐心，试图向她伸手。

突然，篮球馆紧闭的大门被人推开，远远看去，一个个子很高的男生径直朝球场边的休息区走去，拿起外套转身往回走时，余光突然扫向这边。

程西明显感觉到自己身前的人微微一僵，紧接着，那人问：“你们在干什么？”

这一瞬间，她们看清了他的脸，是高二那个很有名的学长陈慕也。

“学长，我们在玩呢。”秦素眉笑了笑，回答道。

周围的人立刻散开，和程西保持一定的距离，更有人威胁般地暗示道：“是吧？”

程西攥紧手，没说话。

气氛僵持片刻，正当程西以为他要离开时，他却看向程西，问了句：“需要帮忙吗？”

程西的眼眶莫名发热，许久才轻轻地摇了摇头。

陈慕也定定地站了会儿，却没有离开，慢条斯理地走到一旁收拾着东西。

没多久，那群人慢慢地散了，球馆内只剩下程西一个人。

陈慕也终于抬眼看向她：“走吧。”

程西过了很久才反应过来，低头跟在他身后，两人保持着不远不近的距离出了校门。

“你怎么回去？”前面的人停下脚步询问，目光落在她的头顶。

程西终于鼓起勇气，抬起头看他一眼又飞快地低下头，低声说：“我家离得很近，走路就行。”

“好。”他转身往公交车站台走去，只留下一句，“注意安全。”

那一天，她站在昏暗中，直到最后也没敢往前踏出一步。

程西只记得少年的背影挺拔，身形落拓，穿着薄薄的校服，仿佛能撑起整片天。

第三次见面，他们在楼梯间偶然相遇。

图书馆上午鲜有人来，他走楼梯间下楼，两人迎面相遇，擦肩而过时，程西抱紧怀里的书，鼓起勇气看了他一眼，直到他的身影匆匆消失，她才发现他根本没有注意到她。

陈慕也在学校永远是话题的中心，仿佛是天上的月亮，让人抬头就能望见。

第四次、第五次……在一次次刻意制造的偶遇中，程西终于发觉事情脱离了她的掌控。她怀着满腔无法宣泄的心事，在日复一日的压抑之中忍不住落笔，写下一行字：C 少年观察日记。

晦暗无光的生活里，她终于找到了一丝出口。

生活在墙角夹缝中不见天日的嫩芽，终于有一天被洒落下来的一缕阳光照射到。

哪怕这缕阳光十分微弱，只是恰好落在她头上，随时会消散，也是她唯一的光源了。

太阳是所有人都能看到的太阳，但那缕光，是她一个人的光。

她就这样追着光的踪迹，努力汲取养分，慢慢抽枝，长成了枝繁叶茂、不再被随意摧残的模样。

陈慕也在潜移默化中影响着当时的她。

她那时太小，为人处世远远没有现在圆滑，一切只能靠自己摸索。

高一下学期，程西鼓起勇气报名参加了学生会，只因为每周有三天能在校门口执勤，可以看到他。她因此有借口光明正大地辞去纪律委员的职务，同时由于加入学生会，秦素眉也对她生出了几分忌惮——学生会可以将学生违反校规的情况直接上报学校。

程西没有错过陈慕也的任何一场篮球赛。

印象最深刻的一次比赛，对面有一个体育生打伤了陈慕也的队友，那个体育生又高又壮，满脸凶相，旁人不自觉地畏惧三分，然而下一秒，陈慕也便毫不犹豫地挥拳过去。

程西觉得他帅极了。

后来，在秦素眉又一次经过她的桌旁，故意撞掉她的书时，程西第一次叫住了她，让她把自己的书捡起来。

她的声音不大，却让秦素眉愣住了。

那是她第一次反抗，却不是最后一次。

她当时迎着错愕的视线，心想：也没什么大不了的，看，程西，你不是轻而易举就做到了吗？

那一年带给她的变化数不胜数，她确定自己是在往好的方向成长。

日记本越来越厚，而在又一场雪降临时，她听说了陈慕也转学的消息。

程西在饭桌上听到周芳容说起，高三那个总是考前三名的学生要回原户籍地高考了。

陈慕也是中途转学过来的，平时和外婆住在一起。他家原本就不在秀越市，而是在遥远的京市。

程西那晚拿着别人给的不知真假的陈慕也的联系方式，在 QQ 搜索栏找到了他的名字。

幸好对面给出了回应："你是？"

程西在好友申请中填写的是："陈慕也，听说你要转学了？"

"我们以前同过班，你可能不记得了。"她小心翼翼地编了一个身份。

可能是出于好奇，陈慕也并未追问她的名字，于是，程西鼓起勇气继续发问："你大概哪天走？我们几个同学都挺舍不得你的。"

很久后，那边才回复："22 号。"

程西有满腔想说的话，但在这一刻，作为陌生人，她没有问出口的勇气。最后，她只问了一句："坐飞机吗？"

又过了很久，那边回复了一个字："嗯。"

程西盯着屏幕许久，删删改改一番，终于打出一行字来。点击"发送"的那一刻，心里好像有什么东西随之消失了，留下一块空白。

"以后有缘再见。"

那边没有再回复。

22 号刚好是寒假第一天。

那天，程西很早便起床，在天色未亮时打车到了机场。

秀越市的机场很小，在入口处几乎可以看到每一个进去的人。

一架架飞机在头顶呼啸而过。

等到天黑，她都没有看见那个熟悉的身影。

过了很久她才知道，那天他外婆突然生病，他临时改签了。

就这样，程西连他最后一面都没见到。

学校里再也寻不到那道身影，日记本的内容永远停留在了那天。过去许多年，她依然没办法喜欢上别人。

后来她在网上看到过很多话，“人终将会被年少时不可得之物所困其一生”，或是“年少时不能遇到太惊艳的人”。字字句句，她全然中招。

陈慕也这个名字，是心结，是执念，是妄想。

而她想给当初的那个女孩一个答案。

那天晚上，程西和陈慕也没有在阳台上待太久。

夜里起了风，温度骤降，进屋时电影已经散场。

节目组宣布小屋即将迎来一次集体旅行，为期三天。旅行地定在与滨城相邻的岛屿，那里有著名的“蓝眼泪”。车程四个小时，需要自驾过去。

当天早上，简单收拾行李之后，一行人出了门。

很快，众人面临了分配车辆的问题。

节目组配备了两辆车，目前由庄星和周岁放担任司机，八个人站在门口互相看了看，苏惟英拉着程西率先出声：“我们坐庄老板的车吧。”

说完，她带着程西打开了后座车门。

两人刚坐上去，副驾驶座的门便被打开了，陈慕也随即坐了进来。

庄星也很快上车，系好安全带，笑着说：“我们四个人，好组合。”

“哪里好？”苏惟英故意问。

“好就好在都是俊男美女——”他故意拉长了腔调。

苏惟英“嘁”了一声，扭头看向窗外。

“大家坐稳，出发了，我们的目标是星辰大海！”庄星发动车辆，还不忘宣布。

原本神情落寞的苏惟英“扑哧”一声笑了出来。

“和庄星一起出门有个好处，就是开心。”苏惟英转头对程西说。

她的声音不大不小，庄星恰好能听到。

“有眼光，我就欣赏你这种善于发现别人优点的。”庄星油嘴滑舌地说。

车辆驶出小区后即将进入跨海大桥，远处蔚蓝的海面若隐若现。

程西打开车窗，海风裹挟着阳光灌了进来，她瞥了一眼车内的后视镜，隐约能看到里面的白色衣角，是陈慕也的。

程西想起，这还是他们第一次出门远行，和几个朋友坐在同一辆车上，像春游。

庄星在驾驶座上对苏惟英语重心长地说：“英子，我看你也不要一头扎在小野身上了，他那个人死脑筋，让他们三个人去争斗吧，咱们在这节目里吃好喝好就行了，反正公费旅游嘛，主打一个开心。恋爱哪有这么容易，世上那么多人都没有对象，小屋里就八个人，哪能刚好看对眼。”

“听哥一句劝，咱干脆放弃，就地躺平吧。”

另一边监控室里导演的脸不知不觉就绿了。

苏惟英：“我还是得学习庄老板的心态，来者不拒，多尝试。”

“……这话说的。”他心头一梗，“我乐意吗？这不是没办法嘛，一块万能砖，哪里需要往哪里搬罢了。”他自我定位精准，话音刚落，车内的人立刻笑出声来。

“也不知道他们那边怎么样。”苏惟英不禁关心起另一辆车的情况。

季禾野、吱吱和方妍上了周岁放的车。

最近，季禾野和周岁放竞争得很明显，再加上身在曹营心在汉的吱吱，想想都觉得那气氛折磨人。

“还能怎么样，闷头睡觉呗。”庄星说完，朝旁边示意道，“就和我身边这位大帅哥一样。”

陈慕也上车后基本没发过言，安静地坐在一侧。

程西以为他是不想说话，没想到竟是一上车就睡了。

她心情有些复杂，但又觉得似乎在情理之中。

路程过半，车里其他人也逐渐疲倦起来，说话声渐渐消失。

庄星专心开着车，其他人则开始闭目休息。

程西突然做了个梦。她梦到大一那年，她去京市找桃安玩，桃安所在的大学和陈慕也所在的大学相隔不远。

程西坐公交车经过陈慕也的学校，突然，车子在站台停下了。很快，一道熟悉的身影出现，高瘦，头发很短，T恤背后隐约突出两道肩胛骨。

她坐在那里，心猛地提到嗓子眼，定定地看着男生投币后转过头来。

程西就在此刻醒了，耳边是庄星在说话：“可以把她们叫醒了，快到了。”

“嗯……你叫吧。”懒洋洋的声音，正是梦里那道挥之不去的身影。

“你怎么这么懒？”

“不急这一会儿，还有一段距离呢。”

程西无意识地靠在车窗边，脑中还残留着刚才的梦境片段。

她那次确实特意去了陈慕也的学校，经过公交站台时，一道和他很像的身影上了车，但当时，那人并不是他，而是一个陌生的男人。

可刚才的梦里，那张脸竟然变成了陈慕也的样子，而且格外清晰。

程西不自觉地叹了口气，伸手揉了揉眼睛。

她的动静很小，车里的两个人却立即察觉到了。庄星率先扭过头打招呼："小西瓜，睡醒了？"

自从两人上次出去玩之后，他就把这个称呼刻进了骨子里，程西纠正了两次无果之后便妥协了。

"快到了吗？"她坐直身体问。

"马上，你可以把旁边的那位英子小姐叫醒了。"庄星答道。

"好。"

程西轻轻拍了拍旁边的苏惟英，她迟钝地从梦中醒来，困倦地揉了揉脸。

"还要多久啊？"苏惟英迷迷糊糊地问庄星，庄星耐心地回答了她。

两人醒来之后，陈慕也就不怎么说话了，车里只剩下三个人的声音。

很快，他们抵达了这次的民宿——一座三层小洋房，背后依山，走几步就能到海边。洋房里有个小庭院，树上还挂着星星灯。

周岁放的车先到，已经在屋前等候。

几人下车走过去，方妍和他们打了招呼："可算来了。"

周岁放开玩笑道："等你们半天了。"

"是司机的问题，理解一下。"苏惟英故意逗弄庄星。

"哪能怪我啊，车里有三个睡觉的，我不得慢慢开，免得把这些帅哥美女吵醒了啊。"

"你真会说话。"程西真心实意地赞扬他。

"天赋罢了。"

一行人边说话边往里走。这屋子比起别墅小了一些，却拉近了大家的距离。三楼有个阳台，斑驳的墙旁放着桌椅，前头是渔村和月牙状的海湾，像旧电影的场景。

"晚上啤酒配小龙虾，正好。"庄星开口。

"可惜冬天不是吃小龙虾的季节。"季禾野惋惜道。

"我们可以吃海鲜！"吱吱举手说。

她刚下车时蔫蔫的，估计是因为车程太长，下来走了走后又恢复了活力十足的模样。

“赞同！”

简单参观后，众人分配好了房间，之后各自去拿行李。

即便只待三天，每个女生也都带了大箱子。季禾野极其自然地提起方妍的行李箱往楼上走，苏惟英拍了拍庄星，他便十分上道地帮她拎起了箱子。

程西在最后，她的箱子虽然大，但并不特别重，都是衣物，她自己也可以提上去，但按照前面的情况会显得她格格不入，尤其是她旁边还站着两个男生。

周岁放和陈慕也几乎同时朝她的行李箱伸出手，然后顿住了。

陈慕也礼貌地收回手，颔首谦让。

周岁放笑了笑，低头看向程西，温声询问：“我帮你提上去？”

“好，谢谢。”即便知道两人都是出于绅士风度，但这一幕还是让程西无比尴尬。

周岁放提起她的箱子，程西跟在他身后，后面便是陈慕也。她想了想，停下步子，半侧过脸，朝陈慕也轻声说：“谢谢。”

上楼简单休整后，节目组告知下午的安排是游泳。

程西觉得节目组为了让嘉宾发展感情已经没有底线了。

她握着手机无语地坐在一旁，对面的苏惟英却显露出了几分兴奋，激动地站起来：“可以看腹肌了！小野、陈慕也、周岁放，都是帅哥，这不是让我们大饱眼福吗！”

程西倒是没想到这一茬。她在心里想了想，脸便不受控制地发烫。

她默默谴责了自己一番，为转移注意力，她接过苏惟英的话：“那你把庄星放在哪里？”

苏惟英望着她认真地开口：“搞笑男没有爱情。”

“……”

被通知到的其他人明显也有些意外。

程西和苏惟英出门时，庄星正在外面对着几人吐槽。

“节目组这安排真是司马昭之心，路人皆知，手段未免过于直接，竟然让我们牺牲色相取悦观众，他们考虑过我们这些没有腹肌的人的心情吗？”说着，他还不忘寻求认同，对季禾野说，“小野，你说对不对？”

季禾野没什么表情，只说：“我有腹肌。”

“……”庄星很快望向周岁放。

周岁放微微一笑，说道：“我也有。”

最后，庄星只能绝望地把目光投向陈慕也身上，后者则拒绝回答他这个无聊的问题，假装低头玩手机。

恰好此时苏惟英赶到，她假模假样地拍了拍庄星的肩膀，看似安慰，实则是嘲讽了他一番，庄星生无可恋，耷拉着眉眼出了门。

由于行程突然，大多数人都没有提前带泳衣，只能去附近的商店买。

方妍一如既往地喜欢漂亮的小裙子，挑了一条连体吊带裙，颜色鲜艳，格外衬托她；苏惟英也一反常态，买了一条鹅黄色泳衣裙，复古又明艳；吱吱还是走可爱路线，选了一条粉色短裙；程西则中规中矩地挑了一条黑色连衣裙，还套了一件白色针织开衫。

众人很快抵达泳池。

露天的无边恒温泳池对面便是海，一望无际。

几位帅哥同时展露身材，不失为一种视觉冲击。

打头的是季禾野，他皮肤偏白，有种难得的少年感；后面紧跟着的是周岁放，男人味十足；再往后是虽然没有腹肌，但身材匀称的庄星。

众人的目光不由得往后望，很快，满腔的热情戛然而止。

陈慕也竟然穿了一件白色 T 恤。

庄星忍不住哈哈大笑：“想不到吧，我们帅哥也是很保守的，想看陈慕也的腹肌可没那么容易！这样吧，要不你们试着讨好我，我想办法把他的衣服扯下来……”

话还没说完，陈慕也忍无可忍，一脚踹了过去。“扑通”一声，庄星从泳池边落水，溅起的水花弄湿了女生们的脸。

苏惟英带头开始泼水，其他人也纷纷效仿起来。一波未平，一波又起，庄星双拳难敌四手，立刻扯起嗓子对着岸边呼唤：“兄弟们，打趴她们！”

男生们加入战局之后，场面顿时扭转。

程西睁不开眼，不由自主地往一旁避让，躲到角落之后才发现对面消极怠工的人。

陈慕也站在男生阵营里，有一搭没一搭地扬着水花，耷拉着眼皮。

程西擦干脸上的水珠，愣了几秒后想到了什么，目光落在对面人的脸上，弯下身子反手一扬，一大片水花就这样朝陈慕也洒了过去。

陈慕也猝不及防地被这片水花浇了个透，头发滴着水，身上的 T 恤更是湿透了，薄薄地贴在胸膛上，若隐若现地露出腹肌的轮廓。

旁边的人很快发现了动静，扭头看来，几个女生齐齐惊呼："哇哦！"

受到众人关注的陈慕也无可奈何地看了对面的始作俑者一眼，伸手扯了扯身上紧贴的T恤，试图拧干。

程西没料到自己一时恶作剧竟然会引发这一系列连锁反应，不由得有些愧疚，正欲出声道歉，却见陈慕也松开手，猝不及防地扬起水来。

程西被浇了满脸水，愧疚感已然烟消云散，随即毫不留情地反击回去。

一群成年人毫不顾忌仪态，下水后狠狠地打了一场水仗。

看着他们在泳池里"激烈对抗"，导演组有些无语。原本打算找"暧昧教学""性感湿身"素材的计划彻底泡汤，只希望他们不要一时兴起，玩上一整个下午。

好在成年人还是有理智的。

两败俱伤之后，众人纷纷上岸，擦干脸和头发后休息了一会儿。

很快，身姿矫健如同游鱼在水中穿梭的季禾野游出数米，从水里冒出脑袋，帅气性感。

"要不要下来游泳？"他发出邀请，眼睛却望向方妍的方向。

程西明显感觉到身旁的苏惟英有些失落。

很快，其他人也纷纷下了水。

除了吱吱，其他人都会游泳。泳池的水不算深，只到吱吱的胸口，她半蹲在水里扑腾了几下，便不由自主地向一旁的陈慕也求助。

"陈慕也，你可不可以教教我啊？"湿漉漉的眼睛配上可怜巴巴的眼神，越发让人怜爱。

只可惜身旁的人不解风情。

陈慕也瞥了一眼庄星："让庄老板教你，他最喜欢帮助别人。"

庄星："……你还是人吗？"

"难道你不乐于助人吗？"陈慕也满脸真诚地反问。

庄星一时语塞，便落了下风。

"虽然……我是个善良热心的人，但主动帮助别人和被人……"话说到这里，他看到对面吱吱已经泫然欲泣，一下改口了，"……算了，我确实挺乐于助人的。"他主动热情地对吱吱露出一个笑容，态度友善，"吱吱妹妹，哪里不会尽管问我哈。"

吱吱虽然失望，但好歹找到了老师，勉强有了台阶下，于是对庄星感激地弯了弯嘴角："我没什么基础，可能要从泳姿开始教。"

“没问题。”庄星拍拍胸脯，“包在我身上。”

两人在进行一对一教学，陈慕也找了个无人的角落自己游泳。

泳池的另一边，程西和苏惟英靠在池边，一边欣赏风景，一边欣赏泳池的风光，并将方才的那一幕尽收眼底。

“庄星真是个好人。”苏惟英锐利地点评道。

程西深以为然地点点头，由衷地感慨道：“我们这个节目多亏了有庄星，避免了许多尴尬。”

“等节目结束那天，我们私下给他做面锦旗。”

“就写‘中国老好人奖’。”苏惟英提议。

程西附和点头，两人相视一笑，又各自去游泳了。

程西也不喜欢人多的地方，自己找了个角落懒洋洋地划水，突然，前方传来一阵水声。她一抬头，发现是周岁放过来了。他最近好像经常落单，没有像最开始那样时时刻刻和方妍待在一起。

似乎是从季禾野重新发起攻势开始，他就避让了，行为举止得体，但显然少了几分年轻人的热烈。或许这就是成熟男性，凡事都会寻找最合理的解决方式，即便是感情也不例外。

“游得怎么样？”他走到程西身边，如常地和她打招呼。

程西点点头，回道：“还行。”

“蛙泳？我刚才在那边看了看。”他的态度自然。

程西微微脸红。她在运动上确实没有太大天赋，学校一学期的体育课上下来，她也就学了个简单的蛙泳，其他姿势优美的游泳方式纷纷与她无缘。

“我只会最基本的泳姿。”她不好意思地回答。

周岁放随即在她面前分别表演了蝶泳、自由泳和仰泳，然后扬起脸，有些得意。

“怎么样，免费教学，要不要试试？”

程西有点心动，环顾周围一圈，发现大家都在各忙各的。于是，在周岁放的注视下，她小心地点了点头，小声地说：“那就教教我吧。”

周岁放是一位好老师，表现得十分有耐心，比起他们学校的老师也要细心很多。一对一教学的成果很显著，很快，在周岁放的鼓励下，程西开始尝试独立自由泳。

“小心——”她初次尝试还是失败了，差点呛了口水，周岁放赶紧过来扶她，替她拍背。

“没事吧？”他关切地问。

程西抿紧嘴摇了摇头。

另一边的陈慕也抬起头，看到程西和周岁放正亲密地站在一起，他的手还放在她的肩膀上没有收回，两人不知道说了什么，时不时还有肢体接触，气氛格外融洽。

他移开眼，却没有再游下去的心思，起身上岸到一旁休息。

程西学了个大概，勉强能独立自由泳后就对周岁放表达了感谢，自己找了个区域练习。

她埋头游着，没注意方向，憋气到极限，睁开眼时，突然看到一片白皙的肌肤，水珠缓缓流动，十分性感。

她红着脸抬起头，正欲看清来者何人，便看到陈慕也的脸映入眼帘。

不知何时，她游到了泳池角落，方圆几米只剩他们两人。

尴尬如同火烧般升腾，程西本能地想逃，又很快镇定下来。

“不好意思，打扰你了。”她极其有礼貌，但话语里的疏离也很明显。

陈慕也没想过他们之间竟然要这样避嫌。

“不打扰。”他淡淡地说。

“啊？”程西一时愣住，眼神触及他裸露的上半身，又触电般地移开。

“你在这里游泳吗？”没等他回答，她又飞快地告别，“那我先过去了。”她一头扎进水里，一口气游出好几米，直到拐过弯，确定陈慕也看不见了才悄悄松了口气。

两个人在泳池里“这样”面对面说话，程西觉得似乎过于亲密了。

奇怪的是，换作其他人，她并没有任何感觉。

她一边胡思乱想，一边划着水，不知不觉游了很久，把自己累得气喘吁吁才稍微冷静下来。

傍晚，泳池活动结束后，节目组安排了海鲜大餐。吃完饭，天色尚未全黑，晚霞如火，海边洋溢着一种难以言喻的浪漫气息。

节目组安排了任务，让众人去寻找珍贵的“蓝眼泪”。

这是一种奇特的自然景观，天黑之后，海里的浮游生物发着光聚集在沙滩边，美得如梦似幻。

程西之前了解过，这种海洋浮游生物叫作海萤。

正常来说，“蓝眼泪”的最佳观赏季节是每年三月到七月，多出现于夏季。节目组今天安排这个任务可能只是为了制造噱头，再剪辑一个众人失望而归的镜头，让节目增添些许看点。

不过，傍晚在海边散步，即便什么都不做，也已经很浪漫了。

不知何时，八个人渐渐散开，季禾野和方妍并肩走在前面，苏惟英拉着庄星说话，吱吱依旧站在陈慕也旁边，而程西身旁的人不知不觉变成了周岁放。

“我来之前，他们是不是就挺好的？”周岁放眺望着前方，闲聊似的与程西搭话。

程西顺着他的视线望去，看到季禾野和方妍，解释道：“主要是小野……他比较主动。”

“哦，这样。”他点点头，看不出所以然。

“那你和小妍又是什么情况？怎么自从那次去滑雪回来就疏远了？”

周岁放听完她的话，不禁弯了弯唇，低头笑道：“你观察得还挺仔细。”

“不是……其他人也都看得出来。”程西说。

“我知道很明显，逗你的。”周岁放继续笑了笑，随后解释道，“可能是性格不太合适吧，我和小妍……都比较强势，单独出去之后有过两次小小的分歧。”

“哦……”程西点点头，表示了然。

这种情况很正常，尤其在小屋里的嘉宾都是陌生人的情况下，接触过两次发现不合适，就会停止继续发展了。

“那你呢？”程西原本在发呆，不料周岁放突然把话题引到她身上，侧眸认真地问，“好像没看见过你对哪位嘉宾表露出意向，除了……那个不太好相处的大帅哥。”

程西配合地笑了笑，承认道：“嗯，只有那个不太好相处的大帅哥。”

周岁放没想到她这么直接，正色道：“你是颜控？”

程西“扑哧”一声笑出来，憋着笑连连点头：“你要这么说的话也没错。”毕竟她当初就是被陈慕也的脸惊艳到。由此可见，长相确实是特别重要的一环。

“一定要大帅哥吗？我们这种普通帅哥行吗？”周岁放开玩笑般问道。

程西假装认真思考了一会儿，然后摇摇头：“不行，我只喜欢那种平常见不到的大帅哥。”

“那我来猜一下……”他的手抵着下巴，一副高深莫测的模样，“你一定没谈过恋爱吧？”

“你怎么知道？”程西睁大眼睛，一方面感觉自己受到了侮辱，一方面又觉得周岁放是个很有意思的人。

他双手一摊，表情无辜：“很明显，你只喜欢平时见不到的大帅哥，根据这个条件反推，你平时肯定谈不了恋爱。”

“那万一呢？我们现在不就遇到了一个？”

“对啊，确实很难得遇到一个，但你看看你，再看看别人。”他朝吱吱的方向努努嘴，又失望地摇摇头，看向她，“难得遇到一个都不主动，看来你只能等一场‘入室抢劫’的爱情了。”

程西笑了笑，没再说话。

从傍晚到天黑，他们果然没有等到传说中的“蓝眼泪”。

苏惟英和庄星已经打算打道回府，陈慕也早就想走了，节目组宣布接下来是自由活动时间，但是明天的约会将分开行动，今晚需要提前确定邀请对象。

这次约会是双向选择，男女双方互选成功才能组队，落单的会随机自动分组。

一行人回到小屋，有人面色轻松如常，有人忧心忡忡。

程西身边的苏惟英一直在唉声叹气，愁容满面。

“真不知道该选谁，谁又会选我呢？每次约会都让人头疼。”

程西不由得回想起苏惟英的约会历程，似乎每位男嘉宾都没有落下过。她忍不住问道：“……约会过这么多次，就没有一个来电的吗？”

苏惟英不假思索地回答：“有啊，小野。”

“……除了他呢？”

“没有了，唉，我刚好就喜欢那种类型的。”

程西也有点沮丧，两人在房间里相对无言良久。最后，苏惟英干脆准备去找庄星，程西则继续拖延时间。房间里的空气突然变得沉闷，程西决定起身出门散心。

少了摄像机跟随，气氛突然变得自在起来。到了屋子外，程西发现工作人员也都不见踪影，院子里静悄悄的。

程西正准备往未踏足过的海滩边走去时，发现屋后的树林旁隐隐有灯光。她很快认出来，那是摄像机的灯光。

有人在那里？出了什么事了？

程西一边在心里揣测，一边提步向那边慢慢靠近。隔着一段距离时，她突然听到了陈慕也的声音："明天的约会，我可以选择不参加吗？"

"……不能。"有导演回答道。

"落单的人一定要随机分组？不能自行安排吗？"

"规则设定是这样。"

"我觉得这个规则不是很合理。"陈慕也说话很直接。

"理解一下吧，就剩两次约会了，你放轻松，就当是出去玩好了。"导演努力安抚着他，话语熟练，显然做过不少嘉宾工作。

程西甚至有些怀疑，陈慕也当初就是被这套话术骗来的。

那头沉默良久，最后妥协了："……好吧。"

接着是窸窸窣窣的动静，他们似乎准备出来了，摄像机的灯光晃动了一下，在被他们发现前，程西率先转身离开了。

她的心头突突跳了两下，这是她第一次偷听。她无意识地顺着原来的方向往对面的海滩走去，灯光一路渐暗，最终只剩下风声。

程西还在想着刚才的事情。

陈慕也……没有想要约的人。

他看起来也并不想接受别人的邀请。

那么，明天他会选谁呢？

虽然她早已决定不再强求，可是听到刚才的对话，隐隐为他担忧的同时，心里又浮起若有似无的、连她自己都不想承认的念头。

不过那念头刚出现就被程西遏制住了。

先前被她刻意拖延的问题重提上来，程西在脑中思索着合适的约会人选——如果季禾野和庄星都有人邀请的话，就只剩下周岁放了。

两人相处起来还算愉快，待一天应该也不会太无聊。

程西轻轻舒了口气，心头沉重的负担顿时变得轻盈起来。

她腾出心思，才有空去看身边的风景。

夜晚的海滩靠近树林，边上挂着小灯，游客不多，越发显得安静。

再往前走，隐隐能看到一片宽阔的道路，有些烧烤摊，十分热闹。

程西伫立看了一会儿，没有过去，而是往相反的方向走去。

另一头是岛屿的礁石，无人打扰。

程西一边走一边翻捡着沙子里隐藏的贝壳，有些完好，有些残缺，被海水冲上岸后便静静地埋在沙子里。

走了很长一段距离，她终于到了灯光尽头，再往前就是一片黑暗。

程西没有再往前走，找了一块干净的礁石坐下，眺望着面前暗蓝色的海面。

潮声一阵一阵，夜空低垂，星星偶尔闪烁着，而她在想小屋里的邀约是否已经结束，过一会儿就要回去了。

程西闭上眼，感受着迎面而来的海风，本能地又想起第一天和陈慕也坐在海边礁石上的情景。

他又给她留下了很多回忆，不知道是好是坏。

程西正在胡思乱想，忽然听到一道熟悉的声音，来自她脑海中的人，在这静谧的时刻，仿佛是她的幻觉。

“程西？”他的尾音微微上扬，带着一丝不确定。

程西转过头，看到不远处站在海滩上的人。

陈慕也穿着黑色T恤，背对着昏暗的光影，眉眼模糊。

她一想就猜到他为什么在这里，大概是和她一样逃避小屋里的热闹。

意外的相遇，又好像是必然。

她对他笑了笑，问道：“你也出来散步？”

“你怎么也来了？”他自然地问，随即朝她走近。

“随便走走，不过到这里就没路了。”程西不好再像刚才那样随意坐着，于是起身站在他面前。

“你要不要一起逛逛？”为避免尴尬，她只好发出邀请。

陈慕也沉默了两秒，没有拒绝，两人便往旁边走去。

夜幕下，不远处有一片礁石群，形状各异的石头不规则地矗立着，夜色中的轮廓像小山。

两人到了这片礁石底下就停住了脚步。

程西问道：“要不要回去？今天晚上还要发出约会邀请，太晚的话，他们该找我们了。”

陈慕也站在她面前未动。

冬夜海岛幽静深蓝，他低垂着眉眼，两人的距离莫名地很近。

“程西，明天的约会选我吧。”

第五章 告别青春

程西刚进屋就被扑面而来的暖意包裹住，不由自主地抖了抖肩膀。

明天的约会需要发出正式邀请，每人手里都有一张邀请函，程西的那张在房间里。

她推开门时，苏惟英已经在里面了。

听到动静，苏惟英诧异地抬头：“橙子，你去哪儿了？”

“到海边走了走。”程西镇定如常，很快来到桌前，翻出自己的那张邀请函。

“你想好了吗？邀请谁？”苏惟英不由得问道。

程西没答，只是低头径自写了个名字，短短几十秒就将邀请函装进信封：“我去给陈慕也。”

程西已经起身出门，苏惟英脸上的诧异来不及收，只能朝她的背影叹了口气。

程西邀请陈慕也的整个过程很短暂。他的房门没关，程西过去后轻敲了两下，他打开门看到她，她便把手里的邀请函递给了他。

面前的人垂下眼帘，在邀请函上停留了两秒，一言不发地接过去。

“谢谢。”他平静地说。

程西心底的那丝情绪起伏彻底沉下，“小鹿”也失去了踪影，她弯了弯唇，说：“不用谢。”

友好地结束了邀约环节，程西转身离去。经过吱吱的房间时，那扇门恰好从里面打开了，吱吱捏着邀请函走出来，撞上了手上空空如也的程西，忽然愣住了。

“橙子，你……”她欲言又止。

程西猜到了她的想法，没有替陈慕也隐瞒，而是坦白道：“陈慕也让我明天邀请他。”

吱吱先是愣住，随后反应过来，失落地垂下眼睛，自言自语：“他就这么不想和我相处……”

“或许是他不喜欢进展太快的关系。”程西凭着心中模糊的想法替他解释了一句。

“可是节目只有这么短的时间，已经没剩几天了……”吱吱喃喃地说。

程西的笑容勉强，打起精神安慰她：“来日方长。”

程西没办法再聊下去，很快出声告别，回了房间。

她脑中依然是陈慕也方才接过卡片时的模样，看似什么都没说，又好像什么都说了，将距离划分得清清楚楚，生怕她误会什么。

程西又气又伤心，恨自己自作多情，又恨他在节目里给予她的那一丝不同。

妄念反反复复，凭空生出折磨。

她第一次期盼这个节目能快点结束。

翌日竟然是个难得的晴天，八人将分别去到四个不同的地点。

程西和陈慕也要去的是岛上的植物园，据说是岛上最具特色的景点，里面有巨大的仙人掌和无数热带植物，需要乘船过去，船只由本地居民驾驶，简陋而陈旧。

陈慕也先站到船上，然后朝程西伸出手。

程西握紧他的手踏上晃动的船板时，心里还并未消气，所以即使与他并排而坐也隔着一段距离，无声地表达着自己的态度。

船顶并无遮蔽，艳阳直直地照射下来，令程西睁不开眼。

突然，旁边伸出一只手，把自己的墨镜递了过来。

“戴着这个会舒服点。”

程西看着他手上的东西，愣了两秒才反应过来，拒绝道：“我不要。”

“为什么？”他顿了一下，眉头轻蹙。

“马上就到了。”程西随便编了个借口，移开视线。

旁边的人“嗯”了一声，紧接着，程西感觉到脸上罩了个东西，阳光一下子变得柔和了。

程西僵住不动，任由那副墨镜戴在脸上，过了好一会儿才反应过来——这是陈慕也的墨镜，她甚至依稀记得昨天出门时还在他脸上见过这副墨镜。

“你是不是故意的？”程西突然问道。

“什么？”陈慕也不明所以地反问。

程西转过脸，隔着黑色的镜片看向他，眼神被遮挡住。

“你想让我戴你的墨镜，故意想和我产生亲密接触，图谋不轨。”

话音刚落，船舱顿时安静下来。

静默几秒后，陈慕也朝她伸出手：“还给我。”

程西的胆大包天只够她支撑两分钟，与陈慕也对视一眼后，她很快移开视线，干巴巴地笑了笑：“我开玩笑的。”

沉默片刻，陈慕也轻描淡写地说：“我也是开玩笑的。”

确实一点也不好笑。

程西偃旗息鼓，尴尬地缩在一旁。之前是没办法欣赏周围的风景，现在却是没心情欣赏了，还来不及享受游船，这一环节就已经匆匆结束。

船只靠岸，程西握着陈慕也的手跳下船，找了个合适的时机，假装随意地把墨镜还给他：“谢谢。”

“不客气，没让你误会就好。”

倒也不必如此记仇。

“当然不会了。”程西假模假样地弯起嘴角朝他笑，“希望你也不要误会，只是一个小小的玩笑而已。”

这话是在拐弯抹角地说他小肚鸡肠。

陈慕也抬眼看她，视线从她笑靥如花的脸上掠过，很快移开。

“哦，没误会。”

程西深吸一口气，随即开始四处张望。岸边即是小岛入口，两旁开了不少店铺，售卖遮阳帽、头饰等，甚至还有墨镜。

程西随即走过去。陈慕也跟过来时，程西已经在结账了，再一转头，一副墨镜挂在她脸上，小巧白皙的脸庞被墨镜遮住了一半。

“走吧。”

陈慕也默然片刻，跟在她身后。

两人在路口看了看标识，随即往山上的植物园走去。

大概是那副墨镜起了效果，一路上，程西显得格外话少，情绪被严严实实地遮挡在镜片后，嘴角微抿，有种不言而喻的高冷感。

植物园在半山腰处，这里并不是很热门的景区，上山道上人不多，两边植被茂盛，偶尔到地势高阔处还能看到蔚蓝的海。

微风徐徐，阳光明媚，散步也很惬意。两人很快来到植物园入口，买完门票后拿上景区地图，便不得不开始进行交流。

程西展开地图问他："你想往哪边走？"

整个植物园占据了半个山头，有好几个观赏区，植物各具特色，全部逛完也不是不可能，只是会有点消耗体力，毕竟他们还要步行下山。

陈慕也低头扫了一眼，不假思索地道："你决定。"

"那我们就走这条线吧。"她伸手划了一下，选了最中间性价比最高的一条路线。这条路线最短，经过的区域却最多。

陈慕也没什么意见，安分地跟在她身后，没有再说惹人生气的话。

虽然看似平和了许多，但两人之间的气氛反而变得疏远起来。

沿路是各种植物和花卉，千奇百怪，争奇斗艳。

节目组给的拍立得相机在程西的手上，她弯腰认真地拍着照，然后一张张翻看，游玩的时间便大大增加了。

奇怪的是，陈慕也在一边等候，竟然也没有一丝不耐烦。新鲜感过去后，程西不由得有点心虚地看了看他，然后开始认真赶路。

第一个大景观是热带雨林，巨大的玻璃温室里生长着无数热带植物，玻璃墙上攀爬着藤蔓，喷洒着透明的雾气，半空中偶尔还会出现一道彩虹。眼前的一切美轮美奂，宛如梦幻般的仙境。

"好美啊……"程西不由得仰头发出感慨。

"要给你拍照吗？"旁边的人突然出声，似乎突然开窍，觉悟提升了不止一点半点。

程西有点心动，但更多的是忐忑和紧张——她怕自己不好看。

"好。"她最后还是鼓起勇气说道。

程西把相机递给他，整理了一下头发，双手背在身后，侧着头露出微笑。她看着镜头，镜头后面的人也认真地注视着她。

陈慕也维持姿势几秒，片刻后才点头道："好了。"

他的动作太利落，程西不由得担忧起来，怀疑地问了一句："你拍好了？"她走过去查看相机，很快便无话了。

绿意盎开的背景里，光从她的头顶洒落，空中恰好浮起一道彩虹，她背着手站在茂密的植物旁边，头发披在耳后，笑得温柔甜美。

程西仿佛能透过照片看到她眼中的光，那是注视着自己喜欢的人时才独有的光。

“很好看。”陈慕也夸赞道。

程西慢慢直起身子，扬起脸说：“你拍得很好。”

她不知道他有没有看出她眼里对他的喜欢。

程西总以为自己隐藏得很好，原来喜欢一个人是真的藏不住的。

“我们要不要拍张合照？”她出声提议。

陈慕也只犹豫了片刻，随即点头：“好。”

他们一起站在那株巨大的藤蔓前，程西举起相机，他的脸微微靠过来，和她一起看向镜头。

“咔嚓”一声，画面定格。

程西只匆匆看了一眼成片便收起了相机。

那张照片太像是从女友视角拍摄的，让她连多看一眼都觉得心脏收紧了几分。

这是他们今天的第一张，也是唯一一张合照。

植物园内景观奇特，全程参观下来也不觉得疲惫。

离开前，程西还去多肉园区挑了两盆多肉植物。

两人在山顶餐厅吃了午饭后步行下山。

程西抱着多肉植物，步子不由得慢了下来，陈慕也身高高出她一个头，影子斜拉在地上。

程西看着这一幕，莫名觉得熟悉，突发奇想地从包里翻找出自己的墨镜，戴在脸上，问他：“你觉不觉得我们现在的样子像一部电影里的场景？”

陈慕也闻声往后看，视线在她身上打量几秒，不确定道：“《这个杀手不太冷》？”

“你怎么一下就猜到了！”她不由得有些气馁，墨镜从鼻梁滑落，乌黑的眼珠在后头瞪他。

陈慕也稍作思索：“在电影里抱着盆栽走的场景很少见。”

程西原本只是想开个玩笑活跃下气氛，没想到他认真考究起来。

“你好没意思。”好一会儿，程西才做出结论。

谁料陈慕也从善如流地点头："你是节目里第三个这么说的人。"

程西稍作思考就明白了，顿时畅快地笑起来："那我猜一下，是不是只有吱吱还对你余情未了？"

陈慕也略显无奈，但还是点了点头："是，我现在正在想办法让她绝情。"

"那你真是这个节目里最过分的男嘉宾。"

"我道歉。"

"……"

两人一路走到码头，你来我往，辩论个不停。大多数时候是程西找碴，陈慕也则防守，偶尔陈慕也气得她哑口无言，他却云淡风轻地收兵。

上船时，陈慕也照例朝她伸出手，程西却不假思索地拍掉他的手，自己摇摇晃晃地踏上去。

"为什么突然生气？"见旁边的人清风明月的样子，程西更生气了，瞪了他一眼。

船慢悠悠地开出去，劈开波浪向前方行驶。

程西不想说话，一路上都没有理睬陈慕也。

上岸后，程西走了几步，发现陈慕也没有跟上来，于是回过头去。

他的目光正落在旁边的气球上，透明的氢气球里头装着一只可爱的兔子。见程西看过来，他朝那个方向指去，对她说："给你买只兔子，别生气了好不好？"

……

回到小屋，程西一只手拿着盆栽，一只手牵着气球。

两人不是最先回来的，吱吱和苏惟英都在客厅，旁边坐着周岁放和庄星，听到动静，几人齐齐转身望过来。

程西敏锐地察觉到吱吱看向她手里的东西时，眼里闪过一瞬的失落。

她在心里微微感到抱歉，面上却没有任何表露，只是低头换鞋，然后如常地走进去。

"我还以为我们是回来得最早的。"程西自然地打招呼。

苏惟英立刻接话："哪能啊，我和庄老板才是最先回来的。"

"你们都去哪里玩了？"程西把手里的东西放下，在苏惟英身旁坐下。

"我们去了欢乐谷，还坐了热气球，挺好玩的。"

"听起来很有意思。"

说话间，陈慕也从厨房走出来，手上端着两杯水，自然地将其中一杯放在程西面前。

“谢谢。”程西抬起头，受宠若惊。

“你们去哪里玩了？”对面的吱吱勉强打起精神问道，她的眼神始终追随着那道身影，可惜有人不解风情。

“我们去了岛上的植物园，还可以。”程西说。

苏惟英立马问：“岛上？是坐船去的吗？”

“是的。”

“那风景应该很好。”

“确实不错，我们还拍了一些照片。”程西拿出拍立得照片。

照片放在茶几上，大家轮流看了看。

上次出去玩时，吱吱和陈慕也拍过类似的照片。果不其然，看到照片后，吱吱脸上的笑容消失了。

“拍得很好。”片刻，她抬头对他们说。

她的目光投向的是两个人，程西没说话，一旁的陈慕也却一反常态地地点头道：“景好人也好。”

他脸上带着自然的浅笑，话语却如同利箭般扎心。

程西想，如果此刻她是吱吱的话，估计已经彻底死心了。

然而，吱吱只是面容一僵，随即很快缓过来，甜甜地笑了笑，盯着陈慕也：“那你说是这次的景色好还是上次的景色好？”

话语一落，客厅的气氛几乎凝固了，原本拿着照片的苏惟英瞬间哑然，就连向来最会活跃气氛的庄星都面色悻悻，周岁放则是好整以暇地坐在一边看热闹。

陈慕也脸上没什么表情，静静地坐在那里，随即抬起头直视吱吱，语气平静：“第一次的景色最好。”

他在节目里的第一次约会是和程西，那是两人最初的约会。

吱吱很快反应过来，脸色苍白，低低地说：“我知道了。”

原本只是随意的闲聊，谁也没想到话题会进展到这一步。

庄星内心的震惊几乎要掩饰不住，打量着周围的摄像机，心想：玩这么大？节目组这下有素材了。

他胡思乱想了一通才站起来调和：“照片看完了，不如我们想想晚上吃什么吧。节目组让我们自己解决，要不咱们待会儿一起去海鲜市场逛逛？对了，吱吱，你昨天不是说想吃龙虾吗，哥去给你买澳洲小青龙。”

庄星将暖男属性发挥到极致，就像冰天雪地里送来的一抹温暖，吱吱感激地抬头对他笑了笑：“谢谢庄星哥，那出去的时候叫我一声，我先上去休息一下。”说着，她起身向众人告别了。

见她的背影消失在楼梯口，气氛才蓦然轻松下来。

苏惟英拍拍胸脯感慨：“我的天，太吓人了！”

她忍不住往陈慕也那儿瞟了一眼，却不敢说什么。余光看到庄星时，她忽然叫了一声：“啊，今晚庄老板请吃龙虾，有口福了。”

“吃吃吃，一天到晚就知道吃。”庄星生气地说。

“不然呢，甜甜的恋爱又谈不上，吃还不让人吃了，那我活着还有什么意思？！”苏惟英和他争论起来。

客厅里重新热闹起来，没人再顾及刚才的事。

程西终于缓过神，不由自主地看了一眼陈慕也，脑中回荡着他先前的话——第一次的景色最好。

虽然明知他只是把她当挡箭牌，可真正听见的那一刻，程西还是忍不住心潮澎湃。

傍晚，方妍和季禾野回来后，所有人一起出发去逛海鲜市场。

吱吱看起来和往常一样说笑聊天，没有什么不同。

晚餐吃得热闹非凡，开心快乐。

夜幕降临，华灯初上，草坪里的星星灯都亮了起来。

节目组宣布安排大家玩《国王游戏》，说是作为一天里最后的放松。

程西隐隐觉得这个说法不对劲，但是其他人已经兴高采烈地准备起来，惩罚道具也已经准备好了——满满一大壶苦瓜汁，味道让人不敢恭维。

客厅里，众人随意地坐在沙发上，茶几上摆放着扑克牌，庄星是主持人，坐在最中间。

“先说好，不准耍赖，最后几个晚上了，咱们今天玩个大的。”他一边发牌，一边放话。

程西终于知道哪里不对劲了。

——作为放松。

这游戏只会整人，怎会让人放松？

程西现在只祈祷惩罚不要太离谱。

第一轮发牌结束，每个人都拿到了自己的牌，各自低头看着。

程西小心地掀开一角，提起的心终于放下。

她拿到了国王牌。

国王牌可以指定惩罚拿到某两张牌的人。

开场危机解除。

“我是国王。”她举起手里的牌说。

庄星脸上的失望很明显，重重地叹了口气：“怎么被小橙子抽到了？那你指定吧。”

本着以和为贵的念头，程西环顾四周，开口道：“拿到红桃 A 和红桃 3 的人，互相说三条对方的优点吧。”

方妍低头看了看，张开手无奈地说：“我拿到的是红桃 3。”

安静两秒后，程西身旁的苏惟英默默亮出自己的牌：“红桃 A 是我。”

程西沉默了下，只觉得自己的手气实在太好了。

苏惟英在一旁绞尽脑汁，看着方妍说：“嗯……性感、漂亮、热情、开朗……笑起来很好看。”

她一口气说了一串词，惹得众人哄笑起来。

方妍也盈盈笑道：“小英……可爱、漂亮，有着一个有趣的灵魂。”

“好了，商业互夸到此结束，赶紧开始下一轮。”苏惟英做肉麻状，揉了揉身上的鸡皮疙瘩。

庄星应道：“好。”他飞快地重新发牌。

这一次，国王牌到了季禾野的手上。

他平时看起来不怎么说话，关键时刻倒是很玩得开。

“拿到红桃 7 的人和拿到红桃 6 的互相表白吧。”

庄星发出了看热闹不嫌事大的笑声。

很快，周岁放站了出来：“红桃 6 是我。”

众人不禁环顾四周，只见方妍再度举起手里的牌，无奈地说：“还是我。”

一时间，众人看向季禾野的眼神都变了，眼里原本的羡慕变成了同情。

季禾野不自在地揉了揉额角，低声说：“那开始吧。”

“方妍大美女，第一次见你的时候我就觉得惊为天人，对你一见钟情，再见倾心，三见至死不渝，所以，你愿意接受我的表白吗？”周岁放落落大方地发表了一番表白话语，似真似假地盯着方妍。

后者得体地笑了笑，伸手拨了拨头发。

“周大帅哥，经过这段时间的接触，我觉得你成熟稳重又有钱，不失为男朋友的最佳人选……”

“停停停。”话还没说完，就被季禾野急不可待地打断并纠正道，“只是互相表白，不用说后面的话。”

“你是不是玩不起？”庄星大笑着嘲讽道。

季禾野认真地点了点头，直接承认了：“对，我玩不起。”

“行行行，放你一马。”

下一轮的牌刚刚发完，庄星就率先笑了，得意地炫耀着手里的牌，嚷嚷道：“我是国王！”

他满肚子坏水，恨不得场面越热闹越好，此时不怀好意地在场上嘉宾的脸上扫视一番，拖长声音：“我指定——拿到红桃2的人和拿到红桃3的人，当场表演情侣撒娇吧。”

这个惩罚一出，有人已经当场捂着脸笑了。

“过分了啊。”

“让我看看是哪个倒霉蛋。”未抽中牌的周岁放开始看热闹。

翘首以待之中，两个倒霉蛋主动摊牌。

程西和对面的陈慕也不约而同地举起牌，隔着茶几对望，彼此都一愣。

“哇哦！”庄星吃惊地叫出声，“我先说一下规则！情侣之间要有爱称，什么亲爱的、宝贝，我给你们一个主题……”他扯着嗓子，眼睛落在苦瓜汁上，即兴发挥起来，“主题就是劝对方喝下这杯苦瓜汁！”

程西：“……”

苏惟英已经鼓起掌：“这个好！我下次也要这么玩！”

在众人的围观中，程西只好站起身往茶几中间走去。

陈慕也神色如常地走到她身侧，突然叫了声：“亲爱的。”

沙发上的人顿时笑出声，其中以庄星的笑声最大。他捂着肚子，朝他们伸出手：“继续，继续！”

陈慕也望着那杯苦瓜汁，继续念着台词：“那杯苦瓜汁看起来很好喝，你能替我尝尝吗？”

话音刚落，他似乎觉得还不够，又补了一句：“拜托你了。”

平稳无波的声线配上他那张没有表情的脸，撒起娇来哪里都违和。

大概是很少看到陈慕也这种样子，沙发上的人都被戳中了笑点。

程西硬着头皮继续接下去："亲爱的……"

她连说出这三个字都觉得浑身发麻，更别说看着陈慕也那张脸了，于是，她直直地盯着桌上的苦瓜汁，几秒后才憋出后面的话："那杯苦瓜汁看起来确实很不错，要不还是你来吧……"她回想了一下陈慕也先前的表现，绞尽脑汁，又软下声音说，"拜托拜托。"

"哈哈哈！"庄星第一个拍大腿，心满意足地叫停了这场闹剧，"可以了可以了，继续下去你们两个都要疯了。"

程西的脸涨得通红，根本不敢看其他人，尤其是对面的陈慕也。

好在游戏很快进入下一轮，众人的注意力也被转移了。

之后的游戏中，程西一直心不在焉，幸好没有再被惩罚。

游戏玩了好几轮，最后以庄星和季禾野交杯喝完苦瓜汁为结束，众人各自散去。

明天将启程回小屋，海滩上有人在放烟花，一束束焰火冲上天际，映亮了夜空。

没睡的人不约而同地聚集在阳台上，烟花下的海面尤为美丽。

庄星感慨道："不知道节目结束之后，我们还有没有再聚的机会。"

只剩三天了。

"庄老板平时在哪个城市，上次听说是港城？"周岁放转头问道。

"我居无定所，哪个城市都能待，不过确实在港城住得比较久，我的家人都在那边。"庄星回答。

"那下次有空可以约饭，我平时基本在港城。"

"好，我请你来我们店吃饭。"

"我们这里有谁是一个地方的吗？"周岁放又问。

"小妍和陈慕也吧，他们都在京市。"庄星说。

"小野呢？"

"我在深城。"季禾野应声回答。

"距离好像挺远的？"

"没关系，正好准备重新找工作。"季禾野如此说道。

周岁放闻言没有再问，表示了然。

"我在湘城，有很多好吃的，大家有空可以来找我玩。"见周岁放的目光投过来，吱吱没等他问，先举手说明。

"好呀好呀。"其他人连连点头。

“我和小野一样在深城。”苏惟英随即说道。

“橙子好像是在沪市。”不知是谁补充了一句。

他们这样一聊才发现，小屋里的人几乎都来自五湖四海，机缘巧合下才相聚在此，共度一段旅程后即将分开。

程西看向陈慕也的方向，他微仰着头，脸上表情忽明忽暗，全程没有怎么参与到他们的话题中。

她忽然意识到，自己将要迎来与他的第二次离别。

回小屋的车和来时相同，只是这次，驾驶座上的司机换成了陈慕也。

一上车，庄星和苏惟英就睡得东倒西歪。

昨晚，节目组在群里发布了今早的日出攻略，他们住的地方是最佳的日出观赏点，众人顿时跃跃欲试，早上四五点就起床到海边看日出。

早餐时聊天，程西才知道大部分人都去看日出了，除了她、陈慕也和周岁放。留下的人好处是睡眠充足，不用像其他人一样哈欠连天。

车子开出去一段后，程西从包里翻出面包，正要吃时，突然想起什么，看向前方的人。

“你要吃吗？”她将面包递过去。

陈慕也只是抽空看了一眼，嗓音如常：“不用了，谢谢。”

“哦。”她点点头，自顾自撕开包装袋吃了起来。

接下来的路程中，庄星和苏惟英都在睡觉，陈慕也负责开车，程西则在后座不停地吃零食。

从时不时传来的脆响声中，陈慕也判断出她一路吃了薯片、酸奶和一些饼干。

终于，在路程过半时，后座的动静停下了。

过了一会儿，陈慕也抽空从后视镜往后看了一眼，只见程西蜷在座位里，抱着抱枕睡着了。

返回小屋后，程西顺便去补了觉，一觉醒来，屋子里已经恢复了热闹。

最让人惊奇的是季禾野突然将头发染成了蓝色，他五官出色，暗蓝色反而将他的气质衬托得更加桀骜不驯，像某个男团练习生。

众人围着他的头发打量，方妍更是好奇地上前摸了摸。

“是真的——”她感叹道，“你怎么这么酷？！”

庄星不禁重重地叹了口气，摇头道：“活该我谈不了恋爱。”

旁边的人都发出了笑声。

“今天我请大家吃饭。”季禾野宣布，“就当是感谢这段时间大家的照顾。”

“这么客气。”

“有心了。”

傍晚，众人开车过去才发现季禾野订的是庄星名下的那家餐厅，只是这次，现场布置得和之前不太一样，不仅提前清了场，舞台上还有乐队在排练。

程西心中有了猜想，其他几人也不例外。

果不其然，落座之后，季禾野的身影出现在舞台正中间，身上挂着一把吉他。

“小野还会唱歌吗？”后来的吱吱不由得惊奇地问。

周围的人也好奇地看过来，苏惟英点头：“他之前自己组过乐队。”

“哇，好酷！”吱吱发出感叹。

没多久，头顶的灯光瞬间暗下，变成朦胧昏黄的色调，玻璃窗很快映出外面的海景。

台上的人低头调好琴弦，握了握面前的立麦。

“非常感谢今天大家能来到这里，下面这首歌送给我们这段独一无二的时光。”话音刚落，鼓手抬臂一扬，架子鼓“咚”的一声响起，音乐前奏随之展开。季禾野伸手拨动吉他，低声开唱。

这是一场堪称完美的乐队现场演出。

舞台赋予了季禾野难以言喻的魅力，站在上面的他宛如大明星，暗蓝色的头发在灯光下散发着迷人的光泽。

台下，方妍全程与他对视。

程西不禁回头看向身旁的苏惟英，她正仰头专注地望着台上，眼里盛满了难以忽视的光芒。

季禾野表演结束后，重新介绍了乐队的三位成员，接着下台和他们一起用餐。

他一共唱了三首歌，其中有一首是情歌，歌词像是新创作的，情意表露得很明显。整个演唱过程中，他的目光都若有若无地落在方妍身上。

在一片夸赞声中，他拉开椅子在方妍身边落座，两人对视间仿佛透出情侣间特有的甜蜜。

餐厅的食物味道一流，这顿饭吃得宾主尽欢。饭后，一群人互相怂怂着彼此上去唱歌，气氛至此，加上饭间喝了酒，兴致高涨，每个人都轮流上去唱了一首歌。

轮到程西时，她拿着手机在台上唱了一首《孤单心事》，歌词缠绵悱恻，道出暗恋的心酸：“爱你是孤单的心事，不懂你微笑的意思，只能像一朵向日葵，在夜里默默地坚持……”

她觉得自己唱的时候很平静，全程没有跑调，除了时不时需要手机提示歌词，一切都很完美。

没想到下台时，她发现苏惟英哭了。

庄星在一旁拍着苏惟英的肩膀，对程西解释道：“她喝醉了。”

醉酒可以解释一切，包括释放的情感。

有了前车之鉴，这次程西没怎么碰酒，只是在众人碰杯时浅酌了几口，加起来不过半杯。

夜里灯火辉煌，一行人乘着夜色回家。

苏惟英被庄星搀扶着，直到上车才似乎平静了下来，靠着车窗发呆，不言不语。庄星在旁边给她擦着眼泪，一边擦一边叹息。

陈慕也是四个人里唯一没喝酒的人，返程路上由他开车，这次，程西坐在副驾驶座。

车里没人说话，空气有些沉闷，程西靠在椅背上，莫名觉得疲惫，干脆闭上眼睛休息。

几人很快抵达小屋。

苏惟英一回房间就躺在床上，把自己裹进被子里，紧闭双眼，脸上还有泪痕，像是睡着了。

程西在房间坐了会儿，握着手机，觉得喘不过气，于是起身推门往三楼阳台走去。

已经很晚了，整栋房子静悄悄的，出来的路上，程西没有碰到一个人。

走上阳台，原以为空无一人的地方此时多出一道身影。

陈慕也背对着她，望着夜空的方向，手里拿着一罐……啤酒？

程西定睛看了几眼，才确定自己没有看错。

夜里的脚步声总是藏不住，哪怕她已经特意将动作放轻，陈慕也依然很快察觉，转过头来，见来人是她，他没有太惊讶：“还不睡觉？”

“你不也是？”程西回了一句，然后在椅子上坐下，自然地将旁边的毯子盖在身上。

“喝吗？”陈慕也晃了晃手里的啤酒，又想起什么，立刻改口，“你还是别喝了。”

“……哪来的？”她闷闷地问。

“在阳台上找到的，估计是庄星偷放的。”他踢了踢桌子下。

程西望过去，果然在桌子下看到了一个纸箱，里面放着几罐啤酒。

“给我也拿一罐。”她心情不好，突然想喝酒。

陈慕也顿了一下，还是弯腰拿起一罐啤酒递给她。

她仰头抿了一口，苦涩入喉，清醒畅快。

“少喝点，不要喝醉了。”陈慕也特意叮嘱道。

“我不会喝醉的。”程西望着他，郑重地说，“人只有在情绪低落的时候才需要酒精来发泄，我现在很平静。”

“……行。”他沉默了片刻，说道。

“小英今天喝醉了，我有点难过。”她接着说。

“为什么？”陈慕也耐心地询问。

他今天很好说话，大概是因为节目录制只剩下两三天了，他不用再顾虑什么，不用担心别人纠缠不清。

程西胡思乱想着，嘴里的话也不经大脑地脱口而出：“爱而不得的每个人都是可怜的。尤其是今晚，小野还当着所有人的面来了这一出，开心的人更开心了，伤心的人更伤心了，如果她没有那么喜欢小野就好了……”

说到后面，程西几乎是自言自语起来，一时间觉得自己有些幸运，不用亲眼见证陈慕也在节目里和其他女嘉宾在一起，但又觉得自己有些不幸，毕竟她也不过是那个爱而不得的可怜人。

她喝了几口啤酒，随手将易拉罐放到脚边，拉高毛毯，严严实实地把身子盖住，仿佛这样就可以抵御心头的寒冷。

陈慕也注视着她的动作，等她躺好才说：“可能过几天就好了。节目结束后，她说不定很快就会忘掉这个人。”

“或许吧，可是感情这种事，谁又说得准呢。”

陈慕也没再接话。

周围莫名变得安静下来，两人并排坐在阳台上，望着星空。

这是一个当下平凡、但在未来回想起来会无比珍贵的瞬间。

程西清楚地知道这一点。

她无声地感受着，舍不得浪费，想说很多话，又舍不得打破这份难得的宁静。

她抬头看着空中的星星，忽然想到一个埋藏许久的问题。

“陈慕也，你为什么会来参加这个节目？”夜色静谧，程西突然问。

旁边的人未答，转过头来与她对视。

浪声卷在风里阵阵飘来，陈慕也静静地看了她一会儿，终于开口说：“你听过‘回避型依恋人格’吗？那是一种心理疾病，主要表现为难以建立亲密关系，会本能地与人保持距离，排斥一切过分靠近自己的人。”他的声音轻而淡，仿佛随时会消散在风中。

“这种心理的形成大多是由于童年时期的情感缺失，在成长的过程中，虽然外表看起来与常人无异，但内心永远缺少一块。你可以说这是一种心理缺陷，也可以认为是人格不健全，总之……”陈慕也把玩着易拉罐的拉环，“我就是这类人，所以，我只是想来这个节目体验一下，在特定的亲密关系环境里，自己会有什么样的表现。事实证明，很糟糕。”

他抬头看向她，神情认真：“和我约会过的女嘉宾都很不开心。”

程西短暂地失言了。

虽然她早从那次的采访视频中就猜到了他情感方面的缺失，但没料到那竟然是种症结，更是他上节目的初衷。

她内心卷起的波浪又如潮水般退去，慢慢归于平静，在清冷的月光下无声地化作泡沫，只剩一片冰凉。

她和陈慕也，无论是节目内还是节目外，注定迎来悲剧的结局。

她努力地扬起脸，对他笑了笑，郑重地说：“不是的，我和你在一起的每个瞬间都很开心。”

所以，希望你有一天能跨过这座小山，找到自己真正的爱人。

旅行回来第二天，几乎所有人都睡到了自然醒。

苏惟英因昨晚宿醉，早上起床头痛欲裂。

见她痛苦的样子，程西决定下楼给她煮解酒汤。她是第一次做解酒汤，在网上查了攻略后，她起锅烧水，等水开后依次放入配料。

锅里热气蒸腾，辛辣香甜的味道弥漫开来，方妍和周岁放恰好下楼，听到动静，问道：“橙子，你在煮什么？”

“解酒汤。”她挥了挥手里的勺子，问他们，“你们要喝吗？”

“正好，给我也来一点。”方妍说，“我刚好难受，昨晚酒劲太大了。”

昨天喝的是红酒，和上次那种掺杂着饮料的鸡尾酒不同，喝多了很容易醉。

程西现在只庆幸自己昨夜保持着理智，聊天到最后也没有说过分的话。

解酒汤煮好后，她给周岁放和方妍每人分了一碗，正在盛汤时，季禾野和吱吱也下楼了，见此情景，两人各自也喝了一碗，程西随即把剩下的送上去给苏惟英。

已经快十点了，陈慕也还没出现。

早餐时间过后，庄星晃悠悠地下了楼，告知众人陈慕也出门了，他有个考察项目，一大早就去市里参观建筑了。

“节目组今天有什么安排吗？”方妍端着杯子问。

季禾野回答道：“好像暂时没有。”

说什么来什么，等苏惟英下楼时，节目组已经安排好了每人的任务，并发送到众人的手机上。

“去准备一份特别的礼物吧，送给那个你觉得特别的人。”

以往收到任务通知，大家总是会先抱怨一番，然而今天连庄星都没有说话。

季禾野先叹了口气：“走吧，我们要不要先出去逛逛？”

一行人开车进了市里，并自觉地分为两拨行动，男生一组，女生一组，各自挑选礼物。

女生们都没有明确的目的地，在街上闲逛着，先是进入了一家精品店，里面有各种饰品、蜡烛香薰、玩偶摆件……程西在柜子边上还看到了八音盒，和她房间里摆放的那个很相似。

她不禁浮起了微笑。

当初男生主动发起的那次约会，他的礼物可能就是在这样的店里随手挑的吧。

真是符合他的性格。

女生逛了一圈都没有挑到合适的东西，方妍带头出门，很快便看到了一家男士奢侈品店，随即停下脚步。

“我想去里面挑个钱包。”说完，其他几人顺着她的视线望去，很快了然。

苏惟英顿了一下，往前面一指，率先出声：“那我到那边逛逛吧。橙子，你要不要和我一起？”

她随手指的是家音像店，眼里有些许期盼。

程西没有停顿太久，很快点头："好。"她转头望向方妍和吱吱，"那我们先去前面逛一下，你们在这边买完，到时候会合？"

"可以。"方妍点头。

音像店里堆满了各种专辑，其中不乏黑胶唱片。苏惟英低头认真挑选着，程西没有打扰，只是突然看到了斜对角的照相馆。她对苏惟英说："你先挑选着，我去对面看看。"

"好。"

程西推门而入，照相馆里的老板在电脑前抬起头。

她拿出手机，说明来意："老板，这两张照片能洗吗？"

手机屏幕上展示的是两张合照，老板低头一看，上面的两人十分般配，男生相貌尤为出众，男女并肩站在一起，无比养眼。

"能洗。"他打开电脑，随口问了句，"男朋友吗？"

"不是。"程西笑了笑，声音如常，"洗出来清晰吗？我想要画质好一点的。"

这两张照片是她从拍立得里面扫描出来的，画质没有那么好，看起来十分陈旧，像老照片，但是她格外喜欢，想要珍藏。

"画质应该勉强能还原，和你手机上的差不多。"老板指了指她的屏幕。

程西微微松了口气，点头道："那麻烦你帮我洗一下。对了，大概多久可以拿？"

"半个小时左右吧。"

苏惟英过来找她时，老板已经把照片洗好装袋，并递给了她。

"你洗了照片吗？"苏惟英见状问道。

"对。"程西看向苏惟英手里的袋子，"你买了什么？"

"几张唱片。"

程西没有问她为什么要选这么久，正如苏惟英没有问她洗的是什么照片一样。

两人并肩走出去，正好遇到方妍和吱吱，几个人在街上给男生打电话准备汇合。

他们不知道在做什么，那头吵吵闹闹的，只匆忙地听见他们说还要等一会儿。

于是，方妍提议找个咖啡店坐坐。

点好单后，几人坐在窗边，程西突然说："你们坐，我再出去买点东西。"

她返回先前的那家精品店，在货架上挑选许久，终于找到合适的礼物包装纸。浅蓝色的包装纸十分精美，深蓝色的缎带更显用心。

没多久，男生也挑选好礼物回来了，他们的表情看起来高深莫测，口风很紧。

开车回家时路过超市，众人又顺便买了食材，准备一起吃顿火锅。

夜幕刚刚降临，屋子里亮起第一盏灯之际，陈慕也终于回来了。

桌子正中间的火锅已经热气腾腾，女生们往外端着配菜，庄星在桌前发放碗筷。

见状，他抬起头调侃："你赶回来的时间刚好，再晚一点，我们就要夺命连环催了。"

陈慕也低头换鞋，闻声笑道："不好意思，地方有点远，路上花了太多时间。"

"我能怎么办？只能原谅你了。"庄星说。

陈慕也洗了洗手，卷起袖口，问道："有什么需要我帮忙的吗？"

"你帮忙吃就好了。"方妍也打趣道。

"谢谢大家。"

"不用谢，待会儿你洗碗就行。"吱吱插了句。

"好的，我没问题。"

火锅的香味弥漫在空气中，红油翻滚，小屋里热闹非凡，边吃边聊着天。

庄星夹了块肉，随口问陈慕也："对了，节目组今天发的通知，你收到了吗？"

话音刚落，好几个人的筷子都不约而同地停住，抬头看向陈慕也。

"收到了。"陈慕也吃了口菜，神色如常地回答。

"你准备了吗？"庄星好奇地问。

他言简意赅地回答："简单准备了一下。"

这答案倒是让其他人意想不到，他们原本以为他今天不在，应该会缺席这个环节，没想到他也准备了礼物。

众人心思各异。

吃完火锅，陈慕也自觉地去洗碗。

吱吱在旁边看了几眼，于心不忍地走过去说："我帮你吧。"

两人在厨房分工合作，效率很高，没多久便收拾好了。

陈慕也擦干手，同时把纸巾递过去，认真地道了谢。

吱吱接过纸巾擦手，欲言又止。

赠送礼物的时间不固定，不过很多人都心照不宣地把这一环节留到了夜晚。

苏惟英永远是最干脆利落的那个，她出门没多久就回来了，见程西还坐在桌子前，仔细包装着礼物，便远远地探头看了一眼。

"什么东西？这么仔细。"苏惟英无意窥探她的隐私，只是看到浅蓝色的包装纸。

"一个小东西。"程西低头调整好深蓝色的蝴蝶结，转头对她说，"那我出去了。"

"加油。"苏惟英鼓励道。

出门后，看着陈慕也的房门也紧闭着，程西突然没有了那么大的勇气。她的脚步不由得停住，犹豫起来。她不自觉地深呼吸起来，准备再做一会儿心理建设，于是转头往客厅走去。

事情就是这么巧，刚到一楼楼梯口，她就看到准备上楼的陈慕也，并与他迎面相撞。

陈慕也手里拿着杯子，看样子是下楼接水。

两人的目光猝不及防地对上，程西抿了抿唇，把手里的东西递给他。

"这是我准备的礼物，送给你的。"

他的脸上露出一丝诧异，随即很快接过礼物，礼貌地询问："现在可以打开吗？"

"可以。"程西点头道。

陈慕也把杯子放下，单手拆开蝴蝶结缎带和包装纸，只见里面露出了一个淡黄色的信封。

他打开信封，看到两张照片后一愣，随后很快笑起来，对她晃了晃手中的东西。

"谢谢，我很喜欢。"

"你到时候可以随意找个地方把它放着。"程西没料到他此刻的反应，说话有些结巴，大脑空白了两秒，才组织好语言，"我只是想留个纪念，希望你不要忘记这段时间在小屋的生活。”

希望你永远记得我，她在心里默念。

这是她一个小小的愿望。

“我不会忘记的。”陈慕也说。

在保持适当的社交距离时，他依然礼貌而温和。

不管结果如何，此时此刻，得到这个答案已经足够。

程西点点头，正要告别，陈慕也又随意地问：“对了，你有时间吗？我回房间拿个东西。”

看着他回房又重新走过来，程西还站在原地。

直到陈慕也把手里的东西递过来，她心里仍有一种不真切的感觉。

“给我的？”

“不知道你喜不喜欢，随便挑的。”

程西沉默了一下，伸手接过来，问：“要现在打开吗？”

“随你。”陈慕也说。

“好。”

程西拆开淡黄色的包装纸，里面是个蓝色的小盒子，再拆开盒子，黑色的绒面中竟然躺着一条银色项链，中间挂着一个圆弧形吊坠，仔细看，是星星和月亮的形状。

设计得很精巧。

她诧异地抬起头，面带困惑，迟疑地问：“你……怎么会想到买项链？”

“逛街的时候无意看到，觉得挺适合你的。”

夜色浓重，她看不清他眼里的情绪。

“就当是感谢这段时间你的包容和照顾。”

“程西，谢谢你。”

这夜过后便迎来了节目里的最后一次约会。

这也是住在小屋的倒数第二天。

这次的约会规则前所未有地宽松，让嘉宾们自发邀约，没有约会的人则自由安排活动。

程西当然没有邀请谁，苏惟英也没有约会对象，两人打算好好逛逛滨城，说不定还能买点特产。

早上下楼时，客厅比想象中更热闹，庄星和陈慕也竟然都在屋内，季禾野、方妍、周岁放和吱吱四人已经出门约会了。

这个结果似乎并不让人意外，只是庄星和周岁放位置的调换引得苏惟英当即调侃起来：“庄老板，今天怎么没有陪妹妹？真是稀奇了。”

“这不是很正常吗？”庄星喝了一口咖啡，表情真诚，“我一直都是秉持绅士风度的。既然今天她有周总陪伴，我就功成身退了。”

一番话说完，他无意中看了一眼程西。她愣了一下，很快避开了他的目光。

程西不禁想起了昨晚，她和陈慕也互送礼物之后，拿着那条项链久久难以回神。

直到每日信件投递时间，她才恢复了状态，下楼投信，却在回房时在走廊过道里撞见了庄星。

昏黄的灯光下，他对她笑了笑，拿出手里的东西：“送给你的。”

程西记得自己当时愣了很久都没有接过来，直到他的手又往前伸了伸：“小西瓜，不至于吧，收到礼物高兴傻了？”

熟悉的感觉又回来了。

她沉默几秒，把东西接过来，低声问：“怎么突然给我送礼物？”

她以为她会收到像陈慕也那样的回答，没想到庄星依然是那副漫不经心的神态，自然地说道：“不奇怪吧，我们出去玩的时候一直挺开心的，我挺喜欢你的，只是你喜欢别人而已。”

……

程西的心情再次经历起伏，激荡难平。她一直以为庄星吊儿郎当，对什么都不上心，在节目里和每个女嘉宾都玩得好，根本不曾动过心。

谁料，最后两天，他突然给她抛下了一枚炸弹。

小范围的爆炸也足以造成伤害。

程西内心五味杂陈，一时觉得他在开玩笑，一时又莫名其妙地感到愧疚，两种心情来回辗转，让她一夜无眠，早上似乎都从镜子里看到了自己的黑眼圈。

此时打照面更是微妙，她连面对庄星的视线都觉得不自在，下意识想逃避。

苏惟英依旧和庄星互呛着，陈慕也偶尔加入其中，只有程西突然变得沉默，对上庄星的眼神时回避得十分明显。

两人的微妙气氛很快让苏惟英察觉到了什么，她巡视一遍后狐疑地问：“你们什么情况？怎么怪怪的？”她突然想到什么，柳眉一竖，立即骂道，“庄星，你是不是干了什么过分的事情惹我们橙子生气了？！我就知道你这个人不安分，欺软怕硬，就喜欢欺负我们橙子这种乖乖女，遇到厉害的就不吭声了……”

“什么啊……”庄星大喊冤枉，“我这么绅士的一个人，怎么会欺负女孩子？”

“那橙子怎么不太想搭理你的样子？”

程西尴尬到极致，恨不得当场打个地洞钻下去。

她鼓起勇气把目光移向庄星，对上他含笑的眼睛，脸颊更烫了。

“我只是昨晚没睡好……没什么精神。”底气不足的解释，好在平时说谎不多，苏惟英虽然怀疑，但没有多问，接受了这个理由。

倒是陈慕也的视线从她和庄星两人身上扫过，定住几秒，沉思起来。

吃完早餐，节目组安排四人拍摄外出素材，目的地是一家宠物咖啡馆，少女风装修，推开玻璃门便有许多可爱的狗狗。

程西控制不住自己，蹲下来朝最近的一只柯基犬伸出手，揉揉它的脑袋：“小可爱。”

程西很喜欢小狗，读初中的时候家里养过一只，后来便被周芳容以影响学习为由送走了。

之后，程西就再也没养过宠物。

因为她保护不了它们。

趁着这次机会，她充分地实现了撸狗的心愿。屋子里有许多品种的狗，白色的萨摩耶温顺憨厚，柴犬活泼，博美漂亮……但她最喜欢的还是那只短腿柯基犬。

程西将它抱在怀里，爱不释手。

“这么喜欢小狗？”身旁突然有人蹲下来问。

程西抬头看到庄星，他伸出手和她一样摸了摸小狗的脑袋。

“长得挺像你的，确实可爱。”

程西还来不及说话，陈慕也不知何时出现在庄星背后，踢了他一脚，轻飘飘地提醒：“庄星，吱吱在群里找你。”

庄星不明所以地抬起头，接着便听到陈慕也语速缓慢地说：“她问你上次给她订的蛋糕是哪家的，她觉得挺好吃的，晚上想带一份回去。”

说完，他神色如常地看了看两人手中的小狗，夸赞道：“小狗确实挺可爱的。”

话音刚落，未等其他人回答，陈慕也就转身走了，似乎只是顺便来提醒庄星。

庄星和程西两人对视一番，沉默了一会儿，程西犹豫道：“要不你先去给她买蛋糕？”

庄星：“……”

天杀的陈慕也。

四人在咖啡馆撸狗拍照，打发时间。

玻璃窗边的木桌上，阳光洒下来，苏惟英端起咖啡啜了一口，有些发愁。

“明天就是告白日了。”她打量面前的几人一眼，闲聊道，“你们心中都有人选了吗？”

时间过得真快，一转眼，二十天已经过去，这场旅行也到了终点。

程西并未作答，目光转向对面的两人。

庄星托着下巴，做沉思状：“有吧。”

须臾，他给出这么个回答。

苏惟英露出诧异的神色，不可思议地问：“谁啊？是吱吱还是……”

她努力思考着小屋里合适的人选，程西本能地垂下眼睛，庄星不着痕迹地看了她一眼，随即打断苏惟英：“苏小英，你干什么？这是节目组的最高机密，播出时都要特意在中间插播广告的那种，你在这里瞎打听什么。”

“好吧。”苏惟英表示理解并放弃询问。

“你呢？什么安排啊？”庄星反客为主，在桌子下晃了晃腿，意有所指。

“我没安排。”苏惟英举起双手投降，“还在考虑，不确定。”

她逃避得太明显，庄星很快放过她，把目光转向了一旁的陈慕也。

“这位大帅哥呢？”庄星扬起嘴角，一双桃花眼似笑非笑。

陈慕也端起杯子喝了口咖啡，没有看其他人。

“节目机密。”

他将庄星的原话送回去，庄星哑口无言，悻悻地闭上了嘴。

没有人问起程西，大概是因为陈慕也本人在场，大家体贴地替她避开了这个话题。

程西想，就算问出来也没关系。

她会向陈慕也告白，他迟早会知道。

至于他的答案，已经不重要了。

喝完咖啡，苏惟英挑了商业街最大的一家特产店买了一些特产，庄星也给家里人买了茶叶和补品，只有程西和陈慕也显得有些格格不入。

旁边就是置物架，程西假装认真地拿起来看了看，陈慕也已经帮她念出上面的字："铁皮石斛。"紧接着，他解释道，"治疗肾虚。"

程西赶紧把手里的东西放下，抿了抿唇说："你懂得真多。"

"以前无意中看到过。"

两人简单对话几句，又互不打扰。

最终，程西也买了一些糕点带给室友，只有陈慕也双手空空，什么也没买。

逛到了下午三四点，几人便返程回去。

小屋里的最后一天就这样结束了。

傍晚，两对外出约会的人也回来了。人到齐后，大家聚在一起吃了最后一顿晚餐。

晚上节目组发出通知，明早各位嘉宾就要收拾东西搬出小屋。

看到这条通知，苏惟英首先忍不住落泪，紧接着，女生们哭成了一团。几个男生静默不语，过了好一会儿，季禾野忍不住过来拍拍方妍的背安慰她，方妍则靠到了他的怀里。

见状，苏惟英哭得更伤心了，纸巾在桌上堆成了白色的小山，庄星只好拍拍她的肩膀。

"别哭了，又不是不见面了，我们下次再约不就行了。"

"听话，哭成这样，镜头拍出来多丑。"

这句话成功让苏惟英止住了哭声，她直起身，伸手抹了抹泪痕，胡乱地打量着周围。

"粉扑呢？快拿来，我补一下妆。"

"……"

伤感的氛围持续了许久，程西终于站起来说："要不大家早点休息，明天还有一天呢，我明早负责做早餐，大家记得来吃。"

此时，已经到了每晚信件投递的时间。

说完，周岁放就起身附和道：“听橙子的，大家明天早点起床，一起吃个早餐。”

深夜，客厅里的人渐渐散去。

程西上楼后坐在书桌前，铺开信纸。

“陈慕也。”

一落笔，她习惯性地写完开头三个字，笔尖就停住了。

“这是我写给你的最后一封信……”

安静的夜晚里，昏黄的灯光下，只剩笔尖触及纸面的沙沙声，细小的动静仿佛是封存在陈旧时光中的声响，它们齐齐地在说，这个夏天彻底结束了。

天公不作美，第二天是个阴天，温度不算高，吹着冷风。早餐时的气氛更是低沉，不复以往的热闹。

吃得差不多时，方妍突然站起来说：“我给大家都准备了一份礼物。”

她拿出精心包装过的礼物盒分发，每人收到的礼物大小并不相同，男生分别是香水、香薰、耳机和餐具，女生则是口红、钱包和随身听。

“我记得橙子说过平时很喜欢听歌。”方妍笑眼弯弯地解释着每份礼物的缘由，“小英上次夸我的口红色号好看，所以给你买了一支同色号的；吱吱和我逛街的时候就看中了这个钱包，所以这个送给你；至于庄老板，你生活得精致，适合用香水；陈慕也的话，我记得你说过你晚上睡眠不是很好，香薰有助于睡眠；周总，送你一套餐具，好好吃饭。”

“至于小野嘛……”她眨眨眼，含蓄地说，“这个耳机应该是你很喜欢的那个牌子。”

“有心了，感谢我们的方大美女。”庄星率先朝她合掌，满脸的感动，“让我们这些没买礼物的人怎么好意思。”

“你们这段时间的陪伴和照顾对我而言就是最大的礼物了。”

这句话一出，顿时又把好些人感动得两眼泪汪汪。

苏惟英最为感性，眼眶已经泛红，说道：“小妍……你真是个好人。”

其他人哭笑不得。

气氛稍稍缓和，整理好情绪，众人便拖着行李准备出发。

临走前，每个人都不约而同地停住脚步，再度打量了一眼这栋小屋。

进门时的场景还历历在目，此时却已经要告别。小屋依旧，只是略显空荡。但所有人都清楚，跨出这道门，不管何时何地，再聚便已物是人非。

时间只会往前走，没有任何一只手能把它往回拨，每一个当下都不可复制。

离开小屋后，众人被分送到好几个地点。化妆师和造型师围上来，开始为嘉宾们准备造型。

告白时刻需要盛装出席。

秦晴跟在程西身旁，指挥着造型师为她打理发型，忙得团团转。

“这条白色的裙子不行，太简单了。我记得服装组之前不是借了一条新款裙子吗？拿来给橙子试试。”

“不用了，晴晴，反正……”程西对她笑了一下，思忖着说，“只是简单拍一下，不用大费周章。”

她对自己的认知很清晰，在节目里话不多，感情线也不复杂，没有明显的感情线，也没有太多高光时刻。节目播出时的镜头应该会比较少。她的告白，并不是观众想要看到的情节。

原本今天也只是她独自的告白时间。

“那当然不行，我今天一定要把你打扮成公主！”谁知，秦晴睁大眼睛，坚决反对，“让那些有眼无珠的人看看自己错过了什么。”

秦晴是一路跟着程西经历过来的，从最初发现她和陈慕也之间感情线的惊喜到曲折的走向，感同身受的同时，她不可遏制地对那个男人生出了抱怨和不满。

这有悖于她作为工作人员的职业道德，她可以什么都不做，但今天一定要把程西打扮得漂漂亮亮，做全场最美的女生！

程西被四五个人围着忙碌，一会儿试衣服，一会儿试妆容，一会儿设计发型。

“好了——”

很久之后，她睁开眼睛，仿佛回到了来到小屋的第一天。

她从镜子里看到一张漂亮到陌生的面孔，比起初见时更惊艳。

蓝色纱裙，微蓬的裙摆，一字肩露出雪白的肩颈和锁骨，黑发尽数盘起在头顶，五官完全显露，眉眼明艳大气，唇红肤白。

更夸张的是，她头上别着一顶小小的水晶皇冠。

程西怔怔地凝视着镜子里的人，惊艳过后只剩下苦涩，她微微摇了摇头，笑道：“晴晴，这是不是有点太夸张了，他不会来的。”

“那又怎样？”秦晴扳过她的肩膀，弯下腰看着她的眼睛说，“今天你是为爱冲锋陷阵的公主，和其他人无关。即便那个人没来，你也是自己的公主。”

程西看着她，终于点头说：“好。”

程西的告白地点选在她和陈慕也第一次逃往的海边，在那里，他递给了她一罐可乐。

学生时代为数不多的几次接触里，他似乎都把她当成小孩来看待。

他叫她小姑娘，莫名的关切让她记了很久。

心情低落的深夜，他突然出现，在她手边放下一罐可乐，就像无边黑暗中乍现的一颗闪闪发光的宝石。

他是她青春里最珍贵的宝藏。

而今天，她要和她的宝藏说再见了。

节目组规定的告白时间是下午六点，八位嘉宾分别被安排在八个不同的地点。如果告白成功，男嘉宾就能得知女嘉宾的地址；如果告白失败，告白者则独自离场。

海边风很大，今天也是一个阴天。程西穿着外套，裙摆被风吹得飞起来。她不时整理着头发，握着手机等待。时间一分一秒地过去，无比缓慢。云层慢慢沉下去，天际的光也变得微弱。

终于，到了约定的时间。

程西找出陈慕也的手机号，动作缓慢。待她拨过去时，那头传来的是“您拨打的电话正在通话中”。她一下子怔住，过了几秒才反应过来，是另一个人在向他告白。

程西原本慌张的内心渐渐平静下来。她握着手机太久，指尖发凉，此时蜷起手指哈了口气。

程西继续无声地等待着，不知过了多久，掌心的手机突然振动起来。她垂下眼，看到熟悉的号码拨了回来。

“喂……”海边的风很大，这声音似乎在风中飘散般微弱。

那边响起熟悉的语调：“程西？”

她在这头不禁笑了笑：“是我。”

两端突然陷入不可名状的沉默。

程西从口袋里拿出一张皱巴巴的纸，在手心将其展开。

这是她昨晚写完信后顺便准备的告白稿。她怕这一刻太慌乱，脑子一片空白，什么也说不出来。事实证明，幸好她提前做了准备。

程西对电话那头的人努力笑了笑，手里的动作虽然磕磕绊绊，语气却故作轻松："那个，你稍等，我昨晚写了一篇草稿，可能需要花点时间，听我念完。"

"好。"那头的声音十分平和，带着一丝安抚，"你慢慢来，不用着急。"

程西终于把那张稿纸完全展开，纸上密密麻麻。

她深吸一口气，看着上面的内容，鼓足勇气叫出了他的名字。

"陈慕也，这是我第一次当面给你写信，不，这不是信，是一封告白情书。"念到这里，程西突然笑了起来，心里的紧张不知不觉消散了，语速也渐渐流畅。

"第一次见到你时，我的眼前骤然一亮，好像原本平平无奇的世界里突然闯入了一只漂亮的蝴蝶。对不起，虽然这个比喻非常糟糕，但我想不到更好的方式来形容我当时的心理活动了。"

"我开始忍不住观察你、注意你，捕捉你的每个动作。"

她又补充了一句："——希望你不会觉得我太奇怪。"

"你很挑食，喜欢的水果是橙子，早上总是起得很晚，经常懒洋洋的。"

"你不喜欢吵闹，却又能很自然地融入集体。"

"在小屋里，你是最受欢迎的男嘉宾。"

"很多人喜欢你，你却很难喜欢别人。不管什么时候，你永远像挂在天上的月亮，明亮、耀眼，永不坠落。"

"在小屋的这段时间，是我人生中最满足的一段时光。"

"你总觉得和你约会过的女嘉宾都不开心，但其实对我而言，和你在一起的每个瞬间都因过于珍贵而意义非凡。"

"你递给我的那罐可乐，我们共同看过的星星，深夜无人的海……所有与你有关的记忆，到最后都会让我想要珍藏。"

"我私下收藏着有关你的一切，点点滴滴都被我小心地装进了珍匣。"

"你对我而言是那么特别，所以我总想，一定要当面给你写一封告白信。"

风更大了，将程西的发丝吹得飞舞，遮挡住她的眼睛。她的声音不禁颤抖，或许是因为冷，或许是因为紧张。

她极力让自己的嗓音保持平稳，对着电话那头的人说，对着记忆里的那个少年说——

“陈慕也，我喜欢你，喜欢很久很久了。”

“你愿意接受我的告白吗？”

风在一瞬间席卷而来，浪花随即拍打起海岸。

四周嘈杂，几乎要吞没电话里细微的电流声。

耳边久久没有回音，只有风声，一阵阵的。似乎过了很久，程西才终于听到那头陈慕也的声音，隔着手机，带着莫名的涩意：“程西……对不起……”

他似乎在组织措辞，每句话都要深思熟虑。

“在这二十天里，你是我觉得相处起来最舒适的女嘉宾……但是很抱歉，可能是时间太短，也可能是我的性格问题，我暂时没有办法接受……此时此刻的告白。”

风把他的话语吹得有些模糊，断断续续地在耳边响起。

程西把手机紧贴在耳边，在嘈杂的声音中努力捕捉他的话语。

“我觉得我们应该是朋友……所以，暂时维持朋友的身份，可以吗？”

心里的那块石头终于落地。

程西清晰地听到自己内心尘埃落定的声音。

他的拒绝比想象中要温柔，给她保留了一丝难得的体面。

程西弯起嘴角，没有说话，直到对方完全沉默，她低着头，握紧手机，盯着自己的裙摆和脚尖。

“陈慕也。”她轻声叫他的名字，“谢谢你，那么……再见。”

她挂断了电话。

一滴眼泪还是从眼中滑落，坠在地上。

其实她早已猜到答案。她只是想要给自己的青春画上一个句号。

谢谢你，陈慕也，很高兴遇见你。

巨大的悲伤迟钝地涌上心头，在胸口翻滚。此刻，程西再也控制不住，眼泪汹涌而下。

镜头里，程西低垂着头，站在原地许久，直到某一刻，她突然蹲下来，慢慢抱住了自己。

天空灰暗，穿着华丽纱裙的少女将头埋在臂弯中无声哭泣，像故事里落难的公主，美丽又脆弱。

告白环节结束后还有后采录制。

程西花了很长一段时间才整理好情绪，重新面对镜头。

一路上，她坐在车里愣愣地望着窗外，没有说话，直到车子停下，她才重新走进小屋。

此时已经是夜晚，花园亮着灯，熟悉的花草被暖黄的灯光映照，静静地散发着清香。

信件投递处，属于她的信箱上挂着一把钥匙，钥匙在风中微微晃动。

石板小路依旧狭窄，她走过去拿下那把钥匙，在月色下打开了自己的信箱。里面竟然塞满了信。她整理好那些信，坐在旁边的长椅上打开。

每个信封外都有署名，一部分是庄星写的，还有几封来自周岁放，而更多的竟然来自陈慕也。

程西点了一遍数量，发现他从信箱封闭后的每一天都把信件投给了她。

眼眶再度湿润，泪水不受控制地滚落，信封的一角被打湿了，泪迹在上面晕开。

她飞快地抬起头，控制自己的情绪，把泪意憋回去。

程西冷静下来，先从周岁放的信件开始拆。

果不其然，这封信是最后两天送来的，信里言语幽默，夸她学游泳学得快，调侃她的审美，最后带着丝丝遗憾地说："可惜时间太短，没有更多了解你的机会，橙子女士，下次记得主动一点，你很好，应该让更多人知道。"

她忍不住笑起来，低落的心情仿佛被驱散了片刻。

看完周岁放的信，她重新将其折好，又拿起庄星的信。

他信里的内容五花八门，却十分有趣，整个人的形象跃然纸上。

信里的内容有每次约会后的小结、平常分享的趣事以及节目结束前一晚的走心环节。

"小西瓜，你这个人除了眼神不好，哪儿都好，该说的话我也当面和你说过，没什么遗憾了。哥也是个有脾气的帅哥，明天就不和你告白了。下次想要吃什么好吃的，记得给我打电话，本帅哥二十四小时为你服务。另外，祝你明天心想事成，如愿以偿。"

程西刚要止住的泪水又有了重新翻涌的迹象，她也不明白为什么自己突然这么爱哭了，动不动就流眼泪，明明以前她是最不爱哭的人。

她忍住发酸的鼻子，把他的信和周岁放的一起收好，做了会儿心理准备才去拿陈慕也的信件。

拆开信封前，她预设了很多种可能，却没料到一连打开五六封信，里面都是同样的内容——晚安。

他整整给她写了十五句“晚安”。

拆到后面，晚安信中才掺杂了不同的几封。

“程西，今天的星星很漂亮，好梦。”

“今晚的海是深蓝色。”

“祝你未来一切顺利。”

……

程西看得又哭又笑，先是对无数的“晚安”无可奈何，再看到后来的那些，心头又忍不住发酸，视线模糊。

原来看过的星星和夜晚的海，不止她一个人记得。

她为他们这一刻的默契感到心惊，又为此时的结局感到悲伤。

不知何时，夜里又起了风，放在椅子上的信纸落了满地，正如他们终究会被风吹散。

节目录制结束已经是深夜。

其他人也都买了第二天的机票离开。录制结束后，他们还在酒店相聚，被节目组抓到后一起录了花絮。唯独程西不见踪影。

庄星四处寻找了片刻，纳闷道：“咦，小西瓜呢？怎么不见了？”他向节目组的人询问，“是不是今晚太伤心了，躲起来了？”

陈慕也早就回来了，从他脸上的表情很容易就能判断出今晚告白的结局——没有任何意外。何况，他看上去也不像是来谈恋爱的。

“橙子回去了，她买的是今晚的机票。”他的跟拍导演回答了他。

程西的跟拍导演秦晴则是送程西去机场了。

“什么？！”除了庄星，其他人也十分惊讶，齐齐睁大眼睛看过来。

“橙子怎么这么早就离开了？都不打个招呼。”苏惟英十分不舍，立刻拿出手机拨打过去，却发现对方已经关机。

“估计上飞机了。”她无奈地说。

“待会儿我非要骂她一顿不可。”庄星还在旁边嘀咕。

昏暗的走廊上，唯有陈慕也独自站在一边，沉默不语。

第六章 成功的人先幸福

“好了，就送到这里吧。”

深夜，灯火通明的机场里，广播循环着航班通知。

“橙子，一路平安。”秦晴上前拥抱程西，满脸的不舍。

“这段时间谢谢你的照顾。”程西将下巴搭在她的肩膀上，轻轻拍了拍她的背，“工作再忙也不要忘记吃饭。”

天下无不散的筵席，人生本就是聚聚散散。

程西挥手告别，拿着证件进了安检口。

办理完全部手续后，程西坐在椅子上等候登机。她盯着手机，发现上面有这段时间加的群和联系人。很快，她找出陈慕也的微信号，定定地注视了许久，点击删除，然后一一退出了所有相关群聊。

做完这一切，她微仰起脸，心头空落落的，好像彻底斩断了过去的一切。

重新开始新生活吧，程西。

她对自己说，不要再沉溺于过去了。

这么多年，已经足够了。

飞机升空，滨城很快变成缩影，城市灯火宛如千千万万星星在黑夜中闪烁。城市边缘有一片广袤沉静的黑暗，上面反射着点点光芒。

那是他们看过无数次的海。

再见了，滨城。再见，陈慕也。

程西把手机关机，闭目而眠。

梦里，她好像重新见到了秀越市那片摇曳的香樟树。

一觉醒来，她重新回到了秀越市。

寒冬腊月，寒气逼人，即便地处南方，比起靠海的滨城依旧冷了好几度。程西没有通知任何人，独自拖着行李箱打车回家。

沿途灯火通明，映出城市的轮廓，比起当年，这里繁华了许多。这几年，市中心新开了几个楼盘，商场也新建了几座，高楼林立，车水马龙，就连学校操场都翻新重建了。

到处都在变化，只有她还停留在过去。冷风从半开的窗户中卷入，程西又想起了今晚海边的风，大得可以吹散所有的执念。

车子停在小区外，程西上楼拿钥匙开门。

客厅里静悄悄的，一片漆黑，父母果然已经睡了。程西没有发出任何声响，小心地拖着箱子回到房间，铺好床之后便倒头睡去。

这一整天经历的事情耗费了她所有的心力。

睡醒起床已经是日上三竿，程西从房间出来时把外面的人吓了一跳。

周芳容正在批改作业，见状摘下老花镜，难以置信地问："程西，你什么时候回来的？怎么连个招呼也不打，突然就回来了？"说完，她扭头去看沙发上喝茶看报的程松，后者神情淡定，抖了抖手中的报纸。

"你没看到外面鞋柜上的鞋吗？孩子回来得太晚，没吵醒我们呗。"

"你知道了还不告诉我？！"周芳容闻言横眉瞪眼。

"我告诉你，你不是又要一大早叫西西起床？难得放假回来一趟，让她睡个好觉。"

"嘿，我说你这个人——"

眼见他们又要吵起来，程西连忙按了按太阳穴，出声道："妈，我们的活动提前结束了，昨晚临时决定回来的，回来的时候太晚了，就没吵醒你们。"

和程松的说辞一致。周芳容的情绪已经缓和不少，只是不赞同地说："下次不要坐大晚上的航班，不安全，晚一天回来也没事。对了，你们学校这次办的是什么活动，要留校这么久？"

程西绝口不提她去参加综艺节目录制的事情。

毕竟是恋爱综艺，告诉周芳容也只会被她认为不务正业，坚决阻止。

至于播出之后的事情就等播出之后再说吧，反正，她的目的已经达成了。

"不是什么重要的活动，只是不想在家里待太久，很无聊……"程西敷衍过去，进了厨房，转移话题，“还有早餐吗？我饿了。”

“微波炉里给你留着呢，还是温热的。”沙发上的程松连忙说。

程西走过去，果然在微波炉里发现了两样小菜和一碗白粥，旁边还有一盘皮薄馅多的小笼包。

“我说你今天怎么一大早出去买小笼包呢，原来是知道女儿回来了，程松啊程松，口风还真紧。”周芳容见状冷嘲热讽。

父女俩习惯了对她的话左耳进，右耳出。程西专注地吃着早餐，程松假装认真看报。

离过年没几天了，家里也忙碌起来，程西回来后就没怎么闲下来，先是和周芳容逛街买年货，又是打扫卫生，还去爷爷奶奶家走亲戚。

真正闲下来已经是除夕夜。

窗外烟花盛放，屋内明亮温暖，厨房里还残留着年夜饭的香气。

客厅里，电视机播放着春节联欢晚会，周芳容和程松在聊天，程西坐在沙发上低头看着手机。

零点时分，新年祝福纷纷涌入，不仅有来自同学和朋友的，还有来自苏惟英的：“哼，虽然你不告而别，但还是要祝你新年快乐！我漂亮的小橙子，新的一年要依然美丽动人！”

程西笑着给她回复了同样的祝福。

回来的第二天，程西就接到了他们的视频通话，一群人在那边热热闹闹地围着吃火锅，程西和每个人打完招呼才发现陈慕也不在画面里。

苏惟英解释说他一大早就离开了。

程西不由得松了一口气，又莫名觉得怅然若失。

回完苏惟英的消息后，她又收到了庄星的消息。他给她转发了一条网上的群发内容：“新春佳节到，拜年要赶早，好运跟你跑，吉祥围你绕，财源进腰包，心想事就成，春节齐欢笑！我的祝福这么早，请你一定要收到！”

程西给他回了一串省略号。

那头很快回复了：“哈哈哈，小西瓜，新年快乐！”

“新年快乐。”

与其他人一一互道祝福后，烟火也逐渐消散了。

程西合上手机，静坐良久，在心里不知与谁说：新年快乐。

京市，烟花禁燃令已经实施多年，即便今天是除夕，城里也早已没有了过年的气氛。

陈慕也站在窗前，单手插兜，倚靠着窗沿，另一只手握着手机，看完所有的祝福消息后低眸沉默，指腹在联系人那一栏滑动着。

终于，他看到了那个熟悉的头像，备注是“程西”。

他盯着那个名字许久，最终还是主动点开了对话框。

“新年快乐。”

陈慕也的消息刚发送出去，旁边便立刻出现了一个鲜红的叹号，底下弹出官方提醒：“对方开启了好友验证，你还不是他（她）的好友。请先发送好友验证请求，对方验证通过后，才能聊天。”

他愣愣地看着这行字，后知后觉地意识到她已经把他的微信号删了。

春节结束后，程西提前返沪。

实习报到的日期比开学早，程西上学期提前申请了宿舍。

出发那天下着小雨，天气湿冷。程松给她装了楼下腊味店的香肠、自制的茶叶蛋和老家晾晒的肉干，还在一旁叮嘱：“自己在那边多注意身体，吃点好的……生活费不够就和家里说，别省钱。”后半句话是小声凑在程西耳边说的，周芳容没听见。

“在外面花钱也不要太大手大脚，多买点实用的东西。实习不要怕苦，平时能多做就多做点，都是学习。对了，一定要懂得察言观色，和周围的人打好关系，别总是独来独往……”周芳容唠叨道。

“可以了，说这么多孩子又不爱听。”程松转头制止她，又对程西嘱咐，“别听你妈的，都是老古董思想。你准时下班，认真工作，做得不开心就回家，爸给你找工作。”

“谢谢爸爸，多亏有你。”

“走，爸送你下楼。”

出租车停在楼下，程松撑着伞帮程西把东西都装进了后备厢。

“一定要记得给家里打电话。”

程松对着她比了一个打电话的手势，程西点点头。

车子渐行渐远，雨中的身影慢慢模糊。

程西回过头，觉得心里也蒙上了一层潮湿的雨意。

落地沪市时也是阴天，宿舍里空无一人，程西简单打扫一番后坐在了床上。

分离的悲伤后知后觉地弥漫上来，这些天无暇顾及的情绪被刻意埋藏在内心深处，此时不约而同地从各个角落跑出来。

程西望着空气发呆，不知过了多久，旁边的手机振动起来，她才如梦初醒——是调好的闹钟，她今天和中介约好要去看房子。

实习地点离学校有一段距离，坐地铁再转公交需要一个多小时。实习期为三个月，程西准备先租房子。毕业之后，她大概率会留在沪市，现在租房只是把原先的计划提前了几个月。

大学期间，程西试着兼职写稿，凭借零星的稿费和奖学金存下了一笔不小的积蓄。家里的生活费也不曾少，此时，她的手头还算宽裕。

两天后，程西确定了合适的房子，正式搬家入住。

实习报到那天，程西穿上正装，对着镜子整理仪容，还凭借录制节目的经验简单化了个淡妆。

租的房子离公司不远，步行十多分钟就可以到达。程西趁机观察着附近的环境，到公司楼下时紧张的心情已经渐渐缓解。

今周新闻是一家综合性媒体，拥有权威的网络平台、周刊以及报纸，多渠道发行，传播广泛。新闻内容主要分为几个栏目：时讯、民生、财经、娱乐，并分别由不同部门负责。

今周新闻在业内颇具名气，程西面试当天就遇见过两位大学的学长和学姐。

周一一大早，办公室里看起来十分安静，大家坐在电脑前各司其职。

今天除了她还有另外三位实习生报到，人事逐一给几人办理入职手续，并简单告知了内部制度。

几人分别被安排在不同部门，程西被安排在社会民生栏目。

周围的实习生也都知道了自己的所属栏目，窃窃私语地讨论着。时讯栏目至关重要，财经栏目经常接触高端人群，娱乐栏目可以了解娱乐圈内的八卦，唯独社会民生栏目的内容都是家长里短，还要经常在路上奔波，与市民打交道。

程西接收到众人同情的视线，面上没有太多表情，甚至朝他们微微一笑。

大三兼职时，她曾经给一家很小的报社供过稿，主要内容是搜罗社会热点，刚开始她的稿子还需要主编审核润色，后来独立发表过几篇之后，报社便开始直接使用她的原稿。

只可惜没过多久，这家报社就因经营不善而关闭了。

大概是因为这段兼职经历，所以程西被安排进了今周新闻的社会民生栏目。她本人其实没什么意见，甚至相比之下，她更喜欢民生栏目。

程西被领到一间办公室门口，门前挂着的牌子上写着“社会民生”。这是个格子间，里面摆着数台电脑，但整个格子间里只有一个人在电脑前打字。听到动静，那人抬起头：“来新人了啊？哟，还是个小姑娘。”

“你们李主编呢？我带她去报到。”人事经理说。

“办公室里呢。”那人朝前努了努嘴。

格子间里有一间独立办公室，此刻门是关着的，隔着玻璃，隐约能看见里头的身影。

“那我先带她过去了。”

程西被人事经理领过去，办公桌前坐着的正是面试那天提出好几个问题的女性，三十来岁，精明干练，眉眼间有着些许飒爽。

“来了？”她看到程西，招呼道。

“李主编，那我先走了。”寒暄完，人事经理离开了办公室。

办公桌前的人笑了笑，自我介绍道：“我叫李珊，你可以和他们一样叫我珊姐。”

“今天是周一，积压的工作比较多，大家都出外勤了。”她转动椅子，起身说，“我先让周明带带你。”

下一秒，她领着程西往外走去。

“周明，这是我们今天新来的实习生程西。”李珊接着朝程西介绍，“这是周明，负责民生栏目的记者，让他先带你。”李珊说完又转头对周明嘱咐，“曹家村不是有个夫妻民事纠纷还没人去吗？你把资料给她，让她先去跟进。”

周明愣了一下，张大嘴巴，半晌才说：“可是……她今天才来。”

“谁没有第一次？早点锻炼，早点成材。”李珊干脆利落地说完，又转头对程西温和一笑，和之前并无二致。

她诚惶诚恐地点头，应道：“是。”

李珊走后，程西才放松下来。

周明给她找了一台电脑，两人加上联系方式后，程西便收到了几份资料。

“你先看看，有什么不懂的就问我。”他看了一眼表，出声说道，“十点前最好能出发。”

“好的。”程西抓紧时间打开文档。

文档里记录着群众投稿的线索、外出采访的注意事项以及稿件的要求，流程十分明确。

大概是她的紧张表露得太明显，周明见状安抚道：“别担心，我们部门除了事情多一些，倒是没有什么职场上的钩心斗角。”

“主编这个人吧……就是杀伐果断，喜欢把一个人当成两个人用，其他时候人还挺好的，你习惯就好……”他说着说着有些心虚起来。

程西接受了他的好意，说道：“挺好的，忙一点比较充实，我也不太擅长处理职场关系。”

不知道她此时说的是场面话还是什么，周明没有再接话。

看完所有资料后，程西将一份存档到手机，便拎起外套准备出门。

“那我先过去了。”

周明抬起头对她嘱咐道：“中午来不及的话可以不回来。”他想了想，又补了一句，“新闻内容记得在下班前整理出来。”

“好的。”

实习生外出只能打车，好在公司可以报销。

从这里到曹家村要一个多小时，在车里，她还在看这次的采访资料。

这则新闻的投稿人是这对夫妻的邻居，夫妻的纠纷颇为离奇。先是丈夫发现自己的两个孩子与自己长相不太相似，于是去医院做了亲子鉴定，结果发现基因不符。原以为事情就此结束，以妻子出轨作为定论，谁料在争吵之际，妻子脱口而出，揭露丈夫在外也有情人，两人已经秘密来往多年。

从此，夫妻俩经常在家吵架，两个小孩也每天都在哭，听说还被打过几次，邻居看不过去，于是选择报警，顺便向媒体投稿，希望记者能曝光这件事情，如果能调解就更好了。

程西看完全部资料，整个人已经处于宕机状态。

很快，她来到夫妻俩的家中。妻子听说她的来意，倒是很配合采访，只是她大多数时候都在哭骂，许久都讲不出重点。

程西开着录音笔，不禁打量起四周。

果然如爆料人所说，房子已经被砸得乱七八糟，墙壁也脏兮兮的。

今天两个孩子不在，屋里只有妻子一人。

程西大概采访了两个小时，准备离开时，男人突然回来了，看到家中来了外人，又了解来人是记者之后，那人挥着拳头就要打她。

好在看热闹的邻居众多，上午也参与了采访，和程西有几分熟悉，见状纷纷围上来，把那男人拉开。

一片混乱中，程西趁机报了警。

接受调解、做笔录，再从派出所出来，已经是日暮西山。

程西一整天没有进食喝水，拖着疲惫的身躯打了辆车回公司。

神奇的是，早上原本空荡荡的办公室此刻却显得热闹了几分，每台电脑后几乎都有人在敲键盘，过道里也是人来人往，大家似乎都习惯了这种状态，有几个人见到程西，余光一扫就过去了，没有露出任何异样。

程西回到自己的工位。

见到她，周明推了推脸上的眼镜，诧异道："我还以为你回家了。"

"不是说今天下班前要把稿件整理出来吗？"程西从包里拿出笔记本和录音笔，打开电脑。

"太晚了的话，明天也可以。"周明问道，"发生了什么事？"

程西叹了口气，把今天的事情说了一遍。

周明听完，习以为常地点点头："做我们这个栏目的，习惯就好。"

"……我会努力习惯的。"

她转头记录起今天的采访内容。

整理好稿件时，天色已晚，漆黑的夜空中不见星星，只有城市的点点灯火。程西揉着不舒服的胃，关了电脑，终于准备下班。

第一天的实习生活便在鸡飞狗跳和漫长的加班中度过，程西说不上这是好还是坏，好处是她再也无暇去想其他不相干的事情，坏处是……好像确实过于充实了。

夜里十点，程西满身疲惫地打开家门，给自己煮了碗面，心情终于好起来了。

忙碌的实习生涯就此拉开序幕，第二天比起前一天的情况好很多，办公室里多了不少人，周明给她一一介绍过之后，大家渐渐熟悉起来。

程西还是有跑不完的新闻，有时候很顺利，有时候很棘手。见识过越来越多奇葩的事情，也遇到过不少温暖的人。

入职半个月后，程西顺利地发表了第一篇稿子。虽然是个不起眼的小新闻，但这已经让她格外满足。这些天的忙碌似乎都有了意义。

就这样，程西的生活渐渐形成了三点一线，每天除了在办公室上班便是在外采访，夜里回家倒头就睡，社交越来越少，和朋友聊天的时间被挤压得几乎为零。

小屋里的人原本还保持着频繁的联络，但随着时间的流逝，彼此也慢慢回归了自己原来的生活。

程西很少再听到陈慕也的名字，后来，他几乎渐渐消失在她的生活中。她只知道他依然在京市，工作很忙，和其他人的联系也不多。

她偶尔也会突然发呆，盯着通讯录的页面，心想，他到底有没有发现她删了他的微信号？

或许，这对他也只是一件无关紧要的事情，像是在大海里轻轻投下的一粒沙尘，就像她对于他的意义也不过是生活中忽然泛起的一阵无关紧要的涟漪。

五月，天气转热之际，沉寂已久的好友群突然热闹起来。

节目经过三个月的剪辑制作，终于临近上线。播出时间定档后，导演组在群里发布了消息，隐身已久的众人纷纷活跃起来，与工作人员插科打诨，仿佛又回到了在小屋的那段时光。

彼时，程西早已不在群里，连聊天记录都是苏惟英私下转发给她的。

“你看看，就数庄星的话最多，什么‘万一火了怎么办’‘我不会因为花心被网暴吧’，真是杞人忧天，服了。不过，大家难得都在聊天，挺开心的，可惜你不在。”

“说起来……你们真的要这么避嫌吗？我看陈慕也在群里也不怎么说话，应该还好吧……你们真的连一句话都不能说了吗？”

当初程西连夜离开并退群，其他人大概都猜到了和陈慕也有关，虽然不明白她为什么这样决绝，但他们都体贴地没有多问。

这还是苏惟英第一次主动问起。

程西想了想，回复道：“是我的问题。我不想再和他有任何接触了。”

飞蛾看到火光就会控制不住地扑过去，不如一直在黑暗中等待新的黎明到来。

五月中旬，节目正式播出。上线的第一期，八人约好了一起看，节目播出当天，几人早已在屏幕前等待。

程西没有参与他们的群聊，却也在当天提前下班，买了两罐啤酒，在家里打开了节目。

节目组的剪辑很唯美，程西看到先导片里她和陈慕也的微信聊天，随后镜头一转，便到了第二天的约会日。

分季录制的节目本身就有一定的粉丝，这一季节目播出时，弹幕上已经有不少人刷屏。

“我先站小野和苏惟英这对，摇滚少年和二次元少女太配了！”

“这一季嘉宾的颜值都不错，开头那一秒，我好像看到了一个大帅哥！”

“有一说一，‘光线’和‘晨曦’的聊天还挺有意思的，观望一下。”

程西第一次跟着评论看自己的综艺节目，感觉有无数网友在她身边说话。她有些不自在，想关掉弹幕，又觉得他们说的话有趣，犹豫中，画面已经一转，到了她和陈慕也的约会。

无人机航拍的画面里，那棵大树郁郁葱葱，绿意盎然，男生坐在长椅上，微微仰着头，闭目休息。他的脸毫无保留地出现在镜头中的这一刻，弹幕突然疯狂起来，数量翻倍增长。

“天哪，是我疯了吗？这是恋爱综艺节目里能出现的颜值？！”

“好帅！这个男嘉宾我可以！”

“节目组是不是把哪个明星抓来了？！天哪，又想骗我的感情！”

……

程西出现后，两人聊天散步，并肩走在那条绿色小径之中。

画面清新唯美，少女的裙摆偶尔随风飘扬，拂过男生的裤脚，两人低头说着话，说不出的般配与和谐。

感叹两人颜值的评论不知不觉消失了，突然，一条加了显眼特效的弹幕以碾压之势冲了出来：“对不起，第一期节目我就想嗑 CP 了，我连他们的CP名都想好了,既然姓氏的读音都差不多,那就取个好的寓意，叫‘必成’吧！我的 CP，必定成功！”

六月，沪市进入雨季，天空阴沉。

程西今天采访了因近期雨水充沛而苦恼的菜农，回来的路上又下起了雨。她打着一把伞，穿过积水的小路，在风雨中向家中走去。

到家后，程西放下东西便赶紧洗了个热水澡。

洗完澡，她煮了姜汤和三鲜面，在客厅里打开了平板电脑。

今天是节目的更新时间。节目已经播到第三期，陈慕也和方妍上周的约会刚结束，弹幕纷纷说美女实惨，帅哥果然只可远观，不可亵玩。

起因是，上山路上有段平坦的沿海道路，风景很好，在微风和阳光下骑行不失为一种浪漫。

一开始还挺正常的，两人并肩骑行着，有一搭没一搭地说着话，画面清新养眼。只是男女速度原本就不等，沿着海边骑行一段后，陈慕也的车不知不觉就骑到了前面，再拐过一个弯，他的身影便已经快要消失。

方妍无奈地停下来眺望，然而镜头里，陈慕也连人带车变成了一个小黑点。后期工作人员在方妍的脑袋边添了一个冒汗的表情。

弹幕除了一通“哈哈哈”之外就是劝人放弃。

“美女，这男人不适合你。听话，咱找个正常的。”

“很想骂人，但是看着这张脸，我好像又可以理解了……”

“帅哥高冷一点不是很正常吗？太容易追到手的叫渣男！姐妹们，跟我默念十遍！”

……

今天这期节目中，程西已经开始和庄星约会。她自己觉得那天的约会很平常，只是气氛轻松，玩得还算开心。没想到被节目组剪辑出来，粉色泡泡仿佛快要溢出屏幕。尤其是两人抓娃娃的场景，庄星夹中一个娃娃递给她，两人相视一笑，屏幕上竟然涌现出一大片爱心。

程西：“……”

她还记得，明明是庄星屡次夹不中，她教给他不少技巧，多次尝试之后，他终于成功夹到第一个娃娃并递给她。

程西露出如释重负的笑容，感慨终于不用再陪着他浪费时间……

她终于明白恋爱综艺里的 CP 感都是怎么来的了。

第二次约会结束后，将她和陈慕也配对的许多观众已经纷纷调转方向，变成了她和庄星的 CP 粉，还郑重其事地将她和庄星命名为“星辰 CP”。更离谱的是，节目组看热闹不嫌事大，竟然特意制作了粉丝灯牌。网友票选出的每组 CP 都有专属边框和头像，每次发言都可以选择自己的专属灯牌。

于是约会结束时，挂着“星辰CP”的头像频繁地划过屏幕，满满的“星辰 CP”粉丝弹幕里只有一条挂着“必成 CP”粉丝牌的微不起眼的评论。

“呜呜呜，一夜之间，我们就变成‘邪教’了……”

程西微微愣住，随即无奈地苦笑起来。

没想到，在网友眼中，她和陈慕也都是那么不般配。

节目一个星期更新一期，程西期期不落，再忙也守在电脑前观看。

自从她和陈慕也第二次约会后，“必成 CP”再度崛起，与“星辰

CP”分庭抗礼，两边的CP粉占据了节目弹幕的半壁江山，数量仅次于季禾野和方妍的CP粉。

季禾野和方妍的恋爱线果然被节目组重点剪辑，目前呼声最高。先不论不明真相的网友，就连程西看了他们的约会，也觉得被甜到。

少年单纯炽热的心意，无论放在哪个年龄段，都分外打动人。

与此同时，形成鲜明对比的是另一个大帅哥陈慕也。他那“谁也不爱”的态度激起了观众从未有过的逆反心理。

“我不信，他肯定是闷骚男！”

“看样子方妍和他已经没什么机会了，橙子还有一丝可能……没有人觉得陈慕也和橙子在一起的时候特别有耐心吗？”

“加一，他对其他两位女嘉宾都很直接，但和橙子在一起时竟然主动给她买气球，要是没点意思我都不信！（强行配对）”

“没看到阳台上那段吗？这两人已经彻底悲剧了，都做朋友了！”

……

在粉丝的争论不休中，第四次约会播出了。陈慕也在客厅里主动选了苏惟英，弹幕上粉丝心碎一地，纷纷怒骂陈慕也。

即使程西已经经历过一次，再看到节目里的画面，还是不可避免地重新体会到了当初的心境。

经过许多天的相处后，他还是不假思索地选择了别人。当时程西站在那里，心底空落，瞬间失去了思考能力，寒意从四肢流入心脏。

果不其然，镜头特意给她切了一个特写——表情茫然，双目空洞，呆滞和失落显而易见。

程西的心不可控制地痛了一下。

她以为自己将情绪隐藏得很好，没想到在镜头下竟无所遁形。

看这期节目时，她的状态很低落，哪怕陈慕也和苏惟英的约会不欢而散，弹幕依然骂声一片。

进度条终于到头，程西正准备关掉平板电脑，画面突然一转，竟播放了陈慕也本人的采访。

白色背景板前，他坐在椅子上，面对镜头里导演组的提问。

这样的采访，每个人都录过，只是内容都是后期才公布，程西没有预料到这期节目组的提问内容竟然是——

“当时约会的时候为什么主动选择苏惟英？”

陈慕也微微思索，回答的内容和当时截然不同。

“太快了，我可能需要冷静一下。”

程西愣住了，好一会儿才想起来，那是她和陈慕也的关系突飞猛进的阶段，约会、意外亲吻、表演唱歌……两人的接触比小屋其他人都多。

程西的心中掠过淡淡的涟漪，又很快消失无踪。

这档节目在恋爱综艺节目中的热度一般，因此节目播出过半，除了第一天因嘉宾颜值上过热搜，其他时间并没有引起太大波澜。

程西的生活没有受到太大影响，身边的同事很少有人看恋爱类综艺节目，同学群里倒是因为陈慕也上综艺短暂讨论过一阵，也有人猜测她是不是就是那个“程西”，几位不怎么熟悉的同学单独给她发消息旁敲侧击过，程西都没有回复。

她和高中时的变化实在太大，不管是外表还是性格，节目里的人和她除了同名同姓，几乎找不到任何相似点。

程西依然如往常一样，上下班，投入忙碌的生活中，空闲时停下来看看节目。

大概是现在的大数据实在太厉害，刷微博时，她竟然收到了节目的相关推送，还不小心因为一条网友发的微博误入了某个微博超话。

她滑了好几页才察觉到不对劲，再往上一看，才发现超话顶端显眼的四个字：必成 CP。

超话粉丝量有好几千，帖子里全是“嗑糖”细节。她和陈慕也的相处内容被放大数倍，精华部分单独截出来做成视频和图片，还配上文字讲解，活脱脱是另一个小世界。

看完后，连程西自己都觉得不太对劲，脑子里全是表面的平静下的暗流涌动。

打住！程西觉得自己应该再去看几期节目冷静冷静。

节目已经播到她主动邀请庄星约会，结束两天一夜的旅程后，“星辰 CP”大势已成，“必成 CP”的粉丝大多偃旗息鼓，渐渐消失。

程西缩在椅子上，切换着各个软件页面浏览。等她反应过来时，已经点开了“必成 CP”的超话。里面最新一条微博是这期节目的分析。

经过这些天，程西发现了一条规律：每次节目结束后不久，超话里就会出现最新一期的总结。无论她和陈慕也之间的发展有多糟糕，粉丝总能从玻璃碴里抠出糖来，十分神奇。

就拿这期来说，她和陈慕也没有任何接触，两天下来连一句话都没说过。网友却硬是从打电话的那段内容里找出无数细节。

镜头下，同一个房间里，庄星和陈慕也分别在打电话。一个坐在床上，一个坐在桌前，看起来毫不相干。

然而，当庄星拨通她的号码，她的声音出现的那一刻，桌前的陈慕也微微抬眸，这个神情被特意截图。帖子下面跟着网友言辞确凿的分析。

“也子特意抬起了头，仔细看他的表情，明显就是很在意！”

“没错，也子内心肯定在想：什么？你这么快就和他打起电话了？说好的喜欢我呢？！”

“绝对吃醋了，我那个闷骚男朋友平时吃醋就是这个样子，表面上一句话都不说，其实内心早已经风起云涌！”

“还有这里，陈慕也看起来在和吱吱打电话，其实心思早飘到那边了，我数了一下，短短十分钟，他起码往庄星那里瞟了八次！”

“从庄星和程西打电话开始，陈慕也就已经开始心不在焉，和吱吱的对话也很敷衍。”

“你看，挂完电话立刻去洗漱了，庄星和他说话都不怎么搭理，好像别人欠了他八百万。”

“毕竟抢了他老婆。”

……

看到这里，程西关掉屏幕，觉得自己昏了头，竟然沉迷于不切实际的粉丝言论之中。

她望着天花板平复许久，总算镇定下来。

程西决定一周不看超话。

七月末，节目播出到了后半段。

程西和陈慕也在节目中的互动少得可怜，唯一在小屋单独相处的那天，剪辑出来的内容也无聊透顶，更别提那次糟糕的出门。

这次，弹幕内容很统一，播到程西和陈慕也的时候，屏幕上就是一片大哭的表情图。

“我哭死，心疼橙子。”

“为什么会变成这样啊？我的‘必成’要成悲剧了吗？”

“陈慕也真的有病！没有骂人，根据他的表现，我猜他应该是‘回避型依恋人格’。”

“‘回避型依恋人格’就应该一个人过！”

……

程西不觉得自己当时在小屋里有这么惨，甚至每次低落过后，她都很快调整了心情，小屋里大部分时光都是轻松和快乐的。

但是看完前面的内容，连她自己都恍惚了。

她当时真的有这么惨吗？

剪辑师太厉害了，把她失落的神情、独自坐在阳台的身影以及夜里默默写信的画面一个不落地剪辑在一起，还配上各种悲伤的音乐。

她就像悲情的苦菜花，深深暗恋着陈慕也，却求而不得。

程西努力不去想陈慕也看到节目时的感想，他这么忙，或许根本不会特意去看节目播出。

节目播出后，程西只陆续收到了来自苏惟英和庄星的问候，他们的反应差不多。

“橙子，原来你在节目里过得这么惨，我都没发现！是我疏忽了！陈慕也真该死啊，呜呜……”

一直到集体旅游，程西和陈慕也的关系才明显缓和，陈慕也在节目里只对程西表现出的特殊关心，让CP粉重新燃起了希望。

CP粉现在已经非常卑微，不要求“必成”像“野心向妍”一样甜甜蜜蜜，只要两个人能同框，他们就满足了。

两人单独在山上约会，陈慕也将气球送给程西，之后深夜在阳台谈心，以及互相送出给重要的人的礼物……随着节目播出，“必成”的呼声一度超过“野心向妍”。经过这些天的压抑，“必成”的CP粉触底反弹，一度把两人送上热搜。

节目组似乎也没料到，重点剪辑的恋爱对象没成，陈慕也和程西这对看似不可能的搭配反而戳中了观众的点，名场面一度出圈，连带着节目热度都被硬生生拉高了不少。

节目组连夜改变策略，把两人的感情线作为重点剪辑，还将后两期中程西和陈慕也的内容增加，甚至在小屋最后一天的四人外出活动中刻意引导，把两人的相处剪辑成充满暧昧的恋爱前兆。

在宠物咖啡馆相处的画面里，她、庄星、陈慕也三人在剪辑师的手下变成了陈慕也争风吃醋，故意和庄星说了那些话。

粉丝笑疯了，在弹幕里刷屏起来。

“哈哈哈，‘也’心皆知。”

“我就说这个男人他吃醋了！”

“也子是有点心机的，这话的意思明显是‘庄星是个花心大萝卜，选我吧，我冰清玉洁，除了你没有爱过任何一个女嘉宾’！”

“‘必成CP’一定成！”

……

告白那天，观众万众期待，节目开头甚至有人斩钉截铁地放话。

“‘必成CP’不成，我直播吞针！”

程西和秦晴的聊天内容没有播出来。

告白环节，观众只看到程西穿着裙子出现在镜头中，打扮得像一个真正的公主，满心期待着她的王子到来。

“美死我了，真的很像公主！”

“‘必成CP’必成无疑，节目组连告白成功后的服装都准备好了。”

……

程西看着密密麻麻的弹幕，内心毫无波动。

她很清楚故事的结局。

果然，告白之后风声呼啸，电话里传来断断续续的拒绝声。

镜头拉近，她低头落下一滴泪。

所有人都心碎了。

阴沉的海边，落魄的公主蹲在地上，铺开的裙摆沾上了灰尘，戴着皇冠的头也深埋在臂弯中。

画面足足持续了一分钟，一条带着熊熊火焰特效的大字杀气腾腾地冲了出来。

“节目组，你等着！”

“必成CP”粉疯了。

陈慕也在挨骂，节目组在挨骂，粉丝在痛哭，弹幕一片腥风血雨，唯有屏幕前的程西随着镜头转场，沉浸于小屋读信环节。

信中透露出的细节有种宿命感，偏偏在既定的结局之后播出。

所有似是而非的辗转心动在这一刻戛然而止，像是一本才翻开又马上合上的书，带着无尽的欲言又止。

所有人都不甘心，恨不得把节目重看一遍，找出所有细节来证明他们之间的爱意真实存在。

弹幕已经完全覆盖住了屏幕，程西的心头是前所未有的宁静。她伸手关掉了弹幕，画面突然清晰起来，里面只剩下陈慕也坐在她先前坐过的那张长椅上。

他手中正拿着一封信，信的内容很快出现在屏幕上。

亲爱的陈慕也：

这是信箱封闭后的第一封信，等你看到的时候，节目应该已经结束了吧。

我有很多话想说，面对你却什么也不敢说，好在信箱封闭了，我可以肆无忌惮地说些只有我自己知道的秘密。

其实我之前说的话都是骗你的，我一点也不想和你做朋友，傻子才和自己喜欢的人做朋友。我们要么做恋人，要么做陌生人。前者现在看来不太可能，但是生活总需要悬念——

那么，打个赌吧。

如果你看这封信的时候，我们已经做不成恋人了，就试试看能不能做陌生人吧。

成功的人先幸福。

祝你一切安好。

程西，于小屋

程西想过很多次陈慕也看到信后的样子。

脑海中的画面和此刻的场景似乎重叠在一起。

花园里，星星点点的灯散发着暖色的光，陈慕也手里拿着信，神色平静。他从头到尾认真看完，又仔细地把信纸重新折好放回信封里，全程沉默。直到最后一封信结束，信的内容以手写体显示在屏幕下方。

夜深人静，小屋熄了灯，画面渐渐变暗，不知不觉间，进度条已经走到尾声。

他们的故事终于到了最后一刻。

屏幕彻底暗下去，平板电脑上映出她平静的脸庞。

程西慢慢回过神来，伸出手准备关闭节目，画面突然一转，重新回到了之前的花园里，只见陈慕也的脸出现在眼前。

他拿着手里的一沓信望向镜头，认真地询问节目组：“这些可以给我吗？”

镜头一闪即逝，仿佛是结尾不经意的一个小彩蛋。片尾曲终于响起，节目打上了“结束”的字样，整个过程有种电影的浪漫感，最后的留白看起来欲言又止。

程西愣了许久，在空旷的房间发呆。节目已经自动跳到采访和花絮部分，她忍不住将进度条倒回去，陈慕也的脸再次出现在屏幕上。

屏幕顶端的弹幕密密麻麻。

“我哭了，这个结尾，救命！节目组太会了！”

“剪辑师配享百万年薪！”

“我终于体会到什么是BE美学了！”

“强烈要求全员现状番外！！”

“也子肯定是喜欢橙子的，连橙子的信他都要拿回去珍藏！”

“蹲一个后续！”

“呜呜，节目组，别逼我求你，我想要番外！”

“到现在都不敢相信他们真的BE了，我的眼睛都哭肿了！”

……

“必成BE”这一话题上了当晚的热搜。

粉丝怨气冲天，最后一期的几个名场面被剪辑出来后疯狂被转发，热度居高不下。

程西穿着裙子蹲在海边哭泣，读信……她的告白和陈慕也的回应，桩桩件件，唯美曲折。

节目里毫不掩饰地展示出的那颗真心，在这个快餐时代珍贵得像是沙砾里的一颗闪闪发光的珍珠，打动了所有人。

“纯爱战士应声倒地！”

“这是我今年看过最真实的综艺！”

“讲真的，他们两个没在一起，比我自己失恋了还难受。”

“我不甘心！我不甘心！我不甘心！”

……

超话粉丝数量暴涨，嗑糖帖也被顶到最前面，最新一期内容的评论更是络绎不绝。

“告白对比分析帖，扒一扒陈慕也的感情线细节。”

九宫格长图的第一张便是告白场面，陈慕也坐在海边，不同的是，他坐在路边的长椅上，身旁是一盏立式路灯，在夜空下散发着微弱的橘色光芒。

“喂？我是吱吱。”女生打扮得很漂亮，穿着粉色小裙子，恬静可爱。

“听出来了。”陈慕也神情平静。

“没想到我今天还会给你打电话吧。”

“嗯。”

“都到最后了，怎么还这么冷淡，就不能给彼此留下一点美好的回忆吗？”吱吱开玩笑地说。

陈慕也低下头，似乎笑了笑：“那你说吧。”

“这么着急，好歹让我酝酿一下啊。”吱吱深吸一口气，郑重其事地说，“陈慕也，虽然你应该早就已经知道，但我还是要正式和你说一句，我喜欢你。”

“第一次我们约会时我就心想，节目里竟然会有这么帅的男生，而且还挺有礼貌的，就是看起来有点高冷，不太好接近，但是没关系啊，我脸皮厚……不是，我性格开朗，是人间小太阳，肯定能融化你这座大冰山。”

“谁知道你是万年冰川啊！努力了一整季，没把你融化，倒是快把我冻死了。”

“不过也没关系，我抗压能力强，这点挫折对我来说不算什么，谁叫我喜欢你呢。所以，只要你愿意，我可以持续散发光和热，争取早日融化你这座大冰山。”

“陈慕也，你愿意接受我的邀请吗？”

陈慕也的脸上看不出太多情绪，很快便回应道：“对不起，我不能接受你的邀请。”

“谢谢你的喜欢，你以后肯定会遇到更优秀的男孩子，祝你幸福。”

……

第二张图是程西的告白，而陈慕也的回答被单独拎出来对比。

“姐妹们，对比一下橙子的告白，陈慕也的态度截然不同！”

“给大家画一下重点：相处起来最舒适的女嘉宾，时间太短，性格问题，暂时没办法接受，暂时维持朋友身份……暂时！”

“我觉得也子是因为心理障碍所以没那么快能进入一段关系，但他其实早就爱上了，所以只能以朋友的身份为借口保持联系！”

“坐等三个月后官宣。”

另外七张图里还有节目里其他的细节分析，比如陈慕也看她的信和其他人的信时眼神完全不一样，再比如，拒绝她的告白后，他失落地坐在原地许久。

另外，他在节目中每一次的主动都和她有关，看到她和其他人互动时，他脸上不动声色，却总是很快离开……

截图内容几乎分析完了一整季节目，仿佛用放大镜把两人的互动仔细检视了一遍。

琐碎的画面配合文字旁白，只指向一个结论：陈慕也对她情根深种，无法自拔，她就是他在节目里遇到的唯一例外。

他们天生一对，不在一起天理难容。

这条微博很快上了热搜，评论里的网友更是激动万分。

“呜呜呜，我又活过来了，‘必成 CP’是真的！”

“谁再说他们BE了我跟他急，这明显是小情侣恋爱前的情趣！”

“愿用我闺密三十年单身换‘必成’修成正果。”

“什么时候结婚？庄星替我随份子钱。”

“上面的不要太离谱，我们‘星辰 CP’粉也是人！”

“我押庄星和橙子！！”

“‘星辰 CP’粉滚出‘必成 CP’超话。”

……

程西接到秦晴的邀请，希望每位嘉宾都能录制一个现状日常的视频，程西没有立刻答复她。

她并不希望自己在网上的热度太高，甚至希望这次节目结束后就慢慢淡出人们的视线。

网上的热点瞬息万变，很快就会有新的事物出现。

她和陈慕也在现实中已经结束了，他们在网络上的故事也该画上句号了。

程西原本就没想到节目播出之后会有这么高的热度，四面八方的关注来得太快，受宠若惊的同时，各种言论又把她原本平静的心湖激起阵阵涟漪。

最后一期节目结束后，其他人陆续在节目组的示意下开通了个人微博账号，唯有程西和陈慕也在网上始终找不到任何踪迹。

CP 粉的心情无处发泄，只能在每个嘉宾微博底下评论陈慕也和程西的相关内容，其中苏惟英和庄星的评论里出现得最多，因为他们在节目里的关系最好。

苏惟英会把相关的评论截图发给程西，打趣道："大家都着急坏了，谁知道你们私底下根本不联系呢，这算不算彻底 BE？粉丝知道的话估计会心碎。"

最后，她带着迟疑询问："橙子，你和陈慕也真的没可能了吗？其实我看完整季节目，觉得他对你真的不一样，或许粉丝的言论也是合理的，毕竟当局者迷，旁观者清。"

"我觉得你们或许可以尝试再试试……"

程西苦笑道："怎么尝试？一个在南，一个在北。"她直截了当，"要是有可能，他早就联系我了。不出现就是答案。"

程西最后说："小英，下次不要再提起他了。"

节目结束后的一周，网上的热度淡了许多，正如程西所预料的那样，旧的事物总会很快被新的事物替代，就像似是而非的心动在时间的流逝中也会慢慢淡去，最终都会无痕。

周末难得休息，程西一觉睡到自然醒，下午出门逛超市时顺便买了些食材，晚上自己在家吃火锅。红油煮沸，热气腾腾，像是回到了小屋里的时光。

程西习惯性地打开平板电脑，今天是节目花絮更新的日子，会上线嘉宾现状的日常视频。

程西没有拍视频，她工作特殊，原本想拍一个试试，拍了几个片段都觉得无聊。

唯一有意思的就是在厨房的时间，但她总不能让观众看自己每天做饭的画面吧。

她的生活本就无趣，如同她这个人一般，又何必展露出来。

程西打开视频页面，弹出的第一个视频是季禾野和方妍的，两人平时异地，这次刚好见面，便拍了一期情侣日常。这个视频点赞和评论最多，顶端的弹幕不停地飘过。

苏惟英的拍摄内容是漫展和她新学习的插花课。

周岁放拍摄了港城一日游的日常，晚上的酒会衣香鬓影，觥筹交错。

庄星的拍摄内容是出海钓鱼，结果不仅一条鱼都没钓上来，还被一只带刺的河豚扎了一下。视频的最后传来他的号叫声，紧接着，画面一黑，视频内容便结束了。

最出乎意料的是陈慕也竟然拍摄了视频，他的视频是几人里最简单的，不连贯的几个画面构成了他杂乱的日常生活：窗外的天空，车水马龙，最后一秒才出现他的身影。

在大厦外墙的玻璃倒影中隐约可以看到他穿着一件黑色T恤，身形依旧高挑，鸭舌帽遮住了他的面容。

程西突然发现他背后那栋大厦的标志有点眼熟。

她没忍住，回去又看了一眼，画面停顿后再放大，仔细分辨一番，她依然不敢确认。

这是一个很常见的标志，全国各地都有，可能只是大厦的外形相似，让她产生了几分熟悉感。

程西觉得自己这段时间确实被网络舆论影响得太深，甚至开始产生不切实际的幻想了。

第二天起床后，程西的微信里收到了许多新的消息。

小屋里的人都不约而同地给她发来了截图。昨晚，她和陈慕也再次上了热搜。

热搜词条"'必成CP'现状"下只有节目官方微博发布的陈慕也的个人视频，底下的评论却纷纷追问着程西的现状。

"橙子呢？请把我的橙子放出来！"

"不想看个人视频，只想看情侣的。"

"这是BE了吧？两人完全没有合体，可以证明了……"

"节目组干点人事吧，一个视频都拍不出来？"

"理智一点，说不定是嘉宾自己不想拍呢？尊重一下个人隐私吧。"

……

小屋其他人的私信也被塞满了，私信里都是粉丝在追问两人的现状。

程西刷牙的动作不禁慢了下来，仔细想想，确实应该给所有关注他们的粉丝一个答复。

她洗漱完，坐到餐桌旁，深思熟虑许久，终于开通了个人微博。

程小西西："大家好，我是程西。谢谢大家这段时间的喜爱和关注，最近在努力工作，努力生活，感情方面没有新状况，也请大家不要去打扰其他人，感谢。”

这条微博一发，节目组和其他嘉宾纷纷转发开来，粉丝很快找到这里，评论量和关注量剧增。

“哭了……我们会听话的，所以真的没有后续了吗？”

“听橙子的意思应该是吧，还记得当初那封信里，橙子说做不成恋人就做陌生人，我觉得他们可能私下都已经不联系了……”

“我不信！我不信！我不信！”

“你也要好好生活，一定要幸福！”

……

程西匆匆看完大部分的评论和私信，来不及做早餐便出门了。到公司楼下时离上班时间还有十多分钟，她走到公司旁边自己常去的咖啡馆，脚步停住，更远一些的大厦前面有个熟悉的标志，她本能地恍了恍神，甩去杂念，推开咖啡馆的门。

程西点了一杯咖啡和一份牛角包打包带走，拉开咖啡馆的玻璃门时，迎面而来一道身影，来人穿着衬衫，在晨光里投下一片影子。

她抬头看去，便看到一张熟悉的面孔，干净的眉眼间少了一分稚气，莫名多出几分不动声色的沉稳，视线恰好停留在她身上。

程西瞬间愣住，呼吸停滞，好一会儿才勉强找回理智，压下心头的震惊。

她微微启唇，声音很轻，不可思议地道：“陈慕也？”

初夏的阳光从门外照进来，笼罩着他的周身。

时间仿佛沙漏倒流，与当初校门口的初遇重合。

如此梦幻，如此不真切。

直到耳边传来一声：“程西，好久不见。”

他的语气一如既往，听不出太多波动。

程西收起情绪，问道：“你怎么在这里？”

“有空吗？”陈慕也定定地望着她，主动询问，“找个地方坐坐？”

程西一愣，本能地看了看表：“我还有十分钟，就要上班了。”

……

咖啡馆外的长椅正对着一个广场，周围是高楼大厦，行人神色匆匆。

两人并肩坐在椅子上，陈慕也回答了她刚才的那个问题：“工作安排调动，沪市这边成立了一个分公司，老板让我过来负责这边的业务。”

程西稍作思索：“就是你的那个学长？”

陈慕也点点头：“嗯，是他。”

短暂的沉默中，程西想起了什么，又忍不住问道：“那你的公司离这里很近吗？”

不然怎么会在这个时间点出现？

他总不会闲着没事到这里晃悠吧？

“不算近，但是——”他话语停顿，看向她，“我想试试看能不能碰到你。”

程西满头雾水，有些震惊。

“上次在群里听他们说，你实习公司在这一带。”他神情如常，“我想碰碰运气。”

程西消化了许久才转过弯来：“那你为什么不直接联系我？”

他静静地看着她：“你把我的微信拉黑了。”

“所以……你找我有什么事？”

“程西。”他没有直接回答，只是问她，“晚上下班能一起吃个饭吗？”

……

上班前最后一分钟，程西踩着点来到办公室。

坐在电脑前，她整个人还是恍惚的状态，望着漆黑的屏幕出神。一旁的周明见状，纳闷地凑过来，向她那根本没开机的电脑上看了几眼。

“程西，你在照镜子？”他好奇地问。

程西如梦初醒，回过神来。

“我只是在思考。”

程西上个月已经正式转正，成为一名文字记者了。平时她和周明负责一份社会民生报纸，彼此分工明确。这些日子，她发现主编审稿十分严格，总算能明白入职第一天，周明的那份稿子为什么会从早上改到晚上。

好在程西的稿子都顺利通过了。

她对现在的工作很满意，生活也在稳步前进。

只是……

程西低头看到微信里的那条新的好友申请：“我是陈慕也。”

离开之前，程西忍不住说了一句：“我只是把你的微信删了，没有拉黑你。”

程西刚到公司，他的好友申请就发了过来。

她咬了咬唇，盯着熟悉的头像和名字许久才点击通过。

好在那头没有发来任何消息。

程西收起杂念，专心工作。

距离下班还有半个小时，微信消息的振动让程西身子一僵，做了好几秒心理建设才点开对话框，陈慕也发来的是一个餐厅的地址。

“你想去这家吗？”

这是一家正宗的江南菜，环境古色古香，离这边也不远。她看过下面的菜品，心里有一瞬间的疑惑，又很快将其压下去。

“可以。”她在对话框里回复，“我没什么意见。”

“那我下班来接你。”

接她？程西觉得自己今天受的刺激太多，心脏不太够用。

她回想着节目上的种种，很快冷静下来。

这只是正常的社交礼仪。

思维一转换，她整个人顿时轻松了不少，很快回复了一个“好”字。

下班前，程西正好完成了收尾工作。

见她准时关上电脑，周明一脸诧异：“程西，你今天竟然准时下班？真是奇怪了。”

“拉磨的驴都有休息日，我准时下班一天有什么好奇怪的？”程西把桌上的东西整理好，拎着包准备出发时，突然看到桌角放着的那支口红。

程西平时很少化妆，只有需要出席特别场合——比如被李珊他们带着外出进行重要采访时，才会注意形象维护。

此时此刻，她的动作莫名地慢了下来，随即拿起桌上那支口红走进了洗手间。

再出来时，她的气色已经与之前截然不同，原本温婉的脸上莫名多出一丝明艳，五官顿时亮丽起来。

这样子恰好被周明看见，他的目光在她的脸上停留了两秒，恍然大悟地说：“原来你是去约会啊，难怪！”

“一个普通朋友，好久没见了而已。”她的语气平淡如常，也不知道是在跟他还是跟自己说，“女孩子化妆没什么好奇怪的，我也爱漂亮。”

陈慕也准时等候在她的公司楼下。

他开着一辆黑色沃尔沃 SUV，低调地停在路边。

她比他晚一年毕业，此时，她还是个刚结束实习期的新人，他却已经独立负责过好几个设计项目，工作后拿到的奖项更是数不胜数。

他一直都很优秀，学生时代是，现在也是。

程西走过去拉开车门，里头的人看到她，低头在车前拿出了一束白色小花。

她定睛一看，才发现陈慕也递给她的是铃兰配上茉莉的花束，还沾着露水，散发着清香。

“这么久没见，第一次一起吃饭，似乎应该准备礼物。”陈慕也态度自然地把花递给她，然后启动车子。

程西看着手里的花，过了会儿才轻声说：“谢谢。”

“你真是一个绅士。”她特意补充道。

餐厅位于偏僻地段，停车场前是一条古色古香的过道，穿过一小片竹林才能抵达正门。

穿着旗袍的服务员迎上前，询问他们是否已订座。

得到肯定答复后，服务员引领他们来到窗边的包厢。

包厢内环境静谧，窗外即是那片青翠的竹林。

陈慕也点好菜，把菜单递给程西，问她还要加点什么，程西只说：“够了。”

等菜品上齐后，程西才发现陈慕也还点了一份甜点，窝在白瓷盘里的是只兔子。

这个人没谈过恋爱，看起来却挺会哄女孩子。

程西在心里暗自嘀咕。

“合胃口吗？”陈慕也问道。

一顿饭下来，他关照颇多，不仅添水递纸，还帮她夹菜，和小屋里那个不解风情的男嘉宾判若两人。

程西放下筷子，礼貌地点头：“合口味，谢谢你。”

今晚是她说“谢谢”最多的一次。

陈慕也闻言面色一顿，问道：“待会儿……”

“回家顺路吗？”程西先接过话头，很快又善解人意地说，“不顺路的话就不用送我了，大家明天都要上班，我自己打车回去就好。”

陈慕也将想说的话通通咽下去，言简意赅地说：“顺路。”

在导航里输入地址后，屏幕上显示从这里到程西家要花四十多分钟。

陈慕也松了口气，路上不着痕迹地打量着副驾驶座上程西的神情。

“程西。”他犹豫了半响，还是说，“我看完了整期节目。”

“我也看完了。”程西直视着前方，神色平静。

“我很抱歉，有很多事情，我当时并没有察觉……”他的语速很慢，方向盘上的指腹不自觉地收紧。

“比如呢？”程西反问。

今天一晚上的拉扯在此刻达到巅峰，情感占据上风，冲破束缚。

“我不知道我让你这么伤心。”陈慕也的眼神落在前方，没有看她。

“对不起。”他沉声说道。

“所以你今天出现在这里，是想向我道歉？”程西偏过头问。

车内很安静，陈慕也没有立刻回答。

过了片刻，在等待红绿灯的间隙，车子停在斑马线前，他转过头看她。

“有一部分原因是这个。”

她原以为今天和陈慕也单独见面会很紧张，但整个过程中，自己的心情比想象中更平静。

好像她小时候非常渴望得到一个美味的蛋糕，期盼了很久，蛋糕却始终摆放在橱柜里，不属于她。等到有一天蛋糕终于摆在她面前时，她已经找不到那份同样的渴望了。

直到红绿灯跳动，车子重新驶离，程西都没有再开口说话。

半个小时后，车子停在她家楼下，程西解开身上的安全带：“今天谢谢你，回家注意安全。”

说完，她推门准备下车，身后的人却突然叫住她。

“程西。”陈慕也的面孔浸在昏暗的光线里，眉眼下方投下一片阴影。

他在车内静静地注视着她，认真地问：“明天下班还要一起吃饭吗？”

程西愣了很长时间，直到有车经过，灯光晃动，她才回过神来。

她垂下眼睫，没有看他的表情，低声说：“再说吧，明天可能要加班。”

陈慕也一愣，短暂的沉默后，他慢慢坐直身体。

“好。”他向她点头，轻声说，“那你先回去休息吧。”他顿了一下，又说，“下次见。”

程西推开车门，一口气冲上楼。

进门后，她来到窗前往下看，只见楼底那辆黑色的车还没离开，似乎是察觉到她的视线，里面的人影隐约抬起头来。

程西飞快地拉上窗帘，背过身，靠着墙壁，胸口起伏。

她坐回沙发上，忍不住拿出手机，打开和桃安的对话框。

晨曦："桃安，我和你说一件事。"

晨曦："我今晚见到陈慕也了。"

那边大概是在忙，没有即时回复。程西看了一眼右上角，现在正是桃安下班聚会的时间，她的生活丰富多彩，和自己截然不同。

程西慢慢冷静下来，放下手机，干脆去洗漱了。

温热的水冲刷了所有的杂念，等她再看手机时，新消息已经刷屏。

桃桃小淘气："什么情况？偶遇？"

桃桃小淘气："有这么巧吗？你们说话了没有？他不是在京市？"

桃桃小淘气："人呢？！我等到花儿都谢了！橙子，快点出来！"

满屏的叹号看得程西眼花缭乱，也彰显了对方的震惊。

所以，不是她的问题，陈慕也今天的出现本身就是一件令人很难想象的事情。

晨曦："我刚才去洗了个澡。"

晨曦："不是偶遇，是在我们公司楼下碰到了他。"

程西把今晚的事情和桃安简单说了一遍，这次，桃安的回复很迅速，似乎是一直专心守候在那头。

桃桃小淘气："那个男人到底想干什么？"

桃桃小淘气："我没理解错的话，他突然出现在你的公司楼下，你们只是吃了顿饭就结束了？"

桃桃小淘气："他还邀请你明天一起吃饭？"

桃桃小淘气："他是饭桶吗？"

晨曦："不确定。"

晨曦："还在观望。"

桃桃小淘气："你明天不要答应他。"

程西顿了一下，回复道："好。"

第七章 青春回响

翌日依然是个晴朗的天。

程西一到公司就被李珊叫了过去。李珊给她发了一份新闻资料，让她拟稿，还特别嘱咐说稿件很急，下班前必须写出来。

程西拿到资料就开始在电脑前起草。原本顺利的话，上午就能写完。然而在撰写过程中，她发现了好几处问题：有些内容并不准确，数据模糊，真实性也有待考证。她找到当事人进行调查核对，还跑了趟现场。来回折腾完，终于在下班前把稿子发了出去。

程西松了一口气，紧绷了一天的情绪终于放松下来。

新闻最讲究时效，新闻人抢时间成了习惯，经常忘记吃饭。程西想起这件事时，太阳已经西斜。很快，她看到陈慕也在半个小时前给她发来的消息："今天要加班吗？"

程西定定地看着屏幕，失了神。很久后，她才回复："刚刚忙完。"敲完这行字，停顿了半晌，她又缓缓输入，"晚上不确定要不要加班，主编还没回复稿件，今天可能吃不了饭了。"

消息刚发出去，那边就立刻回了过来。

"好。"

程西的一颗心沉了下去，还没来得及调整，那头又发来一条新的消息。

"那下次再见。"

她的嘴角不禁上扬起来。

反应过来不该如此后，她又很快收起了笑容。

办公室一改先前的沉闷，玻璃窗外橘色的夕阳很美，同事们温和可亲，工作顺利。

生活总是不经意间让人觉得美好。

同样的傍晚，大厦外，陈慕也坐在车里，盯着手机，页面停留在两人的对话框上。

他看着女生的头像，脑中浮现的却是昨天的对话。

她问他为什么出现。

陈慕也无法解释自己的想法，他在情感方面的感知一向迟钝。节目录制完当天，看完那些信，他很想说什么，回来找她，却怎么也寻不到她的踪迹。

没过多久，节目组说她连夜离开了。

他倒也习惯了人与人之间的缘分突然消失。

陈慕也很快将自己投入繁忙的工作，只是偶尔在忙碌的间隙想起在那间小屋的那段时光，觉得恍如隔世。每次想起那时候，脑海里都会浮现出一个淡淡的影子。

直到节目播出，陈慕也才注意到许多当时未曾发现的细节，尤其是最后一期的告白。看到程西在海边蹲着哭泣的画面，他才知道原来当时电话的另一端，她是这样的。

似乎有些遗憾，没有亲眼见到她打扮得这么漂亮的样子。

分公司的事情很早就在筹备中，他的直系学长一直在挑选合适的人选负责分公司。陈慕也主动自荐时，学长还十分惊讶。

去分公司发展等于重新开始，而陈慕也在京市的资源积累较多，对比来说，这是一件对双方利益都不太有利的事情。

学长让他重新慎重考虑。

他没有说什么，只是回去写了一份详细的计划书，第二天交给了学长。

“你不一定能找到比我更合适的人选了。”

僵持之后，对方终于妥协。临走前，学长突然问他：“是不是因为节目上的那个女嘉宾？”

陈慕也上节目的事情，熟悉的人都有关注，偶尔也会看到相关消息。

与陈慕也一同被提起得最多的就是程西，两人的互动画面总会被制作成视频或动图分享。

陈慕也没有回答这个问题，因为连他自己都没能确定。

事情的起因说起来很荒谬。

在节目播完的那天早上，他起床后在餐桌上看到那盘黄澄澄的橙子，突然就想起了她，脑中闪过各种画面。

第一天自我介绍时，她说自己叫橙子；超市集体采购那天，在水果区，一堆橙子上方，她抓着他的手，仔细擦拭他手指上的污渍；每一次吃饭时桌上出现的鲜榨橙汁……

她无声无息地照顾着所有人，把自己渗透到他的记忆的每个角落。

陈慕也突然觉得有点难受，心脏不知不觉地收紧，迟到几个月的分别时的情绪在那天早上席卷而来，他发现自己很想再见到她。

那就去吧，正好有机会，有时间。

他一向是随心所欲的人，在亲密关系中压抑天性愈久，做其他事情就愈发随意。

他可以轻而易举地调换工作环境，到另一个陌生的城市，抱着一无所获的心态，等待着可能不会发生的偶遇。见到她时，一切自在和从容却消失殆尽，他变成了最差劲的学生。

之后的好几天，程西都没有收到陈慕也的消息。

他好像在她的生活中突然出现，又突然消失了。

程西对着电脑心不在焉，脑中闪过各种猜测，最后想，是不是因为那天拒绝了他的邀请？

她有些失落，但很快又清醒过来——她不应该再因为他而影响自己。

周五临近下班前，办公室的气氛十分轻松，除了值班人员，其他人都将迎来两天的假期。

程西也计划在周末看完两部收藏已久的电影。她照常处理着工作，快到下班时间时，电脑右下角的图标突然跳动起来，打开一看，微信里沉寂几天的对话框被顶了上来。

“今天下班有空吗？”

程西目光愣怔，过了数秒才回复：“有。”

对方回复得很快：“那晚上要不要一起看电影？”

“好。”

他的回复几乎在下一秒出现："我来接你。"

她仿佛听到了心头有烟花绽放的声音。

越临近下班，程西越发紧张起来。

她不禁低头打量起自己今天的穿着。

简单的丝质衬衫，长裤，职业风，干净利落，却不够柔美。

程西懊恼地叹了口气，索性破罐破摔。

毕竟在小屋里时，她连穿睡衣的模样都被他看过，又有什么好在意的。

大厦外的马路上人来车往，路边停靠着一辆黑色轿车。

陈慕也远远看到程西朝他走来，与小屋里温和的气质完全相反，莫名多出几分干练女性的味道。他很少会产生遐想，这一刻却莫名觉得她很不同。

陈慕也移开目光，手指敲打着方向盘，数着节拍。

下一秒，副驾驶座的车门被拉开，程西坐在陈慕也身边，空气中隐约散发着清淡的香味。

那味道很难形容，不像任何香水的味道。

"等了很久吗？"她偏头问他。

陈慕也答："没有，刚到。"他伸手拿起后座上的花束递给她，随意地说，"路过花店时看到的，觉得很漂亮。"

程西低下头便看到一束粉白相间的郁金香，不大不小的花束，比朋友之间多出一分浪漫，比恋人之间又少了些热烈。

对于他们此刻来说，似乎刚刚好。

她伸手接过，忍不住问道："为什么每次都买花？"

陈慕也平静地说："总觉得约会应该需要一束花。"

你觉得我们这样是约会吗？

程西的心头涌起这句话，又很快咽了下去。

最终，她什么都没说，只是笑了笑，说："谢谢。"

两人要看的是一部国外很有名的爱情片，时隔多年在国内上映，晚上八点放映。

两人都是第二次观看，剧情都已经熟悉，只是大屏幕的观影感觉比起家里更好。

电影散场后，他们随着人流走出来。

程西还拿着没吃完的爆米花——这是电影入场前陈慕也特意买的。

他似乎在认真遵循约会流程。

“我送你回家吧。”身旁，陈慕也征求着她的意见，程西点头说好。

两人往停车场走去，快要抵达目的地时，陈慕也突然停住脚步说：“等一下。”

她不明所以地愣在原地，看着他朝路边卖气球的老人走去，很快，他牵着一只兔子气球走回来。

这气球很像节目里的那只。

程西接过他递来的气球打量了几眼，不禁问道：“这也是约会必备吗？”

“不是。”陈慕也似乎想到了什么，笑了，“这是我想买给你的。”

气球、花、约会，似乎构成了不同的意义。

程西看着这些东西，又不太敢确定。

这是他们分别后第三次见面，陈慕也依然给她带了花，粉白玫瑰透露出爱情的专属气息。

程西静静地看了会儿，又抬头看他，忍不住问道：“这次又是什么理由？”

“什么？”

“花。”她指了指手中的玫瑰花。

“没有什么特别的理由。”陈慕也想了想，注视着她说，“你可以当作我是在追求你。”

程西愣住了。

虽然从他出现在自己面前的那一刻开始，她心里就隐隐约约有了这样的猜测。

她信中说得很明确，他们之间只有两个选择。

他没有联系她已经是答案。

只是，事情的发展却突然出乎她的意料。

他是真的想追求她？

回到家，程西坐在书桌前久久未能回过神。

约会结束后，他把她送到楼下，没有再提起过先前的话题，像往常那样嘱咐她早点休息。

程西却难以从刚才的那句话中抽离出来，整个晚上，她都很不自在，一想到他现在的种种行为是在追求她，她连四肢都快僵硬了。

原本调整得毫无波澜的心态一夕之间土崩瓦解。

程西失眠了。

连着好几天，她在床上辗转反侧，脑中念头杂乱，好像经年累月的一个美梦突然成了真。

周一，程西顶着两个黑眼圈去上班，周明见了她，诧异地往后一仰，椅子滑出一小段，认真地端详着她，说："程西，你熬夜写稿了？也太拼了吧！"

程西为自己辟谣："没有写稿，单纯失眠。"

"需要褪黑素吗？"周明给出建议。

"不用了，暂时而已。"

冲动可能也只是暂时的，等这段时间过去，或许他就会冷静下来，改变主意。

程西无比冷静地想着，接着去茶水间倒了一杯冰美式咖啡，开始新一天的工作。

沪市的暑气渐渐弥漫开来，不少环卫工人因为高温工作中暑。程西准备去采访这件事，希望能引起有关部门的重视。

此时，户外的体感温度已经达到了三十多摄氏度，艳阳高照，晒得人头昏脑涨，马路上少了建筑物的遮挡尤为炎热。

不远处，几位穿着橙色工作服的环卫工人正在工作，他们大多是上了年纪的老人，皮肤黝黑，晒出了一身汗。

程西出示了工作证，得到允许后开始询问准备好的相关问题。

工作时间长，午休结束时正是高温时段，几乎没有任何应急措施……无论哪个问题的答案都令人担忧。

临走前，小吴拍了几张照片，程西带着沉重的心情返程。

车里开着空调，与室外宛如冰火两重天。

她和小吴一个低头整理稿子，一个挑选照片。

陈慕也发来消息时，程西正在用手机起草这次稿件的开头。

"工作忙吗？"

很奇怪。自从他那次直接摊牌之后，好像就认真履行起追求者的义务，每天都会主动发来消息问候，程西几乎习惯了。

"刚忙完。"她顺便简单说了说采访的事情，又强调道，"外面真的很热。”

“新闻报道说不定对他们有帮助。”他这样回答。

“或许吧。”其实程西并没有抱太大希望。纸媒的受众已经越来越少，网上的新闻又瞬息万变，很少有人去关注环卫工人的消息。

越离奇的剧情，关注度反而越高，程西入职第一天采访的那对夫妻纠纷事件发出去后，在短视频上的点赞已经有几万。

“那你现在回公司了吗？”陈慕也问。

程西回答：“在路上了。”他便没有再说什么。

两人的聊天一向如此，彼此工作都忙碌，每次抽空简短聊上两句便很快结束。

经过前台时，程西突然被叫住，前台工作人员递给她一份外卖饮品：“这是你的，刚刚送到。”

“我的？”程西有些诧异，接过来后看到上面写的确实是她的名字。

透明袋子里装的是一杯鲜榨橙汁，杯子外还凝着水珠。

程西的心中很快有了答案，有种淡淡的难以形容的异样感。

她想过陈慕也谈恋爱时的样子，按照他以前的性子，她本以为他会是那种等着对方主动的人，没想到他也会表现得和其他男生一样。

周末时，陈慕也便约程西去逛商场。

他的那位学长要过生日了，他要挑选一份生日礼物，而程西刚好要买家居用品，两人一拍即合。

“你打算送什么？”明亮繁华的商场三楼是轻奢品牌店，程西不由得问他。

“随便买点就行。”陈慕也眉眼间露出一丝不在意，随手拐进右边的一家店。

里头售卖的是男士奢侈品，墨镜、皮具、领带等。程西认真看了看，帮他挑选着。

那位学长曾经在节目里和陈慕也视频过，是个幽默风趣的人，微胖，看着很斯文。

程西还记得他们当时的对话。

对方笑着打趣他在小屋里有没有喜欢的人，陈慕也则一副漫不经心的态度，回答“不告诉你”。

对方大概是没想到他会不按常理出牌，忍俊不禁几秒才继续问：“那你在小屋的这段生活怎么样？”

“还行。”

“有没有那种……稍微相处得好的……异性朋友？”他换了个方式套话。

这次，陈慕也点头了：“有一个。”

“真的假的？什么类型的，描述一下？”对方立刻来了兴致，追问道。

陈慕也想了想，挑不出她的任何瑕疵。

“温和、舒适、很会照顾人。”他只给出这么几个关键词。

对方有些遗憾，也明白从他嘴中追问不到什么，只能接着问下一个问题。

……

程西觉得学长应该是和庄星性格相似的人，只有这种性格的人才会和陈慕也合得来，成为挚友。

一个话多，一个话少，互补。

陈慕也挑选礼物时有些漫不经心，程西则认真打量许久，拿起一条花色领带询问他的意见。

“你觉得这个怎么样？”

他定睛打量几秒，点点头：“看起来像是他会喜欢的。”他对一旁的店员说，“就这个吧，麻烦帮我包起来。”

“就这样？”程西小声问他，“会不会太随意了？”

“没关系，你还挺了解他的。”

程西抿了抿唇，解释道：“之前在你视频里见过他。”

他想起来，轻咳一声：“噢。”

两人挑完东西后在商场里逛了一圈，程西也买齐了东西，最后准备回去。

往外走时经过商场一楼另一端，这里格外热闹，人很多，似乎在围观什么。

两人走近才发现这里是一片游玩区域，再往里还有一个巨大的溜冰场，不少人在冰上滑行，身姿流畅。

程西多看了几眼，眼神被陈慕也察觉。他望过去，视线定格了几秒，转过头问她：“你想玩吗？”

她……有一点点心动。

两人很快交了费，租好了鞋。

冰面散发着凉意，十分消暑。程西试着滑行了一段，发现动作还没有太生疏。

身后，陈慕也扶着栏杆，一副任人宰割的模样。

她忍不住笑着朝他伸出手：“要帮你吗？”

“谢谢你。”他一只手松开栏杆，朝她的手心搭了过去。

程西抬头询问：“可以吗？”

或许他们都知道，她问的是另一个问题。

陈慕也点了点头，神情没有变化。程西这才放下心，拉着他的手往前轻轻滑动。

不知不觉中，程西握紧了他的手。

不知是滑冰太累还是此时牵手太让人紧张，程西没滑一会儿就带着陈慕也来到另一边的栏杆前停靠休息。

两人的手极其自然地松开，程西原本强烈跳动的心也平复下来。她不禁打量了一眼陈慕也的神情，他抿着唇，看不出太多情绪。

她又问：“你……会觉得抵触吗？”

那天晚上得知他是“回避型依恋人格”后，程西在网上查过它的特征，亲密关系中的两人更进一步时，“回避型依恋人格”似乎都会出现抵触行为。她不确定陈慕也此时此刻的感受如何。

“有点奇怪。”片刻，陈慕也回答道。

程西的心悄然沉下去，紧接着，她看到面前的人朝自己伸出手，掌心向上摊开。

陈慕也笑着问：“要不我们再试一次？”

程西足足沉默了几十秒，然后拒绝了他的提议，丢下一句“你自己先练练吧”，转身离开。

程西的身影很快融入人群中，她轻盈地在冰场上穿行，绕着场中转圈。

陈慕也站在原地，双手扶着栏杆，脸上的笑意渐渐消失。

程西绕着巨大的溜冰场滑了好几圈，觉得时间差不多了才踩着轮滑回去。

她能感觉到陈慕也还是不自在的，但他并没有表露出来。刚才的牵手，对于两人来说确实太快了。

程西穿过重重人影走过去时，陈慕也身边已经围了好几个女孩，她们热情地和他说着什么。被包围在中间的陈慕也脸上温和的表情已经渐渐消失，眉眼间浮起了熟悉的冷漠感。

“不用了。”陈慕也不知道第几次重复道，“我朋友马上就来。”

话音刚落，程西就出现在他身后，假装打量了面前的人一圈，茫然地问：“怎么了？”

“没事。”陈慕也恢复了温和的样子，笑着解释，“大家都很热情，想帮我。”

程西装作恍然大悟般点头，对她们诚挚地道了谢：“谢谢你们啊，我待会儿教他就好了。”

几人见她过来，有些不自在，闻言立刻顺着台阶下了。

“好的，我们先走了。”

人都离开后，程西打量了一下，两人的位置比之前往前挪了十几米，看来陈慕也趁她不在的时候勉强练习了一段。

“你学会了吗？”她转头注视着他，问道。

“不怎么会。”

“我教你。”程西说。

“好。”陈慕也点点头。

两人此时在角落里，附近没几个人，程西先示范了一遍动作，告诉他注意点：“脚呈外八字，身体重心放低，站稳。先迈左脚，滑出去之后再迈右脚……”

说着，她滑了一小段，鼓励他说：“你也试试。”

陈慕也试着按照她刚才的样子滑出去，看起来很顺利，只是身体不稳，滑一段就需要扶着旁边的栏杆寻找平衡。

程西肯定道：“你学得很快。”她突然反应过来，恍然大悟，“刚才她们是不是教你了？”

陈慕也扭过头：“没有。”他皱着眉头为自己澄清，“我自己在那边试了试，这个又不难。”

他看起来不太高兴。

程西以为是她的话让他感觉到了侮辱，她很快改口跳过这个话题：“那我们再试试滑远一点。”

陈慕也入门很快，熟练之后便尝试着往场地中间滑去。

程西在旁边一直不紧不慢地跟着他，陈慕也滑到中间，周围的人渐渐多起来，失去栏杆支撑，他的身体微微僵硬，立在原地，还没两秒就转过头看她。

“程西……”

他站在不远处叫着她的名字，眼里流露出熟悉的求助感，像极了小屋迎新组队那天的情景。

程西莫名心软，忍住笑意朝他滑过去。

她伸出手，陈慕也很快握上来。程西动作流畅，速度很快，带动着陈慕也往前滑，这次，他跟上了她的节奏。

两人手牵手绕着场地滑了好几圈，彼此都有些累了才换鞋离开。

出门已是傍晚，火烧云染红了大片天空。

路口绿灯跳动，人流往前涌去，程西率先踏步，刚要踏上斑马线，身侧的手却突然被人拉住，头顶传来一声“小心”。

一辆自行车突然冲过来，擦着程西的肩膀过去。

“谢谢你。”程西低声说。

陈慕也摇了摇头，目光从那人的背影上收回，牵着她的手却没有松开。

之后的工作日又繁忙起来。

两人的相处似乎没有太大变化，偶尔在微信上联系，陈慕也大概每周约她吃两次饭。

桃安听说了他们的进展，不由得吐槽：“他是在找饭搭子吗？”

程西无法反驳。

这周六是陈慕也那位学长的生日，他要飞往京市，临行前还特意发消息告诉她。

“我可能要顺便出个短差。”

“好的。”

他这一去，归期变得不定。不知不觉过去了半个月，短差变成了长差。

两人除了在手机上联系，再没有见过面。

晚上，程西和桃安打着视频通话。

“所以你们现在是什么关系？”桃安有些困惑，“除了吃饭就没干过别的？”

“溜冰的时候，牵了一下手……算吗？”程西越说声音越低，底气不足。

桃安深吸一口气，掐了掐人中。

“然后最近他还去出差了，一走就是半个月？”

“是正常工作……”程西辩解得毫无力度。

“工作是正常的，但他对你不正常，我觉得你们现在有点不清不楚的。橙子，你对他太心软了，态度也太好了，我的建议是晾他几天试试，就说你很忙。”

程西叹了口气，说：“那好吧。”

她也觉得她和陈慕也之间有点奇怪，像温热的水，总是少了几分热烈。或许他从一开始就搞错了他们之间的感情，接触之后觉得不太对，所以退回到原点。

程西觉得自己不应该胡思乱想，可是在这段没见面的日子里，她总是控制不住心头的不安。

新的工作周，程西陷入了繁忙的杂事中。

最近要举办一个行业交流会，好几个知名媒体公司的人都要来。原本这件事不由她负责，可行政那边人手不够，干脆从各部门抽调了员工，几个入职不久的新员工都被安排过去了。

程西从早忙到晚，吃饭都没时间，她忍不住发消息吐槽桃安乌鸦嘴，桃安回道：“哈哈哈，天助我也。”

程西并没有刻意晾着陈慕也，只是回复消息的时间明显变长了，陈慕也大概察觉到了她的忙碌，没有再多打扰。

周五，交流会终于成功落幕。送走宾客后，几个后勤人员总算松了一口气，在后台休息。

程西坐在椅子上，看了看微信，发现没有新消息。

她微微叹气，正想退出时，一个久违的对话框跳到眼前。

“小西瓜！想哥了没？”

那边还发了系统自带的表情“酷”，让他此刻的语气生动如初。

程西刚要回复，下一秒就看到他发来一个定位。

是沪市的一个著名景点。

“怎么样？要不要请哥吃饭？”

程西睁大眼睛，不禁立刻回：“你来沪市了？出差？”

“拜托，我这种大老板，当然是来旅游的！”

“……”

“好了，不和你贫了，这次是过来考察一个店址，忙完就立刻想到你了。怎么样，哥哥够不够意思？”

“庄星。”程西终于忍无可忍，“能不能别自称‘哥’？”

“……”

两人简单聊了几句，敲定了见面的时间和地点。

约好见面的餐厅是程西临时在网上找的，餐厅临江，夜景漂亮，除了食物的价格贵了点之外没有什么缺点。

庄星出差的时间不长，后天就要回去。两人约在明天，刚好是周六，她可以带他去附近逛逛。

第二天临近中午，程西从家里出发。快到约定的地点时，手机突然响了起来。程西正在下车，一时没注意，还以为是庄星。她接起电话后，听到熟悉的声音才发现是陈慕也。

两人很少打电话，长时间没见面，突然听到他的声音，程西愣了好一会儿才开口说话。

“在忙吗？”他在那头问。

程西答道：“没有，今天是周六。”

“你怎么突然给我打电话？”她低声嘟囔着。

陈慕也似乎没听清，又追问了一句：“什么？”

他话音刚落，程西便看到一道熟悉的身影朝她走来，来人穿着花衬衫和短裤，戴着墨镜，大老远就朝她招手：“小西瓜！”

嗓门响亮，传到电话那头都十分清晰。

耳边安静了几秒，程西听到陈慕也问：“你现在和庄星在一起？”

他的声音不高不低，听不出太多情绪，程西却莫名有些心虚。她立刻把这奇怪的情绪压下去，点头说：“对，他昨天到这边出差，所以约我今天一起吃饭。”

“你们一直都有联系？”那头，陈慕也突然问。

程西有些困惑，又立刻想起他们完全断联的几个月，下意识舔了舔唇。

她刚要说话，就听到陈慕也在那头说：“地址发给我，我马上过来。”

挂完电话，庄星刚好也走到身前，他二话不说便摘下墨镜，给了她一个大大的拥抱。

烈日当空，程西被他抱得快喘不过气来，刚准备推开他，他已经松开手，热情地打起招呼："小西瓜，好久不见，看看哥变帅没？"

"更花里胡哨了。"程西瞥了一眼他身上的花衬衫，不掩语气里的嫌弃。

庄星做心碎状捂着胸口说："有点伤人……怎么一点面子也不给？好歹你也是我节目上唯一喜欢过的女嘉宾。"

说起这个，程西就有话要讲了。

没看节目的时候不知道，她只当庄星是个有绅士风度的男人。

看完之后，她发现"风度"一词应该改成"风流"。

和每一位女嘉宾的约会，他都能做到无微不至，体贴周到，尤其是最后两期，吱吱对着镜头采访时被问起庄星，竟然还有点苦恼。

"我觉得……庄星哥太好了，有时候甚至让我觉得有负担，因为没有办法给出同样的回应。"

不怪吱吱误会，看到节目组剪辑出来的细节，连程西都产生了误解。

然而，就在别人都以为庄星对吱吱有意思时，一转头，他又对程西表露了好感。

苏惟英看到庄星送程西礼物的场景时整个人惊呆了。她完全没看出庄星和程西之间有猫腻，于是当场发消息质问程西，之后深深感慨起来："庄老板这个人吧……做朋友还挺好的，真做男朋友，估计以后的烂桃花都处理不完。"

程西深以为然。

她不紧不慢地回复庄星："听说上次吱吱还去港城找你玩了，怎么，没有别的发展？"

"说什么呢？！"果不其然，庄星立刻与他人撇清关系，"我把她当妹妹，能有什么发展？"

"哦——"程西微微拉长声音，故意逗他，"好妹妹啊……"

"西瓜。"他板着脸，义正词严地说，"你变坏了。几个月没见，怎么回事，被谁带坏了？"

祸水东引。

顾左右而言他。

程西只能想到这类形容词汇。

但是她刚好要和庄星说陈慕也的事情，这下似乎就没有那么义正词严了。

陈慕也大概已经在路上了。

她轻咳一声，只能和盘托出："陈慕也来沪市了。"

庄星先是震惊，然后有些不可思议地睁大双眼："什么？！他什么时候过来的？过来干什么？你们竟然背着我勾搭上了！"

"……前段时间他调到这边的分公司，我们只是见过几次面，还没有……确定什么关系。"

庄星："哼。"

他阴阳怪气地道："这不是迟早的事，你还能拒绝那小子？他的动作倒是挺快的，节目一结束就跑来了，我还真以为他是块木头。"

"……你是不是有点夸张了。"程西说。

"怪我动作太慢。"庄星做悔恨状，抬起双眼，悲切地看着她，"西瓜，这说不定是我们之间最后一次单独约会了。"

程西不得不婉转告知："陈慕也待会儿会来。"

庄星："……"

两人坐在一家江边咖啡馆，店内的冷气呼呼地吹，如庄星此刻的心一般冰凉。

他趁着等候的时间把程西和陈慕也的相处过程问了一遍，得知之后露出悲凉的神色。

"世风日下，人心不古。想当年，我们小屋里的八个人如此亲密无间，结果一转眼，你们竟然就开始瞒着我们暗度陈仓。"

"要不是我今天来得早，是不是大家都要被蒙在鼓里？"

"你先别和其他人说。"程西犹豫地说，"我只和你一个人说了。"

"好吧。"庄星收起夸张的神色，正色道，"看在你把我当成最好的朋友的分上，我替你们保守这个秘密。"

"……"

"不过有一说一，我看完节目都替你生气，某些人确实太不解风情了，要不我待会儿帮你刺激他一下，也让他尝尝什么叫风水轮流转——"

"哎——"

程西刚要拒绝，咖啡馆门口就出现了一道熟悉的身影。

陈慕也打量了会儿店内，没多久就径直朝这边走来。

庄星打着招呼："帅哥，好久不见。"

程西到嘴边的话通通咽了下去，不知为何，胸口涌起一阵不祥的预感。

陈慕也已经走到跟前，视线在两人之间轻扫而过，对庄星笑了笑，伸手说："好久不见。"然后在程西身边坐下。

程西看到他的白衬衫纤尘不染，像是从某个正式场合赶来。

"你什么时候回来的？"她不禁好奇地问。

"没多久，给你打电话之前刚到家。"陈慕也回答道。

两人说话时低着头凑在一起，看起来像是在窃窃私语。

对面的庄星被这亲密的画面刺痛了双眼，立刻重重地咳嗽了一声。

在陈慕也投来的目光中，庄星把自己面前的那份甜点推给程西，温声说："刚才你不是说饿了吗？我特意为你点的，先吃点东西垫垫吧。"

程西无语地看着那份黑森林蛋糕——那是刚才庄星叫着好饿给自己点的，她刚吃完早餐没多久，因此只点了一杯咖啡。

此时，她不得不说："你不是说饿了吗？你吃吧。"

"不用，我等会儿再点，你先吃。"他不由分说地把蛋糕推回到她面前，顺便把勺子放到她手里。

程西不得不接过这份沉甸甸的关怀。

紧接着，庄星叫来服务员，又点了几份吃的，顺便询问陈慕也是否也要吃什么。

"一杯温水，谢谢。"

时隔许久，三人又坐在一起，庄星依然健谈，说着大家的近况。

程西和陈慕也自从节目结束之后基本失去了社交圈，庄星却不一样，他对其他人的事情了如指掌，提起方妍和季禾野的恋爱状况时更是头头是道，绘声绘色。

程西觉得有趣，全程专注地听着，时不时笑出声来，面前的蛋糕也不知不觉见了底。

吃完最后一口时，庄星的话语忽然顿住，还没来得及问怎么了，只见他伸手抽了一张纸巾，越过桌子在她的嘴边擦了擦，还不忘打趣："这么大个人了，吃东西还能沾到脸上。"

"……"

空气一片死寂。

程西忍不住偷偷瞥了一眼陈慕也，没想到他也刚好在看她，目光被抓个正着。

她心里顿时更虚了，只能咳嗽一声，含糊道："谢谢你。"

"不客气。"庄星潇洒一笑，端起面前的咖啡喝了一口。

气氛变得怪异，程西只能提议离开这里，准备带庄星去逛逛景点。

"逛景点就不用了吧。"庄星好整以暇地理了理衣角，抬头说，"这边的景点我都逛过了，我最近正好想买一件衬衫，小西瓜，帮哥挑挑。"

"……"

隔壁商场内，三楼男装区有各式各样的轻奢品牌。

几人一家家逛着，庄星时不时拿件衣服询问程西的意见，更有让她亲自挑选的架势。

程西只能在店里挑了几件符合他气质的衬衫递给他，很快，庄星便一脸满足地抱着衣服进了试衣间。

外面突然只剩她和陈慕也，程西心里有些不自在。

"要不要去那边坐坐？"只见陈慕也朝一旁的沙发示意。

她点点头："好。"

两人坐在沙发上等着庄星换衣服，气氛却不知为何变得更尴尬了。

程西打量着满店的男装，问道："你要不要也看看衣服？"

"你帮我选吗？"陈慕也轻声问。

程西闭口不言，只觉得两只胳膊凉飕飕的。

她低声解释："我不知道庄星今天会这样，他应该是……"

"故意的"三个字还没说出来，试衣间的门已经被推开了，只见庄星穿着一件深蓝色丝绸衬衫，贵气风流，扶着门框朝她抛了个媚眼。

"我帅吗？小西瓜。"

程西觉得身旁的气温又降低了一度。

逛了一整个下午，庄星终于心满意足，手里提着的都是今天的战利品。

"去吃晚饭吧？差不多到时间了。"程西看了一眼手表，提议道。

谁料庄星将墨镜戴上，云淡风轻地说："哥就不去了，晚上有约了。"

程西有些茫然，他们原本不就是约好了晚饭吗？

庄星低下头，凑在她耳边，用三人都能听到的声音说："下次我们单独再吃吧，小西瓜。”

庄星的脸上是恶作剧得逞的笑容，很快，他伸手拦下一辆出租车，临走前又用力抱了抱她，最后看向陈慕也，拍了拍他的肩膀：“下次见。”

庄星走了。

程西站在原地目送着他的车子远去，突然有些懊恼自己好像忘记问他明天的航班时间。

“好像应该去送送他……”她这样想着，也无意识地说了出来。

陈慕也低着头看她，声音微沉：“现在去也来得及。”

程西飞快地转移话题：“你要去吃饭吗？我提前订好了餐厅。”

“不用了，下次吧。”他淡淡地说。

“啊？”程西盯着他的脸，抿了抿唇，“那……直接回家吗？”

气氛僵持了几秒，陈慕也最终还是妥协了，叹着气说：“我重新订一家店，好吗？”

……

吃完饭后，陈慕也开车送她回家，两人都没怎么说话，气氛也不如人意。

车子从马路驶入小巷后，空气忽然安静了。

楼下的路灯不知何时坏了一盏，车外漆黑一片，寂静无声。

程西解开安全带，道了声谢，准备下车，谁知垂在身侧的手突然被攥住，力度透过肌肤传来。陈慕也眸色沉郁，声音很低：“程西，你是不是认为我不会在意？”

程西身形顿住，平静地看向他：“你生气了吗？”

“很生气。”

“为什么？”她认真打量着他。

“我以为你知道的。”陈慕也盯着她的眼睛，“我喜欢你。”

夜色如水，月亮高悬，眼前的一幕如同幻觉。

程西面容愣怔，没有说话。

陈慕也注视着她，声音清晰：“从节目结束到现在，我用了两百多天的时间去验证，最后得出‘我喜欢你’这个答案。”

“我无比确信这一点，所以，程西——”他的眸中倒映着月光，句句郑重，“你愿意和我交往吗？”

……

程西最终落荒而逃。

她无法承受此时此刻告白的重量，在陈慕也的目光下，她的心跳声震耳欲聋，完全失去了思考的能力。

这一切来得太突然，她来不及做好进入一段新关系的准备，而且，她并不确定陈慕也今天的告白是一时冲动，还是经过了深思熟虑。

他身上的变数太多，她没有办法立刻给出答复。

“对不起，我要先想想。”

漫长的等待过后，她只留下这么一句，便推开车门匆匆逃离。

热意直冲脸颊，程西根本没办法冷静下来。

她犹如失魂般走进门，丢下包坐在沙发上，双手抱着膝盖，过了许久，脸上的温度才渐渐降下来。她仰躺下去，望着天花板，头晕目眩，仿佛在梦境中。

程西决定先去睡一觉，说不定明天醒来就会清醒了。

这一晚，梦里都是杂乱无章的片段。

时而重回秀越，她躲在学校的树后，在操场上偷偷追寻陈慕也的影子；时而在滨城小屋，她隔着客厅远远地看着他；时而又出现在之前的溜冰场，她紧握着他的手，两人在冰上滑行。

……

忽远忽近的距离让她的心起伏不定。

某一刻，程西忽然睁开眼，从混乱的梦中醒来。

天亮了。

她重新闭上眼，翻了个身，将脸埋进枕头里，脑海里全是那个名字——陈慕也，陈慕也，陈慕也……

她突然有点后悔昨天的回答。

发现睡不着后，程西干脆下楼去买早餐。

时间还早，才七点，清晨的雾气未散，楼下空无一人。

程西穿着睡衣，手里提着一袋垃圾从楼道出来，刚走两步就看到停靠在路边的那辆车。

陈慕也靠在车边，换了一套衣服，依然是黑裤白衫，长腿斜倚，指间挂着早餐袋，正定定地看着她。

程西一瞬间以为自己还在梦里，直到巷口一阵清脆的铃铛声响起，打破了此刻的宁静。

她看着陈慕也，张了张嘴："你……怎么在这里？"

"睡不着，所以——"他走到她面前，将手中的袋子递给她，"给你送早餐。"

程西看着早餐袋，沉默许久，忽然意识到，在恋爱这件事情上，他们都是彻头彻尾的新手。

"你吃了吗？"她抬头问。

陈慕也微微一顿，还没来得及反应，程西便发出邀请："要一起吃吗？"

……

程西的小房子第一次迎来了客人。

她没有多余的拖鞋，于是找出自己冬天用的棉拖鞋给他。陈慕也的脚勉强挤进去，看上去有几分怪异的可爱。程西忍不住笑了。

陈慕也抿了抿唇，有些不自在，下意识地将脚挪了挪。

"喝水吗？"程西把早餐放到桌上，转头问他。

陈慕也点了点头："麻烦你了。"态度很客气。

程西没说话，倒了杯常温水给他："早上喝冰的对胃不好。"

她显然知道他在小屋时的习惯。

陈慕也认真应道："好的。"

两人第一次这样待在家里，这里处处都是程西的气息。

程西把早餐一样样拿出来，煎饺、小笼包、三明治、牛奶……传统中式早餐和西式早餐都有，满满当当摆了一桌，起码是三四个人的分量。

程西忍不住问："你怎么买这么多？"

陈慕也解释道："不知道你想吃什么，就都买了。"

"要是我今天起得很晚怎么办？"程西拆开牛奶，包装还是热乎的。

"凉了就重新买。"他似乎早有准备。

"你为什么……突然……"

"这么主动吗？"陈慕也主动替她问完。

"嗯。"程西点点头。

"我怕你一觉醒来就冷静下来了。"他说得很平静，却一直看着她，"怕你想好理由怎么拒绝我，所以，我想让你今天一下楼就能看到我，至少我可以多一次机会。"

程西沉默许久，整理着自己纷乱的思绪，又问："你怎么会觉得我会拒绝你？”

“因为……”他停顿片刻，重新开口，“你可能发现我和你想象中的不太一样，可能觉得我是一个性格糟糕的人，比起其他男嘉宾，不够讨人喜欢。”

陈慕也抿紧唇，眼神如常，程西却莫名从中看出了几分难过。

她望着他，开口说：“没有其他男嘉宾。”

“什么？”

迎着陈慕也的困惑眼神，她抿唇笑了。这一刻，透过他，她看到了十几岁的自己，穿着校服，站在树下，戴着笨重的眼镜，留着厚厚的短发。

她对他说：“你一直是我唯一的男嘉宾。”

从过去到现在。

每个人都不是完美无瑕的月亮，但我依然喜欢每一个有月亮的夜晚。

程西也不知道她和陈慕也现在算不算在交往。

自从那天他在她家吃完早餐后，两人的关系就变得有点不同。

主要表现为他每天准时给她送早餐、中餐、下午茶，以及两人都不加班时准时来接她去吃饭。

这样的情况维持了一周，程西觉得有些苦恼，干脆把这几天的合照都发给他。

晨曦：“你别买了。”

他很快回复：“你不喜欢吗？”

晨曦：“有点负担。”

程西想了想，又加了一句：“甜蜜的负担。”

Beam：“那我再想想。”

晨曦：“你是在学习怎么谈恋爱吗？”

Beam：“不是。”

Beam：“我在学习怎么对女朋友好。”

怎么就……是女朋友了？

程西的脸悄然发热，她关掉手机，过了一会儿又忍不住打开回复。

晨曦：“不用刻意学习。”

晨曦：“等你以后有女朋友了自然会知道。”

陈慕也马上回了一串省略号。

程西看着屏幕无声笑起来，嘴角快要扬到天上。不巧，这一幕正好被拿资料过来的周明看到。他立刻问："程西，你对着手机傻笑什么？"

程西轻咳一声，飞快地收起笑脸，若无其事地说："看到一个搞笑的段子。"

"这么好笑？分享给我，刚好我心情不好。"他凑过来兴致勃勃地追问。

程西："……不小心退出，没记录了！"

果然，扯一个谎就需要无数个谎来圆。

周末，陈慕也约她出门，理由是要买衣服。

她第一次觉得他的心眼好小，但没办法，她只能收拾收拾陪他去。

没想到他挑的竟然是那天三人同去的商场，甚至连进的店铺都和当天的一样。导购的眼神都很好，更何况是相貌如此出众的三人，来一次就记住了。

迎着对方复杂的目光，陈慕也表现得淡定自若，对身旁的程西说："最近要降温了，我秋天的衣服都没带过来，都是短袖。"

"那你上次来的时候怎么不顺便选一选？"

陈慕也默然，说道："当时没心情。"

"……"

程西只好认真给他挑衣服。

陈慕也很有耐心，抱着衣服一件件换起来，他是天生的衣架子，程西挑的都是适合他的衣服，几乎每一件都让人眼前一亮，旁边的导购不停地夸赞着。

不一会儿，店里其他的导购都围了过来，等着帅哥换衣服。陈慕也换了一件蓝色衬衫，一拉开门，看到外面的数张脸，顿时沉默了。

他的目光在人群中搜索了一圈，很快看到程西躲在角落里笑。

他沉默了片刻，转身换回了自己的衣服。

"把这些都包起来吧。"他把手里的衣服交给最开始的导购。

"需要买这么多吗？"程西走到他身边，担忧地问。

陈慕也垂眸，轻声说："嗯，你挑的都好看。"

出门后，陈慕也径直往商场门口走去。

程西不由得好奇："不逛了吗？"

"不逛了，买够了。"他回答道。

"哦。"

外面是繁华的商业区，两人回去的路上经过一条热闹的小吃街，恰逢假日，街上格外拥挤。

不知什么时候，程西的手被身旁的人拉住了。

他们穿过那条拥挤的街道，来到小路上，头顶是大片的香樟树，阳光从树叶缝隙投下，地上落满了金色的光斑。

陈慕也没有松开她的手，牵着她一直往前走。

这条小路似乎没有尽头，香樟树叶摇曳飞舞。

程西觉得自己的手心有些湿，终于忍不住提醒道："陈慕也，已经不挤了。"

"嗯。"他极其自然地张开手指，穿插进她的指缝，原本的交握变成十指紧扣，掌心相贴。

有人说，人掌心的脉络是和心脏相连的。

程西原本不信，直到这一刻，十指相扣的瞬间仿佛有丝丝电流顺着手掌穿透全身，血液逆流到心脏，胸口的跳动和掌心的脉搏同时振动着。

咚咚——她听到了时隔多年，青春回响的声音。

买完衣服不久，沪市终于送走了炎热的夏天，开始降温。

九月底即将迎来小长假，程西原本和陈慕也约好逛超市，快下班时却突然收到他的消息，说路上堵车，可能要晚点到。

她不急不忙地收拾东西，估算着时间离开公司。

刚进电梯，她便发现里面全是熟悉的同事，其中有个男生是和她同期来的实习生，分在隔壁的财经栏目，有事没事总是过来找她借订书机，两人关系比较好。

见到程西，他低声打招呼："放假准备去哪儿玩？"

"还不确定。"程西怕引起注意，小声和他说，"况且离放假还早呢。"

"只有几天了，可以提前计划起来。"他一向健谈，笑容爽朗，每次过来借东西都会闲聊几句，在公司的人缘比她好。

程西有点好奇别人的计划，于是问道："你有什么安排？"

"我打算和几个朋友去爬山，就在邻市，来回三天时间绰绰有余，回家后还可以在家休息几天……"他立刻兴致勃勃地说起自己的计划，电梯到达时话音还未止息。

两人并肩往外走，穿过大堂，来到大厦外。

此时，他已经介绍完行程景点，对她发出邀请。

“对了，程西，你要不要一起？公司还有两个同事是和我们一起入职的……人多出去玩也热闹……”

他在耳边说着话，程西分神听着，目光已经在路边搜寻一圈，看到了从黑车上走下来的人。

“我可能没有时间，那个……下次聊，我朋友来接我了。”程西赶紧转头对身边的人说。

男生愣了一下，紧接着看到了走近的陈慕也。

他的眼里闪过一丝茫然，好一会儿才咽了口口水，问道：“这……是你朋友啊？”

他特意打量了一眼陈慕也的长相，低头凑近程西，小声地问：“男朋友？”

就在程西不知如何回答之际，陈慕也已经走到身侧，瞥了两人一眼，对男生说：“你好。”

“你好你好。”男生立刻反应过来，“那个，那就不打扰了，我先回去了，明天见。”

……

程西理亏地转过头，本以为会受到质问，谁料陈慕也只是淡淡地说：“走吧。”

一直到超市，他都没有提起方才的事。

程西以为他根本没在意，松了口气，专心挑选起今晚的食材。

在外面吃了许多顿饭之后，她发现自己还是更喜欢自己做的，于是便和陈慕也商量把约饭地点改在家里。

今天是第一次尝试在家做饭。

“买条鱼吧。”程西推着车往里走，目光在生鲜区扫视。

“好。”他跟在她身侧，接过她手里的推车，“我来推。”

超市的鱼很新鲜，在水缸里游来游去。

程西隔着玻璃认真挑选着，指了指中间最匀称的那条，笑说：“你看，那条鱼像不像你当初在小屋里煎的那条？”

陈慕也闻言认真地打量了几眼：“不太像。”很快又说，“那就买这条吧。”

“你不是说不太像吗？”程西这么说着，却已经指挥旁边的工作人员捞起这条鱼。

“你觉得像就行。”

程西听到他的回答，特意抬头看了他一眼：“我觉得你今天怪怪的。”

陈慕也问道：“哪里怪？”

程西盯着他的嘴唇：“你脸上都没有笑容了。”

陈慕也移开眼神，提醒道：“鱼装好了。”

两人买完菜和生活用品，向收银台走去。

排在他们前面的是一对小情侣，两人全程手牵手，互相说笑着。

反观他们并肩站着，保持着不远不近的距离，看起来十分正经。

付款之际，收银员打量了他们一眼，问了句：“谁付款？”

程西拿出早已准备好的付款码：“我来。”

陈慕也的手顿了一下，刚要说话，程西转过头看向他：“之前都是你请我，这次去我家，我请你。”

他抿了抿唇，没说什么。

付完款，程西刚要提东西，陈慕也已经率先提了起来。

没走两步，陈慕也似乎忍无可忍，用另一只空着的手牵过她。

回到车里，气氛有些凝滞，陈慕也在驾驶座上神色沉郁地盯着她，问道：“程西，我到底什么时候才能转正？”

程西没有立刻说话，陈慕也眼里有着一闪而过的懊恼。他降下车窗，启动车辆，新鲜的风和空气灌进来，沉闷不知不觉被驱散了几分，他立刻道歉：“对不起。”

“是我太心急了。”他冷静下来，“你别生气。你慢慢考虑，多久都可以。”

话音刚落，过了好一会儿，程西的声音才响起。

“陈慕也。”她叫着他的名字，冷静地说，“你确定你现在能进入一段正常的亲密关系吗？”

又是漫长的沉默。

直到下车，他都没有给她答案。

两人上楼后很默契地避开了这个话题。

程西把从超市买来的东西一一归类好，关上冰箱门，准备做菜。

厨房里，陈慕也低着头站在水槽边清洗着土豆。从侧面看，垂下的眉眼莫名温顺，像淋过雨的小动物湿漉漉地蹲在角落里安静地舔舐着伤口。

程西突然有点后悔，她之前的话是不是过于直接了？

她好像真的把他当成了一个病人。

想明白这一点，程西心口蓦然收紧，酸涩蔓延开来。

“你会削皮吗？”她走过去，主动问道。

陈慕也：“应该会。”

程西拿下墙上的刮皮刀给他示范了一下，陈慕也接过来，在土豆上一削，力道没有控制好，连皮带肉一起削了下来。

“要这样。”她直接握住他的手，让他感受自己的力道。削了两下后，陈慕也的动作停住了，程西抬起头，发现他并没有认真学，而是注视着她。

“……怎么了？”她问。

“没事。”他突然笑了笑，回忆道，“就是想起在小屋里的时候，你也是这样教我煎鱼。一转眼，已经过去大半年了。”

……

桌上摆着两菜一汤，程西是主厨，大部分备菜工作则由陈慕也负责完成。陈慕也从前没接触过厨房，上手却很快，刀工也还不错，土豆块切得很均匀。

“你亲手切的土豆，尝尝。”程西把土豆炖牛腩放到他面前，特意强调道。

“很好吃。”陈慕也夸赞道，程西了然一笑，又听到他说，“我有没有说过，你做的菜和我外婆做的菜味道很像？”

程西盛饭的动作一顿，面容有些僵硬。

“没有其他意思。”陈慕也笑起来，认真解释道，“我是说你们的菜里都有家的味道。”

“哦。”程西坐下来，神色恢复如常。

“十岁之前，我都没吃过家里做的饭。小时候总是保姆照顾我，后来开始吃大院食堂，每天一到饭点，我就自己抱着碗去打饭，食堂里的叔叔阿姨见了我都热情地打招呼，给我打的菜总是满满一碗。”陈慕也抬手比画了一下。

“上了小学后，我每天都在学校外面吃各种小店的东西，伙食改善了一段时间。后来有一次不小心患了胃肠炎，住院之后就被禁止吃外面的东西了，那些店也都被要求整改了。于是，我又回到老老实实吃食堂的日子。一直到小学四年级，我终于解放了。”他看着程西，目光发亮。

“我去了秀越市。”

“和外婆住在一起后，她每天给我做各种家常菜。记忆里，她随便做的菜都很好吃，后来……”他顿了一下，又说，“后来我发现你们的手艺竟然不相上下，心想，这也太巧了吧，是不是她老人家在天之灵显灵了？”

程西原本即将涌出来的泪水瞬间被憋了回去，欲言又止。

“开个玩笑。”陈慕也抬手给她盛了一碗汤，笑道，“快吃饭吧，待会儿菜都凉了。”

一顿饭吃得莫名其妙地低沉。

程西想说什么，又觉得突兀，只能不停地给他夹菜，让他多吃一点。

陈慕也无奈地求饶：“你是不是想撑死我？”

即便这样，桌上的菜也被他吃了大半。

饭后，程西送陈慕也下楼，他蹲在玄关处换鞋。

自上次陈慕也来过后，程西特意给他买了双拖鞋，深蓝色，尺码很合适。

两人到楼下时，月亮已经爬上来，夜晚幽静，月光皎洁。

“陈慕也……”她望着他，欲言又止，“白天的事情，或许我不该那么说。”

“不是你的原因。”陈慕也很快说。

他面对她，犹豫了两秒，慎重地说：“程西，在亲密关系这件事里，我确实是一个不合格的学生，但是我会努力学习，做一个正常的男朋友。”

他的话语稍作停顿。

“我始终相信一件事情——爱是本能，可以克服许多东西。我知道现在说这些很苍白，但是没关系，我们还有很多时间，让时间来慢慢验证这一点，好吗？”

他认真地盯着她，无边的夜色莫名染上了暧昧。

程西从未想过谈恋爱这件事也会如此艰难。

她看着面前的人，仿佛透过他的身体看到了蜷缩的小孩。

那是他未被救赎的童年。

她朝他走近一步，张开手抱住他。

“陈慕也，”她将脸埋在他的肩头，深吸一口气，闭着眼低声说，

"我们谈恋爱吧。"

"程西，你这样会让我觉得我在作弊。"须臾，头顶传来一声苦笑。陈慕也看着她，夜色下，他的眼神很静，"我今晚说这些，并不是想让你同情我，或者选择和我在一起。"

"我只是希望坦诚一切，让你更加慎重地考虑我们的关系。我一直觉得我不是一个很好的恋爱对象。"他说，"如果，我是说如果你不选择我，我也完全可以理解。"

"那结果会是什么样呢？"程西与他互望，目光如水。

陈慕也想了想，然后笑了："那我就继续努力追求你，直到你被我打动为止。"

"你才追求了两个月。"程西强调，"今天就已经在向我要求名分了。"

"我反省。"他举手投降，解释道，"我觉得……这和你也有点关系。"

"什么？"程西微愣。

"你总是……在下意识地纵容我。"陈慕也静静地盯着她，眼里却带着笑意，"程西，你没有发现，你面对我时脾气有点太好了？"

从节目结束后两人第一次见面，她就很自然地接受了他进入她的生活。明明节目的最后，他让她伤心了。

"你并没有做错什么。"程西想了想，"喜欢你是我的事，你拒绝了也是你的事，无关对错。"

"就像和你的再度重逢，我做的每件事也都是跟随自己的心，就像……"她微仰着脸，看着他，慢慢笑起来，"此时此刻，我说要和你在一起也是真心的。"

陈慕也与她相视一笑，低下头说："程西，你给我三个月的试用期吧，等我合格再转正。"他低声说，"假如中途我有任何做得不好的地方，你随时可以把我换掉。"

"好吧。"程西伸出手，正式发出邀请，"那么陈慕也先生，恭喜你，今天是你成为程西小姐试用男朋友的第一天。希望你未来可以好好工作，争取转正。"

"我会的。"他不由自主地笑了，伸出手把她拉入怀中，"程西，谢谢你。"

周五，小长假正式来临。

办公室气氛浮躁，有些人甚至直接订了今晚的机票去度假。

周明在一旁说："程西，你说我到底是去徒步还是去海边呢？"

"我觉得都可以。"

"真是让人发愁，我再看看攻略吧。"长假前夕刚好没什么工作，周明在电脑上查起攻略，还不忘碎碎念，"对了，你打算去哪儿？上次财经栏目的小陈不是约你一起去爬山吗……"

"我还不知道，可能在家休息吧。"程西糊弄了过去。

好在周明并不关心，继续念叨着他的行程。

程西收回心思，看向电脑文档里的几个选题，刚准备查资料，微信消息便跳了出来。

Beam："我们去露营吧。"

晨曦："啊？"

陈慕也给她发来一个链接，程西点进去一看，发现露营基地距离这边不太远，算是沪市的郊外。

晨曦："怎么突然想去露营？"

Beam："没有突然，准备了好多天了。"

Beam："你在节目里的第一次外出约会就是去露营。"

晨曦："……"

她完全没有想到这一茬。

对比两人的那次约会，她和季禾野在海边的星空下弹吉他，十分浪漫。而他和苏惟英之间的气氛却低沉许多。

不过，这和她没有太大关系吧？是他自己选择的，她才是受伤的那个。

想明白这一点，程西本能涌起的那一丝心虚顿时荡然无存。

晨曦："所以呢？"

Beam："想弥补一下当初的遗憾。"

听到这句话，程西为自己方才的恶意揣测感到无比愧疚。

她回了一个"好"，还附上了一个小小的爱心。

第八章 情侣头像

长假第二天早上十点，陈慕也的车已经等候在程西家楼下。

程西只带了基本的洗漱用品，却准备了不少吃的。

车子一路向郊区驶去，路边的树木越来越多，从城市重返自然，心情也不知不觉放松了。

陈慕也的车里放着一首不知名的英文歌，旋律轻快浪漫，他开车时侧脸专注，灌进车窗的风里带着山间特有的清新泥土味。

程西不禁伸出手去感受风的温度。

陈慕也分神看了一眼，提醒道："注意手。"

"没关系，很安全。"她趴在车窗上，闭眼细细地感受。

陈慕也叫了她一声："西西。"

"嗯？"程西一下睁开眼，反应过来，"为什么突然这么叫我？"

从节目录制到现在，他和别人都不同，一直以来，他总是连名带姓地叫她程西。程西早已习惯，甚至每次听他叫自己的名字时，心里都会涌起一阵隐秘的喜悦。

"没什么，就是突然觉得以前的称呼太冷漠。"他很快看了她一眼，又问，"你不喜欢吗？"

她摇了摇头，马上想起另一个问题："那我叫你陈慕也，你会觉得冷漠吗？"

"不会。"他回答。

“为什么？”程西好奇道。

“因为我‘双标’。”

“……”

到达露营基地后，陈慕也挑了一处几乎没有人的地方。

前面是草地，远处是山林，有一条小径通往山外。不远处有一片不大不小的湖泊，水质清澈见底，可以看到小鱼在其中游动。

陈慕也将车停在不远处，拿了两顶帐篷过来。他有条不紊地寻找平坦的地势，敲打钉子，搭建帐篷，看起来一点也不像新手。

程西不由得问：“你之前搭过帐篷吗？”

“没有。”他埋头整理着，回答道。

程西面露诧异：“那你怎么第一次做就这么熟练？”

忙碌的人终于抬起头来：“我看过你和季禾野野营的那期节目。”

“所以呢？”

“所以我提前看了好几遍攻略。”陈慕也说，“我总不能输给他。”

他甚至在家里的阳台上提前练习过。

程西对这一切毫无所知，只是觉得受到了冲击。

“你们男人的好胜心都这么强吗？”

“还好吧。”陈慕也低下头，随意地说，“我只是不想让你觉得你的男朋友比别人的差。”

程西默然：“那你真的很认真。”

不远处，陈慕也抬头看了她一眼，没再说话。

程西主动过去，说道：“一起吧。”

两个人合作后，帐篷很快就搭好了。

看着自己的劳动成果，格外有成就感，程西围着帐篷里里外外转了好几圈，还不忘夸赞陈慕也，但略显刻意。

“你真厉害，陈慕也，第一次就这么成功。”

“谢谢你。”

忙完后，程西拿出了准备好的便当和水果，在草地上铺了一层布。

吃完东西，两人在附近逛了逛。山里的风景很好，小路两旁都是树木，青草偶尔拂过裤脚。路边有树枝横斜过来，陈慕也牵着她的手抬手把树枝拨开，护着她走过去。

前几天刚下过雨，路边还有刚冒头的蘑菇，红的、白的，程西不禁多看了几眼，好奇地问能不能吃。陈慕也闻言，掏出手机拍照查了查。

“白的可以，红的不行。”他做出判断，“还是都别吃了，万一有事，急救起来不方便。”

程西突然说：“陈慕也，你之前看节目时开弹幕吗？”

“不开。”他抬头问，“怎么了？”

“之前你和其他女嘉宾约会时，有一条弹幕让我印象特别深刻。”

“嗯？”

程西清了清嗓子，一本正经地说：“陈慕也，我服了，第一次看到这种类型的男嘉宾，竟然有种清新脱俗的扫兴感。”

“……程西，你是不是在指桑骂槐？”他说。

“不是，我就是在‘骂槐’。”

他抿唇不语，牵着她自顾自往前走。

程西在后头瞧了瞧他的脸色，试探着问：“生气了吗？”

“没有。”他回答。

“那你怎么……”

“我只是在思考如何不清新脱俗地扫兴。”他特意回头瞥她一眼。

两人这趟林间踏青完全没有情侣间的你侬我侬，反而你一言我一语，惊扰了林中鸟雀。

程西觉得这样也很开心，于是情不自禁地晃了晃牵着的手，像个小孩，脚步轻盈。

这份快乐仿佛传染给了陈慕也，他不由得舒展眉眼，笑着说：“西西，你走路小心一点。”

“你牵紧我就好。”

“好。”他话音刚落，程西便一脚踩中了旁边的一个小水坑，鞋子顿时湿了大半。

水坑被路边的杂草遮着，十分不起眼，此时，泥水已经浸透了鞋面。

程西“啊”了一声，垮着脸欲哭无泪：“我错了，应该听你的。”

“先把鞋子脱下来吧。”陈慕也打量了一圈，让程西扶着他。

旁边有个较干净的小水池，他带她过去把脚洗干净了，看着湿掉的鞋子发愁。

“我背你吧。”陈慕也提议道。

从这里到露营地大概要走十分钟，都是林中小路，碎石杂草交错。

程西没有扭捏，只是跳上他的背时开玩笑般问了一句：“我会不会有点重？”

“还好。”他淡淡地笑道。

“还好？正常情况下不都应该回答‘你一点也不重’吗？”

“会不会有点太假了？”陈慕也问道。

“……”

两人不再说话了，林子里只剩下脚步声和陈慕也浅浅的呼吸声。

程西轻轻圈着他的脖颈，趴在他的背上，垂落下去的脚踝偶尔被草叶划过，透出细细麻麻的痒意。

林中清幽，隐约响起飞鸟展翅的动静，程西静静享受着这一刻，不知过了多久，她突然叫了他的名字：“陈慕也。”

“嗯？”他很快回应道。

“背着我累吗？”

“不累。”

“可是你这里红了。”程西伸出手指，轻轻碰了碰他的耳根。

陈慕也的肩膀突然抖了抖，他呼吸加重，别过头，说：“别碰那里。”

“噢。”程西乖乖收回手，过了一会儿，她在他逐渐沉重的呼吸声和脚步声中再次开口，这次，她的嗓音里带着笑意，“你的脖子也红了。”

程西被放到露营椅上，便看到陈慕也走到一旁轻轻揉了揉脖颈。察觉到她的视线，他的手又立刻按在肩膀和手臂上。

“是不是很累？”程西关切地问。

陈慕也回答是也不是，不是也不是，于是只能说：“还行。”

程西的视线落在他身上，将他从头到脚打量了一遍，煞有介事地说：“我觉得你的体力可能不太行。”

这句话在录制节目时就想说了，现在终于趁机说出口了。

陈慕也的手停住，扭头看向她，眼神微愣。

“程西，”过了许久，他说，“我觉得你对我的认知不太清晰。”

程西缩了缩脑袋，看到自己脏兮兮的鞋子，立刻转移了话题：“那个，我先去洗一下鞋。”

“我去吧。”

他们都没有带备用鞋，程西只能光着一只脚坐在椅子上，看着陈慕也提着她的鞋子去湖边洗干净，再折返回来，带着她一起到露营基地找吹风机帮她把鞋吹干。

程西终于重新穿上鞋，看着一旁情绪稳定的陈慕也，她很快为自己的举动道歉："真是不好意思，我没想到这么麻烦，下次我一定要好好走路，不乱蹦乱跳了。"

"我是你的男朋友。"陈慕也突然说。

程西茫然道："啊？"

"所以，这是我应该做的，不用道歉。"

程西语塞两秒，夸赞道："你真是尽职尽责。"

此时已经接近傍晚，天空中渐渐出现晚霞，湖面波光粼粼。

两人开始生火，又将切好的食材一股脑儿丢进锅里，鱼虾乱炖，加上面条和蔬菜，一份简易的海鲜面就做好了。

程西和陈慕也捧着锅坐在椅子上欣赏湖边的景色，就着吹来的晚风吃着面条。

听说山顶的星星很美，夜幕降临后，陈慕也带程西去寻找星星。

他打着手电筒，一只手牵着她。上山的道路狭窄崎岖，两边杂草丛生，此时除了手电筒的光，周围一片漆黑。

程西的心里莫名发慌，她抓紧他的手，警惕地打量着四周。

"陈慕也……"她声音颤抖，担忧地说，"这里不会有蛇吧？"

他的脚步突然停住，回头看着她，身形僵硬："应该不会吧。"

他其实也不敢确定。

"要不，我们还是下次再来？"最终，程西试探着说。

回去的路上，紧张的心情被缓解，两人才发现夜里的虫鸣声十分清晰，月光也格外明亮。

原以为他们看不到星星了，下山到达露营地时，一片璀璨的星空毫无预兆地出现在眼前。

"好美啊……"程西怔怔地感慨。

"今晚也看到了星星。"陈慕也心满意足。

他们的运气很不错。

不知何时，周围刮起了风，温度下降。

程西在湖边洗漱完毕，抱着毛巾和杯子回了帐篷。两个帐篷里都亮着灯，从外面看像是有两只晶莹的萤火虫。另一边帐篷里的人影在晃动，陈慕也的身影映在帐篷上，看起来似乎在整理东西。

她只匆匆看了一眼就迅速收回了目光，钻进自己的帐篷里。

“你洗好了吗？”陈慕也隔着帐篷问她。

程西迅速地应道：“好了。”

钻进睡袋没一会儿，她看到陈慕也拿着洗漱用品走了出去。

脚步声远去后，周围忽然变得安静起来，程西莫名觉得有几分不自在，这还是她第一次单独和别人在外面这样过夜。

两顶帐篷挨得很近，能清晰地看到里面的人影。

之前和季禾野一起时虽然也是露营，但外面围着节目组的人，还有一堆摄像机，两人根本没有任何旖旎的心思。此时此刻，除了他们，只剩下安静的丛林、草地、湖水，还有漫无边际的夜空。

陈慕也的脚步声重新响起，很轻。

很快，他的身影停在她的帐篷前，紧接着，他屈起手指敲了敲帐篷：“睡了吗？”

“没有。”程西从睡袋中坐起身，看向门口。

他拉开帐篷，递过一瓶驱蚊水：“忘记给你了，山里的蚊子多。”

“谢谢。”程西伸手接过。

他的视线在她的帐篷里打量了一圈，最后叮嘱道：“晚上有事就叫我。”

“好的。”她点头道。

没多久，两顶帐篷里的灯都熄灭了。周围陷入寂静，不远处是无尽的黑暗，白天的秀丽风景瞬间被神秘与未知取代。风悄无声息地刮起来，树影投落在帐篷上，像是不知名的庞大怪物在张牙舞爪。

程西迅速地闭上眼，努力让自己入睡。

然而，风一阵又一阵，丝毫没有停歇的迹象，不断地发出巨大的声响。

程西紧紧闭着眼睛，拉高睡袋，捂住耳朵。

不知道陈慕也是否也睡了。

她胡乱地想着，难以入睡，不知过了多久，听到帐篷外传来窸窸窣窣的响声时，心中的恐惧瞬间达到顶峰。程西猛地坐起身，打开手电筒往外一照，只见几丛青草在风中摩擦着帐篷。

“怎么了？”一旁帐篷里的灯被点亮，陈慕也的声音响起，“西西？”

……

黑暗中的诡谲怪影消失殆尽，陈慕也担忧地问：“没事吧？”

“没事……”程西觉得十分尴尬。这么大的人了竟然会被风吓到，旁边就有人睡着，怎么也说不过去。

她很想让陈慕也回去，只是话到嘴边却怎么也说不出来。她的欲言又止让陈慕也看出了几分端倪，他主动问：“你是不是害怕？”

程西垂下头妥协道：“是，有一点。”她解释道，“外面的风有点大，黑漆漆的，有点吓人。”

“是我的问题。”陈慕也很快说道。

“晚上不开灯确实有点吓人，这样吧，”他想了想，提议道，“你先睡，我在旁边守着，两个人在一起应该会好一些。”

程西犹豫了几秒，心中的恐惧还是打败了矜持。闻言，她点点头躺下。此时，帐篷里弥漫着温暖的光，陈慕也坐在旁边，身影静静投射在帐篷壁上，莫名给人安全感。

漫长的一段时间后，程西睁开眼看向陈慕也，痛苦地说：“你在这里，我睡不着。”

帐篷外的草地上，陈慕也清理出了一块干净的地面，放上灯。

程西披着外套坐在椅子上，手里捧着一杯热水。

忙完后，陈慕也坐到她旁边，偏头问道：“饿不饿？”

她摇了摇头：“你困吗？”

“不困。”

“我们就这么坐一晚上吗？”程西有些苦恼，无奈地叹了口气。

“你可以睡一会儿。”他看了看自己的肩膀，“……不介意的话。”

程西默默地从他的肩膀上移开视线，望着天说：“星星也没了。不过虽然有风，但没有那么冷。”

“明天说不定还可以看日出。”陈慕也突然说道。

程西诧异地抬起头看表，估算了一下时间：“现在快一点了，还有三四个小时。”

“但是明天有太阳吗？”程西望着夜空发愁。

“等天亮就知道了。”

不知何时，程西打了个哈欠，思绪变得迟缓，困意慢慢涌上心头。

记忆的最后是她靠在陈慕也的肩头沉沉睡去的画面。

再次醒来时，有人在耳边轻声叫着她的名字：“西西，西西……”

程西自睡梦中睁开眼，近在咫尺的是陈慕也的脸，眉眼如故，有些不真实。有一瞬间，她以为自己还在梦里，于是怔怔地看着他，直到他漆黑的眸中倒映出自己的影子。

“陈慕也？”她不确定地叫了一遍他的名字。

“是我。”他的声音十分真切，温柔地在她的耳边响起，“西西，太阳出来了。”

程西转过脸，在湖边看到一抹日光划破云层，橙色的光笼罩着天际，世间万物复苏。她被这一刻的景色惊艳，久久没有动。

两人靠在一起，静静地看着这场绚烂的日出。

太阳逐渐升空，光落在脸上的那一刻，程西情不自禁地转过头，只见陈慕也的脸同样沐浴在金色之中，似乎有所感应，同时看向她。

他们的距离近到能察觉到彼此的呼吸，他的睫毛上沾染着碎光，视线凝在她的脸上。

程西听到自己的心跳声——扑通、扑通。

晨间微凉的温度在呼吸起伏间悄然变了质，谁也分不清是谁的气息先乱了。

就像她和陈慕也谁都分不清是谁先动的。

近在咫尺的两张脸在绚丽的日出中无意识地靠近，她微仰着头，他低下头，两寸、一寸……直到某一刻，他终于触碰了她的唇。

程西的心跳忽然停滞，手脚发颤，脑中瞬间空白，只剩唇上柔软的触感和温度不容忽视地传来，之后，她的心脏重新恢复跳动，激烈得仿佛要冲破胸腔。

程西的肩膀下意识地缩了一下，这个动作惊醒了陈慕也，他回过神来，与她拉开一丝距离，看了她两秒，慢慢坐直了身子。

“程西，”他突然攥紧她的手，望着眼前无边际的金色，“我觉得，这是我见过最漂亮的日出。”

两人几乎一夜没睡，回到车上，倦意便不受控制地涌上来。

程西蜷在座椅里，车窗半开着，迎面而来的是山间微凉的风。

“我如果睡一会儿的话，你会孤单吗？”她闭着眼睛，咕哝着问。

“不会。”陈慕也伸手调低了音乐声。

“那到了叫我。”

程西几乎是睡了一路，中途半梦半醒地睁开眼几次，看到的都是陈慕也专注开车的侧脸，于是她又无声地继续睡去。

直到车子停稳后，她才迷迷糊糊地醒来，侧过脸便看到楼下熟悉的风景，一旁的陈慕也正解开安全带准备叫她。

“到了……”程西昏沉地坐起，出声告别，“那我先上去了。”

“回去好好睡一觉。”陈慕也说。

听到这句话，程西抬头看向他，才发现他这一晚上好像根本没休息，还开了一上午的车。

程西的大脑还没恢复正常运转，她将手放在车门上，本能地脱口而出：“你要不要上去休息一下？”

话音刚落，她骤然清醒，整个人愣住了。

面前的陈慕也无奈地摇摇头，笑道：“还是算了吧，我怕你们家沙发太小，睡不下。”

程西用力地闭了闭眼，认真叮嘱道：“开车小心，注意安全，不要疲劳驾驶，回去好好休息！”她飞快地朝他挥挥手离开。

程西回家后倒头就睡，直到傍晚时分才醒过来，慢半拍地反应过来她和陈慕也——接吻了。

虽然只有短短几秒钟，但是他们真的接吻了。

而且，那是他们彼此的初吻。

程西抱着枕头，将自己的整张脸埋进去，在床上翻滚起来。

许久，她才面色潮红地重新露出头来。

她从没想过有一天能触及天上那轮清冷的月亮，更没想过，月亮落入她怀中时，竟是从未被人触碰过的崭新、晶莹。

她是第一个拥有它的人。

程西觉得自己此刻仿佛身怀宝藏。她忍不住坐起身，打开平板电脑，拿起绘笔，将此时的心潮涌动记录下来。

深蓝色的夜空下，小女孩怀抱着一轮发光的弯月，皎洁的光芒映亮了她的脸颊，她的白裙子被风吹得鼓了起来。

画面呈现在眼前，程西左看右看，觉得十分满意，终于用这幅画替换掉了自己用了好几年的头像。

她盯着微信名“晨曦”，终于下定决心点击了修改——小西。

她从前的小名一直都是“西西”，但直到学生时代的某一刻得知他最喜欢的水果是橙子之后，在一次聊天中，大家互相问起昵称，她便鬼使神差地报出“橙子”来。

就连她当初取那个微信名也是为了和他有一丝微不可察的关联。

陈慕也，晨曦，开头的字是同样的读音。

没有任何人知道，她处心积虑了多少年。

头像和资料刚更改了一会儿，陈慕也就主动发了消息过来。

Beam：“醒了？”

小西：“醒了，你也睡醒了吗？”

Beam：“嗯，怎么突然换头像和名字？”

小西：“之前的用了太久，想换了。”

小西：“新头像好看吗？是我自己画的。”

小也：“好看。”

下一秒，他头顶的名称却悄然变了。程西睁大眼睛，定定地看了好久，终于忍不住无声地笑起来，心里好像打翻了一罐蜂蜜。

小西：“你为什么突然换名字了？”她明知故问。

小也：“这样看着比较搭。”

说完，他的头像也变了。

之前，两人的头像图案都和日出有关，他的图中是深浅渐变的光线，她的图中则是清晨的太阳，平时聊天时看起来像情侣头像。

节目刚播出时，还有观众因为这个细节暗戳戳地觉得甜，而现在——

程西的目光定住了。

他的头像变成了一轮小小的月亮，手绘，明黄色，画质不算清晰，月亮边缘还有模糊的毛边，看起来十分可爱。

这轮月亮是从她的头像图案里截下来的。她忍不住笑了起来。

小西：“你为什么偷我的头像图案？”

小也：“情侣头像。”

她眉开眼笑，却口是心非：“陈慕也，你真幼稚。”

陈慕也正式告白的那晚，程西将这件事告诉了桃安，除此之外，两人在一起的消息没有任何人知道。

程西觉得这是她想暂时独享的秘密。

然而谁也没料到，第一个发现他们在一起的竟然是苏惟英。

换完头像的第二天，程西和陈慕也在家看电视。

程西正拿着手机查苹果的营养价值和功效，正准备义正词严地念给不爱吃苹果的陈慕也听，谁知微信新消息接二连三地跳了出来。

“橙子，我应该没有看错吧，你和陈慕也竟然用了情侣头像？！”

“天哪，这个消息太震撼了！”

“你要是不马上回复我，我就当场哭给你看！”

程西生怕苏惟英再说出什么惊人之言，立刻回复道：“我在。”

“事情是这样……”组织措辞之际，陈慕也探头过来，看了一眼苏惟英发来的消息。

“你很为难？”他笑着问。

“不是……”程西抬起头才发现他几乎凑到了自己面前，两人之间只有一厘米的距离。

他们坐在客厅的地毯上，程西背靠着沙发，他的手撑在她身侧。

这是一个极其亲密的姿势。

程西露出不自然的神色，刚要后退，面前的脸就猝不及防地压了过来，温热的气息落在她的唇上。

和上次差不多的触感，但似乎又有点不一样。程西忘了闭眼，愣愣地看着陈慕也长而密的睫毛。

真好看……这个时候，她的思绪竟然不受控制地开了小差。

下一秒，唇间的湿润感将她的心思拖了回来。

程西条件反射地紧闭双眼，呼吸急促起来。

这个吻没有持续太久。

“西西……”他的手轻环着她的腰，“我觉得好奇怪。”

“什么？”

他抬起头，抓住她的手放在胸口。胸腔起伏剧烈，和她的几乎一致。

“这里很奇怪。”陈慕也认真地说，“我可能需要脱敏治疗。”

“啊？”

“你再亲我一次。”

“……”

程西终于彻底清醒，看清了面前那双漆黑的眸子里的笑意。

她一把推开陈慕也：“小英待会儿该杀了我了。”

果然，在这耽误的短短几分钟里，苏惟英的消息已经再度刷屏。

刚才不知道碰到了哪里，没打完的字竟然不小心发了出去，却迟迟没有后续。

苏惟英的愤怒似乎快溢出来了。

“你直接打个电话解释一下吧。”罪魁祸首在一旁含笑提议，“视频通话也行。”

程西觉得有道理。在这种情况下，三言两语肯定说不清楚。想到这里，程西抬头对他说：“你先等会儿，等我和小英解释清楚再出来。”

陈慕也被程西赶到一边。

视频电话接通之际，程西抬眸看了一眼，陈慕也正在厨房喝水，距离很安全。

对面苏惟英的声音很快响起。

“橙子，你太过分了！这么大的消息竟然瞒着我们！气死我了！”一通指责率先冒出来，声音传遍整个屋子。

程西只能连连道歉，并向她解释原因，从在公司楼下遇到陈慕也开始，到两人这段时间的相处，她细致地讲了一遍，还特别强调他们才在一起没多久。

“不是故意隐瞒你们的，本来是想稳定了再和大家说，不然也麻烦你们为我操心……”

一通话说得合情合理，认错态度也十分诚恳，苏惟英脸色好了些，不可思议地感慨一番之后又小声询问：“那你们在一起之后感觉怎么样？陈慕也这人能谈恋爱吗？他清心寡欲，不食人间烟火，你们不会连手都还没牵过吧？”

程西回想起之前发生的种种，脸已经不受控制地热起来。她偷偷看了看厨房里的人，连忙含糊地说：“还行吧，都挺好的。”

“你这个态度一点都不像很好的样子。你们平时出去约会过吗？不会十天半个月才见一次吧？我现在很怀疑……”

苏惟英的声音突然小了。

程西连忙抬起头，便看到屏幕里她的身后突然多出了一个人。

陈慕也不知何时走了过来，自然地在她的身侧坐下，和对面的苏惟英打了个招呼：“好久不见。”

苏惟英一脸尴尬，片刻，她的声音从牙缝里挤出来：“原来你们现在在一起啊，橙子，你也不说一下。呵呵，好久不见。”

问候完陈慕也，她再度看向程西，咬牙切齿道：“还不介绍一下？”

程西默默转过头，正对上陈慕也的脸，上面似乎写着：快给我名分。

她只能对苏惟英说：“陈慕也，我……目前的男朋友，其他的大家都知道，我就不多介绍了……”

她愈发难为情，尾音慢慢消失。

好在陈慕也很快接过话头，面带笑意，点点头："对，我就是西西的男朋友，很高兴……把这个消息告诉大家。"

这晚，程西先后收到了小屋其他人的问候，就连私下几乎没有联系过的季禾野都给她发了一条祝福短信，很明显，大家都为他们走到一起感到由衷的高兴。

"到时候把你们在一起的消息公布出去，不知道观众会有多激动，尤其是你们的 CP 粉，估计会开心得疯了，直接放鞭炮庆祝！"苏惟英最后发消息调侃。

程西被她一提醒才想起这个问题。

正常来说，他们在一起的事情应该告知观众，但是之前她总顾虑关系不稳定，不自觉地就忽略了这件事。

就在程西考虑公开恋情的时候，网上的消息已经出来了。节目已经结束几个月，热度也过去了不少，但"必成 CP 恋情"词条还是上了热搜。

点开热搜第一条微博是一个网友偷拍的照片，几张照片都是她和陈慕也推着购物车逛超市的画面，画质模糊，但隐约可以辨认出他们的脸。

第一张照片是两人在挑选货架上的商品；第二张照片是她在水产区隔着玻璃看鱼，颊边的发丝滑落，他伸手帮她拢好；最后那张照片是他们手牵手，看起来关系已经明了。

"这是我上周逛超市时不小心拍到的，当时还不敢确定，直到我看到另一个姐妹也拍到了……他们是真的！"

另一条微博的热度更高，那是一张抓拍的照片。

种满梧桐树的宽阔街道上，一对恋人牵着手在等绿灯。男生穿着风衣，侧头与旁边的人相视一笑；女生手里抱着一束粉色的玫瑰花，裙摆在风中微微荡漾。

两人都没看镜头，甚至由于拍摄者手抖，照片显得有些模糊，却让整张照片笼罩着一层难以言喻的浪漫气息。

小葡萄："大家帮我看看，这是不是他们？是我等红绿灯时拍到的，我还以为是我认错人了！"

这张照片犹如巨雷投入微博超话，瞬间炸出粉丝无数。

"我瞎了都能认出来这是我那对 BE 了的 CP！"

"真的是'必成'！救命啊，他们是真的！"

“博主定位在沪市，八九不离十，也子竟然追过去了！”

“他们是真的，我哭了！”

“‘必成’就是最好的！录节目时简直是天仙配，最后拒绝告白也是因为男方没有想清楚自己的心意，节目结束冷静下来后马上就追过去了！”

除了网友的发言之外，还有几条是博主的回复。

“姐妹是在哪里拍到的？”

小葡萄回复：“是在沪市的一个商业区，在这边逛街的人很多，他们是从我面前走过去的，我都不敢打招呼，全程发愣！”

小葡萄回复：“真人比节目上还要好看一万倍，橙子又白又美，身材也很好，特别有气质。陈慕也超级帅，是那种走在人群中都会忍不住让人回头的帅哥，两人特别配！当时除了我，旁边的几个路人也都在看他们！”

“羡慕博主可以见到真人！”

“他们怎么一点消息都没有？橙子到现在都只发了一条微博！”

“好消息：我嗑的CP不当网红，不发广告，不带货；坏消息：粉丝也找不到人。”

……

程西没有细看所有评论，又返回去仔细查看了一眼照片。

没想到在沪市竟然还会遇到粉丝。

沪市太大，他们录制的只是一个小众的综艺节目，除了节目的忠实粉丝，关注度并不高。程西身边的亲戚都没怎么看过，周芳容他们至今都不知情，同学群的讨论也大多是因为陈慕也。

节目播出后，程西几乎没有在生活中受到打扰，以至于她都快忘了网上还有这些关注他们的粉丝。

“你看到微博了吗？”看完微博后，陈慕也的电话打了过来。

程西低声应道：“看了。”

“我们……”

“要不……”

两人几乎同时出声。

很快，陈慕也笑了笑，说：“程西，我们公开吧。”

程小西西：“我们在一起啦。节目结束几个月之后我们才见面，一

直还没来得及和大家说，因为在一起的时间还不长，所以想暂时保密。在这里向喜欢我们的朋友们说一声抱歉，之后我们也会争取更新一些日常视频，祝大家生活开心顺利。”

如此朴实无华的一条微博，甚至连配图都没有，却引得小屋众人纷纷转发祝福，粉丝们更是激动万分。

“追了一对最低调的CP，是我的错！”

“陈慕也到现在还没开通个人微博。”

“转发这条微博，我抽三个九百九十九元的现金红包，‘必成’结婚那天开奖。”

“那我也来，转发这条微博，我抽一套别墅给他们当新房。”

“转发这条微博，我抽民政局到场，‘必成’马上给我领证！”

……

长假最后一天下午，程西和陈慕也见了一面。这是一家他们没来过的新店，菜上齐的时候，程西忍不住拿出手机拍摄。

“你在拍什么？”陈慕也的声音被录了进去。

程西回答道：“是答应给粉丝们的日常视频。”接着，镜头一转，对面的陈慕也出现在视频中。程西在这头拿着手机笑，“来，给粉丝们打个招呼。”

他无奈地挥挥手：“大家好。”

程西探身过去，两人同时出现在画面里，她靠在陈慕也身旁，和他一起招手：“你们好。”

……

程西的日常视频是在下个周六更新的，视频剪辑得很有特色，和她朴实无华的文字截然不同。

“你们好。”

伴随着这声音，屏幕突然黑了下来，下一幕便是公园，镜头里是两只牵在一起的手。

“我们像不像老头和老太太在逛公园？”这是程西的声音。

“那多好。”陈慕也的声音再次响起，“我们老了还能在一起。”

视频再次转场。

程西坐在秋千上，双脚腾空，快活地荡着。

“怎么像个小孩？”背景里传来陈慕也的声音，即便这样说，镜头却很快降低，似乎被人放在了地上。

之后，陈慕也出现在程西身后，给她推秋千。程西的笑声飘散在空中。

“今天晚上吃什么？”

画面一转，又到了厨房。

程西在自言自语，镜头里是几样食材。接下来的画面里，煮好的三菜一汤摆在餐桌上，暖黄色的灯光洒落，两人再度同框自拍起来。

“吃饭啦。”她挥挥手，“大家也要好好吃饭。”

“嗯。”陈慕也认真附和道。

程西转过脸看着他，下一秒，两人不约而同地笑出声来。

画面再度暗掉。

就在观众以为要结束时，字幕出现了：“又遇到了那个卖花的老奶奶。”

程西出现在镜头里，怀里捧着一束粉色玫瑰花，另一只手拿着手机，脸颊粉嫩，笑容明媚。

“今天有人又给我买了花，我好像没有说过，我们在沪市的第一次见面，某人就给我带了一束花，是铃兰和茉莉……”

“某人？”身旁有人发出质疑。

程西仰起脸朝旁边看去，忍不住笑了。

就在观众以为再次结束时，画面里突然多出了一个人。

陈慕也出现在镜头前，在程西的唇上亲了一下。

屏幕一抖，之后便彻底黑了。

两秒后，粉丝疯了。

“他们亲了！”

“今天 CP 粉集体过年了！”

“救命啊，怎么一上来就放大招？！”

“橙子太会拍了，这样的日常视频请给我来一百期！”

“陈慕也这小子怎么突然就行了？”

“老婆太美，把持不住吧，嘻嘻。”

“可不是嘛，我要是他，还不得一天亲个八百遍。”

……

“你在看什么？”

程西刚好看到这里，旁边就突然响起了陈慕也的声音。

陈慕也端着水果走过来，只见程西以最快的速度收起手机，却还是让他看见了那两条评论。

“一天亲个八百遍？”他的语气没有起伏，念出上面的内容，之后朝她望过去，眼神意味深长。

程西求饶道：“网友开玩笑而已。”

“是吗？”

程西的心中突然有种不祥的预感，睁开眼便对上了他含笑的目光。

“我倒觉得有点道理，毕竟——”他不紧不慢地拖着尾音，“老婆太美……把持不住。”

程西逐渐发现陈慕也暴露出的本性和她记忆里的样子竟然重叠起来。

那时，他身边总是围绕着一群人，程西偶尔送作业路过他教室所在的楼层，会看到他懒散地倚在栏杆上吹风，旁边的四五个同学在谈天说笑。

有一次，她经过时听到有男生在调侃。

“慕也，你喜欢什么类型的女生啊？”

另一个人很快搭话：“开学这么久都没见他和哪个女生多说几句话，不会是那个——”

人群中，陈慕也笑了一声，嗓音轻松：“哪个啊？”

他的视线扫过面前一圈人，意有所指：“这么想看我和女生说话，那明天我就去找那个桃桃还是青青聊聊天？莉莉也行，你们整天挂在嘴边的还有个谁来着……”

“别，哥，我错了，你就别去散发你的魅力了，就这样挺好的，真的。”

“就是，我就喜欢哥这一副清心寡欲的样子。”

“你这样已经魅力无限了，再去招惹，那些女生眼中就彻底容不下我们了。”

……

程西抱着作业本步履匆匆，经过这群人身边时低着头，极力降低自己的存在感。

犹记得最后，陈慕也轻笑一声，笑声飘散在空气中。

她那时才发现他也有如此恶劣的一面。

程西的生活没有受到太多打扰，除了偶尔登上微博时看到列表里满满的私信。

程西的粉丝量在十万左右。

她觉得很神奇，很多年前，除了自己，喜欢陈慕也的事情只有那本厚厚的日记本知道。现在，竟然有这么多人期待着看她和他的恋爱日常。

但是性格使然，她并不习惯在网上分享自己的生活。或许是从小养成的习惯，最珍贵的东西永远锁在铁盒子里，是属于她的珍藏。

入秋后，沪市终于迎来了第一场大雨。这让程西想起节目刚播出的那段时间，阴雨连绵。

现在回想起来，那段时期过得实在压抑。当时不觉得，抽离出来一看，她那时拼命沉浸在工作里，不过是想让自己忙碌起来，不分散任何一丝心神去想其他。

程西有时会不经意地想，如果陈慕也没有出现，她需要经过多久才能彻底轻松起来？半年？一年？她可以确定的是，无论花多长时间，她都不会拥有现在的快乐。

如果这就是爱情的话，她愿意接受意志的沉沦。

雨天不适合出门。周末，程西窝在家里，视频那头的陈慕也在加班。

最近他的公司接了一个很重要的项目，也是他们承接的第一个政府项目，负责新开发的滨江区图书馆设计，方案需要多方面考量。记得当初为了拿下这个项目，陈慕也忙了好长时间，还得经常去应酬。

“收益倒是其次，未来那边是市民最大的活动区域，我想最大程度地把空间利用起来，容纳更多人。而且作为标志性建筑，外观肯定要有特色。”

视频里，他坐在电脑前和她聊着自己的想法。

程西刚吃完早餐，还穿着家居服，在厨房整理昨晚买回来的杂粮，将五颜六色的豆子倒进玻璃罐子封存。

“那你大概要忙到什么时候？”她一边忙，一边随口问。

陈慕也抬手看了一眼腕表：“不确定，可能要晚上。”

程西想了想：“小陈他们昨晚在群里约剧本杀，我待会儿可能会和同事一起去聚一下。”

她觉得自己应该是在报备行程，而且态度很好。

自从两人在一起后，双方都自觉养成了这个习惯。

很奇怪，他们明明都是第一次做这种事，却莫名其妙地默契。

小陈组织过好几次剧本杀的局，之前程西都没怎么参与，但是群里那几个一起玩的女孩子经常叫她，程西觉得自己不应该太孤僻，还是要适当参与同事的活动。

于是趁着今天有空，她答应了下来。

她提起的时候很随意，原以为陈慕也不会在意，谁知他突然一顿。

“小陈？”他看了她一眼，“就是上次约你一起爬山的那个？”

“啊？”程西没想到他还记得那件事，并且连对方的名字都知道。

程西反应了一会儿，依稀记得自己聊起公司的事情时随口提到过两次。

“是他。”她脸色古怪，盯着他多看了几眼，“还有好几个女同事。”

“哦。”他点点头，神色恢复如常，“那你们玩得开心。”

路上，程西还在回想陈慕也刚才的表现。

如果她的想法没错的话，他是在……吃醋？

因为一个她提起过两次的男同事。

剧本杀游戏需要玩家完全沉浸，小陈找到的这家店颇为专业。除了场景布置到位，每个人还换上了人物服饰，代入感强烈。

整场下来的两个多小时，程西基本没碰手机。游戏结束，男主角死得十分凄惨，几个女生哭得伤心不已，纸巾堆满了桌角。唯有程西的感触并不太强烈，拿起手机看了看，见没有新消息，她失落了两秒。

“待会儿你们怎么回去？外面在下雨。”小陈率先问道。

几个女生说要打车，小陈便提出送她们回家，唯一的问题就是车坐不下。

程西刚想说话，掌心的手机便振动起来。

陈慕也：“你是不是在中心区这边？”

程西刚准备回复，他又很快发来消息。

陈慕也：“我刚好路过这里，你把定位发给我。”

收拾得差不多后，众人准备下楼。程西告诉大家有人来接她，没想到顿时引起一片哄笑声，几人都追问她来人是不是她的男朋友。

程西回了个“是”。

雨势果然很大，一群人走出去，很快便在台阶前看到一道撑伞的身影。陈慕也太显眼，挺拔清俊，仿佛刚从画里走出来。

程西听到身旁的两个女生轻轻吸了一口气。

“程西……这是你男朋友？”

“西西？”

与此同时，前方响起不轻不重的叫声。陈慕也看到程西，径直朝她走来。

“介绍一下，这是我的男朋友陈慕也，他们是我的同事……”程西做着介绍，一一报出名字。介绍到小陈时，她忍不住看了陈慕也一眼，只见他神情如常地和他们打着招呼。

众人在楼下告别，陈慕也护着她上了车。

雨幕下，车子在路上缓慢行驶，前挡风玻璃上的雨刷来回刮动。

程西不禁往旁边看了一眼。

“看我做什么？”陈慕也望着前方随口问道。

“陈慕也，你今天是不是故意过来的？”

“嗯？”恰逢红灯，车子停下，他转过脸，“为什么这么问？”

他面上没有任何波动，漆黑的眼里甚至没有起波澜。

仿佛真的是她多想了。

程西偏头认真看他，忽然忍不住笑了。

“陈慕也，”她指了指他车上的导航，“你刚刚是从公司过来的。”

陈慕也的眼里闪过一丝懊恼，手指不由自主地在方向盘上轻敲起来。

“行吧，我就是特意来接你的。”

“哦。”程西应了一声，却没了下文。

绿灯亮起，陈慕也只得启动车辆，又忍不住侧眸看她：“你没什么话要说了？”

“没了。”程西干脆地说。

“你不问问我为什么？”

“下这么大的雨，你不来接我才有问题吧？”程西指了指外面，声音里藏不住笑意，“作为一名合格的男朋友，这是你应尽的义务和责任。”

“程西，多谢你给我台阶下。”

“什么？”她明知故问。

“没错，我就是来宣示主权的。”他终于坦然承认了自己的心思。

程西在座椅上笑得前仰后合，方才车里的沉闷感一扫而空。

直到下车，程西还在回味之前的事情，嘴角控制不住地上扬。

陈慕也忍了一路，终于忍无可忍：“不准笑了。”

“我没笑啊。”她立刻收起唇畔的笑意，严阵以待。

陈慕也又盯着她看了几眼，终于作罢。

程西住在五楼，楼道狭窄，没有电梯。老式居民楼的地段极好，就是破旧了些，好在房子内部维护得不错，性价比极高。

两人一前一后地上楼，到了门口，程西拿出钥匙，陈慕也耐心地等候在一旁，趁她开门的间隙把玩着她的手指。

程西一边推门，一边问他：“晚上想吃什么？”

没等陈慕也回答，程西就听到了滴答的水声，脚下一片湿润。抬头一看，只见一滴水从天花板上滑落，砸在浅浅的积水里。

程西打开灯才看到整个房子几乎被水淹没了，地板泡在水里，放在沙发旁的那盆花都蔫了。短暂的大脑空白之后，程西才想起房东，拨通了她的号码。

“不知道是什么情况，进来就是这样了。”

“对，今天出门了。”

“我们现在上楼检查。”

程西住的是顶楼，楼上是阳台。陈慕也蹲在地上仔细观察过水泥裂缝后，回头说：“应该是楼顶老化了，需要重新做防水。”

程西在电话里告知房东，对方承诺马上带人来维修。

两人重新下楼检查了一遍房间，虽然许多家具都被水淋湿，但柜子里的东西勉强幸免。幸好他们回来得还算早，家具还能挽救。

程西环顾四周，唯一庆幸的是明天不用上班。

“你打算怎么办？”陈慕也在身旁问她。

程西有些头疼：“先找个地方把东西晾干吧，我这几天可以住酒店，希望房东能尽快修好。”

“可能没那么快。”陈慕也说。

“一般不都是几天吗？我们家之前也漏过水，很快就修好了。”程西不解地反问。

陈慕也含糊地回答：“要等师傅过来看了再说。”

房东和维修师傅来得很快，仔细查看之后得出的结论和陈慕也的差不多，家里要翻新维修。

“现在还做不了，这几天都在下雨，要等雨停之后才能做防水。”师傅说。

“还有这个房子……”房东打量一圈，有些为难，“地板和天花板恐怕也要翻修。”

“那大概需要多久？”程西问道。

“最少要半个月吧。”师傅严谨地报出时间。

程西面露绝望，下意识地问道：“那我这段时间住哪里？”

房东看起来十分愧疚，迟疑地说：“我手里目前也没有空房，这样吧姑娘，你先去朋友家借住半个月，这个月应付的房租就给你免了，可以吗？”

程西沉默了。在沪市，她仅有两个大学室友，对方都是租的房子，家里并不宽敞。她只能先答应下来：“那我问问吧。”

“真是不好意思，房子太老了，上次还没问题，谁知道突然就开裂了……”房东还在不停地说话，程西则翻找着手机里的联系人，刚准备拨过去时，手腕却突然被抓住了。

陈慕也低头看了她一眼，轻声说：“不然……你先搬到我那里去吧？”

程西愣住了，没来得及做出答复，房东就率先“哎”了一声：“对了，他不是你男朋友吗？”

她的视线在两人身上扫视一圈，揣测着两人的关系，却很谨慎地没有继续说下去。

屋子里安静下来，三个人都在等着程西说话。

陈慕也接着补充道：“我那边有两个房间，这段时间我可以先睡书房，你放心……”他顿了一下，“不会发生什么的。”

他说这话时脸上的表情没什么变化，情绪起伏不明显。

旁边的两人已经面露尴尬，不自在地移开视线。房东轻咳一声，说：“那个，你们自己看着商量吧，我和师傅就先走了，晚点再来。姑娘，你的东西记得尽快搬走，不然都要淋湿了。”

两人走后，客厅只剩下程西和陈慕也。

天色渐晚，屋里光线不足，处处潮湿，空气中隐约飘荡着霉味。

“西西，”陈慕也垂眸叫她，“我们可以先把东西搬过去，你如果觉得住得不合适的话，到时候再联系朋友或者去住酒店都来得及。现在天快黑了，天花板还在漏水，当务之急是先收拾东西。”

程西承认他说得很对。

“你那边有地方放这些吗？”她迟疑着问。

陈慕也悄然松了一口气，笃定地点点头：“有。”

房子里的大件家具基本都是房东的，程西只有一些个人物品，但住了小半年，零零碎碎的东西有很多。

两人来回跑了好几趟才把东西全部搬完，程西最后检查了一下房子，确定没有遗漏重要物品。

陈慕也问道：“都齐了吗？”

程西刚准备点头，就看到卧室阳台上的那两盆多肉植物，连忙说：“再等一下。”最终，她抱着那两盆多肉植物上了车。

陈慕也看了一眼，认出来："这是不是我们去植物园的那次买的？"

"嗯。"程西点点头，难得露出一丝笑意，"我把它们养得很好，你看，快开花了。"

陈慕也低头看了两眼，笑了起来："确实。"

他伸手轻轻拍了拍多肉的叶片，语气轻快："这段时间就要麻烦你们住在新家了。"

这是程西第一次来他的家。车子刚刚驶入小区，她就开始紧张。

陈慕也转动方向盘寻找停车位，看似无意地说："这公寓是学长的房子，没怎么住过人，里面很空，你别介意。"

"不会。"程西看起来欲言又止。

"你在想什么？"车子停下后，陈慕也转头看向她，询问道。

程西有些犹豫，打起了退堂鼓，但到了此时，说什么似乎都显得多余。

她最终摇了摇头，对他说："走吧。"

车子停下的地方离电梯很近，省了不少麻烦。

搬完东西，程西才发现这个公寓是独门独户的。

陈慕也输入指纹，门瞬间打开，映入眼帘的是客厅，空间很大，厨房和阳台布局方正，外头夜景极佳，江边的星光尽收眼底。

两个房间面积差不多，卧室容纳了书桌和衣柜，书房有一张桌子兼作工作台，靠墙处还放着一张小沙发，角落里有个书架，百叶窗遮挡住窗外的景色，不失美感。

陈慕也大致带她看了一遍，询问道："我在书房铺个床，把卧室空出来给你，好不好？"

"你一个人在外面住，我不太放心。"他如实说道。

程西有些纠结，漫长的沉默过后，她还是点了点头："那只好麻烦你几天了。"

"不麻烦，是我的荣幸。"说着，他已经转头走向了门口。

她不明所以地看过去。

"为西西女士服务，本人义不容辞。"他将她的行李箱推进卧室，抬头说道。

陈慕也帮她把东西一一归位，程西整理物品时，他在一旁帮她换床单和被套。原本深蓝色的四件套被撤下，换上了一套浅蓝色的。

"会不会太素了点？"他铺好床单，犹豫着问。

他对比的是程西家里那套小清新碎花四件套。

程西看了两眼，摇头说："不会，我挺喜欢的。"

"那就好。"

他拉开衣柜，把里面的衣服拿出来，又说："你的衣服先放这里面。"

很快，他拿着自己的衣服出去了。属于他的个人物品消失得差不多后，这里几乎变成了一个无人住过的空房间。

程西把自己的东西填进去，很快，房间又沾上了她的气息。

经过这番折腾，天色已晚，察觉到饥饿时，程西才发现已经九点多了。

她揉着发酸的肩膀出了卧室，却发现餐桌上已经有做好的饭菜。

陈慕也正在摆放碗筷，见她出来，抬起头笑道："刚准备叫你吃饭。"

她在桌边坐下，只见桌上摆放着三菜一汤，色香味俱全。

"你……叫的外卖？"她问道。

陈慕也坦然承认："被你发现了。太晚了，我想着点外卖比较方便。"

"尝尝味道吧。"他盛好饭，把筷子递过来。

程西夹了一筷子酸汤鱼片，说道："很好吃。"

"比你做的差了点。"他一本正经地说。

程西忍不住纠正道："我没做过酸汤鱼片。"

"万变不离其宗。"

程西迟疑道："这个词是这么用的吗？"

陈慕也神色不变："你懂我的意思就行了。"

饭后，陈慕也收拾着桌子，把碗筷放进了洗碗机。

程西特意打量了他几眼，很快被他察觉。

"怎么了？"陈慕也合上洗碗机的门，问道。

"你平时做饭吗？"

她没记错的话，两人大多数时候在外面吃，其他时间在她家吃。刚才进来时，她还看到他家的厨房是崭新的。

"不做。"他正儿八经地说，"差生文具多，不行吗？"

"行。"程西心服口服地点点头。

经过这一顿饭的打岔，程西寄人篱下的心情不自觉地散了许多。

夜晚阳台微风舒爽，她低头看到自己的那两盆多肉植物被陈慕也放在栏杆前，看样子还刚刚浇过水。

新家……她想起他之前在车里说的话，心情不知不觉地安定了下来。

或许，她应该把他当作真正的男朋友来看待。是真实、有温度、会在生活中照顾她的男生，而不是存在于她年少美梦中的难以触及的人。

夜更深了，房子里的两个人不免有些局促起来。

陈慕也神情自若地开口："你先去洗澡吧。"

"好。"程西回房拿了睡衣。

陈慕也贴心地来到浴室，简单地和她介绍了一下洗浴的操作。

待他离开后，关上门，程西的不适感才涌上心头。

热水从顶上浇落下来，玻璃门被雾气遮蔽，程西环顾这个陌生的地方，突然清晰地意识到她是在陈慕也的家里，和他共用同一个浴室。

他就在外面，只隔着一扇门。

程西用最快的速度洗完澡，开门前又检查了一遍浴室，用纸巾把台面上掉落的长发仔细地捡起来，丢进垃圾桶。

处理好这一切，她才打开门。

陈慕也坐在沙发上，隔着适当的距离抬眼看来。

"那我先去睡了。"程西远远地对他说。

他很快清了清嗓子，点头道："好。"

程西回到房间，小心地关上门，心口还在不自觉地快速跳动。

她低下头，才发现自己手里还抱着换洗的脏衣服。

大概是明白她心中所想，很快有人敲起卧室的门。

程西打开门，看到陈慕也正站在门外。

"那个，洗衣机在阳台上。"

程西点头道："我知道了。"她又补充了一句，"谢谢你。"

陈慕也洗完澡时，阳台上的洗衣机已经在工作了。卧室的门关着，屋子里好像依然只有他一个人。

他不由得回想起之前的那一幕。

浴室里水声潺潺，他坐在沙发上心神不定，于是起身回到书房，没待太久，又怕她出来时看不到人觉得不自在，便拿了本书再度走到客厅里。在这种情况下，他很难专注地看书，只好打开手机漫无目的地浏览，好在浴室里的动静很快就停歇了。

他匆匆地与她对视一眼，只记得她被水汽蒸得红润的脸颊和嘴唇，头发微湿，缠绕在白皙的脖颈上，修身的睡衣勾勒出她苗条纤细的身形。

待她回房后，陈慕也坐了好一会儿才回过神来，提醒她洗衣机的位置。

陈慕也去厨房倒了杯冰水，却听到卧室门口传来一声细微的响动。他抬起头，只见房门被打开，脑海中的人重新出现在视线内。

程西似乎没料到他在外面，眸中闪过一丝惊讶，指了指阳台："我去看看衣服有没有洗好。"

"还没有。"陈慕也看了一眼，答道。

空气骤然安静下来，对视间，之前熟悉的怪异感又涌了上来。

陈慕也摩挲着杯壁，听到脚步声响起，随后有淡淡的熟悉的香味传来，和他不久前在浴室里闻到的一样。

程西走到他跟前站定，困惑地问："陈慕也，你觉不觉得我们突然变得有点奇怪？"

他抬起头，指腹顿了一下："似乎有一点。"

"那怎么办？"她自言自语了一句。陈慕也刚要说话，只见她突然抬起头，对他说，"要不，我们抱一下吧？"

他愣住了，反应过来后忍不住弯起嘴角，对她张开双手。

她上前一步，投入他的怀抱。

两人穿着睡衣，在深夜厨房昏黄的灯光下静静地拥抱。

好一会儿，两人才松开手。

陈慕也有些懊恼："我觉得，我们之前还是离得太远了，所以突然住在一起才会不自在。"

"啊？"

"由此可见，我们不应该分房睡。如果直接睡同一张床的话……"他开始一本正经地胡言乱语。

程西面无表情地说："闭嘴。"

同住的第一天晚上相安无事地度过了。

早上醒来时，程西有些分不清自己身在何处。模糊的视线逐渐清晰，脑中才接收到信息——她在陈慕也家里，此时此刻还躺在他的床上。

察觉到这一点，她立刻变得不自在起来。

程西从被子里坐起身，环顾四周。房间朝南，此时，阳光正温和地洒落在地板上，桌面上摆放着她的物品。

程西低头看着身上的被子，不由得回想起自己昨晚的睡眠似乎还不错，没有做乱七八糟的梦，一觉睡到天亮。

或许是昨天来回搬东西太累，根本没有留出任何精力去感受新环境。

程西掀开被子起床，出门时竟然听到厨房里有动静。她探头一看，发现是陈慕也在里面忙活，手里拿着锅铲，看起来在煎鸡蛋。

程西站在原地叫他的名字："陈慕也？"

"你醒了？"

程西迟疑着问："你在做早餐？"

她探头往锅里看了看，他确实是在煎鸡蛋，旁边还放着她带来的吐司炉，盘子里是烤好的面包片。

这些食材也是她昨天带来的。

"想简单地做个三明治。"他从容地回答，并顺手给鸡蛋翻了个面，关掉了火。程西定睛一看，发现他竟然没有把鸡蛋煎坏。

"你会做吗？"她还是没忍住，问道。

"之前看你做过两次，好像不难。"他一副好整以暇的样子，重新起锅烧油，准备煎培根。

程西回想了一下，她上次做三明治还是在小屋的日子。

他什么时候看到的？

"你在小屋里看到过？"

"嗯。"他关注着油温，随口应了一声。

程西沉默了。

察觉到她没说话，陈慕也停住了动作，抬眸朝她看来："怎么了？"

"所以，你那时候看似对我爱搭不理，其实偷偷在一边看我做早餐？"程西组织着措辞，问道。

陈慕也的表情凝住几秒，过了会儿才若无其事地解释："我只是不小心看过两眼。"他又欲盖弥彰地补充道，"煎蛋很简单，看两眼就记住了。"

"哦。"程西随即说，"我先去洗漱了。"

"……我没有对你爱搭不理！"背后，有人扬声说道。

程西忍不住笑了，却没有回头。待她洗漱完，早餐已经摆上桌——三明治，热牛奶，还有一盘切好的橙子。

"你觉不觉得，我们现在这样吃早餐很像在小屋里的时候？"程西吃了两口后问他。

陈慕也闻言附和："确实很像。"

"你觉得，那段时间的日子对你而言算快乐吗？"程西终于和他聊起这个问题。

陈慕也思考一阵，抬眸问道："要我说实话吗？"

"当然。"她点头道。

谁料陈慕也忽然一笑："其实挺开心的。我刚开始进去时很不适应，尤其是每天还要出去约会。后半程倒是比较快乐，因为是集体旅行，而且大家都熟悉了，我也找到了舒适的节奏。"

"还有一个很重要的原因。"他看着她，唇边的笑意更深了，"在小屋的那段时间多亏有你，至少，和你待在一起的时候，我应该是快乐的。我当时没有察觉，直到节目快结束，才发现时间似乎过得太快了。"

程西觉得奇怪，按理来说，听到他这样的回答，她应该会觉得开心，可现在回想起那些日子，心里更多的竟然是委屈。

她抿了抿唇，开口说："但其实每次和你约会，气氛都很压抑，反而是和庄星一起约会让我觉得很轻松。"

陈慕也的唇边笑意僵住了。

"……什么？"他难以置信地道，"程西，你再说一遍。"

她却不肯再说了。

吃完早餐，程西便准备回房间休息，然而，她的手被人拽住了。

陈慕也不依不饶："你好好说说，和庄星约会怎么轻松了？我看了你们的约会，虽然——"他僵了一下，"确实有说有笑的，但我也没那么差吧。"他的声音里不免带了几分委屈。

"在植物园的时候，我们不就玩得很开心吗？"

"哦。"程西敷衍地点点头，转身看向他，"那我很开心，可以了吧。"

陈慕也深吸一口气，盯着她说："程西，你在敷衍我。"

"我没有。"程西说。

"你有。"陈慕也固执起来。

见他抓着这件事不放，程西只能使出最后的撒手锏，叹气道："你要这样想，我也没有办法。"

"……"

第九章 我也喜欢你

这一天，程西都不得安宁。

坐在沙发上看书时，旁边的人抓着她问："我哪里比庄星差了？"

在厨房喝水时，旁边的人追问："你和他在一起时真的很开心？"

躲去阳台浇花时，旁边的人和她蹲在一起，质问道："难道就是因为我没有他话多？"

"你现在的话就挺多的。"程西忍不住回了句。

陈慕也立刻叫道："程西，你现在已经开始嫌弃我了吗？"

美好的周末毁在了她意气用事的一句话上，程西无比后悔。

太阳落山后，夜幕降临，一天终于即将结束。

程西放下碗筷，看了一眼天色，悄悄松了一口气。

"我要去睡觉了！"未等对面的人说话，程西立刻起身，同时不忘给出无懈可击的借口，"我今晚要早点睡，明天还要上班。"

程西抱着睡衣去浴室，为了拖延时间，她还特意洗了个澡。洗漱完毕后，外面静悄悄的，程西认真听了会儿，确认没人才放下吹风机准备出门。

她蹑手蹑脚地推开门，刚探头往外看了看，便立刻被人抓住了视线。

陈慕也就倚在门框边望着她冷笑："洗完了？"

"你想干什么？"程西警惕地看着他，抱紧了怀里的衣服。

"不干什么……"他垂眸看了一眼，提醒道，"你的衣服不洗吗？"

“……洗。”程西只好走到洗衣机前。

整个过程中，陈慕也就站在客厅里不远不近地看着她。

程西微微放下心中的戒备，从他身边走过，准备回房。

“衣服等会儿再晾——”

话还没说完，手腕就被人抓住了。

陈慕也低着头，脸上覆着一层阴影：“程西，现在我们可以好好谈谈了吧？”

程西被他拖到了书房，还没看清房内的布局，就听到了落锁声。

他竟然把门给反锁了。

她看着他说：“你有话好好说，我又不会跑。”

一整天的委屈在此刻得以发泄，他盯着她：“你今天必须把话说清楚。”

“……说什么？”

“我和庄星，谁比较帅？”他步步逼近。

程西只能后退，在他的压迫下开口答道：“你帅。”

“好，那你说出他的三个缺点。”

人在屋檐下，不得不低头。

“长得没你帅，没你洁身自好，没你……”程西绞尽脑汁，“会做早餐。”

“行，那你和我说说，你和他约会时怎么开心了，我好好学习学习。”

“……陈慕也，你够了。”程西忍无可忍，伸手推了他一下。

谁料手腕被陈慕也一把抓住，她用力想要抽回手，本能地后退了一步，脚却似乎撞到了什么东西，身体重心不稳，往下跌去。

“小心——”陈慕也没来得及抓住她。

慌乱中，程西只抓到他的衣袖，带着他齐齐跌落，压在墙边那张简易的折叠床上。

只听见清脆的“哐当”一声，床塌了。

好在陈慕也关键时刻护住了她的腰背，她没有撞伤，反而是他的手被她压红了。

程西连忙起身检查两人的情况，陈慕也甩了甩手，在她担忧的眼神中说了声：“没事。”

他们这才分出精力打量房内的一片狼藉。

“……你今晚睡哪儿？”作为罪魁祸首之一，程西理亏地问。

“没关系，客厅有沙发。”陈慕也抿了抿唇，觉得自己今天真是昏了头，举动过于幼稚。

他低头看了一眼程西，眼里有几分歉意：“刚才不好意思……”

“我也有问题……我早上是故意气你的，其实我没有那么觉得，只是……现在想起来觉得在小屋时有点委屈。”

“我知道。”陈慕也伸手把她揽进怀里，揉了揉她的头发，“对不起。”

“都过去了。”她埋在他的胸前，闷闷地道。

“罚我今天睡沙发。”陈慕也说。

程西不由得抬起头看向他，迟疑着问：“这个惩罚是不是太轻了？”

“……”

夜里，关了灯，房子里一片寂静。

程西躺在床上辗转反侧。

卧室门外，隔着一堵墙，陈慕也睡在沙发上。

那沙发不算大，翻身都困难，陈慕也的个子高，甚至放不下脚。

想到自己今天因意气用事引发这场“无妄之灾”，程西始终觉得心里不安，盯着天花板发呆许久才入睡。

第二天起床时，陈慕也眼底有乌青，打了个大大的哈欠。

“早上好。”程西和他打了个招呼，犹豫片刻，还是没问“昨晚睡得好吗”。

“早，我顺路送你去上班吧。”

其实两人并不顺路，但程西不好拒绝。

他们出门得早，路上不算堵。

到大厦附近时，程西忍不住问：“你……那个，床买了吗？”

“昨晚就下单了。”陈慕也转过头说，“今天下午应该就能到。”

“那就好。”程西胡乱地点点头，一副如释重负的模样。

“你别担心。”身旁的人见状，突然扬了扬嘴角，脸上的笑意更深了，“再不济，我还可以继续睡沙发，不会对你的床怎么样的。”

程西的大脑空白了几秒，看了他一眼，说道：“你还是先担心担心你自己吧。”

程西下车后，陈慕也坐在车上想了半天，总觉得她刚才的那句话有点不对劲。

是他想多了吗?

工作日的第一天，两人都不出意外地加班了，晚上各自在公司解决了晚餐，到家时已经是九点。

下了两天的雨终于停了，程西接到房东的消息，说明天就可以正常维修屋顶了。

算是个好消息。

“我先去洗澡了，出了一身汗。”她对陈慕也说。

虽然已经同住了好几天，但每次抱着衣服去浴室时，程西还是有些不自在，好在陈慕也贴心地回了书房。

洗完澡，刚准备回房，程西的目光扫过空荡荡的客厅，突然想起一个问题。

“陈慕也，你的床到了吗？”此时，他恰好推开书房的门，程西望过去，两人对视几秒，空气忽然安静下来。

“我打电话问问。”片刻，陈慕也拿出手机打了个电话，然而客服告诉他由于需要调货，今天暂时没办法送到。

“看来我注定要睡沙发了，真是一语成谶。”他还有心情开玩笑，黑眸里满是笑意。

“说明睡一晚上沙发的惩罚还是太轻了。”

“……”

程西临睡前路过客厅，看到陈慕也躺在沙发上，长腿蜷着，看起来有一丝委屈。

回到房间后，程西抱着被子难以入睡。她的床宽敞柔软，足以躺下两个人。

这原本是属于他的。

程西想到了一个词：鹊巢鸠占。

窗外的夜色不知不觉地加深了，屋子里悄无声息。

不知过了多久，程西依然无比清醒。听到外面传来一丝翻身的响动后，她终于忍不住睁开眼，掀开被子下床。

客厅的灯“啪”的一声被打开，沙发上的人动了动，陈慕也移开压在眼睛上的手臂，短暂的眩晕之后，他看到了不远处的程西。

她穿着睡衣，黑发披散在身后，面容白皙，眉眼间带着温柔：“陈慕也，你要不要进来睡？”

几分钟后，陈慕也带着自己的被子和枕头搬进了卧室。

虽然是自己的卧室，但分开短短几天，里面好像变了样。空气中有股淡淡的甜香，仿佛是从枕头上散发出来的。浅蓝色的床单微皱，房间里随处可见女生的用品，一切既熟悉又陌生。

程西很自然地把自己的被子和枕头移开，给他腾出一半空间，然后坦然地看着他。

陈慕也闻着鼻间的淡香，心中打起了退堂鼓。

那张床仿佛残留着她的体温，他觉得自己又要犯病了。

陈慕也花了很长时间去做心理准备，终于，他无声地抿紧嘴角，把自己的枕头和被子放了下来。

很快，程西关了灯，房间顿时一片黑暗，她上床时明显感觉到旁边人的身体僵硬了。

周遭陷入死一般的寂静，房间的窗帘密不透光，只有一角有月光投射下来。

床很宽敞，两人盖着两床被子，碰不到对方，然而从躺下到现在，没有任何翻身的动静。

程西觉得自己的脖子有点酸，肩膀也是，她忍不住动了动，旁边的人立刻出声："程西？"

她一愣："你还没睡吗？"

"嗯，你也是？"

"嗯……"

尴尬中带着一丝难言的暧昧。

终于，陈慕也忍不住先开口："要不我还是出去睡吧。"

"你在这里很难受吗？"黑暗中，程西的声音莫名其妙地冷静。

陈慕也沉默了，他不能否认，但这难受和她口中的大概不一样，或许，他可以称之为煎熬。

程西偶尔的动静让他心头微颤，他仿佛是被架在火上烤，焦灼难安。

面对她的质问，他动了动唇，好一会儿才说："我睡不着。"

"你在外面就睡得着？"

"可以试着睡。"

程西闭上眼，说："那你出去吧。

陈慕也又不敢动了。

过了很久，他终于开口：“我不出去了，可能只是一时不太习惯，说不定过会儿就好了。”

“那要是一晚上都习惯不了呢？”程西的声音从一旁传来。

“不会。”陈慕也用力闭了闭眼，说，“床肯定比沙发舒服。”

“那就是我让你不舒服了？”她的声音幽幽响起。

“……西西，”他侧过脸，察觉到情况的严重性，不免有几分慌乱，“我不是这个意思。”

陈慕也穿过被子牵住她的手，她没有挣扎，只是幽声说：“这样牵着我，你不会不舒服吗？”

“……当然不会。”他坚定地说，“我之前只是怕太唐突。”

程西任由他握着自己的手，不知过了多久，她突然说：“陈慕也，你的手心都湿了。”

“……”

“你很紧张？”她又问。

“嗯……这是我第一次和别人睡一张床。”

程西想了想，她和桃安或是关系好的朋友偶尔外出时也会一起睡觉。

她不由得发问：“你没有朋友吗？”

“……我有点洁癖。”陈慕也回答得比较委婉。

而且，他并不觉得两个男人睡同一张床是一件令人舒服的事。

程西沉默片刻才说：“我洗过澡了。”

“西西……”他的声音里带上了笑意，气氛总算轻松了几分，“你和其他人不一样。”

“比如呢？”程西问。

“我不知道……就比如，就算我们现在这样，我也只是觉得有点奇怪，但并不抵触，毕竟……是第一次。”

“那如果我们之间更进一步会怎么样？”程西有点好奇他的反应。

“啊？”他愣住了，愣愣地看着她。

“比如……”程西慢慢地凑近他，在快碰到他的鼻尖时停住，定定地看着他，“你为什么不躲？”

“为什么要躲？”他的声音低沉，像是气音。

程西皱眉道：“你不是……”

“我首先是一个正常的男人。”话音刚落，近在咫尺的脸放大，他的唇压了下来。

“西西……再继续的话，我就彻底不用睡了。”

这一晚，两人都过得无比煎熬。

不知道什么时候，程西慢慢失去了意识，再次醒来已是第二天。

旁边是空的，被子叠放得整齐，她伸手一摸，床上已经没有了温度。

待她起床，桌上已经摆好了早餐，陈慕也的脸在晨光下泛着红，看不出昨夜的不适。

双方打了个招呼，照常出门上班。

中午，程西经过家附近，特意去看了看房子。

家具上盖着防渗膜，顶楼有工人正在施工，大概还要两天才能完成防水工作。

下楼时正好撞见房东领人来看天花板和地面，说翻修工作预计明天开始，大概下周就能搬回来。

程西微微松了口气。

晚上回家时，陈慕也的新床已经到了。他蹲在地上组装床架，手里拿着工具，没多久就组装完成了。

他抬头说：“这应该比之前那个牢固一些，不至于一撞就坏了。”

程西尴尬地抿了抿唇，委婉地说：“其实只要不去撞它，应该也不会坏。”

他认真地点点头，附和道：“那倒也是。”

“……你今晚可以睡个好觉了。”程西说。

这下轮到陈慕也沉默了。

虽然两人一整天都没有提起昨晚的事情，但彼此心里都有些异样。

陈慕也望着她，解释道：“我昨晚睡得挺好的。”

“……是吗？”程西忍住想问他哪里好的冲动，温和地点点头，“那就好，我也睡得挺好的。”

如此过了几天，不知不觉已到周五。

程西又去看了看房子，天花板已经翻新完毕，正在通风晾干，恰好这段时间都是大晴天。

晚上吃饭时，她和陈慕也谈到大概下周搬回去的事情，他沉默了会儿才开口：“不用着急，慢慢来，你在这里住多久都没事。”

“我没着急，这是正常的维修进度，现在差不多结束了。”程西淡声解释。

周末，两人都要加班。程西要跟进一个大新闻，同事们都在加班加点赶稿；陈慕也的图书馆设计项目图也到了收尾阶段，正在和甲方对接修改。

周六，两人各自忙到深夜才回家。第二天，听到门外的响动，程西睁开眼才察觉已近中午。

刚出卧室门，她便不出意外地看到陈慕也在厨房里忙碌的身影。说来也怪，在小屋时那么懒散的一个人，每天睡到自然醒，十指不沾阳春水，这段时间却每天早起准备早餐。

见她洗漱完毕，陈慕也关了火，端着最后一个菜叫她："吃饭了。"

餐桌上是番茄炒蛋、红烧排骨、三鲜汤，清淡可口，像模像样。

他白皙修长的手指沾着水珠，正在摆放碗筷。程西莫名觉得这一幕十分珍贵，让她有种自己何德何能的感觉。

陈慕也先给她盛了碗汤。虽然是简单的家常菜，汤的味道却很丰富。她看了一眼，里头放了火腿、鸡肉、娃娃菜，营养均衡。

她不免觉得诧异——他的厨艺何时突飞猛进了。

"好吃吗？"对面的人问。

程西咽下嘴里的汤，点点头："你从哪儿学的，怎么突然会做这么多菜了？"

"网上有食谱。"陈慕也云淡风轻地回答，顺便盛了碗汤尝尝，"味道还行。"

"这些都是你第一次做的？"程西打量着桌上的菜。

"嗯，好像不难。好吃吗？"旁边的人又问道。

程西正好在尝红烧排骨，味道不错，她毫不吝啬自己的赞美，点点头："陈慕也，我觉得你在做饭这件事上很有天分。"

"或许不止做饭。"他神情平淡，深藏功与名，"我做什么好像都很有天分。"

"……谦虚也是一种美德。"

吃完饭，程西把碗筷都放进洗碗机里，靠着料理台和旁边的人闲聊。

"陈慕也，我觉得以后，家里可以换个人做饭了。"

陈慕也想了想："也行。"

"你这么好说话？"程西原本只是开玩笑，没想到他答应得这么快。

"嗯。"他点点头，眉眼认真，"只是我做饭还是有点辛苦，如果有人能给我一点好处的话……"

"……你想要什么好处？"问完，她又想到什么，打量了他几眼，"有些做不到的事情就不必提了吧。"

陈慕也觉得她意有所指，又找不到证据，不禁皱着眉说："程西……你……你一天到晚在想些什么？"他澄清道，"我是指单纯的好处。"

程西觉得自己很冤枉，他把话说得那么暧昧，她难免想歪。

况且——

"我哪里不单纯了，你现在在想什么不单纯的？"

"我不单纯？"陈慕也气笑了，口不择言道，"你刚才说我做不到的事情——"

他话到嘴边才反应过来，微微一笑，自信地说："我没有做不到的事情。"

程西憋笑道："哦，那你真厉害。"

陈慕也一口气喝下大半杯水，勉强冷静下来。

"程西，你给我等着。"

……

假期只剩下半天。程西和陈慕也外出置办了生活用品，用来替换之前发霉的，又做了个大扫除。

临走前，她打量了一遍房子，地板和天花板已经干得差不多了，再晾几天就可以住人。

搬家时间定在下周六。

前一晚，程西特意订了餐厅请陈慕也吃饭，算是感谢他这些天的照顾。

他答应得好好的，却在中途以去洗手间为借口把账结了。

程西正在和他生闷气，却有服务员端着酒过来做新品试饮，参与者可以获赠一份甜品，情侣参与则额外附赠一枝玫瑰花。

"我们是恋人。"陈慕也朝对方点头道。

陈慕也正准备接过杯子时，程西提醒道："你待会儿还要开车。"

鸡尾酒黄绿分层，颜色很漂亮。

程西自告奋勇替他品尝，酒的口感酸酸甜甜，微涩，后调带着青柠味，竟然很好喝。她如实反馈，服务员则将其记录下来，临走前含笑递给她一枝玫瑰花。

那份甜品最终进了她的肚子。

回去的路上，程西还在和他聊今天这特别的小插曲。

这晚，那枝玫瑰被她拿到陈慕也家里，插在了玻璃瓶。

洗漱完躺在床上，不知过了多久，意识模糊间，程西感觉有人推门，陈慕也轻声叫着她的名字扶起她，给她喂了一杯蜂蜜水。

甜滋滋的液体入喉，程西才清醒了几分，呢喃道："陈慕也……"

"你这个酒量……"他摇摇头，叹了口气。

虽然在小屋时已经见识过一回，但没料到今晚那杯酒的后劲如此大，程西勉强支撑到家就倒下了。

"我怎么知道……酒、酒精含量这么高……"程西嘟囔着，脸颊红润，难受地攥着他的袖口。

"好了，喝完就好了。"他安抚地拍了拍她的背，但她攥着他的手没有松开，陈慕也只好把杯子放到一旁的床头柜上，任由她拉着。

程西靠在他怀里睡得正香，陈慕也半靠在床头，一条腿屈着，另一条腿撑在地上，打量着她。

依稀记得第一次告白的那个晚上，她也是喝醉了，然后突然说出对他的喜欢，让他无措了许久。

当时他只觉得有负担，从一开始他就没想过在节目里谈恋爱。他承认自己有私心，几次约会结束后，确定自己无法进入亲密关系之后，他怕引起女嘉宾的误会，便和所有人都保持着距离。

结果，她成了一个例外。

他在告白当晚就冷静了下来，决定当作什么事都没发生过，两人重新回到之前的关系，他甚至刻意回避着她。

然而，他的心并不受他控制。

被她疏远之后，难受的好像是自己。

陈慕也是看了节目才清楚自己后半程的转变，对于其他人来说这变化或许正常，然而对他来说，他后来和程西之间发生的种种早已超出了朋友之间的界限。

或许在她告白的那晚，他早已动心，只是在本能的抵触心理下压下了那一丝隐秘的喜悦。

不知过了多久，程西昏昏沉沉地醒来，看到陈慕也时还觉得自己有些不清醒，直到他的声音响在耳边："好点了吗？"

“渴……”

他松开她，脚步声很快远去，又渐渐靠近，手里端着一杯温水走来。

喝完水，程西觉得自己重新活了过来，脑子清醒了不少。

“我再也不喝酒了。”她茫然地望向他，痛苦地说。

“你上次也是这么说的。”他的指腹擦过她的嘴角，声音莫名有些温柔。

程西眨着眼说：“上次……上次是……”

她很快想起了入住小屋的那段日子，心里的委屈顿时涌上来，握紧拳头重重地捶了他一下。

“你很过分，我那时候就想，我再也不要喜欢你了。”

“我错了，原谅我吧。”他垂下眼，刘海细碎地覆盖住眉毛。

程西的肩膀缩了缩，却更贴近了他的胸膛，心又软下来。

“那我就原谅你吧。”

“那你能不能继续喜欢我？”他继续问。

程西如同被蛊惑般乖乖地点头：“好。”

她话音刚落，下巴就被捏住了，面前的人低下头来，温柔地吻上了她的唇。

等到他终于离开时，程西满脸潮红，唇上已经有些肿胀。他的指腹轻轻擦过她的嘴角，拭去残留的水渍，又再度亲了过来。

程西偏了偏头，刚要说话。

“就亲一下。”

程西的脸被他轻轻地转过来，陈慕也低下头，在她的唇上轻轻触了一下。

“好好休息。”他终于露出心满意足的笑容，蹭了蹭她的脸颊，替她掖好被子，起身出门。

随着最后一丝灯光消失，程西终于从昏沉中回过神来。回想起这一晚陈慕也的表现，她脸上的热度渐渐升高，转身将头埋进枕头里，彻底睡不着了。

……

周六，傍晚太阳落山之际，程西终于搬回了自己家。

直到天色都黑了，陈慕也还坐在沙发上没有走，玩着她新买的抱枕。

“你还不回去吗？”见他没有要走的意思，程西切了盘水果端过来，算是慰劳他帮自己搬家。

“一个人的房子，有什么好回的？”他望着天花板叹了口气。

“……你之前不是一直都一个人住吗？”

“你没听过一句话吗？”他转过脸，幽幽地望着她，认真地说，“由俭入奢易，由奢入俭难。”

“那这样吧。”程西想了想，说，“你今晚就睡在这里，睡沙发，怎么样？”

“……好狠的心。”

陈慕也最终还是走了，到家之后，他立刻发来一张照片，照片里是空荡荡的客厅，配文：孤寡老人。

她笑着回复道：“装模作样。”

小西：“晚安。”

小也：“明天见。”

早上起床时，外面已经笼罩上了一层湿冷的雾气。

已经过了立冬，沪市正式进入冬天。

陈慕也一大早就在程西家楼下等候，等她一起吃早餐。

吃完早餐，两人牵着手走回家，感受着空气中的冷意。

“时间过得好快，我们认识也有一年了。”程西不禁想起了去年的冬天，他们在节目里重逢。

“今天是我们在一起的第六个月零八天。”他算了算，准确地报出一串数字。

“好巧。”程西在心里默算了一遍，这刚好也是她喜欢他的第六年。

“什么巧？”他转头问她。

程西握紧他的手，对他笑了笑，随口编了句：“好巧，我们还在一起。”

“……这算巧？”陈慕也露出无奈的笑意。

“你过年回哪里？”她不可避免地想到一段时间后的春节假期。

“我还没确定。”他转过头问她，“你呢？”

程西的回答在嘴边转了好几圈，最终还是没说出口。她避开他的注视，故作轻松：“我也还没确定呢。”

过完冬至就迎来了圣诞。平安夜那天，两人在程西家里过节，桌上摆着礼物，陈慕也送给她的是包装精美的苹果和一条围巾。

围巾是粉色的羊绒材质，款式很适合她。

程西给他准备的是一个礼盒装的苹果，还配了一条领带。

工作步入正轨之后，他穿正装的次数越来越多，好几次下班来接她时都穿着西裤和衬衫，打着领带。公司的女同事撞见过两次，第二天就有好几个人跑来问她是不是找了个帅哥男朋友，打听起他的职业。有一次路过办公室，程西还依稀听到“明星”“男模”等词汇。

她有些无语，只能让陈慕也来接她时将车子停远一些。被问及理由时，她无奈地告诉他：“公司里都在传我找了个男模当男朋友。”

陈慕也沉默数秒，气笑了。

再后来，周明八卦地问起她时，她一五一十地纠正道：“是我的男朋友，做建筑设计的，没有从事其他行业。”

谣言从此破除。

冬夜的屋内暖意融融，互送完礼物，程西认认真真地吃起苹果，还要求陈慕也一起吃，他只能有一口没一口地咬着，手里把玩着她上次买的拼图。

拼图的图案是动漫《哈尔的移动城堡》里的场景。

程西曾经问过陈慕也为什么喜欢这部动漫，他漫不经心地思考了一下，回答道：“我觉得能把家带在身上很酷。”

程西当时就理解了。

或许每个缺乏关爱的孩子都想要一座属于自己的城堡，随时随地可以出发，无论在哪儿都能待在自己的家里。

他专心地拼着拼图，城堡已经初见雏形。

她干脆说：“你不吃苹果就别勉强，都氧化了，反正平安夜吃苹果只是为了讨个好彩头。”

陈慕也立刻直起身子，把手里剩下的一半苹果丢入垃圾桶，抽出纸巾擦了擦手。

“西西真是深明大义,我也很赞同你的说法。”他一本正经地点点头。

“……”

客厅的电视机里随机播放着新闻，中间还穿插着天气预报，再过一段时间，沪市将迎来降雪。

沪市靠近南方,四季分明,冬天少有大雪,只有临近春节时才会下雪。

离春节只有一个月，已经可以开始抢票了。

“你想好春节去哪里了吗？”陈慕也不经意间问起。

程西不答，只是反问道：“你呢？”

“我可能会回京市待两天，见见学长。”陈慕也看向她，嘴角挑起一丝笑意，不太正经的样子，“当然，如果你和我一起过年的话，我就不回去了。”

程西没料到他竟然有这个打算，呼吸一顿，脑中冒出荒唐的念头，又很快被压下去。

“我……我可能要回家一趟，看看爸妈。”程西最终还是找回了理智。

陈慕也继续低头拼图，语气轻松：“过年肯定是要回家和爸妈一起，我只是逗逗你。对了，你们公司确定放假时间了吗？”

“可能会在春节前七八天放假。”程西说。

“那可以看机票了。”陈慕也抬起头，突然问，“你买到哪里的机票？”

程西与他对视几秒，避无可避，手心已经出了很多汗，胸口起伏不定。过了许久，她才做好心理准备，说出那两个字。

“秀越。”声音不大。

说完，她紧张地观察着他的神情变化，仿佛在等待着什么审判。

谁料陈慕也的神色并没有太大变化，只是轻声重复着这两个字：“秀越。”

“你的老家是在秀越市吗？”他的视线落在她身上，似乎并不感到意外。

程西回答：“是。”

“我在秀越读过两年书，跟我外婆住的时候。”陈慕也注视着她，眉心不自觉聚拢，又很快舒展开来，主动问她，“程西，我们是不是从前就认识？”

程西曾经无数次期待过这一刻的来临，然而真正到了这个时候，她的勇气却瞬间如同潮水，退缩得无影无踪。

她努力扬起笑容，点了点头，又摇了摇头：“不算认识，我那时候应该听过你的名字，后来上了节目才把你和记忆中的学长联系在一起。”

“秀越一中？”他确认道。

程西点点头：“我比你低一届。”

陈慕也沉默许久，似乎在思考，她心里发虚，忍不住问道：“你之前就知道了吗？”

节目里嘉宾的报名资料保密性并不高，虽然程西一直未曾具体提起过自己的籍贯，但只要有心去问，导演组这边一清二楚。

自见面之后，陈慕也从未提起过这个话题，程西便以为他依然什么都不知道。

然而此刻，他望着她点了点头："我知道你的老家是秀越。你走的那个晚上，我问了你的跟拍导演，她说你回老家了，目的地是秀越。"

"我没忍住，找他们要了你的报名资料。"他眼含歉意，"对不起。"

"那为什么这么久以来一直没有问过我？"程西不禁问道。

"我一开始觉得这可能是个巧合，见面之后，你也从来没有提起过这件事情，所以就没有主动问起。况且……"他缓缓说道，"我觉得我喜欢你这件事情，和你是哪里人并没有太大关系，我们之间的相处也不需要用其他的东西来衡量。"

"但是知道你听说过我的名字，我还是很高兴。"

"这是不是……"他想到一个词，"命中注定？"

温暖的灯光下，陈慕也对她温柔地笑着，程西的胸口却沉甸甸的，根本笑不出来。

如果他知道他以为的命中注定不过是她背后的蓄谋已久，他会不会觉得这一场相遇也如同繁花似锦下的疮痍满目，令他触之生厌？

春节假期终于来临。

程西是今年新入职的员工，春节期间不需要值班，因此提前一周便放假了，而陈慕也则有个项目需要收尾，直到春节前几天才能放假。

农历腊月二十二，陈慕也送程西来到机场，帮她把行李提到安检口。

"记得给我打电话。"他抱着她说。

"我很快回来。"她拍拍他的肩膀，以示安慰。

"你们明明初八才上班。"他不满地叹了口气，"整整半个月的假期。"

"我可以提前回来。"程西不明白他的抱怨从何而来，但还是绞尽脑汁安慰道，"实在不行，我也可以去京市找你。"

"真的吗？"他突然松开她，询问道。

"真的。"程西认真地点点头。

陈慕也摸了摸她的头，说："那说好了，春节期间我们也要见面。"

到了登机时间，程西拖着行李走进登机口，离开的前一刻，她回过头，看到陈慕也依然站在原地。捕捉到她的目光后，他笑着挥了挥手。

不过是一次短暂的离别，程西被人流裹挟着，眼里却泛起了酸意。

她不可避免地想起之前每一次的分别。

每次临别的那一刻都像是见到他的最后一面。

分开后的时光，她都在告诉自己，她以后的人生中可能再也不会有他了。

好在，都过去了。

飞机落地，程西刚到家就接到了他的电话。

“到家了吗？”

“嗯。”程西刚进家门，正面对着热情迎接的两个人。

程松立刻接过她的行李，嘘寒问暖起来，周芳容则开始打听她的工作，同时批评她的穿着。

程西匆匆敷衍了他们两句便进了房间。

“这孩子，话都没说两句就往房间跑——”周芳容的说话声从背后传来。

接着是程松的劝说：“没看到西西在接电话吗？说不定是工作上的事呢。”

“都放假了能有什么工作，我说，程西不会是交男朋友了吧？”

“不会吧，你这一天到晚，瞎琢磨什么……”

程西隐约听到最后那句话，感慨周芳容不愧是教导主任，依旧如此敏锐。

“你怎么不说话了？”听到电话那头没动静，程西不禁问道。

“我怕打扰到你。”陈慕也的声音带着笑意，“毕竟，万一被你爸妈发现了，你交男朋友的事情不就暴露了？”

程西觉得有点没面子，小声辩解道：“发现就发现，我这个年纪交男朋友很正常，又没早恋。”

“哦——”他意味深长地拉长声音，“那我是不是可以抽空拜访一下叔叔阿姨？”

程西眉头微蹙，不可思议地问：“你是认真的？”

“也可以不认真。”他的嗓音懒洋洋的。

“你认真一点，陈慕也。”

“好，那你定个时间。”他干脆地说。

“……我不是指见家长。”程西深吸一口气，语气仍然平静。

“好吧。”他顿了一下，接着嘴角上扬，“程西同学，现在，你的男朋友很认真地问你，路上顺利吗？冷不冷？累不累？吃饱了吗？有没有想我？”

“……还好，挺顺利的，不冷、不累、不饿……想。”

“我也想你。”

“你先出去陪你爸妈吧，晚点再打电话。”

“好，你也不要忘记吃饭，注意身体。”

挂完电话，程西去客厅整理东西，周芳容在一边给程松使眼色，两人无声拉扯了半天，最终还是程松犹豫着开口：“西西啊，你年纪也不小了，在公司有没有遇到合得来的……小伙伴？”

“啧。”周芳容看不过去，直截了当地说，“程西，你最近有没有交男朋友？先说好，我们也不是要反对什么，你这个年纪确实可以谈恋爱了。但是你没什么经验，如果真的有了交往对象，我建议还是让家里帮你把把关，不要不告诉家里……”

“有。”没等她说完，程西便给出了肯定的答复。

周芳容被打了个措手不及，差点以为自己听错了，难以置信地确认道：“……什么？”

“我说我有男朋友了。”程西望着两人，解释道，“我们在一起半年了，他也在沪市工作，大我一岁多，人品和性格都很好，我们正在稳定交往。”

程西这一席话在家里投下了一颗重磅炸弹。她从小到大都是乖乖女，没有干过什么叛逆的事，更没有交过男朋友，父母都以为她要等过了适婚年龄才开始相亲。

没想到才工作半年，她就不声不响地交往了一个对象。

程西被两人拉着审问了一个下午，将陈慕也的个人信息问了个遍。

“爸，妈，我已经成年很久了，具备独立的行为能力，我很清楚我目前拥有的是一段健康的正常的感情，这就足够了。如果有合适的机会，我会把他介绍给你们。”

“那万一没有呢？”周芳容质问道。

在他们的观念里，谈恋爱就一定要走到最后，否则就是耍流氓。

程西冷静地说：“那也是我人生很重要的经历，世界上所有的事情都是这样，没有人能预知未来，去经历，去体会，这就足够了。”

她态度坚决，没有透露出更多信息，父母只好妥协。

程西过年前夕仍然陪着父母走亲戚、买年货，时不时还要接受周芳容的教育，只是偶尔当着他们的面出去接听电话时会收到两道好奇的目光。

除夕守岁，零点时，陈慕也准时给她打来视频通话。程西回到房间，听见窗外正在放烟花，爆竹声响亮，他那头却很安静，好像没有人。

“新年快乐。”他温声祝福。

“新年快乐。”

两人都不可避免地想到去年的同一时刻，程西微微沉吟。

“还记得去年吗？我当时给你发来新年祝福，结果发现你把我的微信号删了。”

“你给我发消息了吗？”程西先是一愣，随后笑起来，“说明我的信里说的都是真的，我不会给你和我做朋友的机会。”

“好巧，你预判了我的预判。”

“什么？”程西扬起眉梢。

“我本来下了节目就想联系你的，结果你根本没给我机会。”

“联系我做什么？做饭搭子还是网友？”程西故意问。

“都行。”他给出结论，“徐徐图之。”

话音刚落，两人同时笑了起来，恰逢窗外一片烟花升起，夜幕绚烂多彩。

“秀越的春节依然这么热闹啊。”陈慕也突然说道。

“你那边没有人放烟花吗？”她不禁问。

“没有，禁止烟花爆竹很久了。”

“哦。”程西打量着他的家里，犹豫着说，“你的爸爸妈妈……”

“他们都不在。”陈慕也立刻回答，大概是看出她心中所想，他解释道，“他们离婚很久了，现在各自都有了新的家庭。”

“那你都是一个人过年吗？”程西的语气不自觉地重了起来。

“今年是两个人了。”陈慕也的目光隔着屏幕望来，“我们一起跨年。”

大年初二是亲戚上门拜年的日子，程西坐在客厅陪了一整天的客人，晕头转向，直到下午才终于闲下来，结果又被周芳容打发出去买卤味。

卤味摊在学校附近，老板很敬业，每年春节都照常开业。许多从外地回来过年的人都会到他这里买记忆中的卤味，因此生意颇为不错。

等到程西终于买到卤肉，衣服和头发都已经在人群中被挤得乱糟糟。她正抬手整理着凌乱的发丝，突然听到身后有人叫她：“西西——”

她的动作一时顿住，还以为自己出现了幻听。抬头看去，校门口不远处站着一个身穿黑色大衣的人，眉眼熟悉，引人注目——不是陈慕也又是谁?

两人上午才通过电话，那时候，程西隐约听到他那头的背景音有些杂。没想到一转眼，他就飞来了秀越市。

“你怎么在这里？”程西气喘吁吁地跑过去，停在他面前，难以置信地问。

“探亲。”他言简意赅，黑眸含笑。

程西察觉到他意有所指，慢慢红了脸，刚要说话，一个小男孩就跑了过来。

“哥哥——”他头戴虎头帽，看着圆滚滚的，伸手拽住陈慕也的衣角，仰头打量着程西。

“这个姐姐是谁啊？又是来找你要联系方式的吗？”他的声音清脆响亮，引得周围的人望过来，像看热闹一样看着两人。

程西有点尴尬，刚准备解释，陈慕也便牵住她的手介绍道：“这是哥哥的女朋友，不是来要联系方式的。”

“西西，”他看向她，嘴角带着笑意，指着这个小胖墩说，“这是我舅舅的儿子，我是来——顺便探望亲戚的。”

奶茶店内的几桌客人都是学生，纷纷抱怨着寒假作业。

陈慕也领着小表弟坐下，小孩埋头看着菜单，嘴里嚷嚷道：“鸡翅、鸡腿……”

陈慕也给他点了一杯果汁，然后把单子递给她。

“我喝橙汁就好。”程西说。

“那我也要一杯橙汁。”陈慕也把菜单递给店员。

小孩坐在一旁干瞪眼，气得脚直踢地：“炸鸡、炸鸡！”他再度强调，有些不甘心。

陈慕也看了他一眼，淡淡地说：“江子言，舅舅出门的时候特意嘱咐过我，不要让你吃油炸食品，说你的体检结果显示体重严重超标。”

他一听，整个人瞬间蔫了，有气无力地趴在桌上。

“早知道就不跟你一起出来了，一点好处都没有……”

“怎么没有呢？”陈慕也无比正经地说，“你喝了一杯果汁，还见到了漂亮姐姐。”

说到后面那句话时，陈慕也特意抬头看了程西一眼。

“哥哥，你越长大越坏了。”良久，小孩只挤出这么一句话来，脸上满是委屈。

陈慕也笑着摸了摸他的脑袋：“行了，待会儿带你去买模型。”

“真的？！”原本有气无力的人立刻来了精神，举起双手高呼道，“最爱你了！”

陈慕也这才有空看向程西，浅笑着说：“你怎么到这里来了？我还打算待会儿去找你呢。”

“我妈让我出来买卤味。”程西示意着手里的袋子，欲言又止，“你……”

“好几年没回来过年了，顺便来看看。”他这句话意味深长，不知哪个才是顺便。

程西刚要问他是什么时候到的，就听陈慕也慢条斯理地解释道：“我买的是早上的机票，中午刚落地，先去了舅舅那里，听说你家有亲戚就没去打扰，想着带表弟出来逛逛，没想到在这儿碰到你，真是巧了。”他言笑晏晏。

“那你待会儿准备做什么？”她又问。

“如你所见。”他看了一眼身旁的小孩，“带他买模型。”

“你待会儿有空吗？”程西刚喝了两口橙汁，就听到他问，“没空也没关系。”

“我……有空。”看着陈慕也的笑脸，程西在心里对家里的周芳容说了句抱歉。

卤味的话……也不需要趁热吃吧？反正还没到晚饭时间，逛一逛也没事。

程西心安理得地跟着他们往外走去。

模型店就开在附近的商场，店里有些拥挤，堆满了盒子。

江子言如鱼得水地挤进去，左翻右看，个个爱不释手，挑选着心头好。

陈慕也与程西并肩站在不远处，隔着货架，又有台面遮挡，程西察觉自己垂在身侧的手被人握住了。程西转头看向他，恰好对上他带笑的眼睛。

结完账，江子言抱着自己精心挑选的模型爱不释手，走出好长一段距离才发现身后的两人动作缓慢，刚要说话，目光就落在陈慕也紧牵着程西的手上，他立刻睁大了眼睛。

“哥哥，你……你怎么当着小学生的面和女朋友牵手？你不怕教坏小朋友吗？！”他发出苍白的质问。

陈慕也一本正经地教育道：“江子言，我相信你可以明辨是非，对吗？哥哥已经到了可以谈恋爱的年纪了，和女朋友牵手很正常，但是小朋友不能早恋。”

最终，小孩一跺脚，使出撒手锏：“我要回家告诉我爸爸！”

他的威胁让陈慕也摇头一笑，反而更开心了。

程西却有点担心，低声问他：“没关系吧？”

“有什么关系？”陈慕也脸上的笑意很明显，“你说我舅舅吗？没事，我本来就和他们说过来看女朋友。”

“啊？”程西呆住了。

“不然呢？”他叹气道，“我和亲戚之间并不热络，一个人大老远过来拜年才奇怪。”

程西消化完这个信息，又想起什么，忍不住道：“那我要不要……去拜访一下？”

“我觉得这个事情……应该男方先做吧？”陈慕也若有所思片刻，含笑看着她，询问道，“西西，不知道我有没有上门拜访叔叔阿姨的荣幸？”

……

程西提着卤味回去时，果不其然发现家里已经准备吃饭了。

周芳容正端着菜准备坐下，见她回来立刻皱眉道：“买份卤味要这么久？我和你爸还以为你走丢了，差点派人去找你。”

“遇到一个朋友，耽误了点时间。”程西把手里的袋子递过去，“妈，热热吧。”

“什么朋友？再晚点回来，这盘菜就可以当夜宵了。”周芳容接过程西手里的卤味，打开微波炉。

家里还有几个亲戚没走，程西没多说，敷衍了过去。

热闹地吃完饭，送走客人，屋子里终于清静下来。

程西打好腹稿，趁三人都在客厅之际开口：“爸、妈，你们明天有空吗？”

“明天？有吧，你大姨他们不知道来不来，我和你爸也不出去……怎么了，有什么事吗？”周芳容察觉到不对，纳闷地问她。

程西顿了一下，端坐着说：“明天我……我男朋友想上门拜访你们。”

空气一阵死寂，沙发对面的周芳容和程松表情呆滞。

短暂的沉默过后，一道刺耳的惊叫声打破了沉默："什么？！你男朋友——"

"他、他过来了？"程松连忙问。

周芳容最先回过神来，努力冷静下来，说道："程西，你和我们好好说说，你这个男朋友是怎么回事，怎么突然要上门拜访。"

"对，还有，他是哪里人，口味和喜好也通通告诉我们！"程松的话音刚落，便迎来了周芳容的瞪视。他无奈地摸了摸鼻子，不再说话。

程西把陈慕也要上门的前因后果大致说了一遍。

"他是京市人，外婆家在秀越，以前也在这边读过两年书……"

"等等，"听到这里，周芳容不禁打断道，"他也在我们学校吗？"

"对，"程西顿了一下，"他大我一届，我们读书的时候不认识。"

"他叫什么名字？"周芳容皱起眉头问。

学校里有点名气的学生她都有印象，要么是名列前茅的尖子生，要么是不务正业的小混混。

好在程西沉默几秒后报出了名字："陈慕也。"

周芳容眉心微微一动。

"这个孩子……我有印象。他当时好像一直是年级前三名，高三那年转回户籍地高考，年级主任还惋惜了很久……好像就是回了京市。"她抬头看向程西，眉头却皱得更深了。

"我记得……这孩子好像长得也挺帅，一表人才，学校里的很多女生都喜欢他，他还喜欢打篮球，见到老师也特别懂礼貌，高考完好像去了清大？"

程西没想到她竟然记得这么清楚："对，就是他。"

"这么优秀的小伙子？我们西西眼光不错。"程松顿时笑开了花。

"我也纳闷了，像他这样的条件什么样的女朋友找不到，怎么就看上我们家这个闷葫芦了？程西，你和妈妈说实话，你们是通过正当途径在一起的吧？"

程西不知该作何反应，沉默了。

程松率先说："你这是什么意思？我们西西漂亮、听话又优秀，谁和她在一起都是高攀了！"

"……"

商讨的过程一团糟，好在结果还不错，两人都接受了明天陈慕也要登门拜访的事宜，且没有表露出反感。

程西回房和陈慕也说了结果，他很快给她打来电话。

“西西，叔叔阿姨有没有骂你？”

“为什么要骂我？”程西理直气壮地说，“我已经成年很久了，又没有早恋。”

“因为自家的好白菜被猪拱了。”他一本正经地说，“我怕在你爸妈眼中，我就是那头猪。”

“才不是。”程西憋着笑，“我妈妈还记得你，而且对你的印象很好，她还问我是不是通过正当途径和你在一起的呢。”

陈慕也在那边笑得乐不可支，好一会儿才平静下来：“那你替我向周老师说声感谢。”

自从那次提到秀越，得知两人是校友之后，他们聊起过很多关于学校的事情。

校门口的小吃街、教学楼前那排高大的香樟树、早晨七点的广播，还有学校超市特别供应的紫米面包……

提起这些共同的回忆，陈慕也的眼里光芒越来越亮。

程西既欣喜又恐慌，欣喜的是他好像更加喜欢自己了，恐慌的是，这一切不过是她的伪装。

她把自己暗中偷窥的所有细节伪装成他们之间特别的默契，他认识的是精心装扮后的她，他眼里的美好相遇、共同喜好、独特默契……不过是她的机关算尽。

既然在同一座城市生活过，两人不免聊起了彼此的住址。陈慕也因此知道她家住在学校附近，她的妈妈是教导主任，虽然没有教过他，但和他的班主任在一个办公室，经常碰面，对他有一定印象。

电话里，陈慕也问完两人的喜好后，临挂断前突然叫了她的名字。

“西西，我突然……有点紧张。”

“你不需要紧张。”程西认真安慰道，“他们会很喜欢你的。”

“那你呢？”他忽然变得不正经起来。

“我要挂了。”程西板着脸说。

他的笑意依旧，一本正经地说：“我也喜欢你。”

第十章 暗恋重见天日

翌日一大早，周芳容和程松就正襟危坐，在客厅等候。

十点钟，陈慕也准时登门，提着准备好的礼品，礼貌地躬身，含笑和两人问好。

“叔叔阿姨好，第一次拜访，准备不周，打扰了。”

“太客气了，快进来。”两人把他迎进门，目光趁机在他身上打量着。

“小陈，听说你高中在这边读过两年书？”茶几上摆满了水果和零食，正式进入谈话环节。

“是的，周老师，不知道您还记不记得我。”陈慕也谦逊有礼，在长辈面前表现得乖巧得体。

程西还是第一次看到这样的他。

“当然记得，你这么优秀，大部分老师都有印象的。你后来考去清大了是吧？”周芳容先用师长的口吻关怀了几句。

“是的，学的是建筑设计。”

“年轻有为啊。”程松跟着夸道。

几人寒暄一通，随即进入正题。

“小陈啊，你和我们西西是怎么认识的？我记得你们毕业后不在一个地方。”周芳容开始提问。

关于这个问题，程西和他对过答案，陈慕也自然从容地回答：“我是因为工作调动去了沪市，重新和西西遇到的。我们对对方的第一印象很好，加深了解之后才知道我们竟然在同一所高中读过书，后来相处得越来越好，所以建立了恋爱关系。”

陈慕也说到这里，还向程西望去，爱意毫不掩饰，两人一副情投意合的模样。

周芳容无声地和程松对视了一眼。

接着，得知陈慕也父母离异，两人很知分寸地停止了这个话题，体贴地问他吃不吃橙子。

桌上的水果都是按照他的喜好准备的，陈慕也没有拒绝，将橙子削好皮后先给了程西。

“西西，你尝尝。”他的语气无比温柔。

虽然很刻意，但家长就吃这一套，对待陈慕也更加和气。

中午时，两人总算放过他，准备去做饭。

“小陈，待会儿尝尝叔叔的拿手好菜油焖东坡肉，特意一大早出去买的新鲜食材，早早就处理好了。”

“辛苦叔叔阿姨了，我帮你们打打下手吧。”陈慕也主动说道。

“不用不用，你快去休息，让西西带你去房间看看也行。”周芳容给程西使了个眼色。

程西如蒙大赦，连忙拉着陈慕也说：“我带你去我房间坐坐吧。”

方才急于逃离，一回到房间，关上门，程西又觉得不自在起来。

她毕业后回来得很少，房间依然维持着少女时期的样子，泛黄的海报、陈旧的书桌以及粉色的床单被套都很有年代感。

陈慕也此时正坐在她的书桌前。在那里，她曾经伏案写下过无数关于他的少女心事。

“这就是你的房间？”他打量着四周，“很可爱。”

“突然有点后悔……没早点认识你。”陈慕也有些惋惜，轻轻叹了口气，“不然就可以见到十几岁时的你了。”

程西站在他面前，沉默许久才出声：“你不会想见到的。”

他面露困惑，与她对视，似乎察觉到了什么，笑了笑，主动开口说：“怎么，你那时候是叛逆少女，害怕被我教训吗？”

“才不是。”程西反驳了一句，片刻后才轻声说，“我高中的时候很孤僻，没什么朋友，长得也不好看，很不起眼，所以不想让你看到。我希望你心目中的我一直像现在这样漂亮。”

“西西……”陈慕也先是愣了愣，然后笑开了。他伸手拉过她的手，将她拽进怀里，一起坐在椅子上抱着她。

“我承认你很漂亮，很可爱。”他的语气莫名其妙地温柔，“可是你也得允许我喜欢上漂亮和可爱这一面以外的你。我觉得你独一无二、闪闪发光的灵魂对我的吸引力无人能敌。”

周芳容叫程西出去时，她正在给他找自己从前看的漫画和小说，试图让他了解她的过去。

“怎么都是热血武侠类？”陈慕也拿着泛黄的漫画书翻了几页，忍不住笑了，“你要当拯救江湖的侠女啊？”

“嗯。”程西认真点头，“我那个时候就想当个仗剑走天涯的侠女，不受世俗拘束。”

想到这里，程西不禁注视着面前的人，似乎想要说什么。

“西西，你大姨他们过来了，你快出来，顺便带小陈认识一下。”周芳容的声音隔着门传过来，同时伴随着热情的打招呼声，外面的场面明显变得热闹起来。

程西不得不起身对他说：“昨天说我大姨可能要来，但不确定，所以没有提前和你说。”

“没关系。”陈慕也将手里的书放回书架上，随意地说，“多认识认识亲戚也好。”

程西个人是不喜欢在亲戚间周旋的，小时候聊成绩，长大了聊工作，再大点就开始聊对象。

想必陈慕也比她更不喜欢。

果不其然，看到他们，尤其是身旁的陈慕也，程西的大姨立刻惊呼道：“哟，听说西西有男朋友了，我们还不相信，没想到竟然都带回家了，小伙子长得可真帅啊。”

大姨拉着陈慕也的胳膊，还不忘回头和周芳容说：“小妹真是好福气，女婿挑得这么好。”

程西的大姨和周芳容一个市侩接地气，一个古板又老套，而这性格迥异的导火索是初中毕业考试。

在那个时代，周芳容成了家里第一个大学生，而大姨去了卫校，早早就结婚生子。程西的大表姐已经嫁人，小表妹刚上初三，此刻正乖巧地站在一边。

程松没待太久就继续回厨房忙碌了，周芳容负责陪客人。

几人的话题依然离不开家长里短，程西的大姨格外自来熟，以女婿称呼陈慕也，亲切热络。

程西坐在一旁尴尬不已，不敢看陈慕也的眼睛。

就在大姨问两人什么时候结婚时，程西终于忍不住，生硬地转移了话题。

“大姨，斐斐今年的期末考试成绩怎么样？学习还跟得上吗？”

瞥见旁边小表妹心如死灰的表情，程西默默在心里跟她说了声抱歉。

果不其然，提到这个话题，大姨顿时有满肚子牢骚要发，从小表妹数学偏科说到这次期末考试失利，又对高中择校表示了担忧，甚至准备谈论考大学和找工作的事情。

周芳容在一旁给她出谋划策，程西和陈慕也终于放松下来，不再被追问。程西刚想给陈慕也使个眼色回房间里躲清闲时，程松突然从厨房走出来，抬头叫了她一声。

“西西，家里没有酱油了，你去超市给我买一瓶。早去早回啊，我急着用。”他身上还系着围裙，说完便从口袋里给她掏出十块钱，支使她跑腿。

买完东西剩下的就是她的零花钱。

“爸，我已经工作了，买瓶酱油还是有钱的。”

“行。”程松又把钱塞回去，不忘再提醒一句，“腿脚麻利点，锅里还炖着排骨呢。”

程西不敢耽搁，立即去门口换鞋。

陈慕也见状，走过来，说道：“我跟你一起去吧。”

“不用不用。”她看了一眼客厅，凑过去小声说，“你先去我房间待会儿，我马上就回来。”说完，她立刻抬头对着客厅扬声道，“妈，大姨，我先去买酱油了，让他先回我房间休息会儿。”

“哦，小陈，那你先去休息。”

“去吧。”程西对他眨眨眼。

陈慕也轻声叮嘱道：“那你早点回来。”

程西比了个“好”的手势：“两分钟。”

超市就在小区门口，走过去最多五分钟，为了安抚他，程西把时间打了个对折。

她没敢耽搁，一路小跑而去。

待她出门，陈慕也才去她的房间。

方才的漫画书还在架子上，他抽出来刚看两眼，就听到外面的人在说话。

“……不知道程西的笔记本还在不在，这么多年，估计早就旧了。”

“给斐斐观摩观摩也好，谁不知道你家西西成绩好，高考成绩还是全市前十，找不到笔记也没关系，实在不行就把她高中时用过的旧书给斐斐，拿回去让她好好翻翻。”

“不知道还找不找得到，我记得是在那个旧箱子里，我先翻翻，不行的话就等程西回来给斐斐找……”周芳容走到房间门外。

房间门没关实，虚掩着，很快被人敲响。

“小陈啊，阿姨来找一下西西的笔记，给她的小表妹带回去看看。”周芳容说。

陈慕也很快放下手里的书，礼貌地站起身：“好的，阿姨。”

“你坐，你坐。”她连忙招手，熟门熟路地走进程西的房间，在她的床边蹲下，拉出一个大纸箱。纸箱上满是灰尘，她在空中挥了挥，偏头咳嗽了两声。

陈慕也主动走过去问：“阿姨，需要我帮忙吗？”

“不用，不用。”她摆摆手拒绝。

陈慕也还是在她身旁不远处蹲下，和她一起翻找着纸箱里的东西。

里面的书籍资料摆放得很整齐，虽然有灰尘，但很完整。

陈慕也拿过几本高中教材，上面有模糊的字迹，是程西的名字。

“这些东西还是我给她收拾的，这么多年，估计她都没打开过……”周芳容边说边低头找着，嘴里嘀咕，“咦，怎么没有呢……难道我记错了……”

她找不到笔记本，不由得抬头对陈慕也说：“那边还有一个箱子，小陈，帮我拿一下。”

他伸手过去，刚拖出纸箱，就听到“哐当”一声响。

纸箱一侧不知碰到了什么东西，那东西被打翻在地。陈慕也垂眸看去，在地板上看到一个上了锁的铁皮盒，大概是老化了，盒子已经被摔开，卡片、信纸和不知名的小物件散了一地。

周芳容看了看，司空见惯地数落道：“这个宝贝盒子里不知道装了什么，从小到大都藏在床底下，没让我看过。”

她又仔细看了两眼：“那个铁皮盒好像还是有一次过年买的饼干盒子，被她加了把锁，不知道到底有什么秘密。”

“可能是女孩子的一些小玩意儿吧。”陈慕也说着，很快过去把地上的东西一样样捡起来，小心地放回盒子里，生怕一不小心就把里面那些年代久远的“珍藏品”弄坏了。

他无意窥探她的隐私，动作迅速。

盒子重新填满，陈慕也检查着四周，一眼便看到了掉落在床底最里面的一个旧笔记本。

那个笔记本躺在木地板上，边角泛黄，很不起眼。

他探身过去把笔记本拿出来，拍了拍沾上的灰尘，准备放入盒中时不经意一瞥，便看到封面上熟悉的字迹。

《C少年观察日记》

——谨以此献给我的十七岁。

他本应该把这本日记放入铁皮盒中，然而鬼使神差般，他不受控制地翻开了日记的第一页。

她在节目上好像提起过学生时代有个喜欢了很多年的人，一想到可能会窥见她少女时的暗恋情愫，看到她对另一个人的爱慕，他又不禁后悔翻开日记。

短短几秒，日记本的第一页已经映入眼帘，秀丽工整的黑色字迹，笔锋藏锐。

第一次听到他的名字，是从别人口中。

那是一个很普通的清晨，雾气微冷，他从校门口走进来，晨风灌入他的校服，少年瘦高挺拔。一片薄薄的金光中，连他的头发丝都散发着光芒。

那是我第一次迟到，也是我和他的第一次碰面。

那个傍晚，夕阳灿烂，香樟树的影子投落下来，他的背影仿佛撑起了一片天。

他真是一个奇怪又特别的人。

他喜欢的水果竟然是橙子。

路过走廊时又见到了他，他被一群男生围着，懒洋洋地笑着瞥过来，差点以为自己被看见了。

第三次看到他在学校超市买紫米面包。原来男生也爱吃甜食。

今天在校门口执勤，他又迟到了，被学姐抓住后求饶几句竟然就被放过了。

果然帅哥是有特权的。

他在篮球场上的样子帅得让人充满勇气。

考试成绩出来了，他又是年级前三名，班上有好多女生都在讨论他。突然有点羡慕，她们可以光明正大地念出他的名字。

月考进步了十名，离那个名字又近了一点。

……

日记本很厚，每一页却都只有零星的话语，像随笔，只言片语地写下当天的心情。

随着纸张一页页翻过，越往后看，陈慕也的目光越沉，C 的样子慢慢清晰起来，C 的名字仿佛已经能脱口而出。

此时，门外突然传来响动，陈慕也被程西的说话声惊醒，他刚好翻到日记本的最后一页。

没有见到他最后一面。

观察至此结束。

再往后是大片的空白。

陈慕也合上手中的日记本，几乎同一时间，程西走了进来。她的视线落在陈慕也身上，然后缓缓下移，看到了他手里的东西。

无形之中，场景定格，时光快速倒退，把时钟拨回到了他们初见的那天。程西藏了一整个青春的秘密，终于在数年后重见天日，暴露在他的面前。

尘埃飞扬的房间里，周芳容的声音打破了难言的沉寂。

"程西，你回来了，快找找你高中时的笔记，我和小陈找了半天都没看见。"她拍了拍手上的灰尘，如释重负地站起身。

陈慕也将手中的东西放回铁皮盒中，盖紧盖子，低声望向她，解释道："刚才拿东西的时候不小心打翻了。"

"你们找吧，我先出去帮你爸干活。"不知是看出两人之间气氛诡异还是其他原因，周芳容把事情交给他们之后，就抽身离开了。

桌边的两个纸箱依然显眼，地上有被拖拽过的痕迹。

陈慕也没有说话，只是将手里的盒子轻轻放在一旁的桌上。

程西看了看，没有打开，手指触摸在铁皮表面，凉意顺着指尖爬上来。

"你看了吗？"她没头没脑地问了一句。

"对不起，我不该在没有得到你同意的情况下看你的东西，但是……"

他看到了封面上的"C"，鬼使神差地动了心思，明知荒唐还是去做了。

"西西，那个C……是我吗？"

喜欢的水果、篮球场、年级前三……每一个特征都能和他对上，还有许多连他自己都未曾在意的时刻。

所有他以为平凡的瞬间都被人记在日记里，珍藏着这么多年。

程西一动不动地看着他，定定地吐出一个字："是。"

然而下一秒，她被他拉入了怀中。

他的脸深深埋在她的肩膀处，声音沉闷地响起："为什么不早点告诉我？"

她不敢。

程西怔怔地，连这几个字都不敢说出来。

没有等到她的回答，陈慕也重新抬起头来看她，眼眶微红。

"西西，"他郑重地叫着她的名字，黑眸湿润，"我很高兴，能被你记这么多年。”

他顿了一下，再度出声：“可是我深知我是再普通不过的一个人，我身上所有的光环都是被你赋予的。我没有这么好，是你让我觉得我这么好。能被你喜欢是我几辈子修来的福气，我何德何能令西西小姐挂念……”

见他越说越离谱，程西终于忍无可忍，捂住了他的嘴。

看到对面人眼里明晃晃的笑意，她才意识到自己中招了，懊恼地甩了甩手。

“陈慕也，我骗了你，我高中就认识你了，我喜欢了你很多年，甚至这次上节目也是因为你才报名的。”

“从一开始，对我来说就只有你这一个男嘉宾。”

房间的门紧闭，程西被他压在衣柜上狠狠地亲吻。

陈慕也抵着她的额头，忽而轻轻一笑。

“西西，其实我记得你。”

日记里的事情记录得杂乱无章，当事人似乎是害怕被人察觉，连自己的心事都不敢吐露得太明显，所有的事都蒙着一层朦胧的纱。

陈慕也是看到那罐可乐才从记忆里找到一丝模糊的影子。

他高中时大多和男生混在一起，很少主动和异性打交道。

高中三年，他连班上女生的名字都没认全。

印象中唯一一次对女生主动是某个晚上，他打完球去便利店，周围没几个人，树下黑漆漆的。

店外的长椅上坐着一个瘦弱的女孩，穿着黑色卫衣，用帽子罩住头，双手抱膝坐在那里，整个人缩成一团。

一晃而过的瞬间，他看到了那张安静的侧脸，隐约觉得有几分熟悉。

很快，陈慕也认出了她。

在学校篮球馆里，她被人围在角落，连求助都不敢，后来他带她出来，她就在他身后跟了一路，像个影子。

陈慕也没料到自己竟然能记住这道身影。

大概是她和自己身上的感觉太相似，很少有人能让他生出几分隐秘的不忍。

陈慕也拉开冰柜时鬼使神差地多买了一罐可乐，路过她身旁时仿佛是随手一放，语气随意：“小姑娘，天黑了就早点回家吧，外面不安全。”

回家后，他很快就把这件事忘得一干二净。

对他来说，这只是生活中的一个很小的插曲。

陈慕也庆幸的是，时隔多年，他还记得那道身影，不幸的是，他全然忘记了程西当时的样子。

如果人能预知未来，或者拥有穿梭时空的能力，他一定会在离开篮球馆的那个傍晚停住脚步，转过头来认真地询问她的名字。

“所以，那个晚上，你认出我了？”程西觉得不可思议，“篮球馆那天，你记得？”

陈慕也握住她的手，认真地说道：“我记得那道身影，但是我并不记得你那时的长相。很可惜，如果早知道会有现在，我当时一定会认真地记下你的模样。”

“那你在节目上遇到我，可能就不会喜欢我了。”程西说。

“不一定。”陈慕也给出了另一种答案，“我对你有一种熟悉感，在节目里，我肯定会更快地把你当作那根救命稻草紧紧抓住。”

“我在节目里是你的救命稻草吗？”她诧异地问。

“你不知道吗？”陈慕也同样诧异地看着她，“多亏有你，我才找到一点归属感，否则整个节目录制下来，我会很难熬。你知道的，违约金那么高，我付不起。”

程西已经分不清他哪句是真话，哪句是在安慰她。

她干脆破罐破摔：“那你要不要看看我以前的毕业照？”

程西的旧照片保留得并不多，原因是她本来就不爱拍照。除了学生证上的证件照，就只有毕业合照，都夹在以前的书里。照片已经泛黄，当年的像素也并不清晰。

戴着黑框眼镜的女生僵硬地望向镜头，顶着齐刘海，皮肤很白，五官平淡无奇，只能分辨出还算不错的脸型。

陈慕也拿着她的照片，目光定定地落在上面许久。程西有些不自在，刚要抢回照片，只见他抬头笑了：“西西，原来你从前是这种呆呆的小学霸。好可爱，照片没收了。”

“你要做什么？”陈慕也不按常理出牌，程西想要伸手去抢。

“当然是放进钱包里，每天睹物思人。”他高高扬起手，不让她得逞。

“不可以！”她的脸上顿时涌起热气，跳着去抓他的手。

陈慕也被她撞得措手不及，后退两步，腰撞在书桌上，程西也一下子扑到了他的怀里。

他刚把她扶稳，她就趁机掰开他的手，抢回那张照片，气鼓鼓地说："陈慕也，你太无耻了……"

"无耻？"他难以置信地反问，气笑了，"我留一张我女朋友的照片怎么就无耻了？你好好说说。"他低下头，压迫性十足地逼近她。

两人的鼻尖刚要碰上，房间门被敲响了，周芳容边说话边推门进来："西西啊……那个笔记你找到了吗？要吃饭了……"

程西很快推开陈慕也，从他身前跳开。两人的气息还有几分不稳，衣服也有些凌乱。

程西此刻欲盖弥彰地低头整理着，看清这一幕的周芳容神情微微一顿，抓着门把手退回去，声音隔着门板不轻不重地传来："年轻人感情好也正常，我们不是古板的人，但是还是要注意下分寸，家里的亲戚都在呢。"

"……"

"对了，赶紧找一下笔记本，出来吃饭了。"

程西认命地去找笔记本，在床边蹲下时又看到了放在一旁的铁皮盒。

不知道什么时候养成的习惯，程西从小到大总会把喜欢的东西收藏起来，装进这个铁皮盒里，大到珍贵的压岁钱，小到两颗糖果。

陈慕也是她青春期收藏的最重要的一件宝藏。

她特意去配了把锁，把里面的东西牢牢地藏起来，不让任何人窥探。巧合的是，到了他手里时，盒子上的那把锁莫名其妙地被摔开了。

就像上天要把她的所有心事告诉这个当事人，然后对她说——

你看，就算他知道了，也没什么大不了的，胆小鬼总有一天要变成勇敢的侠女。

程西觉得，笼罩了她整个青春期的漫长雨季终于结束了。

陈慕也在秀越待了三天。

其间，两人去逛了校园。本来寒假期间学校不让进，但程西凭借教师子女的身份从门卫那里溜了进来。

作为本市最老牌的高中，学校里的陈设几乎完整地保留了下来，就连当初的篮球馆也是一样。

程西的教室在二楼。来到走廊外时，陈慕也仰头感慨道："原来这就是你的教室。”

程西静静地等待着他的下文。

“好像从来没来过这边，没有什么特别的印象。”

“……”

“但是现在有了。”他笑着逗她，认真地问，“那时候，你坐在哪里？”

“第二排。”程西指了指最里侧靠窗的位置，“我那时候成绩还不错，老师总是把我安排在前排。”

陈慕也的双手在眼前比了个“框”，透过手框往里看。

“好像有画面了。”镜头中心定格着她刚才说的那个位置。

“小学霸。”他扭过头来，看着她笑。

“那你是什么？”他总拿这事打趣她，程西不太乐意，“大学霸？”

“不，”他严肃地纠正她，“我是小学霸的男朋友。”

“……”

放假期间，学校无人，门窗紧闭。两人牵着手往回走，穿过操场，经过那条长长的林荫道，有种很奇妙的感觉。

同一个场景下，从前远远遥望的人此时就站在她身侧，与她并肩而行，真实又不真切。

程西如实地告诉他自己此刻的心情，包括以前放学总是假装与他偶遇和在背后偷看他的事情。

她现在已经可以很坦然地面对过去了，因为他好像拾起了自卑的她，一遍又一遍不厌其烦地告诉她：你很可爱，你很漂亮，你值得被爱。

“西西，其实我也很感谢你。”陈慕也突然停住脚步，认真地说，“谢谢你接纳了节目上那么冷漠，那么讨厌的我，也谢谢你，在了解了全部的我后依然喜欢我。”

在秀越的最后一天，程西去拜访陈慕也的舅舅一家。

家里除了两位长辈外，还有他的表妹和表弟，表弟是上次见过的江子言，表妹已经在读大学。程西登门时，他们站在门口迎接，招呼她进去坐，态度热络又有些拘谨。

简单寒暄过后，舅舅舅妈对视一眼，看向陈慕也，让他好生招待程西，接着便去厨房忙活了。看得出来，他和亲戚之间的关系也不算太亲近。

吃完饭，两人没有多留，舅舅把他们送到了楼下，临走前又望着陈慕也提醒了一句："有空的话，可以带小西去看看你妈妈。"

"再说吧。"陈慕也轻描淡写地道。

两人原计划是直接回沪市，但假期还剩一天，恰逢陈慕也那位学长来电邀请他一聚，顺便商量开年后的工作计划。于是他们调整行程，一同去往京市参加他的好友聚会。

飞机落地，气温骤然下降，此时已是傍晚，两人坐车到了要去的地方。

两层的复式别墅装修简朴，坐落在新老城区交界处，给人的第一感觉是毫无人气。

陈慕也拎着行李打开门，冷清感扑面而来。

"这个房子是……"

程西刚准备问，陈慕也已经先她一步解释："是我父母留下来的。"他话音一顿，又说，"他们离婚之后，房子留给了我。不过我在这边住得不多，之前上班时，我在公司那边租了公寓。"

别墅定期有人维护，房间可以直接住人，陈慕也在柜子里找出床单被套铺上，顿时多了几分家的温馨。

程西趁机打量着房间。

这个陪伴了他童年以及少年时期的房子没有太多属于他的痕迹，干净整洁，唯一特别的是家具都是红木打造，透着一丝古老的韵味。

"这是我父亲的喜好。"他察觉到程西的关注，顿了一下说，"他比较守旧。"

夜幕降临之际，两人抵达了约定好的吃饭地点。

这是当地知名的五星级酒店，大厅富丽堂皇，两人乘坐电梯上了十一楼的包间。

陈慕也随即解释，这酒店是学长家自己的产业。

程西默默消化了这个信息几秒钟。

说来说去，只有她是普通工薪阶层，其他人都是隐形的富二代。

虽然陈慕也从未说过他家里的背景，但京市那地段的一套别墅，价值不菲。

找到包间后，陈慕也推门而入，里面已经坐了好几个人，都是男士，没有人在抽烟，只是在聊天。

见陈慕也进来，中间那人率先站起，笑着拍拍他的肩膀，打招呼道：

“来得够晚的啊。”他很快看到一旁的程西，笑道，“这就是弟妹吧？”

程西已然认出了他，是陈慕也那位交好的学长。

“介绍一下，何立，我的老板兼学长。”陈慕也轻轻搭了一下程西的肩膀，向对面的人介绍，“这是程西，我的女朋友。”

“你好你好，久仰大名。”何立伸出手来，意味深长。

程西和他简单握了握手，后面的人已经开始催促：“你们叙旧叙够了没有？要不给你们三个人单独开个包间吧。”

一时间，包间里充满了笑声和打趣。

陈慕也带着程西落座，介绍了一圈，程西大致能将每个人的脸和名字对应起来。这里面都是他的校友，关系显然很亲近，聊天中透露出了许多大学时的趣事。

程西在脑海中描绘着他大学时的模样。

他依然是系里的风云人物，成绩优异，老师看重，同学喜欢，人缘很好，挚友却不多，大学四年更是洁身自好，从未有过花边新闻。

“你是不知道，这小子清心寡欲的程度简直让人怀疑他的性取向。”其中一人说。

“当初美术学院的那个院花追了他三个月，还为他在学校里画了一整面墙的告白画，追得那叫一个浪漫轰动，无数男生眼红，结果这小子纹丝不动！”

“问及原因，他竟然说，他不喜欢太热情的。你是不知道，当时我们学校有多少男生对他恨得牙痒痒，恨不得把这人抓起来揍一顿！”

包间里的人哈哈大笑，陈慕也更是尴尬得仰头捂脸，连声制止：“别再说了，年少轻狂不懂事。”

“这下知道要面子了是吧？咱们今天偏要把你的事抖个底朝天。”

混乱的调侃中，陈慕也偏过头来，在桌子底下握住她的手。

“西西，别听他们的，都是艺术加工，过度渲染。”

“我相信你。”程西回答，同时回握住他的手。陈慕也刚露出欣慰的表情，就见她说，“你确实不喜欢太热情的，比如当初节目里的……”

“西西，吃虾。”陈慕也连忙打断她，将虾剥好壳夹到她的碗里，体贴地问，“还有什么想吃的吗？我帮你夹。”

周围的人笑得更大声，尤其是何立，他摇头直说：“陈慕也，你也有今天。”

……

一顿饭下来，陈慕也和何立聊得最多，说到尽兴处，酒杯不知不觉也空了几次。

陈慕也起身去洗手间的工夫，一旁的何立忽然沉默下来。

“弟妹，你们这次回来，住的是他家的老房子吧？”他像是喝多了，倚在座椅上。

“是，怎么了？”

“没事。”他摆摆手，笑了笑，自言自语道，“就是挺难得看到他谈恋爱，还挺正常的。”

“啊？”程西有些茫然。

“我们这群人之前都猜过他以后是会孤独终老还是找个相敬如宾的伴侣装装样子，今晚见到你们之后，那些想法都被打破了。”何立说，“他没和你说过我们是一个大院里长大的吧，勉强算是半个发小。”

……

直到陈慕也从洗手间回来，程西还未从刚才的那番话中回过神来。

何立显然喝多了，但眼神清明，毫无保留地说了许多关于陈慕也的事情。

“我们小时候没怎么在一起玩，上了大学才真正深交。”

“他爸妈都从政，从他出生起就没怎么回家，要么把他丢给保姆，要么放在外婆家。”

“他小学时性格孤僻，没什么朋友，后来终于有一个愿意和他玩的同学，他傻乎乎地把人家当成最好的朋友，结果没过多久就听到那人在背后和别人说——要不是家里人要求，谁愿意和他一起玩啊，跟个自闭儿似的，说话都费劲。”

何立说得绘声绘色，像是亲历其境。

程西询问之后才知道，那是一次酒后陈慕也无意中提起的。

“所以后来他很难再和人交心。你知道他这么多年没谈过恋爱是因为‘回避型依恋人格’吧，其实按心理学的解释，就是潜意识里觉得自己不配被爱，所以很难和别人建立亲密关系。”

“今天看到你们在一起，我很开心。”

“希望你们能长长久久地走下去，有一天，我能去喝你们的喜酒。”

陈慕也就是在“喜酒”一词时推门进来的。

他恰好听到了最后一句话，拉开椅子坐下来，笑了笑，抓着程西放在身侧的手，醉得不轻却郑重地保证："我们结婚的时候第一个邀请你。"

聚会结束，何立把两人送上车，一群人拥抱着告别，很快散去。

抵达别墅外，程西搀扶着他上楼，把人放在床上。

他喃喃地说渴，程西在厨房里翻找半天，才找到一个烧水壶，洗净后烧了壶水，兑了杯温水端给他。

"西西。"喝完水，他似乎清醒了几分，嘴里叫着她的名字。程西轻声答应，又听到他口齿不清地问，"到家了吗？"

"到了。"她弯腰替他脱掉大衣。

"哪个家……"他昏昏沉沉地，任由她摆弄，胡乱地说着话。

"京市的这个家。"程西耐心地向他解释道。

他似乎在思考，好一会儿才难受地躺进被子里，喃喃道："不是，我没有家了……"

程西的心骤然下沉，手里的动作停住，好半天才慢慢直起身。

"你有家的。"她握住他垂在一侧的手，明知道他此刻神志不清，还是固执地强调了一句。

夜色沉沉，树影摇曳，别墅里安静得没有一丝响动。

程西打湿了热毛巾替陈慕也擦拭着脸和手，大概是触感太明显，他迷迷糊糊间动了动，叫着她的名字："西西……"

"我在这里。"程西擦完准备走，床上的人却伸手拽住了她。

"西西。"

他紧握着她的手腕不放，程西只能俯身凑过去，低声哄道："我去放毛巾，很快回来。"

"别去。"陈慕也意识模糊却十分执拗，趁机一用力，把她拉入怀中抱住。

程西莫名觉得他在撒娇。

她推开他的动作顿了一下，这一顿就再难找到机会离开。

陈慕也的手在她腰间收紧，呼吸起伏间夹杂着淡淡的酒气。

他就这样抱着她沉沉地睡去。

日升月落，阳光落在床上时，陈慕也眼皮一动，太阳穴处的刺痛感率先传来。他迟钝地睁开眼，意识慢慢回笼，环顾四周后，他看到自己身处大床上，旁边空无一人。

陈慕也本能地察觉不对，努力回想片刻，脑海里依稀浮现出一些画面。他昨天晚上好像是抱着程西睡的。

陈慕也懊恼地低下头，冷静了许久才换了身衣服出去。

下楼后，客厅有声响传来，久无人踏足的厨房难得有人在忙碌，身影沐浴在晨光里，虚幻得不真切，像梦里才有的画面。

“你醒了？”程西转过身，穿着合身的家居服。

她端着盘子，将早餐放到桌上，温声说：“吃早餐吧。”

陈慕也定定地看了她几眼：“你昨晚睡得好吗？”

“还行。”程西面不改色，“就是保持同一个姿势，肩膀有点累。”

陈慕也沉默许久才说：“你可以推开我的。”

她想了想，走过去张开手臂抱住他，仰头问：“你会推开我吗？”

他彻底无话了。须臾，他回抱住她，将头埋在她的发间。

“不会。”陈慕也安静地抱了她一会儿，忍不住问道，“我昨晚身上是不是很臭？”

不臭，程西心想，是淡淡的酒味，闻着让她的脑袋昏昏沉沉，好像和他一起醉了。

此时此刻，她伸手拉开他的衣领认真闻了闻，抬头道：“很香。”

……

两人的航班时间是中午一点。

临走前，陈慕也忍不住驻足回头打量了一眼这座房子。

很快，他牵紧身旁的人，毫不留恋地转过头。

抵达沪市时天朗气清，陈慕也将程西送到家，拿上行李后自然地跟在她身后。

“你不回自己家吗？”程西见状纳闷地问。

“我吃完晚饭再打车回去。”他淡定自若地说。

“我今天不做饭。”程西说。

“我做。”

“师傅，等会儿再走。”见出租车师傅准备掉头离开，程西连忙拦住，同时转身对身后的人开口，“孤男寡女的，成何体统，你还是赶紧回去吧。”

程西推着陈慕也转过身，替他打开车门，正色道：“别耍流氓。”

“……”

半个小时后，程西打扫完，躺在沙发上准备休息，却一连收到了好几条来自同一个人的微信消息。

“我错了，西西。”

“原谅我吧。”

后面跟着的是小表情和一张图片。

程西打开那张照片，里面是空荡荡的房子，又看了看他那委屈的表情，回复道：“明天见。”

明天自然是见不了的，复工第一天，公司里有堆积了一整个假期的事务等着她处理。

程西忙到九点多才回家，累得直不起腰，倒头就睡。

第二天、第三天……一整周里，她每天都在加班。

工作日的最后一天，程西回家时在楼下被人堵住了。

陈慕也倚在楼道口，无可奈何地盯着她。

月光下，程西对他的突然出现感到诧异，收起拿钥匙的手。

“你怎么来了？”

“见一见我久未谋面的女朋友。”面前的人没什么表情，语气淡淡的。

程西被逗笑了，刚要出声，陈慕也伸手拉住她的手腕，她猝不及防地扑了过去，跌在他身前。

昏暗的灯光投下，男人的脸上笼罩着阴影，精致的五官透着难言的压迫感。

程西条件反射地屏住呼吸，下一刻，只见陈慕也握着她的手，将她往怀里一带：“随你怎么耍流氓。”

程西的大脑宕机几秒，手下的触感却清晰地传来。

扑通扑通，似乎是心脏的跳动声。

她触电般从他的手里抽回自己的手，脸颊爬上一抹红，趁着夜色遮挡，她淡定地扬头道：“谁要对你耍流氓了？你不要往我身上泼脏水。”

说着，她推开他，从包里拿出钥匙开门，头也不回地上了楼。

下一秒，身后传来脚步声，感应灯随之亮起。

“我想，行了吧。”陈慕也的声音慢条斯理地响起，不远不近地跟着她。

程西刚打开门，他就堂而皇之地进了屋，熟练地从架子上拿出拖鞋。

“流氓。”她趁机骂道。

"我是。"陈慕也回应道。

程西挂起包，去厨房喝水，他也跟着她倒了一杯，接着折返到客厅。

程西不禁问："大晚上的，你到底过来干什么？"

"说了，看女朋友。"

"那你现在看完了，可以回去了吧。"程西抬手看了一眼表，提醒道，"时间也不早了。"

陈慕也微微一怔："我打扰到你了？"

"那倒不是。"程西开口，"只是我要洗澡了。"

浴室的水缓缓流淌，隔着磨砂玻璃门，外面一片模糊。即便如此，程西还是感到不自在，加快速度洗完澡出来，便看到陈慕也坐在地毯上看电视，闲适自在。

她擦着头发走到客厅，路过他身边时忍不住问："你到底什么时候回去？"

"我知道你觉得我讨厌了。"他面无表情，"我马上就走，不打扰你休息。"

话虽如此，他却坐在那儿一动不动。程西哭笑不得，只能蹲下来说："这周工作确实有点多，下周会好一点，再说，你不是也经常加班吗？"

"嗯，所以想和你多待会儿。"

程西突然就心软了，她放下毛巾，捧着他的脸，在他的唇上轻吻了一下。

"奖励。"

"就这？"陈慕也微挑眉。

程西正想说他得寸进尺，手臂就被拽了过去，整个人跌坐在他的腿上，吻随即落下。

"西西，我早就说你对我图谋不轨——"耳边有人缓缓开口，尾音拖长，颠倒是非，"一不注意就跑到我身上来了。"

……

开春，沪市回暖，时不时落下两场雨。

陈慕也年前设计的图书馆项目正式投入建设，这个项目十分重大，他常跑工地，偶尔还要解决施工过程中的问题，一待就是一下午。

三月，陈慕也拿了首届沪市青年建筑设计师金奖。比起他之前获得的奖项，这次的奖项或许没那么耀眼，影响力却颇大。

业内杂志刊登了他的一张寸照，程西的女同事们看到都忍不住讨论他。

程西端着咖啡路过时被熟悉的同事叫住，对方颇显激动。

“程西，你看看上面这个人是不是你男朋友？！我和她们说，她们都不信！我记得那次在楼下正好看到过你男朋友，好像就长这样，他不也是做建筑设计的吗？”

程西早已看过这则报道，面对着齐齐投来的视线，她尴尬地笑了笑：“哦，确实是他。”

“我的天——”有人惊呼，“程西，你男朋友这么帅？！”

“怎么搞到手的？你也太厉害了吧！”

“下次有机会带我们见见真人！”

七嘴八舌的讨论顿时涌来，大家的注意力聚集在她身上，程西头皮一麻，立即找借口开溜：“那个，下次有机会一定给你们介绍认识。我还有几份稿子没整理，就先去忙了。”

回到办公室，程西轻舒了口气。

陈慕也一个接一个地做起新项目，为了画出一个张设计图，他已经连续几天加班到深夜，程西只能忙里偷闲，偶尔和他见一面。

他总是像上次那样出现在她家楼下，在家里坐到很晚，然后自己开车回去。

不知不觉已是四月，程西看着右下角的日历，上面有个数字被圈起来，刚好是今天。

她犹豫良久，还是给陈慕也发了条消息：“晚上还要加班吗？”

小也：“还要收个尾，比较急，怎么了？”

小西：“没什么大事，就是希望你能早点下班，晚上有空一起吃饭，不要太辛苦了。”

陈慕也不禁笑起来，动静引得会议室里的其他人侧目望来。

陈慕也察觉，轻咳一声，收起手机：“不好意思，继续。”

程西过了一会儿才收到他的回复。

小也：“争取晚上和你约会。”

窗外夜色降临，城市的马路宛如一条条浮起的灯带。

程西揉了揉发酸的肩膀，桌上的手机还是毫无动静。

陈慕也的消息停留在下午六点，他说客户临时要求修改方案，晚上不能一起吃饭了。

她打车到陈慕也的公司楼下，玻璃门打开后，里面走出一个人，步履匆匆，看到她后收起手机大步走来。

“西西。”陈慕也的眉间藏着倦色，眼睛却很亮。

“生日快乐。”程西把藏在背后的小蛋糕拿出来，举到他面前笑盈盈地祝福道，“希望你新的一岁依然顺利，依然健康。”

陈慕也顿住，低头看了看蛋糕，再次抬起头，将目光定格在她的脸上。

程西突然被他一把拉入怀中，只能仰起头，用另一只空手轻拍他的肩膀：“怎么了？”

“没事。”他将头埋在她的颈间，声音沉闷，“西西，谢谢你。你不说，我都忘了今天是我的生日。”

夜晚的便利店灯光明亮，没有几位顾客，两人坐在玻璃窗前，手边放着一罐冰可乐。

陈慕也没吃晚饭，此时正在吃面。

程西把蛋糕放在桌上，解开丝带，拿出蜡烛。

“恭喜我们的陈慕也小朋友今天二十四岁啦。”她一本正经地说道。

陈慕也低头闷笑一声，拿起旁边的可乐：“西西，打个商量。”

“嗯？”

“把‘小朋友’改成‘大帅哥’。”

“……”

陈慕也几口吃完面，正色地说：“陈慕也大帅哥准备好了。”

程西随即点燃蜡烛，把蛋糕推到他的面前。

“好了，大帅哥，许愿吧。”

陈慕也闭上眼，双手交握，十分认真。

“许好了。”他低头，一口气吹灭了蜡烛。

程西拿出塑料刀和盘子：“切蛋糕吧。”

“你不问问我许的什么愿望吗？”他侧眸看向她。

程西很随意地说：“说出来就不灵了，你要好好藏在心里。”

“嗯，我许的愿是年年有今日，岁岁有今朝。”他的话随口而出，带着几分叛逆。

程西的动作停住，抬眸看向他。

她本能地想起录节目时第一次集体出行的那天，在奶茶店写下的那张便利贴。

节目播出后，那一段被剪辑了出来。

“万一不灵了怎么办？”她问。

陈慕也轻轻弹了一下她的额头：“笨，都是骗小孩的。不过实在不行的话，我还许了第二个愿望，那个会灵。”

程西催促道：“你赶紧切蛋糕吧。”

蛋糕不大，堆满了橙子和芒果，切开后里面夹着一层厚厚的果酱，入口满是香味。

陈慕也很快就吃完了两块。

程西发现他真的很喜欢吃甜食，她这样想着，也就这样问了他。

他刚好在喝水，回答道：“应该是……小时候就很喜欢。”

“那时只有过生日的时候才能见到父母，每次我都会吃蛋糕，蛋糕很甜，很好吃，后来我就抗拒不了甜食了。”

最终，没吃完的蛋糕被他带上楼和同事分掉了。

陈慕也一直忙到月底，方案终于通过，可以好好休息一段时间，恰好程西也有两天假期。

周五晚是陈慕也公司的庆功宴，他当天带着程西一起出席。

日料餐厅装修精致，他面对同事时温和而疏离，有个女同事的筷子不小心掉在他的脚边，他伸手捡起来放在桌边，面对道谢只是点了点头，很快转过头继续和其他人谈话。

席间有人打趣他去年突然换了一个和他的风格完全不符的微信名的事情，那段时间有客户主动和他示好，叫他“小也”，却被他制止了。

当时他笑着解释：“是我和女朋友一起换着玩的。”

自此之后，公司里的同事都知道他有了女朋友，对他的爱称是小也。

岂料今天一见面，程西直呼他的全名。

刚开始大家都不敢说话，怕他是换了个女友，直到聊起他们在一起的时间，众人才知道女朋友还是之前那个，看来所谓的“爱称”只是他的一厢情愿。

这件事被大家调侃起来，程西忍不住笑了，陈慕也连连摇头：“不要再说了。”

“咱们换个话题，比如聊聊今年大家的年度目标。”

“陈总，这酒还不错，尝尝。”对面的人立即殷勤地说。

“寿司也不错，快试试。”

“再不济，来点生鱼片吧。”

“这么开心的时候，就别聊工作了。”

陈慕也低下头，眉眼染上笑意，在桌子底下悄悄握住了她的手。

“有什么想吃的？我给你夹。”他侧过脸来，低声询问。

程西摇摇头说：“我吃得差不多了。”

“那我们回去吧。”他很快说道。

“啊？”程西诧异地抬眸。

似乎是看出她的担忧，陈慕也笑了笑，声音低沉地说：“不要紧。”

他很快找了个借口告辞，其他人一副习以为常的样子，客套地挽留了几句便目送两人离开。

夜风拂来，陈慕也在路边拦了一辆出租车。

“去你家？”这话问得暧昧，连前排的司机都不禁望过来。

程西白担了这揣测，其实两人间清清白白，他只是经常去她家休息。

出租车停靠在楼下时已经接近十点。

陈慕也身上有淡淡的酒味，一到家便去洗澡了。

程西已经备好了几身他的衣服，男士白色衬衫混在她的衣柜中，有种难言的亲密感。

洗完澡，他擦着头发往外走，唇色红润，夹杂着水汽。

程西已经见过好几次他这副样子，但每每还是觉得很不自在。

难得的周末，陈慕也绷紧了许久的弦终于松懈了下来。

程西收拾完进房间时，他已经躺在床上睡着了。

她掀开被子上床。

窸窸窣窣的动静还是吵醒了他，陈慕也睁开眼，问道：“几点了？”

她看了一眼手机：“十一点多了。”

“怎么这么晚了？”他嘴里说着这话，人却靠了过来，伸手搂住了她，“我都等得睡着了。”

“吵醒你了？”她温柔地问。

“我没睡着。”他头也不抬地回答。

“哦，那你睡吧。”程西准备伸手关灯，他却又睁开眼，轻轻吻着她的唇。

“先亲一下。”

……

陈慕也这一觉睡得极沉，睁开眼时已经看到满室的阳光。

程西的卧室朝南，窗外有棵很大的香樟树，树影微微晃动。

他往旁边一看，床铺果然已经空了。

此时是上午九点，餐桌上放着早餐，程西正在收拾客厅，弯腰时一缕发丝滑落至颊边，温柔缱绻。

陈慕也走出卧室，程西很快听到动静，回头问："醒了？"

"嗯。"他径直走过去抱住她，懒洋洋地说，"你怎么不等我一起起床？"

"对不起，下次一定。"

陈慕也笑了，冷不丁地咬了一口她的耳朵。

程西触电般推开他，脸红了，扬声催促道："你怎么还不去洗漱？！"

"马上就去——"他拉长声音，懒洋洋地说。

吃过早餐，两人一同前往附近的超市买生活用品。

程西很久没逛超市了，冰箱空了大半，急需补给。

程西推了一辆购物车，东西很快就堆满了车子。

收银口队伍很长，前面还剩几个人时，程西突然想起忘记买棉签，于是折返回去买，等回来时陈慕也已经在结账了。

"都已经扫过了吗？"她随口问道，本能地往装好的购物袋里看了一眼。

陈慕也的神情似乎有一瞬间的不自然，他拢了拢购物袋，轻咳一声："都扫了。"

逛完超市正好到午饭时间，两人顺路吃了饭才开车回去。

半路上突然下起了太阳雨，明亮的阳光打在车前玻璃上，雨水同时滴落，雨刷不停地挥舞。

程西难得见到这种特殊的天气，情不自禁地摇下车窗，忽然看到远处的天边出现了一道若隐若现的彩虹。

"陈慕也，你看，是彩虹——"她忍不住惊呼，伸手指向那里。

陈慕也分神望去，弯起嘴角："是彩虹，我们运气真好。"

"今天是个好天气。"程西说。

五月，沪市不冷不热，阳光从阳台洒入，落在了客厅，整个房子明亮又温馨。程西把新买的水果洗净切好，端着盘子走出来，陈慕也已经打开了电视。

“找部电影看看？”他侧头询问。

程西点点头，在他身旁坐下。

陈慕也按着遥控器，随意打开了一部英国爱情电影。

影片画面文艺，配上纯英文的对白，腔调优雅。

程西叉了一块西瓜放进嘴里，甘甜的汁水顿时弥漫，一瞬间，空气里仿佛有了夏天的味道。

陈慕也朝她望来，眸子透亮，微微弯下肩膀，朝她示意着什么。

见状，程西喂了一口西瓜给他。

某人心满意足地转过脸，继续看向屏幕。

不知不觉，一盘西瓜被分食完，剩下最后一块时，恰好陈慕也侧过脸来。程西与他对视几秒，动作很快地把那块西瓜塞进了自己的嘴里，无辜地看向他。

陈慕也被她护食的样子逗得笑了，眸色轻轻一变。

程西措手不及地被他按住后颈，他的唇随即贴了过来。

西瓜早已落入腹中，这个吻却丝毫没有停歇的意思。

“西西。”

有风从窗外吹来，树叶簌簌作响。

程西被陈慕也抱在身前走向房间。

她环着他的脖子，轻声叫着：“陈慕也……”

“嗯，我在。”

很快，身前的人将她压在床上，两人的身体紧紧相贴。

朦胧间，程西感觉到陈慕也起身离开，又很快回来，手里拿了什么。

她在看清那东西后睁大了眼睛：“你什么时候买的——”

陈慕也的身躯再次覆上来，咬上她的耳朵，隐约笑了笑：“上午，在超市。”

……

周日晚上吃完饭，程西把陈慕也赶出门，自己折回卧室拉高被子，蒙住头，睡了个好觉。

纵使程西不情愿，陈慕也还是陆陆续续地把自己的东西偷偷搬了过来，不知不觉就塞满了她的房间。

沪市的夏天不紧不慢地来了。

家里的西瓜不限量供应，冰箱里塞满了汽水，客厅的风扇也没有停歇。

陈慕也还是一如既往地爱喝冰可乐。

程西现在看到可乐就觉得刺眼，反倒是陈慕也总爱捉弄她，喜欢往她嘴里灌可乐。

凉滋滋的可乐在舌尖上炸开气泡，好像她那一刻疯狂跳动的心脏。

八月份，程西陪陈慕也回了一趟京市，参加他爷爷八十岁的寿宴。

在宴席上，程西终于见到了他的父母。

他的父母各自再婚，又有了各自的孩子，老来得子的人自此一改先前对陈慕也的冷漠态度，如珠似宝地将现在的小孩捧在手心。

其间，几岁大的孩子哇哇哭起来，周围的人手忙脚乱地哄着，席间乱成一团。

程西听着闹心，看着也闹心，无声地在桌子下握住了身旁人的手。

陈慕也低垂着眼，脸上没什么表情，手却紧紧握住了她。

在寿宴上，老人家又起身宣布了一件大事：即日起将名下所有资产交予他的长孙陈慕也，律师已经在办理手续，只待更名落户。

这话一出，席间所有人面露惊诧，唯独陈慕也的父亲沉默了半晌，随即表示赞同。

当然，不赞同的另有其人。

但陈慕也并不想要这笔钱。

宴席结束，陈慕也和老爷子到书房关起门聊了许久，出来后脸色疲惫，神情却是妥协。

回去的车里，程西才知道那笔钱是补偿，也是抚慰。大概所有人都知道，在陈慕也的成长过程中，众人终究是亏欠了他。

当初陈慕也的父亲执意要和陈慕也的母亲结婚，双方家长并不同意，僵持斗气许久，老人也不顾一切地忽视陈慕也多年，未曾派人照料。

这笔资产由专业的基金会打理，并不需要陈慕也特别操心，然而，他没有任何喜色。

十月，秀越一中即将扩建校区的消息传来。一中建成多年，属于老牌名校，底蕴深厚，十年如一日。生源增长，扩建势在必行，校方终于下定决心重新修建一栋教学楼，对外公开招标。

陈慕也当月便飞往秀越。

十二月，双方的合作终于敲定。

陈慕也以个人名义向校方捐赠了一栋教学楼，并亲自承担设计工作。

次年秋冬之际，新的教学楼建成，坐落在一中西侧，靠山临水，香樟环绕，命名为慕西楼。

番外 未完待续

“必成 CP 现状”话题再度被顶到热搜上时，恰逢节目播出三周年。

陈慕也和程西在网络上销声匿迹已经许久。

自恋情公开后，两人十分低调，只是偶尔在微博上发两张图片，网友只能从细枝末节中窥探若有似无的爱意。

这次，程西发布了一个日常视频，两人罕见地同时出镜。

陈慕也的颜值比起当年毫不逊色，甚至多了几分成熟的俊逸。

屏幕前的网友仿佛回到了三年前，评论区一片“啊啊啊”，更有甚者感慨道：“终于等到你，还好我没放弃！”

视频片头配有字幕：“重温节目之第一弹：初次见面，很高兴认识你。”

重温节目是程西的突发奇想。

彼时，程西和陈慕也已经同居一年多，生活充实而满足。

平常的一天，程西登录微博时在列表里看到了一条粉丝的私信。

对方发来的是一张节目截图。

第四次约会时，她和季禾野结束了海岛之行，在客厅看到最早回去的苏惟英和陈慕也。

季禾野当时还弹了吉他，程西夸他唱歌好听，后来她去倒水，在一楼阳台上碰到了陈慕也。

那时，两人因为上次游乐场的意外闹了矛盾，许久未曾单独碰面。

那天的氛围也出乎意料地好，聊天难得轻松。

程西的目光定格在那张截图上。

陈慕也独自靠在料理台前喝水，手指握着玻璃杯，不经意间抬头向楼梯上看，模样随意。

“啊啊啊，西西，重看了几遍节目才发现这个细节！我敢打包票，也子肯定是故意在那里等你的！据不完全统计，短短两分钟，他往楼梯上看了三次！”

程西把这段私信内容以及图片一起截屏发给了陈慕也。

两秒后，对方回复：“谣言。”

“啊？”

陈慕也澄清道：“不是两分钟。我当时应该喝完了两杯水，最少也有二十分钟。”

“所以……你那个时候真的是在等我？”程西慢半拍地问。

“所以……你那时就喜欢我了？”

陈慕也不敢说不是，也没有说是，只是低头喝了一口水。程西顿了几秒，正色道：“陈慕也，今晚我们一起重温节目吧。”

算起来，两人在一起这么久，除了刚开始时，基本没翻过什么旧账。

节目结束，新的记忆覆盖了过去，双方也很难再去特意计较当初的细枝末节。

这是两人第一次同时坐在一起看他们录制的节目。

进度条缓缓走动，几张熟悉的脸孔渐渐出现在眼前。

程西合上冰箱门，端着饮料走过来坐下。

陈慕也在地毯上如坐针毡，不自然地摸了摸鼻子：“西西，真的要看吗？”

“你不想吗？”她转头问道。

“那倒不是……”陈慕也轻咳一声，默默握紧她的手，与她十指相扣。

“我只想说，无论发生什么，都不会影响我现在对你的爱意。”

“嗯。”程西了然地点头。

陈慕也与她对视几秒，败下阵来，主动提出：“你不需要和我说一遍吗？”

程西笑出声：“我不做任何保证。”

“……”

节目第一期，嘉宾初次相遇。

两人在大树下见面，镜头中，彼此都显得十分尴尬。蔚蓝的天空下，微风吹拂起衣角，两人并肩向前走去，话语里充满试探，陈慕也显得温和又疏离。

在车里，陈慕也说："很高兴认识你。"两人进屋后，镜头开始拉远，其他嘉宾加入进来。

空气忽然安静下来，陈慕也转过脸看向她，态度很好。

"西西，我承认，我确实有点慢热。"

"没关系。"程西态度很好，"只是单纯地回忆一下青春，你不要有太大压力。"

她甚至伸手安抚地拍了拍他的肩膀。

陈慕也断然否认："我没有压力。"

"那就好。"

第一晚的互投信件环节，程西在月光下展开纸张，收到了陈慕也的"晚安"。

同时，陈慕也收到了三位女嘉宾的告白信。

房间明亮的灯光下，他坐在书桌前一封封将信件展开，神色带有几分无奈。

"采访一下这位人气男嘉宾，节目第一天同时收到三位女嘉宾的告白信是种什么样的心情？"程西不知道从哪里拿出一张纸稿，对着上面的问题念道。

陈慕也余光一瞥，只见纸上的字密密麻麻，他头皮一麻，老老实实地回答："头疼。"

程西困惑地抬眸："现在吗？"

"当然不是。"求生欲使陈慕也极快地回答，"是收到信的时候。"

"哦——"程西拉长尾音，"不喜欢的话，可能确实会有负担。"

陈慕也总觉得她意有所指，又担心是自己想多了，沉默片刻，飞快地补充了一句："收到你的信的时候，其实是有一点开心的。"

"为什么？"程西并没有揭穿他，一脸认真地配合。

"不知道……"陈慕也的神色却莫名严肃，想了一会儿，迟疑地说，"可能是……我们第一天相处的时间最多，如果没收到你的信的话，我会觉得自己很不讨人喜欢吧。所以收到你的信，有种比收到其他人的信更特别的感觉。”

程西怔住了，心口不知名的地方微微下陷，像被羽毛扫过，泛起细细的痒意。

她很清楚，陈慕也在节目里对她动心的时间比大家猜想的晚得多，哪怕粉丝们分析着众多细节，也改变不了既定的事实。

她心血来潮地拉着他一起看节目，一方面是真的怀念当时的时光，另一方面确实是想要得到不同的答案。

但当她真的收到这个答案时，又觉得不真实。

她叹了口气，无奈地说：“反正现在你怎么哄我都行。”

“这哪里是哄你——”陈慕也无比冤枉，笑着转过她的脸，温柔地亲了一下，话语含糊地传来，“这才是哄你……”

视频的结尾断在陈慕也凑过来时，屏幕一黑，只剩下他最后一句话模糊的尾音。

粉丝们纷纷抗议，要求她把全部内容放出来，并要求这个系列的日常视频再出十期。

“我不管，我要闹了，就要看小情侣亲亲！”

“西西，你看了超话里总结的细节分析吗？麻烦帮我跟也子当面求证！”

“请也子正面回应当年的不做人事件。”

“哈哈，想起一句话——君子报仇，十年不晚。”

“让他狠狠地‘追妻火葬场’！”

……

周末难得放松，程西看着冰箱上的清单，随口和陈慕也商量：“今天好像没有什么安排，要不出去看部电影？”

“上次的节目还没有看完。”谁料，陈慕也含笑坐在沙发上，拍了拍旁边的座位，发出邀请，“要不今天继续吧。”

程西有点惊讶，原本上次她也只是想逗逗他，并没有秋后算账的意思，没想到他今天竟然主动提起。

这一期节目是两人各自的初次约会。

海水碧蓝，白云浮动，陈慕也和方妍并肩走在海边小路上，画面十分养眼。

午餐时间，方妍吃三明治时不小心将碎屑掉在衣服上，陈慕也主动给她递去纸巾，她接过后道了谢，两人相视而笑。

听见身旁有轻咳声传来，陈慕也捂住程西的眼睛，另一只手拿起遥控器想要调整进度条。

“这一段没什么可看的，跳过吧。”

程西抗议道：“大大方方的才是友情，小心翼翼的就是爱情。”

陈慕也双手投降：“……那你看吧，我非常大方。”

末了，他还不忘补充一句：“希望你待会儿也像我一样大方。”

说完没多久，镜头转到程西和庄星的约会。

两人的约会气氛比起另一对好太多，尤其是在游戏厅抓娃娃的片段，两人默契击掌，满脸笑意，满屏都是粉色的泡泡。

陈慕也不冷不热地拖长调子：“真大方——”

“……”

程西果断起身关掉了电视机，回身悠然自得地笑道：“下次再看节目吧，我想去看电影了。”

她上前拖住他的胳膊，轻而易举地把他从沙发上拉起来。两人简单地收拾了一下便准备出门，程西刚拉上门把手，又想到什么，准备回头，陈慕也却搂住她的腰，把她半揽在怀里。

“我突然改变主意了，我们去抓娃娃吧。”

“……”

次日，程西在微博发布了新的日常视频。

“重温节目之第二弹：约会。”

视频剪辑得很随意，两人看节目的片段被剪成碎片式的日常，很多时候，陈慕也连脸都没有露。

视频最后的画面是程西和陈慕也在游戏机前抓娃娃。

程西怀里抱着各式各样的可爱玩偶，陈慕也的声音从旁边传来：“今天的约会开心吗？”

“开心。”她仰着脸笑道。

镜头晃了晃，似乎有人低下了头。

最后，画面一黑，字幕缓缓出现在正中间。

“未完待续……下期见。”

图书在版编目（CIP）数据

私藏 / 江小绿著 . -- 南京 : 江苏凤凰文艺出版社,
2024. 11. -- ISBN 978-7-5594-8806-0

Ⅰ . I247.5

中国国家版本馆 CIP 数据核字第 2024P5D199 号

私藏

江小绿 著

出版统筹　曾英姿

责任编辑　周颖若

特约编辑　丐小亥　八　柚

装帧设计　苏　茶

封面绘制　KEHAO

出版发行　江苏凤凰文艺出版社

南京市中央路 165 号，邮编：210009

网　　址　http://www.jswenyi.com

印　　刷　湖南天闻新华印务有限公司

开　　本　880mm × 1230mm　1/32

印　　张　9.75

字　　数　302 千字

版　　次　2024 年 11 月第 1 版

印　　次　2024 年 11 月第 1 次印刷

书　　号　ISBN 978-7-5594-8806-0

定　　价　46.80 元